百年风雅

刘宜庆 著

江苏凤凰文艺出版社
JIANGSU PHOENIX LITERATURE AND ART PUBLISHING, LTD

图书在版编目（CIP）数据

百年风雅 / 刘宜庆著. — 南京：江苏凤凰文艺出版社，2018.1
ISBN 978-7-5594-0206-6

Ⅰ. ①百… Ⅱ. ①刘… Ⅲ. ①传记文学－中国－当代
Ⅳ. ①I25

中国版本图书馆 CIP 数据核字(2017)第 078555 号

书　　名	百年风雅
著　　者	刘宜庆
责任编辑	孙建兵
出版发行	江苏凤凰文艺出版社
出版社地址	南京市中央路 165 号，邮编：210009
出版社网址	http://www.jswenyi.com
印　　刷	南京迅驰彩色印刷有限公司
开　　本	718×1000 毫米 1/16
印　　张	18.5
字　　数	310 千字
版　　次	2018 年 1 月第 1 版　2021 年 08 月第 5 次印刷
标准书号	ISBN 978-7-5594-0206-6
定　　价	39.80 元

目录

自序　家国往事风吹散

一

“中国”一词最早见于西周初年的青铜器“何尊”上的铭文，在这尊国宝重器上，赫然出现“宅兹中国”四个字，将家国紧密联系起来。“国”的本意指城、邦。“中国”的原意是“中央之城”，即王国都邑及京畿地区。“家”字的本义应为男女交媾。《说文解字》这样解释“家”：“居也。从宀，豭省声。”家是人居住的地方，亦是生命开始的地方。在商周之际，“家”字可以指代宗庙，因而引申为朝廷、国家、都城等义。郑玄释《周礼》时说：“国家，国之所居也，谓城方也。”

家国，国家，紧密相连。仿佛是一条源源不断的长河，流经千年，又复千年。

三千年来，家国情结成为中国传统文化的基因，流淌在每一代中国人的心中。

在中国古代文史典籍中，字里行间随处可见“家国”二字。社会剧烈变迁，沧海桑田，不管乡野小农还是高官巨贾，人人皆知“万物本乎天，人本乎祖”的规则，在中国人心中总是充溢着“家国”的情怀。

“修身齐家治国平天下”。《礼记·大学》中的经典名言，可见儒家的家国情怀。不断完善自己，行为有规范；管理好一个家族、成为宗族的楷模；治理好一个小小的诸侯国；安抚天下黎民百姓，使他们能够丰衣足食、安居乐业。家族是周王室天下的缩影，把自己家族经营好了的人也一定可以把诸侯国治理好。一个能把自己诸侯国治理好的人，那么他也一定能让周王的天下充满和谐，天下太平。

“赤心事上，忧国如家”。韩愈《上李尚书书》中的名句。君国一体这是封建时代人臣共有的思想；一方面是对国家的安危盛衰忧怀如焚；一方面是对君王忠贞不二。他们生活在"君即是国"的家天下时代，不能有现代人的国家观念。赤心表现出封建时代忠君忧国之士的爱国精神，也可用"忧国如家"表现古今忧国忧民之人的胸怀。到了范仲淹，"居庙堂之高则忧其民；处江湖之远则忧其君"，他把爱国爱民提升到"先天下之忧而忧，后天下之乐而乐"。陆游一生苦吟，"忧国忧家虑万端"，心忧天下，家国天下，是封建士大夫的胸怀。

"风声，雨声，读书声，声声入耳；家事，国事，天下事，事事关心。"明东林党领袖顾宪成撰写的这副对联，道出了读书人的心声。"天下兴亡，匹夫有责。"这是明末思想家顾炎武对明亡的反思。《汉语大词典》将之解释为"国家兴盛或衰亡，每个普通的人都有责任"。

二

及至晚清，面临三千年未有之变局。船坚炮利打开了古老而封闭的帝国，西潮涌动神州大地。诚如严复所说："观今日之世变，盖自秦以来未有若斯之亟也。"中国人的国家观念发生变革。梁启超在《中国积弱溯源论》一文中，把中国人国家观念的缺失归结为三个原因——"不知国家与天下之差别""不知国家与朝廷之界限""不知国家与国民之关系也"。梁启超在对"天下兴亡，匹夫有责"的运用中，赋予了它全新的含义，由此展现出中国近代民族国家意识的萌生，促使从"过去之国"转变为"未来之国"，即从传统的天下国家转变为近代民族国家，这是近代中国演进的路径。梁启超眼中的"未来之国"，具备主权、领土、人民、政府(法律)四个特征。

晚清外忧内患的七十年，社会发生剧烈变化，随着洋务运动的兴起，中国传统的士大夫阶层被西风熏染。甲午战败后，开明的士大夫阶层呼吁维新变法。陈宝箴陈三立父子在湖南推行新政。他们在湖南办时务学堂、武备学堂、算学馆、《湘报》、南学会，罗致了包括谭嗣同、梁启超、黄遵宪在内的维新志士，一时湖南风气为之一变，成为全国维新运动的中心之一。戊戌变法失败后，陈宝箴陈三立父子被革职，湖南新政被废弃。陈氏父子的心血前功尽弃。1900 年，陈宝箴在庚子之变的滔天巨浪中病逝。陈三立从时代潮流之中自我放逐，无心于仕途。"凭栏一片风云气，来做神州袖手人。"葬父于南昌西山崝庐旁，陈三立成为"大清孤儿"。义宁陈氏三代人经此国难、家难，带有杜鹃泣血的悲剧色彩。故每念于此陈寅恪常常难以释怀,“家国旧情迷纸上,兴亡遗恨照灯前”等诗句实在是因家族的经历,有感而发。

百忧千哀在家国。陈宝箴陈三立陈寅恪三代人的家事,连着蜩螗沸羹的国事,隐藏着戊戌变法失败的痛史。

追寻义宁陈氏的百年往事,可以照见一个家族的来时路,一个国家的发展路。从陈宝箴到陈封怀,爱国,爱中国文化,是家族精神的内核,是一盏薪火相传的明灯,发散出“独立之精神,自由之思想”的光芒。这灯盏,永不熄灭,亮在历史深处。

三

西风东渐,在江浙沪一带,新闻出版,新式学堂,如雨后春笋破土而出。植根中国传统文化和家学之中的士绅,敏锐地意识到科举考试制度即将终结,接受西潮,主动把下一代送到国外留学。诗人陈三立家有五子,只有陈方恪没有出洋留学,陈衡恪、陈隆恪、陈寅恪、陈登恪或去日本,或去欧美,走在了时代的前面。

新文化运动之后,北京大学、清华学校都有一批学子走出国门,到欧美留学。他们学成归来,开始登上历史舞台,他们的思想不再停留在修身齐家治国平天下这个层面,参与社会公共事业,或者致力于教育,或致力于科学,传播民主与科学的种子。这种变化,在胡适父子身上体现得尤其明显。

从江南八个文化世家的家族往事中,我们可以看清楚传统的中国社会是如何向近代社会转型的。二十世纪中国的历史,从清末的政治改革到上世纪八十年代的改革开放,中国人的家国变迁,经过洋务运动,甲午战争,戊戌变法,辛亥革命,经过多年的军阀混战,八年的抗日战争,三年的国共内战。国家动荡不安,家庭破碎离散。中国走上国家独立的道路,如此剧烈,如此漫长,如此艰难。这一百年中的动荡不安,归根结底是古老帝国向现代国家过渡中不可避免的阵痛,或者说,付出了惨痛的代价。浪缓潮平后回头望去,国与家的变迁脉络清晰显现,可是个体在当时的时代洪流之中的挣扎和浮沉,非亲历者终究无法感同身受。

传统的家族结构和生活方式,早已不存。回望晚清民国,何为文化世家?一个家族具有高洁的德行,爱国的精神,书香的浸润,教育的传承,文化的影响。这一切,都可以用“家风”两个字来涵盖诸多内涵。家风,还可以让人想到，风范，风流，风度，风韵。这万千精神气象，在这九大文化世家中演绎成历史因果的纠结，生死流转的悲欣。

回望文化世家的如烟往事，在历史风云中变幻无常。一家三代的历史命运，与国运息息相通。家国往事风吹散，不同的历史时期，有不同的风向。这本书中，记录的是大风来临的时刻，文化世家三代人的悲欢和抉择。风生于地，起于青萍之末，即将“飘忽淜滂、激飏熛怒”。风起之时，万木有声，尘埃弥漫。有人逆风而行，留下孤独倔强的身影；有人长风破浪，直挂云帆。风起之时，“天上浮云如白衣，斯须改变如苍狗”，云聚云散，变化莫测。我在这本书中，记录的是尘影与身影、云影和帆影。总之是家国梦影，皆在流水之中。

四

国史以载前纪，家传以申世模。家乘可见国史，国史留影家乘。本书中的几个文化世家，并非钟鼎玉食的簪缨世家，亦非地位显赫的高官政要，而是有一股清寒之气。胡适、黄炎培都是在时代的潮流之中，乘势而为，成为天下谁人不识君的名流，从而改变了个人和家庭的命运，成为民国显赫的文化家族。

胡适、钱玄同、朱希祖，这几位学者，在新文化运动中，倡导白话文，鼓吹新文学，引入新式标点符号，进行语言文字改革，开风气之先，成为叱咤风云的人物。他们脱胎于晚清书香门第，经过出国留学，一跃成为新潮人物。士大夫的家国情怀和现代公共知识分子的责任融合在一起，他们肩负着国家富强、民族独立的使命感。

二十世纪的百年风云，政治变革之迅捷，历史变迁之剧烈，都在家国往事中。家国的悲剧，战争的创伤，革命的代价，都由渺小的个人来承担。即使出生于文化世家，其家族成员亦是一粒尘埃，是草芥一般芸芸众生的缩影。

黄炎培次子黄竞武策反起义，在上海事情败露被汤恩伯活埋，死于黎明前的黑暗。胡适之子胡思杜，于 1949 年选择留下来，一度与父亲划分界限，然而于 1957 年的反右运动中自杀身亡。鲜为人知的悲凉人生，令人扼腕叹息。同时代普通民众的生死，被历史的飓风吹得无影无踪。几位名人的后代，有的死得壮烈，有的含冤而死。有血有肉的身躯，沉默于铁血战争的硝烟；有情有义的生命，倾覆于政治运动的激流。

风平浪静之时，在理性的观照下，离乱，死亡，爱情，亲情，这千载而下的生命主题，几位名人之后的生死，让我们的内心激荡，久久难以平息。正如齐邦媛在《巨流河》中的惆怅："我所惦念的不仅是一个人的生死，而是感觉他的生死与世界、人生、日夜运行的时间都息息相关。"

五

1949 年是中国历史的重大转折点，天玄地黄的时代，亦是文化世家的家族人物的命运分水岭，有人选择离开，有人选择留下。张君劢、张嘉璈、张幼仪与张家的兄弟姐妹分离，他们去了海外。胡适与儿子胡思杜分离。

1957 年是中国知识分子的伤痛之年。这一年的春天太短暂，"早春天气"过后，风云突变，"反右"犹如狂风暴雨。"反右"在几个家族人物身上留下了历史的创伤。

1957 年，费孝通和大哥费振东被打为"右派"，一家出了两个右派，一个是大哥费振东，一个是弟弟费孝通，北大教授、法学家费青又惊又怕。他百思不得其解，心情终日抑郁，疾病日益加重，不久病逝于太湖之滨，年仅五十一岁。在同一年，黄炎培的五个子女和一个女婿被打成右派，成了名副其实的"右派之家"。没有被划成"右派"的两个姐妹中，有一个姐姐的儿子，当时是大学学生，也被划为"右派"。黄家一门七个右派，"看似子之过，实则父有因"。朱希祖之子、文物保护专家、经济学家朱偰，因批评拆除南京城墙，被打为"右派"。朱偰在"文革"中，自然成为被抄家、被批斗的"牛鬼蛇神"……朱偰的遗言写道："我没有罪，你们这样迫害我，将来历史会证明你们是错误的。"

在"反右""文革"等政治运动中，诸多冰清玉洁的知识分子，如同千百年来流传下来的精美瓷器，被狂风卷起抛在地上。生命碎成片，尊严和气节永留天地间。

六

国家在曲折的道路上，艰难前行。

1964 年 10 月 16 日 15 时，一颗猩红色的小太阳从西北大漠腾空而起，直冲云霄，冲击波如同飓风般席卷开来。随后，一声平地惊雷之后，无垠的大漠之上，火球与地面冲起的尘柱连成一体，托出了不断升腾、膨胀的蘑菇云团。巨大的蘑菇云团，在天地之间，无比壮观……中国第一颗原子弹爆炸成功，震惊世界。被西方人称为“东方巨响”。

钱玄同之子钱三强、邓以蜇之子邓稼先，是新中国的两弹元勋，他们的家世和人生，是百年沧桑的一个缩影，就像一面镜子，映照出苦难与阵痛，光荣与梦想。

赤胆忠心，爱国爱家，为了国家富强和民族独立，虽九死犹未悔。这正是九大文化世家留给我们的精神财富。中国传统的士大夫和现代的知识分子，心忧天下，以造福黎民百姓为己任，以文化薪火相传为平生志愿。江湖蹭蹬朱颜改，忧国忧民志未消。正如一士之谔谔的黄万里，反对修建三门峡水库，他的独立人格，士人风骨，令人缅怀。钱三强，邓稼先，黄万里……他们是历史激流中的孤帆远影，他们是黄河之中的中流砥柱。

多少往事归笔下，百年风云萦心间。我在这本书中，铭刻的文化世家的变迁和家族成员的生死，并使之成为从历史的天空回荡到当下的声音。或者说，我勾勒了文化世家家族成员的身影，让读者感受到在历史剧烈变迁之中业已中断的家风。

风云有鸟路，江汉限无梁。“风云二字宜古宜今，磅礴极了，是遇合，是时势，是风流。”江汉两字，浩瀚无垠，云水苍茫处，停留着家族往事和人物命运，一本书，无疑是一座通往隐秘历史的桥梁。

这本打开的书，连接无限家事与国事，弥漫百年中国风云，是一曲慷慨悲歌，也是一首凄婉离歌。家国沧桑一本书，囊括多少风流人物，英雄豪杰。曲终人散，竞看东海变桑田，唯愿广陵散未绝。

一、文脉传家:陈寅恪家族往事

■ 陈寅恪家族部分成员

陈宝箴(1831—1900),陈寅恪祖父。谱名陈观善,字相真,号右铭,晚年自号四觉老人,江西义宁(今江西九江修水县)客家人,晚清维新派政治家。历官至湖南巡抚。被光绪帝称为“新政重臣”的改革者,系清末著名维新派骨干,地方督抚中唯一倾向维新变法的实权派风云人物。

陈三立(1853—1937),陈寅恪之父。字伯严,号散原,近代同光体诗派重要代表人物。生前曾刊行《散原精舍诗》及其《续集》《别集》,死后有《散原精舍文集》十七卷出版。

俞明诗(1865—1923),陈寅恪之母。字麟洲,山阴(今浙江绍兴)人。俞明诗之父俞文葆曾任湖南知府,兄俞明震,官至台湾布政使。俞明诗十八岁嫁给陈三立为继室。善操琴,自号“神雪馆主”,操琴雅室为“神雪馆”,有《神雪馆诗》。

陈衡恪(1876—1923),陈寅恪长兄。字师曾,号朽道人、槐堂,著名美术家、艺术教育家。著作有《陈师曾先生遗墨》(10集)、《陈师曾先生遗诗》(上下卷)、《中国绘画史》《中国美术小史》《中国文人画之研究》《染仓室印集》等。

陈隆恪(1888—1956),陈寅恪次兄。字彦龢。诗人。有《同照阁诗抄》传世。1915年,娶散原先生同年进士喻兆蕃之女喻徽,育有一女,陈小从。

陈寅恪(1890—1969),中国现代最负盛名的集历史学家、古典文学研究家、语言学家、诗人于一身的百年难见的人物,与叶企孙、潘光旦、梅贻琦一起被列为清华四大哲人。1928年,陈寅恪在上海结婚,夫人唐篔是台湾巡抚唐景崧的孙女。生有三女,长女陈流求,次女陈小彭,三女陈美延。

陈方恪(1891—1966),陈寅恪之弟。字彦通,斋号屯云阁、浩翠楼、鸾陂草堂。诗词俱佳。有《陈方恪诗词集》传世。1924年娶孔紫萸,夫妇未生育子女。领养一女，养女于十八岁时难产而死。

陈登恪(1897—1974)，陈寅恪之弟。字彦上。留学法国，结识徐悲鸿蒋碧微夫妇，加入天狗会。先后执教东南大学、武汉大学。著名古典文学研究专家，武汉大学中文系教授。擅长诗词，于经学、小学等领域都有极深的造诣(得黄侃真传)。在庐山松门别墅与贺黔云相识并结婚。生育一子陈星照(封烈)。

陈新午(1894—1981)，陈寅恪的妹妹。家中称九姑，1929 年嫁给国民党国防部长俞大维。1930 年春夏之交，陈三立卜居庐山，陈新午随俞大维赴德国。1981 年客死台湾。陈新午和俞大维生了两个男孩：俞方济和俞小济。

陈封怀(1900—1993)，陈衡恪次子。1926 年毕业于东南大学，1934—1936 年为创建庐山植物园而留学英国爱丁堡皇家植物园。华南植物研究所所长，为我国植物园创始人之一。

义宁即今江西九江修水县，与庐山山川相缭，道里相接。义宁陈氏一门有“五杰”——陈宝箴、陈三立、陈衡恪(师曾)、陈寅恪、陈封怀，而义宁陈氏作为一个家族的徽号，曾经声名远播。义宁陈氏的家世家风、家学渊源、家族流变，以及英才满门的家族荣耀，在中国近代史上，值得大书特书。

陈寅恪的挚友、著名学者吴宓曾评价说：“义宁陈氏一门，实握世运之枢轴，含时代之消息，而为中国文化与学术德教之所托命者也。”

在吴宓看来，义宁陈氏为“中国近世之模范人家”。陈宝箴“为维新事业之前导及中心人物，而又湛深中国礼教、德行具有根本；故谋国施政，忠而不私，知通知变而不夸诬矜躁，为晚清大吏中之鳞凤”。陈三立“少为‘清末四公子’之一，佐父首行维新政革于湘中，坐是黜废禁锢，而名益显，望益高。所与交游倡和者，广而众。又皆一世之名士学人高才硕彦。”义宁陈氏秉承清纯之门风，而无锦衣纨绔之习，堪称“文化之贵族”。

义宁陈氏一门五杰，跨越中国近现代史，见证了中国社会的转型，以及百余年的沧桑巨变。一家几代人的命运，可见家国情怀。陈寅恪有诗句云“家国旧情迷纸上，兴亡遗恨照灯前”。追寻义宁陈氏的百年往事，可以照见一个家族的来时路，一个国家的发展路。从陈宝箴到陈封怀，爱国，爱中国文化，是家族精神的内核，是一盏薪火相传的明灯，发散出“独立之精神，自由之思想”的光芒。这灯盏，永不熄灭，亮在历史深处。

乡绅陈伟琳　保护义宁　创办团练家族崛起

雍正末年，客家人陈鲲池（名公元，字腾远，号鲲池），从福建上杭迁至江西义宁。陈鲲池为义宁陈氏的始祖，陈宝箴的曾祖父。陈公元号鲲池，恢宏大气，颇具万千气象。鲲池语出《庄子·逍遥游》：“穷发之北有冥海者，天池也。有鱼焉，其广数千里，未有知其修者，其名为鲲。”这似乎预示着刚刚迁移到江西义宁的陈氏家族，会孕育出鲲鹏那样的风云人物。

陈鲲池迁移到义宁后，在泰乡七都竹塅里落地生根，开枝散叶，中经克字辈、规字辈、观字辈，家族繁衍。陈氏家族崛起靠的是耕读传家。耕田可以事稼穑，丰五谷，养家糊口，以立性命。读书可以知诗书，达礼义，修身养性，以立高德。经过几代人苦心经营之后，就可以通过科举考试改变家族的命运。

陈规鋐，名伟琳，字琢如，号子润，他承前启后，是陈寅恪家族晚清崛起的关键人物。与自己的父辈及祖父辈不同，伟琳从小得以接受良好的教育，禀赋卓异的他在学问素养上显然要较先辈好出许多。“生平为学不求仕与名，独慷慨怀经世志。”

值得一提的是，陈伟琳是一位志怀高远的读书人，还是一名医术颇精湛的中医。陈寅恪在《寒柳堂记梦未定稿》第一节《吾家先世中医之学》写道：“先曾祖以医术知名于乡村间，先祖先君遂亦通医学，为人疗病。”

不为良相，便为良医。陈伟琳以岐黄之术惠泽乡民。“病者踵门求治，望色切脉，施诊无倦。”中医之学是义宁陈氏的家学，陈宝箴、陈三立都会望闻问切，为患者诊疗开药方。陈宝箴为翁同龢诊病，翁把看病经过、开的药方写到《翁文恭公日记》中。

陈寅恪年少时多病，经常服用祖父和父亲开的处方药。受祖父和父亲的影响，陈寅恪“少时亦尝浏览吾国医学古籍，知中医之理论方药，颇有由外域传入者”。君子之泽，五世而斩。陈寅恪不敢以中医为人治病，随着时代的变化，“长女流求，虽业医，但所学者为西医”。陈寅恪在日本、欧美留学多年，对中医的态度发生变化，曾经说过：“宁愿让西医治死，也不愿让中医看病。”

陈伟琳的生活范围和眼界比祖父辈更加开阔，他走出竹墩里，到远方游历。揽金陵之胜，东历淮徐，涉略齐豫，北至京师。“考览山川，核其户口，扼塞险易，以推知古今沿革之宜，与其战守得失之数”，这一切都为陈宝箴的到来，提供了家庭环境的熏陶和支撑。

太平军进犯江西，地方乡绅组织起来保卫家乡。大约与曾国藩办团练相前后，陈伟琳也创办了义宁州团练；陈宝箴随同帮办。正如举身军事成就了垂名青史的曾湘乡一样，协办团练把年轻的举子带上了一条上下求索的漫漫长途。正如有的学者所说：“陈宝箴的仕途生涯，始于军旅，而他初涉军旅，是从办团练开始的。在与太平军的作战中，他英勇善战，屡建奇功；而且多谋善断，深得父亲的赞赏和喜爱。在此期间，陈宝箴在父亲的指导下，熟读诸家兵书，精研攻守战术，积累了不少沙场征战的经验。”

1854 年春，一支太平军进攻义宁泰乡。陈伟琳率泰乡团练拼死抵抗，因劳累过度，病倒不起，于八月去世，给陈宝箴留下的遗训是：成德起自困穷，败身多因得志。

终其一生，陈伟琳是义宁的乡贤，到了他的儿子陈宝箴，从义宁出发，成为封疆大吏。父因子贵，陈伟琳被追赠为光禄大夫。湘军创建者之一、中国首位驻外使节郭嵩焘为陈伟琳撰写墓碑铭。

大吏陈宝箴　新政湖南　维新前导风气大变

陈宝箴七岁时，一语惊人，被视为英才。当时他读外地的私塾，第一次离开家在外睡觉，夜不能寐。第二天，陈宝箴对塾师说：“昨天晚上，有三个人没有睡着。”塾师问：“谁没有睡着？”陈宝箴从容对答：“我爹，我娘，还有我。”塾师对这个机智而感人的回答，非常震惊。不由得对这个弟子青睐有加，觉得他将来必成大器。

1851 年，二十岁的陈宝箴中举人。陈宝箴中举时竖立的旗杆石至今保存完好，在陈家大屋见证了百余年的家族变迁和风雨沧桑。中举竖立旗杆石，可以想见当年陈宝箴中举给这个耕读之家带来的荣耀。

可是，陈伟琳却做了令人费解的决定，陈宝箴并没有在科举的道路上快马加鞭。陈伟琳按了一个暂停键，益督以学，日取经史疑义相诘难，又不断让陈宝箴比较“朱、陆治学所以异同”。就在陈宝箴中举那一年，洪秀全在广西举事。陈伟琳、陈宝箴父子的命运，被狂飙突进的太平天国起义卷入其中。陈伟琳陈宝箴父子组织乡勇，汇入义宁团练。陈宝箴就这样登上历史舞台。

1857 年，陈宝箴为父亲守丧满三年，奔赴京城参加会试。这一次，命运之神没有眷顾陈宝箴，他落第了。痛苦失意之后，他决定客居京城，参加下一次的会试。这期间，陈宝箴结交了来自全国各地的举子，与易佩绅、罗享奎交往甚密，被称为“三君子”。这些朋友后来成为陈宝箴从军从政的人脉资源。

1860 年 10 月 18 日，英法联军火烧圆明园，宝箴在酒楼饮酒。目睹熊熊火光，陈宝箴感到奇耻大辱，七尺男儿无法报国，满腔悲愤不能自已，拍桌恸哭，举座动容。

国难当头，内忧外患，参加科举考试，还有什么意义？陈宝箴与易佩绅、罗享奎击掌相约，南下加盟湘军。1861 年，陈宝箴南归探望母亲，之后投入易佩绅和罗享奎的“果健营”，在来凤、龙山之间防守太平军。其时石达开大举来犯，两军相持数月不下，粮食消耗几至殆尽。陈宝箴冒着风雪和生命危险，从一条凶险叵测的小道潜行，前往永顺募粮求援。知府张修府看到陈宝箴在风雪之中，只穿了一件单衣，于是，命人取来狐裘为之御寒。陈宝箴以将士饥寒交迫好多天、不忍心自己一个人穿的暖为由婉言谢绝。永顺知府张修府大为感动，答应了他的要求。陈宝箴马不停蹄将粮草押运。援粮到后，“果健营”士气大振，石达开强攻、围困不能破“果健营”，引兵退去。而陈宝箴单枪匹马小道潜行搬运粮草之举，被视为壮举。口口相传，声名日隆。

1863 年，陈宝箴来到两江总督曾国藩安庆驻地。此前，曾国藩已对义宁团练大为激赏，对陈宝箴也有耳闻，数次邀他加入幕府，并赠其一副对联：“万户春风为子寿；半杯浊酒待君温。”陈宝箴的文才、韬略和办事能力深为曾国藩所赏识，进入曾幕府后如鱼得水，被誉为“海内奇士”。曾国藩对陈宝箴倚重，又集句赠送：议事有陈同甫气；所居在黄山谷乡。

几年后，曾国藩调任直隶总督，督办直隶、山东、河南三省军务。陈宝箴随后也入京觐见，“以知府发湖南候补”。不久，他将家眷从江西义宁竹塅接到了湖南长沙。1873 年，陈宝箴为二十一岁的长子陈三立在长沙闲园举办了婚礼，儿媳是好友罗享奎的长女。陈宝箴、陈三立父子告别了几代人生息繁衍的义宁竹塅，家族拥有了更广阔的发展空间。正是这一个转折点，义宁陈氏几代人，登上晚清民国的历史舞台，在政治和文化领域，开始发挥影响力。

陈宝箴的仕途并非一帆风顺。他在任职河南期间，发生王树汶案。拥有盗贼和胥役双重身份的胡体安，以家童王树汶冒名顶替自己入狱。因官场弊端和潜规则，原本并不复杂的顶包入狱案，几经反复，最后牵扯到大批官员，引起河南官场的地震。转任浙江按察使的陈宝箴，在王树汶案尘埃落定后，被“清流党”张佩纶奏折弹劾，受到牵连——降三级调用。后来朝廷查实陈宝箴的抗辩句句属实，“张佩纶所奏自系得自风闻”，但对陈宝箴的处分并没有撤销。郭嵩焘作诗劝慰陈宝箴，“黄粱梦醒酒初熟，毁誉纷纷何足论？”陈宝箴坦坦荡荡，问心无愧，“不计较毁誉得失，乃能求公是公非”。

在晚清官员之中，陈宝箴以“不求富贵利达之心”，努力转移风气。他的仕途命运没有改变，却保住了自己的名节。在王树汶案中，展现出的胆识、气度，为晚清官场所罕见。

官场载沉载浮是常有之事，经过这次的风波，陈宝箴东山再起。在张之洞、王文韶等人的举荐下，被委以重任。1890 年，六十岁的陈宝箴再度起航。这一年他被任命为湖北按察使，到湖北视事后，改署布政使。陈宝箴在湖北任职五年期间，湖广总督张之洞在武汉办洋务，大刀阔斧，方兴未艾。陈宝箴躬逢其盛，经历了多项洋务的兴起和发展，为日后在湖南新政做好了铺垫。

1894 年中日甲午海战爆发。光绪皇帝召见陈宝箴，询以战守方略，所奏甚合帝意，乃命宝箴督东征湘军转运。翌年，陈宝箴得知《马关条约》签订，悲愤交集，痛不欲生，泫然泪下：“无以为国矣。”此后，屡次上书，痛陈利害得失，希望变法强国富民。

甲午战败后，陈宝箴担任湖南巡抚，成为封疆大吏，他在湖南推动维新运动，“湘省风气之开，较他省犹神且速，为中国一大转机”。在湖南实施新政，营一隅为天下倡，虽然因为戊戌变法失败而告终，但陈宝箴陈三立父子的功绩永留青史，影响深远。

从 1861 年陈宝箴在风雪之夜单枪匹马突围，搬运粮草开始，到 1900 年遭遇庚子之变意外病逝。突围，成为了陈宝箴的人生难题。他一生都在突围之中。平定湖南苗民叛乱，破地方动荡不安之围。在河南、湖北做官吏，突破腐化吏治之围。在郑州襄助治理黄河决口，以水利破水灾之围。在湖南实施新政，破因循守旧之围。鸦片战争之后的那批清朝大臣，生活在内忧外患的时代，深具家国情怀。洋务派，维新派，发起洋务运动和戊戌变法，都是突围，结果都是失败。腐败透顶的清政府，招致的外侮一次比一次惨烈，鸦片战争，中法战争，甲午战争，直至八国联军攻破北京的庚子之变。一次又一次的丧权辱国，让陈宝箴深感独木难支，在庚子之变中病逝。

大清苟延残喘，日薄西山，残阳夕照里，那些试图力挽狂澜的人臣，带有浓重的悲剧色彩。陈宝箴因戊戌变法失败，被革职。最终也没有突破晚清政治的迷局。

诗人陈三立　定居金陵　同光诗人誉满海内

黄仁宇在《万历十五年》一书中写道："一个农民家庭如果企图生活稳定并且获得社会声望，唯一的道路是读书做官。然而这条道路漫漫修远，很难只由一个人或一代人的努力就能达到目的。通常的方式是一家之内创业的祖先不断地劳作，自奉俭约，积铢累寸，首先巩固自己耕地的所有权，然后获得别人耕地的抵押权，由此而逐步上升为地主。这一过程常常需要几代人的时间。经济条件初步具备，子孙就得到了受教育的机会。所以表面看来，考场内的笔墨，可以使一代清贫立即成为显达，其实幕后的惨淡经营则历时至久。这种经过多年的奋斗而取得的荣誉，接受者只是一个人或至多几个人，但其基础则为全体家庭。因此，荣誉的获得者必须对家庭负有道义上的全部责任，保持休戚与共的集体观念。"

纵观义宁陈氏的家族发展道路，符合黄仁宇的论述。从陈鲲池到陈宝箴，经过了几代人的惨淡经营。从远方迁来的客家棚民到中举人中进士，这漫漫长途是几代人的梦想接力完成的。陈宝箴中举人，陈三立中进士，这是义宁陈氏家族在科举中所达到的最高点。

1882 年(光绪八年)陈三立入乡试，因恶时文，自以散文体作答。非常幸运的是，陈三立遇到了晚清"清流党"主考陈宝琛，赏识其才，破例录为举人。陈三立名正言顺拜入陈宝琛的门下。陈宝琛陈三立师徒之间，情谊悠长，诗歌维系着亦师亦友的风谊，从晚清到民国，书写了一段佳话。陈三立在庐山松门别墅过八十寿辰，陈宝琛作诗祝贺。1934 年，陈三立从庐山到北平，见到陈宝琛仍行弟子跪拜之礼。师徒都是白发盈颠，当陈宝琛挽起跪地叩拜的陈三立时，那场景十分感人。

1886 年(光绪十二年)，陈三立会试中进士。返长沙，与王闿运等人结碧湖诗社。1889 年(光绪十五年)，他参加殿试，中三甲四十五名进士。授吏部主事。

客家人，义宁，是流传在陈氏家族上的文化基因。罗香林在《回忆陈寅恪师》文中，披露了陈氏几代人携带的文化密码和基因：

> 陈师的籍贯，是江西义宁县，即前清义宁州的修水县，他的上代是从福建的上杭（汀州所属）迁过去的，本属于客家系统。义宁的客家人，多数在清初从福建的汀州和广东的嘉应州迁去的。
>
> 我在清华念书的时候，陈师曾对我说：这些从闽粤迁去义宁的客家人，多数以耕读为业，因为生性耐劳，勤于读书，所以考秀才的时候，本地人往往以学额被客家学子多分去了，便出而纷争，甚至阻挡客家学子入场应考，后来由封疆大吏请准朝廷，另设"怀远籍"学额，专给客家人应考，与原来的学额无关，这才把纷争平息。
>
> 陈师一家，自他高祖腾远公，以至他父亲陈伯严先生（三立），都是"怀远籍"入学，以至逐级考获各种高科的。
>
> 陈师一家，正因为是客家系统，而客家又是保持中原文化特别浓厚的族群，所以初期很少和义宁的本地人通婚，除了和义宁的别姓客家人相通婚外，甚至常常和汀州和嘉应州的别姓人通婚。陈师的祖父曾任湖南巡抚的陈右铭先生（宝箴），和嘉应州本州（今梅县）的黄公度先生（遵宪），极其友好。这固然是由于同抱经世维新的新思想，然与这义宁陈姓和嘉应州本州的黄姓，上代本有亲戚的旧谊，也不无多少的关系。这也是陈师因我研究客家语言和历史，所以特别对我说的。

1930年夏天，罗香林于清华大学毕业前夕撰写了有关客家源流的论文，送给陈寅恪审阅，陈寅恪批示："家谱内，多有材料，须再考查。"正是在罗香林撰写客家源流的论文时，陈寅恪对罗香林说了上述一番话。由此可见，陈寅恪对自己是客家人的身份，非常认可并看重。

正是由于是迁移而来的客家人，陈氏家族读书应考做官之路，曲折漫长。罗香林文中说，腾远公以"怀远籍"入学，不确，学者刘经富指出，陈家的第一个秀才是陈观礼（陈宝箴的堂兄）。

陈三立中进士之后，陈家大屋又多了一个进士的旗杆。据刘经富的考证，陈家大屋门前有陈宝箴中举的旗杆石，陈三立中进士的旗杆墩，大门上有进士第匾额，上堂前有光绪帝赐予的"福""寿"字匾，还有名人写的匾额和联对。

陈三立授吏部主事，目睹吏部腐败种种情状，不愿同流合污，旋弃职。侍父在湖北布政使任所，曾应张之洞邀，为两湖书院都讲。

1895年(光绪二十一年)甲午战争后，李鸿章赴日签订《马关条约》，陈三立闻讯激愤异常，电张之洞："犹欲明公联合督抚数人，力请先诛合肥，再图补救，以伸中国之愤，以尽一日之心。"张之洞深知这是诗人的激愤之语，并未理会。

戊戌变法失败后，陈宝箴陈三立父子因为"招引奸邪"，被革职，湖南新政几乎全废。陈氏父子的心血前功尽弃，事功尽付东流水。1900年，陈宝箴在庚子之变的滔天巨浪中病逝。国难，家难，经过这次家国变故，陈三立从时代潮流之中自我放逐，无心于仕途。自谓"凭栏一片风云气，来做神州袖手人"。葬父于南昌西山下青山之原，陈三立成为"大清孤儿"；筑房于南京西华门头条巷，陈三立栖身于散原精舍。

此后，除了为筹办、主持南浔铁路修建而奔走、操劳，陈三立几乎将全部的精力用于诗歌创作。他成为"同光体"诗人的代表。"同光体"，按这一诗派理论家陈衍所说，是指"同(同治)、光(光绪)以来诗人不墨守盛唐者"。陈三立的诗，初学韩愈，后师黄庭坚，好用僻字拗句，自成"生涩奥衍"一派，是同光体中"江西派"的杰出代表，也是同光体成就最高的诗人。

经历了家国巨变，陈三立的诗歌中带着沉郁之气。他在诗歌创作方面，获得了巨大的成就，在晚清民国影响深远。近人汪辟疆作《光宣诗坛点将录》，把他比作天魁星及时雨宋江，可见其在诗坛的地位。同光体诗派的理论家陈衍说："五十年来，唯吾友陈散原称雄海内。"江西学者、植物学家胡先骕这样评价陈三立的诗歌："如长江下游，烟波浩渺，一望无际，非管窥蠡酌所能测其涯涘者矣。"

做人与作诗，陈三立都达到了很高的境界。徐一士评价，"萧然物外，不染尘氛"；"以贵公子而为真名士，虽尝登甲榜、官京曹，而早非仕宦中人，诗文所诣均精，亦足俯视群流"。吴宓诵读了《散原精舍诗》之后，深觉其佳，对陈三立的人品和诗品推崇备至："其德行高洁，证见超闳，性情简挚，如赤子。又多年不亲世务，不任官职(虽曾为南浔铁路帮办，而未有所成，亦实不长于此事)。隐居超处，颐养纯修。而其渊博之学问，深至之见解，亦不表见于他类文章著作(先生古文甚佳，然所作不多)。而均吐纳于其诗中。故其诗能精厚。杜工部如此，黄师如此，古今大诗人皆如此也。"

义宁陈氏几代人皆能诗，陈三立以诗人身份留名青史。陈三立的五个儿子，都写得一手好诗，是家风的熏染，也是家族文脉的流传。如果说陈衡恪是画家作诗，陈寅恪学者作诗，那么陈方恪则是文人作诗。

文人陈方恪　飘零南北　名士气派抗战卧底

陈方恪(1891—1966)字彦通，斋号屯云阁、浩翠楼、鸾陂草堂。陈三立第四子，陈寅恪弟，在家族中排行第七，被称为“陈家老七”“彦老七”。

陈三立的五个儿子，只有陈方恪没有出国留学，他是传统文人，擅长诗词。散原老人带着一半骄傲、一半谦虚向朋友介绍：“作诗，七娃子尚可。”

从小习诗词文章，陈方恪传承散原老人文脉。一方面有家学的基础，受父亲陈三立的影响；一方面与父亲的好友梁鼎芬、沈曾植、樊增祥、朱古微、郑文焯、陈衍、郑孝胥交游，受诸位名家的点拨和熏染。陈方恪诗词俱佳，文人气质最浓厚，身为“公子的公子”，他的名士范儿最足。在“恪”字辈的兄弟之中，数他风流潇洒，最有名士气派。他的一生，好似不系之舟，诗酒相伴，率性而为，在时代的潮流之中，随意东西。

陈方恪出身于书香门第，虽不是钟鼎之家，但是在诗韵墨香的熏染下成长，在丝竹之声中读书。这样的生活环境，赋予了陈方恪深厚的文化底蕴。

丝桐合为琴，中有太古声。俞明诗有古琴数张，系其陪嫁之物。陈方恪在课读之余，经常在母亲的指导下弹弦操琴。和妹妹一起，在母亲的指点下合奏一曲《平沙落雁》，成为陈方恪记忆里永不磨灭的画面。母亲病逝之后，看到古琴，睹物思人。“时家有唐、宋琴各一，潞王琴三，皆先慈夽中物也。”琴声悠悠，潇湘水云中伫立着母亲的身影。记忆深处的书声琴韵浮现，陈方恪有诗句，“最忆秋灯同课读，书声琴韵两相宜”。

从小衣食无忧，没有纨绔子弟的坏毛病，有的是公子哥的做派。和其他几位兄弟相比，陈方恪活得更加无拘无束，有点任性，有点出格，有点“傲视人间笑红尘”的意味。

小学读的是思益学堂，1910 年毕业于复旦公学。陈三立与复旦公学关系密切。1906 年陈三立垫借该校一千元，并疏通两江总督端方，为复旦赢得常年经费支持。从 1907 年开始，月发洋两千元。据学者孙瑾芝、杨家润论文《陈寅恪入复旦公学年月及是否毕业考》，陈寅恪在复旦公学就读时间为 1905 年秋至 1909 年暑期，整整四学年。陈寅恪复旦公学未毕业，毕业离校说不正确。1905 年至 1907 年，陈方恪和哥哥陈寅恪同读于复旦公学。

1912年冬，应狄葆贤之邀，陈方恪到上海任《时报》编辑。后又经梁启超的介绍，任中华书局杂志部主任。在上海的这段时间，参加南社诗人们在上海的雅集，又曾随报界同仁拜过洪帮老头子，加入帮会，且在洪门中有较高辈分。在报人狄葆贤、包天笑的影响下，登上青楼，流连花丛。陈三立一生洁身自好，为此抱怨狄葆贤（号平子、平等阁主人），把儿子带坏了。陈方恪与名士交游过程中，沾染上阿芙蓉癖，一生为之所累。

对于花钱如流水的陈方恪来说，在中华书局的工作入不敷出。后又在梁启超的介绍下，在盐务署、财政部等处任秘书。陈方恪曾说过："钱，这个东西是无须去要的；要的是座位。坐在某种位置上，钱自会送上门来。"想来这是在肥缺上任职的感悟。小官，肥缺，钱包鼓了，在北京与达官贵人的公子哥，出入八大胡同，欢场醉笑。

1920年秋经时任总统徐世昌等父执推荐，南下江西南昌淘金。在此后几年之中，得到赣省多任督军眷顾，先后担任江西图书馆馆长、景德镇税务局局长、田亩丈量局局长、鳌金局局长以及地方关口税务局等肥差，职务调动频繁，日进斗金，宦囊充溢。

章品镇在《花木丛中人常在》一书中，有一篇写陈方恪，《徜徉在新社会中的旧贵族》。文中有这样一个细节：

> 那时（陈方恪任江西田亩丈量局局长），傅抱石先生还在南昌第一师范痛下囊萤映雪、刺股悬梁的苦功。有次傅老说笑："当年方老回江西做官可了不得：四人大轿，前后盒子炮又是四个人。他老人家的官箴是六亲不认。送钱上门一千亩可以缩成八百；倘若一毛不拔则江西的田可以得寸进尺的。"

陈方恪做官，潇潇洒洒，与众不同。他追求排场，也并非是贪渎之辈。不差钱的陈方恪，数次回到上海滩。结识小他十岁的孔紫萸（1901—1951），两人一见倾心，私定良期。陈三立不同意这门婚事，陈方恪哪里听得进去。1924年，江西时局动荡，陈方恪携孔紫萸归，从此不离不弃。

翩翩贵公子，文采过人，生活风流，看起来居于锦绣丛中，其实多次遭遇人生的不幸，感怆独多。三十三岁，母亲、长兄先后病逝；四十七岁，父亲绝食而死。由于夫人孔紫萸不能生育，曾领养一女，却于十八岁时，也就是陈方恪五十八岁那年，难产而死。老夫妻本来相依为命，而六十一岁时，夫人孔紫萸也因病而死，只留下陈方恪一人，孤零零地度过风烛残年。当秋雨敲窗，孤身一人，在灯下忆及年少的风流与荒唐，陈方恪并不会感到后悔，他的一生多姿多彩，最富有传奇色彩。正因为个人经历跌宕起伏，轰轰烈烈，“使得陈方恪的诗笔格外丰润，尤以善写人情见长”。

金山银山也架不住挥霍。1924 年，将家中收藏的一万余册古书运送到苏州，在闹市区护龙街开了个旧书店，自任总经理。文人，名士，哪里是当书贾的料。只卖书，不收购。陈方恪不了解古书行情，对伙计售卖古书听之任之。他得了钱，就用于友朋宴饮。他的古书以惊人的低价飞快的速度离他而去，于是，书店只好关门大吉。

经过一段荒唐的生活之后，陈方恪不再折腾，认定了诗词是自己的修身安命之所。尤其是经历了母亲病逝、大哥辞世之后的人生变故之后，他远离欢场和饭局，静下心来，苦心攻读，很少出门交游。“因念影事前尘，中年哀乐，修名未达，日月唐捐，自迩亲颁严课，端赖恒心”。1926 年，他这样要求自己：“每日夜温经若干页，圈点子史若干页，背诵辞章若干篇。”“三日课一诗，五日课一词，十日课一文。书生事业亦徒只此千秋之想”，“藉此安顿身心，祛除妄念云尔”。

随着人生阅历的增加，飘萍南北，奔走东西，红尘之中，尝遍人间冷暖，参破生死。陈方恪对年少的荒唐，颇有悔意。“独优伶倡伎之中不少激楚流连之子，渐成倾盖之交，感缔蕴袍之约，纬繣至今，负人者多矣”。他的悔意也伴随着觉悟，让人想起宋代克勤禅师的开悟诗：“金鸭香炉锦绣帷，笙歌丛里醉扶归。少年一段风流事，只许佳人独自知。”

从此，陈方恪的诗词精进。《陈方恪诗词》序言中说：“陈方恪的诗歌，出唐入宋，既有唐人的丰美华赡，也有宋人的思理峭刻，似乎比晚清同光体中某些人之仅求宋人堂庑，格局更为开阔。”陈方恪的词也有一时盛名，钱仲联在《近百年词坛点将录》中，推其为“地狂星独火星孔亮”，“绝世风神，多回肠荡气之作”。前辈朱祖谋则盛称其慢词“情深意厚”。在陈寅恪的好友吴宓眼中，“方恪，能诗，而狂放佻达”，吴宓是内心风流，行事古板的学者，他对陈方恪年少的风流，评价为“狂放佻达”，也挺有意思。

陈方恪的词，仿佛是晚唐和五代的花间词的延续，隔着一千多年的时间，在民国重生。但他所处的那个时代，中原板荡，日寇侵袭，不允许他沉湎在香艳的小天地里。他的词中注入了时代的内容，如《虞美人》：

南朝几许伤心事，一枕苏春睡。猗兰青鸟返瑶天，不尽落花流水又年年。

兴亡覆手翻云雨，谁抵钟情苦。瓣香千载盥清词，又是金戈铁马渡江时。

这是1937年在上海与词社诸公祭奠李后主生日所作，在效仿后主词风的同时，把对日本帝国主义侵华的忧虑注入词中，小令顿时显示出开阔的境界。

陈方恪一生富有传奇色彩，还有一块污点。最令人费解的是，他在抗战爆发后，不知何故没有去重庆。南京伪维新政府成立后，在梁鸿志的拉拢下，一步一步加入了“维新政府”。有文章说，陈方恪与梁为诗文知己，梁亦经常接济陈家，故交谊颇深。

从1938年起，陈方恪先后在“维新政府”里出任教育部编审委员、考试院考选委员专门委员、伪国民政府考试院考选委员会专门委员、伪国民政府行政院秘书等职。毋庸讳言，陈方恪落水了。毕竟是陈三立的儿子，迷途知返，落水之后自救，成为秘密抗日战线上的卧底。

据潘益民、潘蕤编撰的《陈方恪年谱》可知：自1942年起，陈方恪就与国民党军统地下组织建立了联系。这一次联系，将陈方恪拖上岸。陈方恪年轻时在上海加入洪门，结识了洪帮兄弟徐亮。此时，徐亮已经是重庆军统局的特务。军统派出的特务潜伏组，将电台藏入陈方恪担任主任和董事会代表的金陵刻经处。陈方恪不仅掩护潜伏组，还负担潜伏组的日常开支。与此同时，还与中共情报人员徐光楚等人有过秘密接触。

1945年8月5日下午，一队日本宪兵冲进金陵刻经处，直奔后院，将两名军统特务抓获，电台也被搜出，另有三名工人亦被捕。陈方恪恰好遇到一位朋友，在门外交谈。目睹金陵刻经处日寇抓捕军统特务，在一片混乱之中，陈方恪机智逃走。8月6日，陈方恪被日本宪兵队抓获，虽经严刑拷打，仍然坚贞不屈，不肯吐露一个字的内情。8月13日，日军审讯未果，气急败坏，将陈方恪捆绑在马厂地上，鞭赶几匹高大的东洋马来回在其身上踩踏，他被折磨得奄奄一息。陈方恪命大，幸运的是恰好赶在历史的转折点上。在漫长的夜晚咬牙坚持，就迎来黎明。到了8月14日傍晚，日本即宣布无条件投降。日军自顾不暇，陈方恪才死里逃生，活着走出了宪兵队的牢房。陈方恪走出牢狱时，体重只有四五十斤，十天的时间，头发全白了。

抗战胜利后，陈方恪失去经济来源，生活落魄。社会上一些不明就里的人，对陈方恪担任过伪职瞧不起。直至1946年秋天，陈方恪的境况才有所好转。“因在沦陷区掩护军统电台，协助进行策反工作以及被日军逮捕、酷刑下未出卖抗日地下组织等立功表现，国防部保密局要员接见、表彰先生，并发给奖金和《军统地下工作者证明书》。”由落水汉奸一跃成为抗日功臣，陈方恪的形象在亲友之中、社会舆论上，有了实质性的提升。

1949年，南京解放，进入一个翻天覆地的新时代。此时的陈方恪已失业，困守在南京城南饮马巷的两间旧房里。陈方恪的人生，大起大落，跌宕起伏。是落水汉奸，又是抗日功臣；是落魄的文人，又是显赫的名士。进入新时代的陈方恪，亦是如此。在街巷邻居眼中是瘦弱的生活失意者，一跃成为新政府的座上宾。

1950年10月，陈毅在一次专门招待南京文化名流的宴会上，听说漏请了散原老人之子陈方恪，就立即派人登门请他赴宴。陈毅在酒宴上与陈方恪谈陈三立的诗文。宴会结束后，乘坐南京市市长柯庆施的专车回家。不久，在南京市政府的安排下，陈方恪一家迁往四卫头54号居住，生活才算是安定了下来。

生活刚刚安定了下来，夫人孔紫萸病逝。此后，陈方恪孤身一人，穿行于人海之中。载浮载沉，宠辱不惊，他已经看淡了世间的一切。但是，夫人去世，他不能像庄子那样鼓盆而歌，唯有诗词缓解心中的哀思。

生活波澜不惊。义宁陈氏的护身符，让他远离各种政治运动。进入新社会的旧贵族，仍然和往日一样与朋友雅集倡和。1959年，毛泽东在一次宴会上提到了陈宝箴任湖南抚台时，锐意新政，戊戌年间保荐了康有为等豪杰之士，且注重文化启蒙，业绩冠于各省。毛主席自己当年读的湖南第一师范，就是这位抚台大人创办的。后来又问起了陈氏后人的下落，陈毅一一介绍之后，提到陈家有一个老七陈方恪在南京。也许是这个原因，不久在省市有关部门的关照下，陈方恪家又迁到了牯岭路26号(当年陈三立在庐山牯岭有松门别墅)的小洋楼里，陈本人也被安排在《江海学刊》杂志社任编辑。

陈方恪的晚年因为高层的关照，生活安稳。1959年的秋天，法国梧桐树叶纷飞飘零，他和胡小石在夫子庙永和园品尝蟹黄包时，望着窗外的一地黄叶，叹息:“人生能吃几次蟹黄包啊?”

在章品镇的文章中，提到这样一个细节:南京大学吴白匋教授到陈家做客，穿上大衣告辞时，不小心碰倒了万历年间的大花瓶。这个五彩戟耳大瓶是陈三立的旧藏，陈方恪知道不是万历年间的瓷器，而是清康熙年间仿制的，但他一直珍藏着。吴白甸当然清楚这大瓶在陈方恪心中的重量，感到惴惴不安，非常难过。陈方恪见状，笑着劝慰好友，“早晚都要碎的”。

1966年1月3日，陈方恪病逝世于南京，享年七十五岁。其实，陈方恪就是前朝遗留下来的一尊高贵的瓷器，虽然受到了新时代优渥的待遇，但他的气质和那个时代，总有几分不相宜。瓷器碎了，再也无法复制。陈方恪走了，这样的人再也不会出。他走的真是时候，在他身后，是黄钟毁弃、瓦釜雷鸣的“文革”。陈方恪那一代人生存的土壤被狂风暴雨冲刷殆尽……

安葬陈寅恪　魂归庐山　义宁精神世间流传

义宁陈氏与庐山有缘，仿佛是出自庐山的一条大江。江河入海后，他们的精魂，化为云雨，仍归庐山。

陈封怀1933年来到庐山，1934年参加完庐山植物园成立大会后赴英国学习园林技术，1936年学成归国，担任庐山植物园技师，后任主任。陈封怀成为植物分类学家和植物园专家，是我国植物园创始人之一。他为庐山植物园建设作出了重大贡献，1993年逝世后安葬在庐山植物园。

陈封怀比陈寅恪小十岁。陈寅恪第一次从欧洲回家，从这时起，就与陈封怀结下了深厚的情谊。陈封怀留英归国后，在侄子辈中，他是与陈寅恪关系最密切的一位。陈封怀安葬在庐山植物园，十年后，陈寅恪归葬此园。正应了陈寅恪的一句诗“后世相知或有缘”。

2003年6月16日，也就是阴历五月十七日，即陈寅恪先生诞生一百一十三岁之日，人们将其葬于庐山植物园。周围更特意栽上陈寅恪留学过的几个国家的树：日本红枫，俄罗斯红松，德国鸢尾，法国冬青，美国凌霄，瑞士瑞香。

先生之墓与他的侄儿陈封怀墓为邻。由画家黄永玉先生题写碑文：独立之精神，自由之思想。陈寅恪毕生的信念，化为光彩熠熠的大字，穿过风霜雨雪抚摸的石头表层，抵达坚硬的所在，镌刻在巨大的冰川石上。一位史学家的血肉之躯在人间消失了，他的骨头留下了，埋葬在庐山植物园，骨头也是种子，会生长出气象万千的森林。他的信念、精神与坚固、高贵的冰川石融合，具有了庐山一样的重量，独立和自由因此而不朽。

义宁的文化源流，如同涓涓细流，汇聚成修水，流经数百年，最终在庐山脚下汇聚，仿佛是前世的约定，又是今世的宿命。

庐山，还是陈三立松门别墅的所在地。1994 年 9 月，陈小从参加在南昌召开的“首届陈宝箴、陈三立学术研讨会”，会后，前往庐山寻访祖父陈三立的故居——松门别墅。四十七年后再回旧居，她想起和祖父陈三立一起登楼依栏观赏落日的场景，此楼犹在，换了人间。父亲陈隆恪的“同照阁”面目全非，旧时踪迹，无从寻觅。当年在祖父怀中看火烧云的小女孩，已经成为满头飞霜的老人，回首前尘旧事，一切都如同在梦中，“曷胜沧海桑田之感”。她作诗表达心头呈现的无限往事：

草树呼醒旧梦赊，万松围处认吾家。
依栏人尽朱栏毁，怅立松门对落霞。

探寻义宁陈氏风云苍茫的百年往事，寻觅几代陈氏英杰的人生踪迹。同治九年，陈宝箴以知府官湖南，移家定居长沙，从此融入近代都市文明的潮流中。此后几十年间，陈家辗转迁徙于武昌、南昌、南京、杭州、上海、庐山、北平、广州。在各大城市，留下故居和踪迹。人生到处知何似？应似飞鸿踏雪泥。百年光影，世事沧桑，勾勒出义宁陈氏的身影、生平和风骨，长路漫漫，义宁精神在天地之间流传……

凭栏一片风云气　来作神州袖手人

——最后一位古典诗人陈三立的心路历程

陈三立(1859—1937),字伯严,号散原,江西义宁(今修水)人。陈三立中进士,散馆授编修,授吏部主事。陈三立与谭嗣同、丁惠康、吴保初合称清末四公子,后来,他的儿子陈寅恪被誉为“公子的公子,教授的教授”。年少时改名三立,典出“太上有立德,其次有立功,其次有立言”的古训,他是名副其实的实践者。人格独立,品行高洁,可谓立德;湖南新政,戊戌变法,可谓立功;诗坛祭酒,名满海内,可谓立言。

陈三立是横跨晚清民国的一条大江,源头是江西。南昌章江门外三十里有西山,一名南昌山。据《水经注》,即古散原山。陈三立筑庐为其父归隐之处,父母皆葬于此,故以散原为号。1937 年,七七事变爆发,因北平沦陷,陈三立绝食而死。在他逝世之后,有《散原精舍文集》十七卷出版。

爱国,是流淌在义宁陈氏中的血脉;热爱中国的历史,传承历史和文化,是在义宁陈氏几代英才中绵延不绝的文脉。陈三立被誉为中国最后一位古典诗人,更是爱国诗人。陈氏几代人以诗歌记录了家国变迁,时代的演进。

陈宝箴陈三立父子从政的顶峰就是湖南新政。他们在湖南办时务学堂、武备学堂、算学馆、《湘报》、南学会,罗致了包括谭嗣同、梁启超、黄遵宪在内的维新志士,一时湖南风气为之一变,成为全国维新运动的中心之一。

探寻陈三立的心路历程,不妨从湖南新政说起。

湖南新政:凭栏一片风云气

1895 年,是大清命数的转折点。甲午战败,朝野上下,顿觉晚清帝国不仅落后西方列强,连蕞尔小国日本也无法抗衡,割地、赔款,完败于东瀛岛国。日本的崛起,靠的是明治维新。日薄西山的大清,忽然醒过神来,朝野之中的有志之士,一致认为,再不维新变法,救亡图存,就有亡国的危险。这一年,同样是江西义宁陈氏家族的转折点,陈宝箴被任命为封疆大吏——湖南巡抚。湖南长沙是陈氏的第二故乡,也是陈宝箴“立富强根基”之地。洋务派地方大员陈宝箴,把湖南作为维新变法的试验田,他从

1899 年，陈宝箴在南昌。陈宝箴膝下为重孙陈封可。右一陈隆恪，右二陈衡恪。左一陈方恪，左二陈寅恪，左三陈覃恪。

政的荣耀和失败，都在湖南。

1895 年至 1898 年担任湖南巡抚期间，陈宝箴在湖南实施新政，推动维新变法，其子陈三立概括为六项：董吏治，辟利源，敕军政，公官权，变士气，开民智。这一切，经由其子陈三立策划、襄助，推动湘省改革功勋卓著。

陈宝箴陈三立父子主持湖南新政，改革的实施，离不开人才。陈三立不仅以诗文驰誉神州，在政坛亦为一时之翘楚。他罗致和保荐过不少维新志士，在湖南有了用武之地。晚清改革派人士梁启超、谭嗣同、黄遵宪、熊希龄、江标、徐仁铸、皮锡瑞、唐才常等，风云际会，齐集湖南。如同众星拱月，陈三立成为名士中的名士，宾主时常聚集于他的书房中，“相与剖析世界局势，抨击腐朽吏治，贡献新猷，切磋诗文，乐则啸歌，愤则痛哭，声闻里巷。”陈三立名动沅湘，在他的吸引下，“楚士英英多入彀”，被时人称为“义宁陈氏开名士行”，仿佛是晚清的平原君。

1895 年 7 月，因荣禄的举荐，陈宝箴被任命为湖南巡抚。他还未上任，就面临着一个重大的考验，“湖南旱饥，赤地千里”。陈宝箴上任，首先赈灾，缓解灾情，安定民心。在赈灾的过程中，陈宝箴发现国运不昌、世风日下，官员腐败，灾情得到控制之后，他着力整顿吏治，打击贪腐，察劾府县以下昏酷不称职之官吏二十余人。“董吏治”，为陈宝箴陈三立父子实施新政，创造了一个良好的吏治环境。

辟利源，大力扶植工矿业，发展通讯交通，创办实业企业。陈宝箴成立湖南矿务总局（矿务由陈三立主持），采掘湖南丰富的矿藏资源，积极发展湖南地方民族矿业；设立湖南电报局，架设长沙至湖北蒲圻四百五十多里长的电线；建宝善成机器制造局，开创和丰火柴公司，创办化学制造公司、发电公司、轮舟公司……

敕军政之举，最主要的是对旧式营伍的整改和武备学堂的创办。招募新军，更新设备，用西法训练军队。陈宝箴又将省城的求贤书院改为武备学堂，研习军事，培养新式军官。

公官权之举设立保卫局和课吏馆，成立南学会。南学会成立当天的盛典上，湖南学林领袖王先谦参加南学会的演讲活动。学者张求会认为：“南学会的确具备了地方议会的性质，不愧是湖南新政的重要组成部分。”

陈宝箴陈三立父子在湖南推动的新政，浓墨重彩莫过于变士习、开民智。创办《湘学报》和《湘报》，开办时务学堂，选派一批留学生赴日留学。

支持谭嗣同等刊行《湘学报》、《湘报》，使湖南维新风气大开，成为全国最有生气的省份。当梁启超在上海办《时务报》受张之洞阻挠时，陈宝箴立即聘请他来湖南任时务学堂总教习。《湖南时务学堂缘起》发布中说：“吾湘变，则中国变；吾湘立，则中国存。用可用之士气，开未开之民智。”“广立学校，培植人才，为自强本计。”湘报和时务学堂，如同浩荡的春风，吹醒了三湘大地，湖南的社会空气为之一变。新兴的报馆和学堂，为日后的革命造就了一批杰出的人才。

陈氏父子在湖南的新政，并非一帆风顺，时时刻刻感受到守旧派的压力。有一次，南学会延请湘中名儒皮锡瑞演讲，熊希龄亲自摇铃开会，召集听众入讲堂。这件事传到了守旧派叶麻子叶德辉的耳中，于是作联嘲讽：“鹿皮讲学，熊掌摇铃。”皮锡瑞，字鹿门，署所居名“师伏堂”，学者因称之“师伏先生”。“鹿皮”，“熊掌”，含沙射影皮锡瑞和熊希龄。

如果说这一联语，冷嘲热讽，尚属雅驯。但接下来这一副联语，就是破口大骂，攻击在湖南实施新政的陈氏父子，以及时任时务学堂总理的熊希龄。这副联语，仍然是拿姓名大做文章：“四足不停，到底有何能干？一耳偏听，晓得什么东西？”叶德辉恨不得将熊希龄和陈宝箴拆解，以泄心中怨恨之气。上联中，将“熊”姓下部“灬”析为“四足”，上部拆出“有何‘能’干”之“能”；将“陈”姓左部析为“一耳”，右部拆出“什么‘东’西”之“东”？

平心而论，藏书家叶德辉腹有诗书，的确有才气，挖空心思之原创，嬉笑怒骂之文章，两副联语“佳作”，可作谈资。但问题是，他霸气侧漏的才气和随手拈来的恶毒，成就了他，也害了他。

进入民国，国共合作，北伐军从广东出击，湖南的农民运动风起云涌，如火如荼，面对湖南省发生的一切，叶德辉照样骨鲠在喉，不吐不快。恰好“农会”请这位大名士写对联，他大笔一挥：“农运方兴，稻粱菽麦黍稷，一班杂种；会场扩大，马牛羊鸡犬彘，六畜满堂。”横额是“斌尖卡傀”（长沙方言）。意为不文不武，不小不大，不上不下，非人非鬼。这一次，叶德辉写谩骂的对联赔上老命。1927 年 4 月 11 日，叶德辉在长沙被杀。不知熊希龄、陈三立闻听叶德辉死讯，心中会有什么感慨。

1932 年秋，陈三立在庐山牯岭。

在中国做改革者，就面临着这样的困境，不断被攻讦，不断被污蔑，以致流血牺牲。正如鲁迅先生所说：“中国太难改变了，即使搬动一张桌子，改装一个火炉，几乎也要血；而且即使有了血，也未必一定能搬动，能改装。”新旧之争，风起于湘波动于京师。陈宝箴陈三立父子在湖南的新政表面上看是成功的，但是，随着帝后之间权力的斗争，不幸被鲁迅先生言中，即使流血牺牲，也没能“搬动”“改装”。操之过急的光绪皇帝，哪里是老谋深算的慈禧太后的对手。激进的康有为试图推倒慈禧太后，以狂飙突进的方式进行戊戌变法，结果是戊戌六君子（谭嗣同、康广仁、林旭、杨深秀、杨锐、刘光第）喋血菜市口，历时一百零三天的变法以失败而告终。

1898 年 9 月 21 日，慈禧太后发动政变，幽禁光绪，通缉康梁，对进行维新变法的大员进行清算。10 月 6 日，惩处陈宝箴、陈三立父子的上谕发出：“湖南巡抚陈宝箴，以封疆大吏滥保匪人，实属有负委任。陈宝箴着即行革职，永不叙用。伊子吏部主事陈三立，招引奸邪，着一并革职。”所谓的“滥保匪人”，是指陈宝箴陈三立父子保荐“戊戌六君子”中的杨锐和刘光一事。黄遵宪、熊希龄、徐仁铸、皮锡瑞等其致力于湘省改革人士一例遭受惩处。王先谦、叶德辉诸人弹冠相庆，两人互相吹捧，王赞叶有摧陷廓清之功，叶许王有力挽狂澜之力。

这一年的冬天，义宁陈氏家族遇到了最冷酷的严寒。陈宝箴携家眷，离开湖南巡抚任所，迁往江西老家。于1897年去世的陈宝箴夫人黄淑贞的灵柩也一同迁回。全家老幼扶柩而行，不是回江西的修水县竹乡墩，而是在南昌磨子巷赁屋暂居。

此后，陈三立侍父筑室于西山，意为陈宝箴的埋骨之所。陈宝箴夫人黄淑贞安葬于此，墓穴左边预留生圹。陈三立在其母墓旁建屋数楹，“取青山字相并属之义，名靖庐”。坐对青山，下临清泉，窗外可见松竹梅，园中水池游鱼风荷，在这样的世外桃源，是否可以躲避戊戌变法失败后引发的政治风潮？

世情翻覆似波澜。陈氏父子在权力的顶峰滑落，被革职后，深刻地体会到世态炎凉，人情冷暖。有一副匿名的对联广为流传：

陈陈相因，徐徐云尔，不孝男罪孽深重，祸延显考，兵部侍郎，礼部侍郎；

侃侃而道，迟迟吾行，维新党潜通消息，勾引奸邪，抚台父子，学台父子。

这副对联是挖苦讽刺因湖南新政而被革职的陈宝箴、陈三立父子和徐致靖、徐仁铸父子。慈禧太后发动政变之前，徐仁铸任湖南学政。徐仁铸之父徐致靖曾担任礼部侍郎。而陈宝箴曾任兵部侍郎。在变法风波之中，陈氏父子、徐氏父子都被革职，永不叙用。有好事者撰写了这一长联，虽无落井下石之行径，但有幸灾乐祸之心思。其下联“侃侃而道，迟迟吾行，维新党潜通消息”为参折中之语。

在南昌磨子巷赁屋居住时，有一天，收到一封从长沙辗转送至磨子巷的信函，收信人为“前湘抚陈”，寄信人没有留姓名，只书“湘垣缄”。拆开信函一看，是《维新梦》章回体小说题目一张，另附七绝数首。其中一首的后两句写道：“翩翩浊世佳公子，不学平原学太原。”“平原”指战国时的平原君，“太原”指李世民随父亲李渊在太原起兵举事，影射陈三立随父在湖南实施新政是“大逆不道”、“谋反”之举。陈宝箴父子看了这封信函，迅速猜出是谁写来的这封信。原来此人屡次请求入矿务局谋事，始终未能如愿，心怀怨恨。陈氏父子困顿失意之时，此人匿名写信，语带讽刺。夫人俞明诗见丈夫陈三立闷闷不乐，展函微微一笑，对陈三立说，“翩翩浊世佳公子，不学平原学太原，这两句甚佳”。

陈宝箴在湖南的新政几乎全被废，毁于旦夕之间；陈三立救国救民的政治抱负尽付流水。一场新政，顿时灰飞烟灭。内心的伤痛无以言表，寄寓在青山流水之间的崝庐，“往往深灯孤影，父子相语，仰屋欷歔而已”。寥寥几句，陈氏父子椎心泣血之悲，弥漫于阵阵松涛、萧萧竹影之间。深夜，摇曳的灯光下，几声鸱鸮的怪叫，父子相对，欲言又止，唯有一声叹息！

戊戌变法失败，为义宁陈氏家族带来一种文化意义上的悲情，以致陈宝箴陈三立陈寅恪祖孙三代人的人生际遇都带有一种悲剧色彩。陈宝箴之后，义宁陈氏对政治好像是若即若离，实则保持一定的距离，多是一种冷眼旁观之态。在人生暮年，又是苍凉晚景，陈寅恪回望家族百年风云，其中的家国情怀，家乘国史相连，沉痛的意味，在诗中浮现。“家国旧情迷纸上，兴亡遗恨照灯前。”诗句实在是因切肤之痛，有感而发。对于此等晚清往事陈寅恪先生可谓声声在耳、历历在目。

湖南新政依然成为陈三立的人生记忆，但在特定的境遇下，这段痛史会复活，化为陈三立与梁启超共同的回忆。

1922 年 11 月，梁启超到南京东南大学讲学，和陈三立相逢。自长沙时务学堂一别，已经二十五年。11 月 9 日（阴历九月二十一日），陈三立刚过七十大寿，梁启超也到了知天命之年。11 月 18 日，梁启超等人在成贤街文德里中国科学社宴请陈三立，为他祝寿，陈三立以新印《散原精舍诗》以及《续集》赠送梁启超。三天后，陈散原在散原别墅宴请梁启超，打开五十年陈酿，开怀畅饮，一醉方休。

陈三立在北平居住时，对待车夫如同家人。

席间，陈三立和梁启超谈起湖南新政，维新风云，戊戌风波。前尘旧事，如梦如烟，不胜唏嘘感叹。俯仰纵横，遭遇家国巨变。人生浮沉，几多离合悲欢。他们谈起了蔡锷。散原老人缓缓说道：“那一年，松坡考长沙时务学堂，年十四，作文不通，没有通过。我觉得他年龄小，主张录取他。以梁任公先生的学识和教力，一日千里，半年大成。可惜，蔡松坡英年早逝，这样的英才不可复得。”梁启超想起蔡松坡在时务学堂的往事，他稚嫩的面孔，坚毅的眼神，如在眼前。在护国战争中，梁启超蔡锷合作讨袁，一个在舆论阵地上以如椽巨笔，横扫千军；一个在西南大地拔剑而起，发动云南起义……一幕幕往事，叱咤风云，只可惜松坡英年早逝，在座宾客无不扼腕叹息：南天剑起一麾雄，湘水麓山唱大风。万里河山一杯酒，是非成败转头空。

这一晚，陈三立和梁启超频频举杯，五十年陈酒佳酿，浇二十五年的心中块垒。戊戌变法失败，是两人心中的隐痛，也是隐匿于他们人生年轮之中的历史气象。“凭栏一片风云气，来作神州袖手人。”陈三立曾把这两句诗赠送给梁启超，可视为陈三立的精神画像。人生七十古来稀，回望湖南新政，那一片风云之气，成为陈三立的人生底色。开时代风气，试图改变晚清，但陈氏父子失败了，康梁失败了。如果说陈三立的前半生是“一片风云气”，勇立潮头的改革者；那么他的后半生就是“神州袖手人”，冷眼旁观的观察者。

乱世旁观　来作神州袖手人

甲午战败，公车上书，湖南新政，百日维新，庚子国变，晚清大历史，诸多历史事件，如同环环紧扣的历史链条，互为因果，一动皆动。在这几个链条之上，陈氏父子的名字，与之密切相关。

戊戌变法失败，陈宝箴、陈三立父子被革职，永不叙用。陈三立在南昌西山筑房数间，名曰峭庐。陈宝箴只住了一年多时间，1900 年春夏之间，陈宝箴突然病逝。陈三立的记载是：“是年六月二十六日（7 月 22 日），忽以微疾卒，享年七十。”

陈宝箴为什么“忽以微疾卒”？他究竟因何而死？死因中藏着什么玄机？关于陈宝箴之死，学界众说纷纭，莫衷一是。钱基博说“闻拳匪之乱，发愤死”；宗九奇、刘梦溪则依据新史料的刊布，持“慈禧赐死”说，认为是慈禧太后密旨赐陈宝箴自尽，陈宝箴北面匍匐受诏后自缢身亡，来人还取了陈宝箴的喉骨向慈禧复命。

在尚未发现明确、直接史料的前提下，关于陈宝箴之死，笔者倾向于陈三立之说“忽以微疾卒”。戊戌变法失败，陈宝箴陈三立父子被革职，呕心沥血推陈出新的种种举措，一旦化为乌有，这次政治打击，无疑是深层次的精神创伤。失意，郁闷，伤时，忧国，层层郁积，无以舒缓。对于六十七八岁的老人来说，这种打击是沉痛的，自然会影响到身体健康。一波未平，一波又起，1900年春夏之交的义和团运动，导致八国联军攻入北京，大清慈禧太后和光绪皇帝仓皇出逃。庚子国难，对于陈宝箴的打击是致命的。“团匪滋扰，北燕之天，黑云惨淡，音信杜绝，致有篡弑之谣传。公每闻此事，慨然涕泪，悲愤恸哭，遂因之得病。”这样的状态下，陈宝箴患“微疾”就能引发大病。在庚子年的滔天巨耻之中，在千年未有之国变之中，溘然长逝。

《知新报》刊登纪念文章《老成凋谢》，文中评论道：“呜呼，自古贤臣名士，为君尽忠、为国竭力者颇多，而出处进退如公者，有几人乎？当此国事艰难之时，斯人云亡，何异狂澜将倒、砥柱忽催？呜呼惜哉！”

瞿鸿禨有《陈右铭年丈挽词》七律一首，诗云：

千艰百折付消沉，成败论人每铄金。
欲挽沧波纾世难，犹悬白日照臣心。
灵均楚泽孤芳郁，朱邑桐乡旧泽深。
凄切暮颐山下路，故交零落鹤鸣阴。

其中“朱邑桐乡”句典出自《汉书》，考《汉书·循吏传》云：

朱邑字仲卿，庐江舒人也。少时为舒桐乡啬夫，廉平不苛，以爱利为行，未尝笞辱人，存问耆老孤寡，遇之有恩，所部吏民爱敬焉。……为人淳厚，笃于故旧，然性公正，不可交以私。天子器之，朝廷敬焉。……神爵元年卒。……初，邑病且死，属其子曰：“我故为桐乡吏，其民爱我，必葬我桐乡。后世子孙奉尝我，不如桐乡民。”及死，其子葬之桐乡西郭外，民果共为邑起冢立祠，岁时祠祭，至今不绝。

瞿鸿禨不以成败论人，忠君爱国堪比屈原，泽披后世堪比朱邑，盛赞陈宝箴之功业，悲悯其遭遇。感叹陈宝箴虽殁，而湖南民众尚受其遗德遗泽。释静安在挽诗中也说：“功罪一时原未定，春秋千古岂能私？”

陈宝箴病逝，陈三立成为“大清孤儿”。陈三立一生拜谒西山崝庐十余次，留下了数量颇为可观的拜谒诗。在这些诗歌中，他反复自称“孤儿”，如“群山遮我更无言，莽莽孤儿一片魂”、“孤儿更有沧桑泪，依倚东风洒翠微”、“孤儿犹认啼鹃路，早晚西山万念存”等。在系列《崝庐述哀诗》

的第一首，陈三立写下了“呜呼父何之，儿罪等枭獍。终天做孤儿，鬼神下为证”这样惨烈的诗句。

陈三立呼天抢地、迸发血泪的陈词，一则曰：“不孝不及侍疾，仅乃及袭敛。通天之罪，断魂锉骨，莫之能赎。天乎！痛哉！”继则曰：“不孝既为天地神鬼所当诛灭，忍死苟活，盖有所待。”似乎对陈宝箴之死，有难言之隐。这是因为，陈三立认为，自己对父亲的死抱有不可推卸的责任，在内心深处，他将自己在湖南新政中的激进行动视为导致父亲去世的原因之一。事实上，士林中人流传这样的观点：陈三立结交维新派，害了父亲陈宝箴。比如，一代诗文大家、湖湘名士王闿运就是这样想的。

1929年冬，大雪初霁，陈三立在庐山与儿子陈隆恪、儿媳喻徽、孙女陈小从合影。

陈宝箴陈三立父子同遭罢黜之后，有一次，王闿运和友人在酒桌上论及义宁父子旧事。众人皆曰：“陈中丞讲究吏治，刚正不挠，亦迹近贤督抚，但不应聘梁启超主讲时务学堂，败坏湖南风气。”座中当即有人力挺陈宝箴，为之辩解：“此非中丞之过，缘其子三立朋友太滥，不择人而交友，为所误，亦千虑之一失也。”争论不休之际，唯独王闿运默不作声，只是捻短须微笑。大家停止了争辩，都想听听王闿运的高见。王闿运见状，叹息一声，说道：“江西人好听儿子说话，中丞亦犹行古之道耳！”举座皆惊，愿闻其详。王闿运徐徐道来：“公等疑吾言，亦尝读史乎？王荆公变法时，遇事多由子雱处理；严嵩当国，唯世蕃之言是从。今中丞亦然，固江西惯例也，何怪焉？”闻者莫不赞同王闿运的观点。

有这样的舆论压力，可以想见陈三立又后悔又痛心，他的忏悔和沉痛，在崝庐诗中随处可见。在王闿运和世人的印象中，陈三立在湖南新政中发挥的作用相当之大，比陈宝箴更为激进，他结交的谭嗣同、梁启超、黄遵宪、熊希龄等人，影响了陈宝箴的政治态度，从而间接导致陈宝箴的悲剧。

1900 年，又一次的家国巨变，家难与国难交织在一起，爱国诗人陈三立忧心如焚。“国家之痛”是陈三立诗歌的主题。八国联军入侵，金瓯被铁骑大炮践踏、摧残，生灵涂炭，国家动荡，面对这样的局面，陈三立在诗歌中表达了忧国忧民的思想情感。

《十月十四日夜饮秦淮酒楼，闻陈梅生侍御、袁叔舆户部述出都遇乱事，感赋》是其中的代表作：

狼嗥豕突哭千门，溅血车茵处处村。
敢幸生还携客共，不辞烂漫听歌喧。
九州人物灯前泪，一舸风波劫外魂。
霜月阑干照头白，天涯为念旧恩存。

这首诗中浸透了血泪，沉痛至极。1901 年，清政府与列强签订了丧权辱国的“辛丑条约”。这年底，满腔激愤的诗人乘舟由南昌至九江，夜不能寐，写下了他的名作《晓抵九江作》，诗中写道：“合眼风涛移枕上，抚膺家国逼灯前。”诗人是漫漫长夜里祈祷家国安宁的使者，是风高浪急的漆黑夜晚点点灯光的守望者。

经历诸多风波，陈三立铭记陈宝箴的遗嘱“不问政，不治产”。既然不当官，不发财，甘做神州袖手人，陈三立何以度过余生。他像他的祖父陈伟琳、父亲陈宝箴一样，开设学堂，培育英才。

1900 年陈三立举家迁居江苏金陵，先后三换寓所，第三次是得到湖南乡绅与商人资助，在金陵青溪畔(今头条巷，隔青溪与西华门遥望)构屋十楹，号“散原精舍”。他专注于诗歌创作，同时致力于教育事业。1901 年，陈三立在家中设私塾，教授四书五经、数学、英文、体育、音乐、绘画等课程。陈三立将家中的女童送到私塾，并作诗曰“安得神州兴女学，文明世纪汝先声”。

1903 年，柳诒徵(翼谋)、陶逊创办思益学堂，校舍是陈三立所捐寓所，其位置在中正街今白下路东段。陈三立之子陈寅恪及茅以升、周叔弢、宗白华等都在此接受新式的小学教育。

在陈三立先后延聘的教师名单上，有国学大师王伯沆、柳诒徵。陈家两代素来倡议新政，陈家私塾也领风气之先，采用现代化教育，陈三立与教师约定：一不打学生、二不背死书。一派新式作风，深得当时两江总督张之洞赞赏。

如此家学渊源下，陈寅恪自小便打下深厚的国学底子。但陈三立不要孩子们应科考、求功名，在陈寅恪十三岁时还把他和哥哥送去了日本。自小博闻强记，打下坚实国学基础的陈寅恪，因此眼界扩及东洋和西洋。

从湖南新政，到金陵推动新式学堂，可以看出陈三立一以贯之的事功。戊戌变法之后，他自觉地远离政治，而是以一位诗人的身份，在江湖行走。那些带有诗意的时光碎片，点缀了他的人生长途。

1903年，陈三立由南昌返金陵，路过上海，小住。他写下了《沪上味莼园晚坐时为七夕》《雨夜携客就小舫取酒尽醉作》《园居对雨》等诗。《沪上味莼园坐时为七夕》诗云：

回廊绕尽马蹄声，茗坐看人若有情。
浅草栖香莺馆在，灵风引佩鹊桥成。
一家四海馀闲地，隔世孤吟见此伧(不到此园已七年)。
且趁残阳数飞蝶，乱云槛外正纵横。

这位从政治漩涡之中抽身而出的诗人，如同一位坐在山巅的老人，观看这样的一幅景象：乱云槛外正纵横。他已经决意退出政坛。所以接下来的选择，就顺理成章了。

1904年慈禧太后七十大寿，为营造和谐气氛，赦免戊戌党人，朝廷多次有意起用陈三立。他每次都拒绝了。

辛亥革命之后，陈三立却以晚清遗老的面目出现，以旁观者的身份，嘲讽的眼神，看一个个粉墨登场，袁世凯窃国，以及北洋军阀武夫当国。

1911年的辛亥革命把清朝推到穷途末路。陈寅恪在《王观堂先生挽词并序》中透露出辛亥革命终结大清王朝的微妙心态：

初意潢池嬉小盗，遽惊烽燧照神京。
养兵成贼嗟翻覆，孝定临朝空痛哭。

再起妖腰乱领臣，遂倾寡妇孤儿族。
大都城阙满悲笳，词客哀时未还家。

和王国维一样，陈三立选择了“遗老”的身份。但与其他“遗老”诗人不同的是，他并不以“遗老”自居，很快，也剪掉了发辫。陈三立对社会政治与思想文化的变化很敏感，并不排斥新事物。尽管在作品中抒写对旧王朝的眷恋，对辛亥革命的历史意义也难以理解，但对民国政府，陈三立也并不像其他“遗老”那样持仇视的态度。只是，他不再过问政治。他与遗老文人以诗文相会，但明确表态，不参加清朝遗老的复辟活动。这是陈三立的清醒之处。

清朝之灭亡本不足惜，但对于义宁陈氏以忠孝传家的传统士大夫而言，君为李煜，尚期之以刘秀；友为郦寄，亦待之以鲍叔。故每念于此陈寅恪常常难以释怀，其诗中“明清痛史新兼旧”、“兴亡遗恨尚如新”等诗句实在是因家族的经历，有感而发。

从诗歌中可以看出：陈三立对袁世凯复辟明确反对。1915 年 12 月 12 日，袁世凯开始一连串的分封。拥护袁世凯复辟者，加官封爵。21 日，大封“功臣”，公侯伯子男五等爵，共四十七人。陈三立冷眼旁观，冷嘲热讽，“拥戴勤劳上赏颁，纷纷功狗与功人”。

1916 年正月初一，陈三立春节试笔，作五律一首。这一天恰好冷雨淅沥，又恰逢日食，天狗吞日，光明消失，黑暗笼罩。这仿佛是一个隐喻，中华民国面陷入袁世凯复辟的阴暗之中。陈三立浮想联翩，诗兴大发，铺好宣纸，这首诗一气呵成：

辟居仍有世，留命到何年？酒气迎寒雨，吟怀恋旧毡。
城乌沉复起，海雁静初悬。蚀日愁云里，儿童莫仰天。

中国民国已经换了天，改元洪宪。在这首诗中，陈三立告诫后辈，不要承认“洪宪”。正月初三又有一首五律，结尾句是“系年迷实录，呼作避秦人”，表示不奉洪宪。

这一年的春节，陈三立丝毫感觉不到节庆的气息，在变天的阴云和黑暗之中，以诗歌书写遣悲怀。冬日的雨夜，冰冷的雨滴泠泠地敲着窗，窗外寒气逼人，一棵青松挺立在风雨中。窗内，一片清冷，一灯如豆，陈三立作诗《雨夜写怀》，结句为“只对不臣木，青青牖下松”。诗下自注，“不臣木”用孟郊“罪松诗”的典故：“松乃不臣木，青青独何为。”更加明确地道出不为洪宪之臣。年初五，亦有《行园戏占》七绝一首：“蔷薇不生金粉地，欲从夷叔乞新苗。”诗言志，已有效法伯夷饿死首阳山的打算。由此可见陈三立的气节。

有一段学林掌故，是关于陈三立和缪荃孙的。袁世凯复辟帝制时，用重金收买一批名流。中国近代图书馆之父、著名学者缪荃孙应诏入京。1914 年任清史总纂。这位以清朝遗老自居的名流，在士林享有盛誉，却向袁世凯低头。袁世凯手赠三千金，缪荃孙上前答谢，连呼“万岁”两声；另有一王式通，跪拜袁世凯，谈了一小时话，足足称臣六十声。对此，当时有一绝妙好联予以讽刺：“三千金呼两万岁，一小时称六十臣。”陈三立对此媚态，横眉冷对。他在南京居住时，有一天，让他的两个学生胡小石和胡翔冬预约秦淮河边的一家馆子订一个雅间，说是缪荃孙次日来访。第二天，缪荃孙和孙雄前来，入座寒暄后，孙雄唠唠叨叨地说了一大堆话，说袁世凯给某人多少钱，而他自己只拿到五百大洋，因而愤愤不平。陈三立不理他，只顾喝闷酒，缪荃孙也不说话。酒至半酣，陈三立把酒杯一扬，目光逼视缪荃孙，只问了一句：“七十老翁何所求？”缪荃孙只应了一句：“好歹已经上了《清史稿》。”然后，两人不交一言，直至终席。

陈三立的怒问，援引的是王维《夷门歌》中的诗句，意在责问缪荃孙何以自毁名节。而缪荃孙的回答则是：既然已经出任《清史稿》总纂，更无名列“贰臣传”的可能，毫无顾忌，放肆一搏。话不投机半句多。尽管双方都不痛快，也没有什么可说的了。

诗人幸会　湖楼对影留真图

1913 年，印度诗人泰戈尔以诗集《吉檀迦利》成为第一个获得诺贝尔文学奖的亚洲作家。获奖以后的泰戈尔在亚洲产生了巨大轰动和影响，中国、日本等国的文化界纷纷邀请泰戈尔来访问。1924 年 3 月 21 日，诗人泰戈尔应梁启超、蔡元培的邀请，乘船离开加尔各答，在徐志摩的陪同下，开始中国之行，一共四十九天。

泰戈尔访问中国的第一站是上海，徐志摩等由北平前往上海欢迎，并全程陪伴泰戈尔在中国的文化交流。第二站是杭州。在杭州，泰戈尔重要的一项日程安排是特地拜晤中国诗人陈三立。

关于泰戈尔的行止和日程，国人关注，大报小报竞相报道。1924 年 4 月 22 日，《晨报》刊发了特约通讯员丹撰写的报道，印度诗圣如飞鸟翩翩而至，在飞来峰上停留片刻。“印度诗圣泰戈尔，于本月十四日由沪乘四号快车莅杭……于十二时四十分下车……当时即乘车至新近落成之西湖饭店下榻……十五、十六两日，畅游六桥三竺各名胜，十六日下午四时，应省教育会及各公团各学校之请求，在省教育会讲演……于十七日下午三时乘快车返沪。”

杭州西湖之畔，顾庄，陈三立的寓所，两位不同国籍的老诗人，通过徐志摩的翻译，各道仰慕之情。这次短暂的会面，中印两位老诗人，“所谈有限”。两位老诗人虽然不能直接交流，但诗人的文心爱国心意气相通。再加上新诗人徐志摩的锦心绣口，交流起来并没有障碍。想想两位诗人的见面，也颇有诗意。陈三立七十二岁，泰戈尔六十三岁，两位大诗人，在浩荡的春风之中，银发飘飘。在繁花似锦、春深似海的时节相遇，白发却如同西湖之畔深秋之芦花，在阳光下闪耀。

泰戈尔以印度诗坛代表的身份，赠给陈三立一部自己的诗集，并希望陈三立也同样以中国诗坛的身份，回赠他一部诗集。陈三立接受书赠后，表示谢意，谦逊地说：“您是世界闻名的大诗人，是足以代表贵国家诗坛。而我呢，不敢以中国诗人代表自居。”

徐志摩见有点冷场，于是，提议两位诗人合影留念，陈三立欣然同意。在快门按动的一刹那，泰戈尔长长的胡须，炯炯的眼神，和善的面孔，与陈三立闲云野鹤、闭目养神式的神情定格在时光深处。陈小从对祖父陈三立与泰戈尔的这帧合影，印象深刻：“我五六岁时，就知道印度大诗人泰戈尔的名字了，因为在祖父卧室的墙壁上有一帧他与一位大胡须的外国老者的合影，引起我的兴趣。”陈小从回忆说，“关于这一次会晤，当时的主流报纸都有报道。而上海的《申报》，直到第二年出版《国庆纪念增刊》时，还曾刊登此照，又配有祖父及泰氏的手迹，题为‘亚洲两诗人之墨迹’，并有长文赞颂。”

两位诗人的会晤，成就一段佳话。以当时泰戈尔在世界文坛的巨大声望，他能在访问中国的行程中特别安排拜访陈三立，而且对于陈三立的诗歌成就当面表示自己的钦佩之意，足见陈三立在泰戈尔心目中的地位。

4 月 19 日(阴历三月十六日)圆月夜，袁思亮与陈三立泛月西湖。一轮月亮升起，银辉洒向波光粼粼的西湖。西湖边上，花木扶疏，清风徐来，落英缤纷。两人踏着落花与月光，漫步湖畔，边走边谈，谈起与印度诗人泰戈尔晤谈之事。又大又圆的月亮在湖天之上，在拱起的小桥之上，照着两人，游兴正浓。掬水月在手，弄花香满衣。袁思亮归来，圆月在窗，饱蘸着月光与未尽游兴，作诗一首：

先生夜泛归南湖，洞箫吹彻鲛人居。
掬月在手天在水，低昂星汉为踟蹰。
别有胜会古所无，失此不纪毋乃疏。
天竺诗人万里来，湖楼对影留真图。
诗人古貌自奇伟，炯炯目电飘银髯。
各乘语言异文字，但以声气相应呼。
……

新文化运动之后，陈三立被看作中国最后一位古典诗人。他是清末民初中国诗坛的杰出代表人物，在那个时代享有极高的地位。梁启超对陈三立极为推崇："其诗不用新异之语，而境界自与时流异。浓深俊微，吾谓于唐宋人集中，罕见伦比。"这次泰戈尔访问杭州拜晤陈三立，可见陈三立是民国具有国际性声誉的诗人。事实上，陈三立不仅在泰戈尔的视野之中，也在英国大师级的文豪心目中。

郑逸梅在《艺林散叶荟编》中写道："一九三六年，英国伦敦举行国际笔会，邀请中国代表参加。其时派代表二人，一胡适之，代表新文学，一陈三立，代表旧文学。但陈三立年八十四岁，不能远涉重洋，不果行。"国际笔会总部设在伦敦，第一任会长是英国小说家约翰·高尔斯华绥，名誉会员为哈代，1936 年召开国际笔会之时，高尔斯华绥和哈代都已经逝世，时任会长的是英国科幻小说家赫伯特·乔治·威尔斯(代表作为《时间机器》《世界史纲》等)，其他国家的名誉会员有德国的托马斯曼，法国的罗曼·罗兰、瓦列雷，印度的泰戈尔。中国的名誉会员是陈三立和胡适。这是中国作家的荣誉。但陈三立对此并没有放在心上。根据陈三立之孙陈封雄回忆，当年老人轻描淡写讲接到邀请函时的情形："南京寄过来一个什么通知，我不懂，已经丢掉。不必理它。"家人感到好奇，于是，从垃圾桶中翻捡出来，原来是来自国际文坛的一份邀请函。尽管这是一份无上的光荣，但在陈三立眼中，只是一张写着英文的纸而已。

与英、法、德等国家的文豪比肩，这是中国古典诗人最后的荣光。陈三立逝世之后，陈寅恪被牛津大学聘为汉学教授，这是中国史学家的殊荣，如果三立老人泉下有知，定会含笑九泉。

庐山隐居　来做娑罗树下僧

陈寅恪十三岁开始留学，早期是自费，亲友筹集的款子。1918 年获得江西的官费，因为战争之故，常常无法把钱汇到陈寅恪留学的所在国。七年后陈寅恪回国，那每一笔汇不出去的官费，已经积攒成一笔可观的钱款。江西省政府将这笔学费如数交给陈寅恪。有了这笔钱就有了一个底，庐山的白云深处，一座原先挪威人的产业松门别墅，换了主人，成为陈三立隐居庐山的“松门别墅”。1929 年陈三立从上海滩到庐山。这里松作墙，云为帐，散原老有诗曰：“咫尺万松林，飞影散浓翠。”牯岭的开辟者为英国人李德利，在其别墅后的峭壁旁开凿出一条东西向约三米宽的路，路旁种满了松树，所以取名松树林。“每届严冬，松树上落下密密的松针，年复一年，路面上好像铺了一层厚厚的地毯，人们在松树林漫步，时时闻到松香味。”沿着松树林的西端拾级而下，就到了陈三立的新宅。门前巨石守护，威猛如虎。陈三立题“虎守松门”四字，镌刻于石。在孙女陈小从的记忆中，祖父主卧里挂着与泰戈尔的合影。

庐山是久负盛名的避暑胜地，每到夏天，民国政要、文人墨客，上山消夏。随着夏季来临，庐山顿时热闹起来。松门别墅时常有前来拜谒陈三立者，有时络绎不绝，俨然成为庐山的文化中心。1930 年暑假，时任中央大学艺术系教授的徐悲鸿上庐山，时常来松门别墅拜访三立老人。徐悲鸿和陈三立的儿子们交往甚密，陈小从在《图说义宁陈氏》一书中写道：“说到画家徐悲鸿，他与大伯衡恪同是北京大学画法研究会聘请的导师，与八叔登恪系留法时的同学，后又在德国柏林与六叔寅恪结识，故与我家的关系不比寻常。”蒋碧微在《我与悲鸿》一书中，也提到徐悲鸿与陈家友情如同亲情。蒋碧微写道：“陈散原先生一家，都跟我们颇熟。散原先生的六公子寅恪先生，是我们在德国柏林时结识的好友，八公子登恪留学法国，在巴黎时和我们时相过从，也是天狗会会员之一。”在庐山，徐悲鸿沉醉于庐山的白云奇石，松涛飞瀑，邀三立老人同游庐山美景，评点山川胜迹，使陈三立很是开心。陈三立特意写了一首《徐悲鸿画师来游牯岭，相与登鹞鹰嘴，下瞰州渚作莲花形，叹为奇景，戏赠一诗》给徐悲鸿。

1931 年，陈三立再次邀请徐悲鸿上山。这次徐悲鸿索性住在松门别墅，一住就是一个多月，与陈三立一家相处甚欢，他为陈家老老少少十多人每人画了一张画相赠。这次上庐山的情形。蒋碧微也有提到。此时，徐悲鸿移情孙多慈。徐悲鸿与蒋碧微琴瑟不和，感情生出罅隙。徐悲鸿上庐山后，蒋碧微接到谢寿康和陈登恪的来信，报告徐悲鸿在庐山行迹。8 月底，蒋碧微到了庐山。蒋碧微写道：“散原先生一家对我非常好，徐先生则默然不理。朋友们极为撺掇我们同出同游，我们曾登临五老峰，也曾在巨瀑之下，褫衣冲淋，游兴虽浓，但是这些都不曾使我们之间的僵局有打开的希望。”由于婚变的阴影，徐悲鸿、蒋碧微夫妇在庐山并没有感到关系好转。但一起出游的人们，除了谢寿康等少数人，并不知道两人在闹婚变。大家兴致盎然，在庐山五老峰上留影纪念。徐悲鸿、蒋碧微夫妇，杨德洵、李淑谦夫妇，陈隆恪、喻徽夫妇和女儿陈小从，陈三立，劳用宏等人的合影，还刊登在《中外杂志》第八卷第二期。

这一年夏天，陈三立与俞明颐、俞大纲、欧阳渐、谢寿康、杨德洵、李一平等人游览黄龙寺，同游者皆为当时的社会名流，大家纷纷以诗纪胜。欧阳渐作有《谢散原约游黄龙观双树并示悲鸿次彭》诗三首。欧阳渐，字竟无，近代著名佛学居士，江西宜黄人。杨仁山之后，受命经营金陵刻经处，并附设佛学研究部，具体负责佛经编校工作。一生著述甚丰，在主持整理、刻印佛经方面作出了重大贡献。

陈三立与欧阳渐大师交谊很深，在南京常相过从。有一次，陈三立要到北平去，因车子出故障，没有去成。欧阳渐诗里有“天工鬼使滞征辕”的诗句，就是讲的此事。欧阳渐几次要写《大涅槃经》序，但是在南京应酬很多，未果。于是，决定去江西庐山避暑，顺便写《大涅槃经》序。到庐山住了一个多月，笔思泉涌，顺利脱稿。脱稿第二天，陈散原就约请他以及众多好友同游黄龙寺。寺外有两棵娑罗树，人称宝树，相传是晋代寺僧种植的，有一千多年历史，郁郁葱葱、直插云霄，树有几人合抱那样粗。群彦围侍，陈三立和欧阳渐在树下合影留念。其中，有一帧照片是陈三立和欧阳渐坐在娑罗树下，诗人表情严肃刚毅，脸庞棱角分明，若有所思；佛学家欧阳竟无沉静散淡，脸庞圆润柔和，眼神深邃，似乎洞察历史，看透未来。两人背后，一片繁花盛开。陈三立作诗《题黄龙寺倚树摄影图》：

钟动灵山鹊语腾，虬龙骧首破云层。
兵戈四海无归处，来做娑罗树下僧。

1932年10月20日（阴历九月二十一日），陈三立在庐山松门别墅过八十大寿，门生故旧毕至，寄诗祝寿者更多。陈寅恪及兄弟均往祝寿。徐悲鸿等人请江小鹣、滑田友赴庐山为陈三立先生铸像祝寿。由于前来拜寿的亲友太多，借附近李氏的别墅作为寿堂，李氏别墅房间多，而且设备先进，配有发电机发电照明。欢庆的场面持续了半个月，随后，来自大江南北的亲友星散。这是一次盛大的义宁陈氏家族成员的聚会，也是陈三立门生弟子和朋友的盛会，合家团圆，诗酒风流，这最后的欢宴弥足珍贵，随着日寇步步紧逼，全面抗战爆发，这种盛况不会再有了。

离别的笙箫在庐山牯岭响起。1933 年，陈三立离开庐山，到了北平，定居在姚家胡同 3 号，他人生中最后的四个春秋就在这里度过。

作为一名诗人，精神高洁，境界高远，才能下笔不俗。而人格独立，淡泊名利，好似闲云野鹤一般，恰是陈三立的精神写照。诗人的胸怀宽广，视万物平等，胸中有大爱，耻与攀附权贵、结交政要，但对下层劳动人民，给予关爱和同情。

据陈祖芬《陈寅恪的后世有缘人》一文，蒋介石在庐山小住时，特派人上门约见陈三立。他说：我已是一个世外之人，即使我们会晤了，也没有什么可谈的，我看还是不见吧。

贺伟的《中外文化名人与庐山别墅》一文记录了这样一个细节：有一次，蒋介石在松树路散步，随从告诉他陈三立就住在松树路附近，蒋介石当即去陈宅拜访。陈三立听到家人通报后，立即从后门溜走。蒋介石也只能笑着说了一句："此乃真名士也。"

1932 年，陈三立在庐山过八十大寿，正在牯岭避暑的蒋介石闻讯派人持寿金来贺，却被陈三立严拒。连门生弟子、亲友所献千金都"峻拒不纳"，又怎么会平白无故地收蒋委员长的寿金呢？

诗人淡泊名利，无欲则刚，所以有谢绝权贵、政要之举。他对于世间一切劳苦大众，都抱有深切的同情和关爱。在北平居住时，有一次，他从外面回家，忽然注意到大门边有个破旧的洋车篷，下面坐着一个形容枯槁的老车夫在打盹儿，一件破得七零八落的棉衣勉强地挂在身上。他进了家门，还没有坐下，就急忙让家人去找一件棉袍，并连声说，要厚实的，多拿些钱来。家人给他准备好了，原来以为是他需要。等他拿了出去，送给大门外老车夫，家人才恍然大悟。过一段时间，他就向家中的用人打听老车夫的生活情形，关爱之情，溢于言表。

绝食而死：胸中千秋临大节

1937 年七七事变，全面抗战爆发。中华民族到了生死存亡的关键转折点。在这样严峻的时刻，已是耄耋老人的陈三立到了一个生与死、走与留的十字路口。

这一年，陈三立八十五岁。但他没有暮气沉沉，他是一位诗人，有着青年人的心态乐享生命，有着儿童的童心，他心中满储着大爱，丰饶的内心之中，是对这个世界的留恋。“这个可爱的世界里有诗书，美酒，明月，良朋，佳景——值得留恋的乐趣太多了。”他的身体基本健康，除了有时小便闭塞的毛病，多半是因为受凉或是精神过度的兴奋而发。除了患病时的暂时不安外，平时完全没有什么苦痛。他眷恋着光阴，朝霞与夕阳，太阳与月亮，春花与秋月，灯光与星光。老诗人有着健全的牙齿，胃口挺好。他虽然老态龙钟，但并不服老，走路时讨厌拿着手杖，一副眼镜老是放在抽屉里，出门时就多半放在口袋里。他讨厌穿大衣，不喜欢家人在车上给盖毯子，或者在他的脖子上加围巾。他最恨白天躺在床上，即使身体不适也不肯躺下休息。

在孙子媳妇张梦庄的追忆中，陈三立老人没有虚度过一刻工夫，“整天坐在那张蒙着枣红色布套的大沙发里看报，看古文，看杂志，看小说。大风刮断了电线，灯灭了，书本是不离手的；等点上洋蜡来，又在烛影摇摇中继续看，直到深夜”。

陈三立历经沧桑，但不失赤子之心。“由每个小事中可以觉出他的心灵里始终保留着孩童的真趣。他有圣洁的灵魂，一片浑然的恬静，仿佛不曾受过人世一切烦忧的攘扰一样，他对于世间一切的善美与罪恶，同样感觉深奥，频问着‘怎么办，怎么办’。七八岁的小弟弟可以玩一个极简单的戏法也使他惊叹不已。”

对于这样一位老人来说，如果没有战争发生，他儿孙满堂、承欢膝下，他会颐养天年，直至寿终正寝。但是战争无情地改变了他的命运。

卢沟桥的炮火，将老诗人晚年的宁静击得粉碎，他失去了内心的平和。1937 年 8 月 8 日，日军如狼似虎，进入北平城。北平沦陷，陈三立处于忧愤之中，身体健康急转直下，终至卧床不起。

卧床的老人对战事格外关注，中国军队获胜的消息，就是支撑他活下去的信念了。亲戚后生来看他，先与家人攀谈，忧虑外界的局势不妙。但是，到了陈三立的病床前，就会满心欢喜地高声说：“姑爹好消息，今日又打了胜仗！”北平上空有飞机飞过时，家中的用人也在院子里，有意无意地高喊：“看，飞机来了，飞得高，是咱们的。”听着高声报告战事胜利的好消息，家人也都配合出欢喜、振奋的神情。转身离开他之后，都默然无语。

陈三立是一柔弱诗人，已到风烛残年，但他梦想着像辛弃疾那样“铁马秋风大散关”。淞沪战事起，白天忧愤郁积，他晚上做梦冲锋陷阵英勇杀敌。一个黑漆漆的夜晚，家人猛然听到陈三立老人以沙哑的嗓门，大声疾呼:“杀日本人呀!”家人意识到老人是在说梦话,闻者无不心痛欲裂,眼泪几欲流下。

“卢沟桥畔风云起,倭寇猖狂祸亟矣。一战仓皇失古都,登场傀儡尽无耻。”北平沦陷之后,一些形迹可疑、来路不明的人,出现在姚家胡同3号院。最初,陈三立还没有病倒,有一位来客,鬼鬼祟祟进了院门,对陈三立说什么“中日合作”“请耆宿出山”之类的话。陈三立一听,气味不对,他大喝一声:“滚出去!”于是,用人抄起拖把、笤帚向来人挥去,来客连滚带爬、踉踉跄跄地逃出大门。

小鬼大鬼都难缠。北平陷入敌寇之手,旌旗易色,魑魅魍魉出动,宵小横行,前北洋政府的几位政客,如高凌蔚、江朝宗之流,摇身一变,傍上了新主子。因陈三立是诗坛盟主,享有盛誉,那些投靠了日寇的汉奸,试图凭着三寸不烂之舌游说陈三立,竟到了“围逼之甚无虚日”。日军的特务头子土肥原贤二是个“中国通”,他逼迫陈三立出任汉奸主办的京都大学文学院院长,并命他赋诗一首以公告。土肥原贤二派来的说客,照样被逐出门外。说客走后,日本军人来到姚家胡同3号站岗,宣称是来“保护”陈三立的。更可恨的是,投靠了日本人的汤尔和、王揖唐,这两位“忠诚”的“朋友”,同一天上门多达六次。陈三立悲痛欲绝地对他们说:“我已是将死的人了,你们就让我留个全尸吧。”

“胸中千秋临大节,自谓老夫唯一死。”陈三立先生决定慷慨赴死。他再也不肯服药,拒绝进食。五天过后,陈三立如同一根燃尽的蜡烛,一豆灯光消逝于无尽的黑暗之中。

天地惨淡,山岳崩颓。一代诗人,带着无尽的悲愤,离开了金瓯残缺的神州,离开了故国故都。“一瞑长辞旧京国,千秋遗恨黍离难。”在随后纪念陈三立老人的文章中,有的说“绝食十五日乃死”,有的说“吞金而死”。所有的哀悼纪念文章、挽联、挽诗,都钦佩陈三立的民族气节。“愤时忧国独憔悴,一以笔力抒激昂。文思诗品照天下,酝酿正气胜光芒。硕果仅存逢浩劫,吞声国破催肝肠。不共戴天不受辱,以死为节海内倡。悲歌举国思良忠,万众同仇必并不亡。”

陈三立去世前,留下遗言,让家人不发丧。陈隆恪、陈寅恪、陈方恪等兄弟,只在上海《申报》刊登报丧启事,遵守父亲的遗嘱,丧事从简,“亲戚女眷头戴深蓝色丝线小花,男眷左臂围黑色的布圈,大家没有披麻着白色孝服,也未请僧侣念经。”棺木停放堂屋,供亲友悼念祭奠。陈寅恪和妻女离开北平后,家中仍请来僧侣诵经开道。陈三立灵柩暂厝长椿寺。

其实，像陈三立这样维护民族尊严者数不胜数。齐白石在北平沦陷后，“下定决心，从此闭门家居，不与外界接触，艺术学院和京华美术专门学校两处的教课，都辞去不干了。”陈三立绝食而食，北平文化界、艺术界震动。齐白石在其自述中说：“亡友陈师曾的尊人散原先生于九月间逝世，我做了一副挽联送了过去。联道：‘为大臣嗣，画家爷，一辈作诗人，消受清闲原有命；由南浦来，西山去，九天入仙境，乍经离乱岂无愁。’下联的末句，我有说不尽的苦处，含蓄在内，我因感念师曾生前对我的交谊，亲自到他尊人的灵前行了个礼，这是我沦陷后第一次出大门。”后齐白石等人去长椿寺祭拜，作《萧寺拜陈图》。

“应家国巨变，历百劫以成其孤忠耿节。”陈三立在北平沦陷后，绝食而死。在当时不仅砥砺民族抗战的士气，同时，也是文化史上的大事件。1938 年 3 月 5 日，时任中央大学校长的罗家伦在《新民族》杂志上发表《民族的正气》一文，表彰“中国近代最伟大的诗人陈散原（三立）先生殉国了”。在短文结束时，为抗战鼓与呼：“这位八十六岁老诗人五天不吃五夜不睡，绝粒而死！这是何等的英烈！这种‘不为不义屈’的精神，是我们民族的正气！这种‘从容就义’的精神，比‘慷慨赴难’的行为，有过之无不及！他这一死，应当感动全国的青年、壮年和老年！他这一死，尤其应当感动全国的知识界！他死了，国家丧失一个环宝！”

同为同光体诗人，郑孝胥做了令人不齿的汉奸。与陈三立的高风亮节相比，有云壤之别。1932 年溥仪在伪满洲国称帝后，郑孝胥任“国务总理大臣”。郑孝胥、罗振玉觉得陈三立有遗老风度，拉拢他去伪满洲国追随故主，但陈三立以此为汉奸行径而凛然拒绝。陈三立与郑孝胥断交。陈三立之死，对郑孝胥内心产生怎样的影响，难以揣测。他在挽陈三立的诗《乘化》其四中写道：“散原游以天，浩浩无所择。世乱名愈高，盗贼亦辟易。”一个奸臣作诗称赞高风亮节之国士，可笑亦复可叹！陈三立屡屡遇到汉奸之流上门游说，乱世之中，陈三立选择的是民族大义，那些盗贼并未躲得远远的。有人认为，害死陈三立的是汤尔和、王揖唐之流的汉奸。

当时报刊发表了《散原老人替文人争气》，文中说：“黄秋岳做汉奸，倒尽了中国文人的霉，这一回散原老人的死，总算给我们争回了大大的面子，足见‘斯文’毕竟尚未‘扫地’。”黄秋岳，名浚（濬），号哲维，室名“花随人圣庵”。自幼能诗文，即有“神童”之誉，后来成为福建侯官石遗室陈衍的得意弟子。清末民初，黄秋岳活跃在政坛和文坛，与北洋失意政客和清朝遗老多有往来，与诗坛领袖樊增祥、陈三立、傅增湘、罗瘿公等人过从甚密，与当时国内名盛一时的书画俊彦、文人学士、显宦子弟如陈师曾、张大千、杨度、徐志摩、况周颐等时相往还。黄秋岳以诗文名动士林，但生活上喜奢侈，好舞姬，时常出入青楼酒肆。抗战前黄秋岳就被日本特务收买，长期卧底，出卖情报。1937 年 7 月 27 日，当国民政府海军部长陈绍宽奉命在行政院会议上提出报告，拟将长江吴淞口封死，然后集中陆地炮火，将日寇停泊在长江中的几十艘军舰全部击沉。时任行政院机要秘书主任的黄秋岳将这一重要军事行动泄露给日本人，导致日军舰仓皇逃窜。蒋介石行踪亦被黄秋岳出卖。黄秋岳和儿子黄晟为军统侦破，旋遭枪决。黄秋岳成为抗日战争期间第一个被处决的高级汉奸。其卖国行径，为世人唾弃，以至于影响诗人的形象。抗战期间，现代诗人闻一多在西南联大痛斥当时写旧诗成风时说："在今天抗日战争时期，谁还热心提倡写旧诗，他就是准备做汉奸！汪精卫、郑孝胥、黄秋岳，哪一个不是写旧诗的赫赫名家?"陈三立之死，捍卫了诗人的尊严和文人的清白。

一位署名"沙上旅"的年轻人，心灵受到强烈震撼，在致敬陈三立的文中写道："老的，少的，总须一起战斗。不自由，毋宁死，如陈先生之绝粒，但陈先生的死，却并非要人学死，而是教人应该怎么活，无论老的和少的。"

最后一位古典诗人陈三立留下了大量的诗文，以及宝贵的精神财富。后人没有忘记他，为纪念陈三立，1945 年江西省政府决定：将设在修水境内的赣西北临时中学改为省立散原中学。

"家国几经战乱后"，1948 年 6 月，陈三立之灵柩从北平运送到上海，由陈隆恪、陈方恪、陈登恪三兄弟护送至杭州南山黄泥岭安葬。陈寅恪因为眼疾留清华大学，未能南来。此后，一代诗人陈三立和夫人俞明震、长子陈师曾在西湖之畔、青山脚下安眠。世事沧桑，岁月如河，一代又一代的人，到西湖九溪牌坊山黄泥岭，寻访陈三立的墓地凭吊。陈三立坟墓附近青草凄凄连着暮云，不远处西湖碧波荡漾迎来朝霞。一代叱咤风云的诗人在这里安眠，留下惊天动地的诗文在人间流传。西湖的歌舞楼台依旧，只是当年的大雅遗风已不闻……

独立之精神　自由之思想

——一代史家陈寅恪的气节与尊严

青年陈寅恪

陈寅恪，江西义宁（今修水县）人，1890年7月3日生于湖南长沙通泰街周达武（湘军将领，任甘肃提督）故宅，1969年10月7日病逝于广州，中国现代最负盛名的历史学家、古典文学研究家、语言学家。

陈寅恪先生先后留学于日本、德国、瑞士、法国、美国等，通晓梵文、巴利文、波斯文、突厥文、西夏文、满文等多种古今中外语言文字。有志于运用其作为研究历史的工具，以期在“历中求史识”。

1925年6月，陈寅恪学成回国，执教清华，与梁启超、王国维、赵元任并称清华国学研究院四大导师。抗战爆发后，陈寅恪携妻女南渡。抗战八年中，多次辗转流离，先后执教于西南联合大学、香港大学、广西大学、燕京大学。1939年当选为英国皇家学会通讯院士，受聘为牛津大学首席汉学教授（因太平洋战争香港沦陷未赴任）。1949年后任岭南大学、中山大学教授，中国科学院第一届学部委员。

陈寅恪对佛经翻译、校勘、解释，以及对音韵学、蒙古源流、李唐氏族渊源、府兵制源流、中印文化交流等课题的研究，均有重要发现。

吴宓说：“宓于民国八年在美国哈佛大学得识陈寅恪。当时即惊其博学，而服其卓识，驰书国内诸友谓：‘合中西新旧各种学问而统论之，吾必以寅恪为全中国最博学之人。’今时越十五六载，行历三洲，广交当世之士，吾仍坚持此言，且喜众之同于吾言。寅恪虽系吾友而实吾师。”

傅斯年对陈哲三说：“陈先生的学问近三百年来一人而已。”

胡适在1937年2月22日的日记中称：“寅恪治史学，当然是今日最渊博、最有识见、最能用材料的人。”

陈寅恪治学面广，宗教、历史、语言、人类学、校勘学等均有独到的研究和著述。他曾言：“前人讲过的，我不讲；近人讲过的，我不讲；外国人讲

1925 年 4 月，陈寅恪摄于德国柏林

过的，我不讲；我自己过去讲过的，也不讲。现在只讲未曾有人讲过的。”陈寅恪吸引了众多名教授来听课，比如朱自清、冯友兰、吴宓、北大的德国汉学家钢和泰等。因此，陈寅恪被誉为“公子的公子，教授的教授”。

一生挚爱中国传统文化，终生坚持“独立之精神，自由之思想”，严谨治学，遗世独立，显示出中国知识分子的风骨和气节。二十世纪战乱频仍、政治运动此起彼伏，不自由，毋宁死！陈寅恪始终秉承学术独立的信念。陈寅恪的存在，成为二十世纪中国知识分子的精神海拔，成为一种标志性的符号。有的知识分子对权力俯首低头，有的鞠躬弯腰，有的匍匐在地，而陈寅恪以目瞽足膑之躯，高昂着头颅，这就是陈寅恪的价值。

清华导师　名园合与寄吟身

1926 年 7 月 7 日，陈寅恪到北京。吴宓接到电话后，乘坐人力车进城。当晚，两位好友在新宾旅馆谈清华种种情形。第二天，在吴宓的陪同和引介下，到清华国学研究院报到。1926 年秋天的新学期，风云际会，清华国学研究院四大导师梁启超、王国维、赵元任、陈寅恪聚齐。他们共同谱写了中国高等教育史上一段佳话。四大导师共同执教清华国学研究院，因 1927 年 6 月 2 日王国维自沉昆明湖，只有短短的一个学年，但产生了深远的影响。直到今日，人们谈起清华四大导师，仍翘首投向历史深处深情的一瞥，无限神往，又无比惆怅。盖因风流消散，已成广陵绝。

清华校史专家黄延复先生，有一篇文章谈到，清华国学研究院四大导师，这个特定又特殊的称谓，有下列几条含义：

第一，他们的职责主要不是“教”，而是“导”；第二，他们的对象主要是学生（包括研究生），但不限于学生，助教、教员、专任讲师以至教授，都可以从他们的教学和研究中获得教益（如朱自清、吴宓就经常去听陈寅恪的课）；第三，他们的物质待遇都高于一般教授，如陈寅恪工薪最高时达大洋五百元，王国维、赵元任可得两套教授住宅，等等。

今日，我们谈起清华四大导师，高山仰止，景行行止。虽然无法穿越历史的云烟与之相逢，但心向往之。

在清华前后享受“导师”称号的，首先是国学研究院的四大导师。但此外还有几位，他们是黄节（晦闻）、傅增湘（沅叔）、溥侗（西园）等。

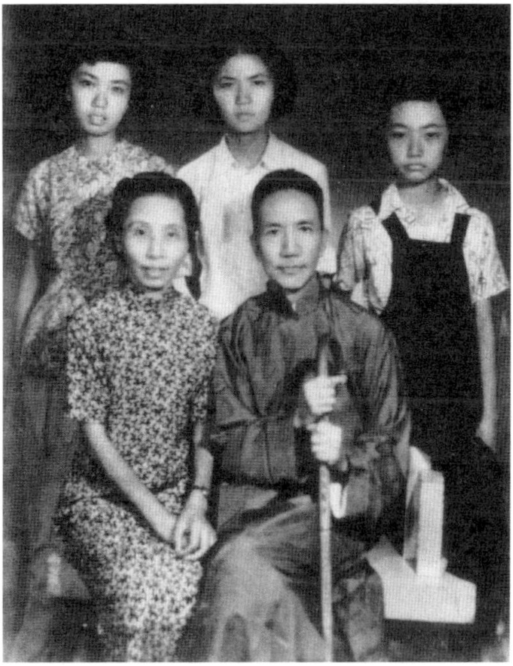

1951年，陈寅恪和妻子唐篔、三个女儿在广州合影。

初至清华，陈寅恪住工字厅，与吴宓比邻而居。吴宓和陈寅恪相见，畅谈至深夜，伴着荷塘的蛙鸣，从打开的窗子吹进凉爽的荷风，璀璨的星光洒在静谧的荷塘，室内的电灯光，将两个人促膝而谈的身影拉得很长。此情此景，吴宓作诗《赋赠陈寅恪》：

经年瀛海盼音尘，握手犹思异国春。
独步羡君成绝学，低头愧我逐庸人。
冲天逸鹤依云表，堕溷残英怨水滨。
灿灿池荷开正好，名园合与寄吟身。

清华园荷塘的菡萏初开，一转眼就是结出莲蓬的9月。9月2日，陈寅恪搬到了清华南院赵元任家，直到陈寅恪与唐篔结婚才从赵家搬走。

陈寅恪在广州

我们不妨钩沉一下陈寅恪执教清华时期的饮食起居细节。

在德国留学时，陈寅恪每次吃饭，都点一道菜——爆炒腰花。在清华园，他和赵元任杨步伟夫妇同吃同住。杨步伟叮嘱厨师，一定要做爆炒腰花。但是，这道菜上来之后，陈寅恪一口不吃。杨步伟感到很纳闷，就问："你在德国不总是点腰花吃吗？"陈寅恪说，因为爆炒腰花最便宜。原来如此，杨步伟恍然大悟。不过，想到花钱买的猪腰子，未免可惜。于是，回道：猪腰子在中国可是最贵。之后，杨步伟再也不买猪腰子了。

1927年3月13日，《吴宓日记》中开始出现小桥食社："赵元任夫人所开设经营之小桥食社，明日开张。今晚宴客多人于其宅，以各种点心飨客，以广招徕。宓亦在被邀之列云。"

小桥食社开张当天，门上贴着对联："小桥流水三间屋，食社春风满座人。"这副对联是吴公之先生送来的。此后，吴宓和陈寅恪经常在小桥食社吃饭。有时，在这里请客。吴宓在1927年6月13日的日记中写道："晚八时，至寅恪宅，而彼等来拜。旋即赴小桥食社，寅恪及宓为主人（每人费六元二角，合十二元四角）。客如下：赵万里及其新夫人张劲先，新夫人之姊张愚亭女士，周光午，浦江请，王庸，杨时逢，侯厚培。夫人未到。席散后，又同至宓室中茗叙。九时半散。"据吴宓此前4月18日的日记可知，小桥食社也可送酒菜到家。"夕，约陈寅恪、楼光来、Winter来宓室中赏花，并用酒膳。小桥食社所备办也（四元）。晚弈，十一时过后始散。"

小桥食社曾经在清华的校刊上做过广告，广告词如下：

赶快！赶快！/快来吃——小桥食社的南边"小菜"。/我们有馄饨，我们有烧麦。/还有麻糕，汤包，汤面饺子等等的南边“吃局”，什么都卖！/我们办整桌儿的酒席，我们做家常儿的饭菜。/价钱格外的克己，味道更是不坏。/小心“掉了眉毛”，注意豁了皮带。/少则三两毛也吃个够饱，多也何在乎花个几块？/我们对先生们特别欢迎，对学生们更加优待。/我们的招待员都是眼观四面，耳听八方，/我们的总烹调无异于易牙、Vatel 又活到现在。/“唉！我早就想来试试了，/可是还没知道食社在那块儿？”/真的吗？连地方都不认得吗？/“阿要”希奇古怪！你要是借问小桥何处？/有巡警遥指大门外。

这则别出心裁、幽默风趣的广告词，看文笔，疑似出自语言学家赵元任之手。

小桥食社一度生意红火，每天食客人满为患。教职员和学生每天多人搭伙，梅贻琦校长等教授家的用人被叫去帮忙。开张之日，连去吃饭和看热闹的人，也都站起来做了跑堂的。后来杨步伟投入的四百大洋本钱多半吃光，就交给厨师们去经营。小桥食社维持了一年多，难以为继。杨步伟也写了一副对子说：“生意茂盛，本钱干净(尽?)。”在杨步伟豪爽的“今天我请客”声中关门大吉。

抗战爆发后，陈寅恪一家从北平到香港。这是在香港的合影

王国维的女儿王东明在《王国维家事》一书中，记录了一则陈寅恪寄居赵元任家的一则逸闻趣事。某日，杨步伟家中高朋满座，杨步伟很神秘地说："今天要讲一个故事给大家听，可是听完了不许笑啊。"几天前，天气炎热，陈寅恪回来后，连声说道"好热"。杨步伟看到陈寅恪大汗淋漓，于是从"冰箱"里取出一瓶冰开水，倒了一杯请陈寅恪喝。他喝得挺过瘾，见到装水的瓶子，觉得既清洁又方便，就问杨步伟，瓶子是哪里来的，杨步伟说是酒瓶。第二天，陈寅恪交代听差去买两瓶高级酒，倒掉好酒，洗干净瓶子，送给杨步伟装冰水。杨步伟讲完这个故事，乐得前仰后合，大家都捧腹大笑，"而陈先生在一旁悠然自若地微笑不语"。

清华研究院导师合影

陈寅恪有哪些饮食习惯呢？据陈寅恪的女儿回忆，陈寅恪自幼年，好静，用功读书，缺少体育锻炼，身体素质较弱。消化功能不好，营养摄入不良，经常患病。身体素质和饮食习惯，互相影响。陈寅恪患有慢性胃病，常年胃口差，对菜肴的要求很独特，且有偏食的坏习惯。学者张求会在《陈寅恪丛考》一书中写道："像大多数客家人一样，陈寅恪也爱吃腌制的食品。因为出生在长沙，童年在长沙生活过八九年，他对菜肴偏于湖南口味，却又忌辣。国外生活多年的经历，使其饮食习惯又有点趋同西方：早餐爱吃牛奶、面包；尤赞赏西餐，认为面包易于消化，甜点中喜欢苹果派。"仅就饮食习惯而言，结合陈寅恪的经历，可谓亦中亦西、中西结合。

陈寅恪博大精深的学问，是吃廉价的炒腰花、啃干硬的冷面包获得的。在清华执教时期，不论饮食还是起居，是他一生最安稳也最舒适的黄金时代。

1928 年 7 月 15 日，陈寅恪与台湾巡抚唐景崧之孙女唐篔在清华南院二号订婚。陈寅恪订婚之时，三十九岁，可谓不折不扣的大龄青年。为何这么晚才结婚，他在《寒柳堂记梦未定稿》中说："寅恪少时，自揣能力薄弱，复体弱多病，深恐累及他人，故游学东西，年至状岁，尚未婚娶。"

1929年春，中央研究院史语所由广州迁北平北海静心斋办公，傅斯年聘陈寅恪为该所历史组研究员、主任。当时陈寅恪已为清华中文、历史两系教授，住清华园新西院36号寓，因两处不便，故在城内租赁西四牌楼姚家胡同3号四合院（钱稻孙的房产），宽敞且舒适，随后将父亲陈三立接来，并安装了当时尚为稀有的电话。

1930年3月，毛子水从德国留学归来，任教于北京大学史学系，讲授科学史、文化史等课程。是年暑假，与陈寅恪过从甚密，经常在陈寅恪城内的寓所吃饭。毛子水在《记陈寅恪》文中写道："那年夏秋间有几个月，我从东城搬到西城一老同学家住，所以常在寅恪家吃饭；饭后有时到中央公园吃茶散步。他那时除在清华上课外，每周必和钢和泰作一两次学术的讨论，工作相当繁重。这个公园吃茶散步的调节，大概是他夫人的安排。"

饮食起居，种种生活细节，可见一个学者的性情，都是生之明证。但平静的清华园中，有着生死之变。

静安自沉　文化神州丧一身

1927年初夏的王国维，走到生还是死的十字路口。长子病故，亲家失和，国事纷扰，文化凋零，诸多因素，让寡言笑的静安先生死意已决。

6月2日，这是清华国学研究所研究所第二期三十六名研究生毕业宴会结束的第二天。一早，王国维就离开家，到国学研究院处理公务，并和同人探讨下学期招生事宜。处理完事情，王国维借了五元钱（他从无随身带钱的习惯），乘坐清华的人力车去了颐和园。他在石舫前兀自独坐沉思，后又走进鱼藻轩，掏出一根纸烟，慢慢抽完，接着，从鱼藻轩石阶猛然纵身跃入昆明湖中。此时是11点左右，附近有一位清道夫，奔来抢救，当他将这位长者救上岸后，虽然整个过程还不足两分钟。他没有呛水，湖水很浅，连他背后的衣服也未湿，他入水时头部首先栽下，口鼻中被淤泥堵塞，窒息死亡。

王国维自沉昆明湖！这一噩耗在当晚7点多传到清华园，这无异于静谧的清华园上空炸响的一个晴天霹雳。晚上8时许，由清华校长曹元

王静安先生纪念碑

祥、教务长梅贻琦带队，二十余名教职员和学生分乘两辆汽车赶赴颐和园。在晃动的汽车上，陈寅恪和吴宓肃然无语，无法言说的痛苦和悲伤，像沉重的石头压在心头，随着起伏奔驰的汽车愈加不安。悲哀的气氛，如同凝重的夜色，把每一位清华师生吞没，汽车行驶在无边的黑夜之中，看不到远方的光亮。

由于北京的政治气氛较为紧张，负责颐和园戒严的守兵不许师生进入，经过反复交涉后，才容许校长和教务长等少数人入内。陈寅恪伫立在颐和园门外，风从幽暗的绿荫中吹来，他感到阵阵凉意。想起昨天毕业宴会散席时，静安先生和平常一样，和诸位先生和门生道别。傍晚，离开工字厅后，随陈寅恪一同散步回家。在陈寅恪的住处，两人畅谈良久。直到获悉有三位毕业生已经在静安先生家恭候先生，静安才与陈寅恪道别。昨天的一幕一幕，在脑海中闪现，未发觉任何异常。在今天死亡的冰冷现实面前，陈寅恪回想起昨天的种种细节，暗自揣测，这难道是静安先生的最后告别？

校长曹元祥、教务长梅贻琦等人从颐和园出来了，王静安先生自沉昆明湖身亡确定无疑。因尸体未经检验，学校当夜不能将王国维的遗体运回。于是，众人回到清华园后便组成了治丧委员会，商定第二天办理丧事。

6 月 3 日上午 10 时，吴宓先去见教务长梅贻琦，“又至陈寅恪宅中，遇梁任公等，谈王静安先生之事”。清华师生前往颐和园，眼前的景象令人悲痛万分，不少人当场恸哭，涕泪交流。王国维的遗体停放在鱼藻轩亭子里砖地上，上面覆盖了一张破旧的芦席，席子四周用砖块压上，景象煞为不忍，使观者人人面呈惨淡之色。移开芦席，哭声大恸，死者面目紫胀，四肢蜷曲着匍匐在地，真是惨不忍睹。鱼藻轩里，不见先生身影；排云殿下，先生遽归道山；昆明湖中，荡漾忠魂几缕。眼前之人，已不复昨日之人！陈寅恪看到静安先生遗体，眼泪潸然而下。当天晚上，王国维遗体经过梳洗入殓，运送到清华校南刚秉寺。送殡者的队伍中，除王国维的亲属外，还有梅贻琦教授、吴宓教授、陈寅恪教授、梁漱溟教授、陈达教授和北京大学的马衡教授、燕京大学的容庚教授等，以及部分清华国学研究院的学生。

在最后的告别仪式上，陈寅恪的出人意料的举动，令国学研究院的师生感到震惊。戴家祥写道："告别会上有两件事我一辈子不能忘：一件是我们二十几位学生行鞠躬礼，但陈寅恪先生来后，他行三跪九叩大礼。我们当时深感情义深浅在一举一动中可见；第二件事是我们一些同学中有少部分人装假，有两人在灵堂大哭，但干哭无泪，像猫狸叫。"

王国维自杀的遗书中有交代，他遗留的藏书请陈寅恪和吴宓处理。陈寅恪和吴宓忠诚地执行，托赵万里整理静安先生的遗著，赵又把经学、小学一部分材料托戴家祥校对，交天津罗振玉，《王忠悫公遗书》随后刊行。陈寅恪和北京图书馆馆长袁同礼商量，由北京图书馆买进王先生所有藏书，以免散失。议价一万元。

王国维之死令人悲怆。"往往以沉重之心情，不得已之笔墨，透露宇宙悠悠、人生飘忽、悲欢无据之意境，亦即无可免之悲剧。"面对这无法挽回的悲剧，陈寅恪多日沉浸在悲恸之中，无法舒缓，写了挽联、挽诗送别。

陈寅恪与王国维相处虽然短暂，但情谊深厚，"风谊平生师友间"。在治学方面，王国维影响陈寅恪很深。陈寅恪概括王国维的治学之道："取地下之实物与纸上之遗文互相释证；取异族之故书与吾国之旧籍互相补正；取外来之观念与固有之材料互相参证。"这三端正是陈寅恪所擅长的治学之道。陈寅恪与王国维在学术、思想上，惺惺相惜，意气相投。陈寅恪撰写的挽联、挽诗、挽词和纪念碑文，无不蕴含着深远的文化意象和深厚的文化意蕴，同时也充满了绵远悠长的感情寄托。

陈寅恪挽王国维联语：

> 十七年家国久魂销，犹余剩水残山，留于累臣共一死；
> 五千卷牙签新手触，待检玄文奇字，谬承遗命倍伤神。

陈寅恪挽王国维诗：

> 敢将私谊哭斯人，文化神州丧一身。
> 越甲未应公独耻，湘累宁与俗同尘。
> 吾侪所学关天意，并世相知妒道真。
> 赢得大清干净水，年年呜咽说灵均。

在挽诗中，陈寅恪提到这样一件事情：王国维、罗振玉、柯劭忞三人相约投金水河，未果。1923年遍习西学又留学日本的王国维，由蒙古贵族、大学士升允举荐，与罗振玉、杨宗羲、袁励准等应召任清逊帝溥仪“南书房行走”，食五品禄。不过王国维帝师的身份并没有维持多久，第二年冯玉祥发动“北京政变”，驱逐溥仪出宫。对此事，王国维引为奇耻大辱，愤而与罗振玉等清朝遗老相约投金水河殉清，因被家人阻止未果。从此王国维就以清室遗老自居，至老，王国维也没有剪掉作为大清象征的辫子。

王国维自沉昆明湖之后，社会上流传着沸沸扬扬的殉大清之说，悠悠之口，也并非空穴来风。事实上，陈寅恪的挽联和挽诗，也道出了有清朝遗老之气息的王国维，生活在民国十七年，“家国久魂销”，“五十之年，只欠一死”，“赢得大清干净水”。“累臣”，“湘累”，“灵均”，字字指向三闾大夫，陈寅恪把王国维比作投入汨罗江自尽的屈原。学者、作家祝勇认为：“屈原投江与王国维沉湖，一个在传统文化的源头，一个在传统文化的尾端，它们像两座界碑，标定了中国传统知识分子的精神走向。”

陈寅恪把王国维比作屈原，同时也道出了他的死因。屈原之死，是因为反对楚怀王入秦。王国维之死，是因为反对溥仪去日本。罗振玉秘密策划溥仪去日本避难，在王国维看来，这是卖国卖主之阴谋，王国维以“尸谏”劝阻溥仪听从罗振玉等人的蛊惑。“尸谏”之说，与“殉清说”，在实质上，有相通之处。

在挽词之中，陈寅恪明确地写道：他年清史求忠迹，一吊前朝万寿山。愚忠“殉清说”，罗振玉“逼债说”，面对社会上对王国维死因的种种猜测和评价，陈寅恪不会停留在王国维之死的表面，他是当世最了解王国维内心的人。不仅仅出以“私谊”，更多的是出于文化上的道义，陈寅恪提出“自殉于传统文化”之说：

> 凡一种文化值衰落之时，为此文化所化之人，必感苦痛，其表现此文化之程量愈宏，则其所受之苦痛亦愈甚；迨既达极深之度，殆非出于自杀无以求一己之心安而义尽也。……盖今日之赤县神州值数千年未有之巨劫奇变；劫尽变穷，则此文化精神所凝聚之人，安得不与之共命而同尽，此观堂先生所以不得不死，遂为天下后世所极哀而深惜者也。

陈寅恪在这里扫清了关于王国维死因种种恩怨荣辱的流俗猜测，将其死阐释为与传统文化共存共进。

王国维之死，对陈寅恪是一个巨大的精神刺激，他仿佛哀悼自身一部分的丧逝。王国维去世之后，陈寅恪为其后事奔走，撰写的各种文章、诗词跨度也有近十年。为王国维纪念坊一事，陈寅恪向赵元任募捐，遭到拒绝。这样一件事情，让陈寅恪精神受到刺激，一连好几天，感到非常沮丧，悲观，“对前途殊少佳趣”。他忽然想起王国维《人间词话》：“天末同云黯四垂，失行孤雁逆风飞，江湖廖落尔安归？陌上金丸看落羽，闺中素手试调醢，今朝欢宴胜平时。”这首词，读来惊心动魄。“失行孤雁逆风飞”之句，隐喻人生的困境，仿佛是王国维、陈寅恪的身世写照。戊戌变法失败后笼罩在义宁陈氏家族上的阴影，中年经历王国维之死的刺激，都凝结成陈寅恪内心世界的悲凉，如影相随，无法消弭。

1929 年 6 月 3 日，王国维去世两周年忌日，国立清华大学研究院师生为王国维树碑，碑立于清华工字厅东南。陈寅恪写下了著名的《清华大学王观堂先生纪念碑铭》：

> 士之读书治学，盖将以脱心志于俗谛之桎梏，真理因得以发扬。思想不自由，毋宁死耳。斯古今仁圣所同殉之精义，夫岂庸鄙之敢望。先生以一死见其独立自由之意志，非所论于一人之恩怨、一姓之兴亡。呜呼！树兹石于讲舍，系哀思而不忘。表哲人之奇节，诉真宰之茫茫。来世不可知者也，先生之著述，或有时而不章。先生之学说，或有时而可商。惟此独立之精神，自由之思想，历千万祀，与天壤而同久，共三光而永光。

义宁陈寅恪撰文，闽县林志钧书丹，鄞县马衡篆额，新会梁思成拟式，武进刘南策监工，北平李桂藻刻石。遗憾的是，原碑在“文革”中被毁。今在清华看到的碑，系上世纪八十年代初重立。

1934 年，陈寅恪在《王静安先生遗书序》中笔锋带着感情，慧眼独具地评价王国维的治学成就和影响：“自昔大师巨子，其关系于民族盛衰学术兴废者，不仅在能承续先哲将坠之业，为其托命之人，而尤在能开拓学术之区宇，补前修之未逮。故其著作可以转移一时之风气，而示来者以轨则也。先生之学博矣、精矣，几若无涯岸之可望，辙迹之可寻。”

从挽联、挽诗、挽词到碑文、序言，陈寅恪倾注了大量的心血，诗文可谓经典之作。1929 年这篇不朽的碑文，道出了陈寅恪一生做人、治学的核心：独立之精神，自由之思想！陈寅恪的伟大之处就在于他不因时代变迁、陵谷变易而有任何改变。这是陈寅恪作为中国知识分子的气节和尊严之所在，也是他的悲剧和悲怆之所在。王国维之后，陈寅恪成为“一代文化托命人”。

一个家族的百年飘零，一个国家的百年巨变，的确有一种永恒而宝贵的精神在世间流转，那就是陈寅恪在王观堂碑文中所写：“惟此独立之精神，自由之思想，历千万祀，与天壤而同久，共三光而永光。”

考题风波　胡适之对孙行者

1934年，陈寅恪在《冯友兰中国哲学史下册审查报告》一文中写道：“寅恪平生为不古不今之学，思想囿于咸丰同治之世，议论近乎湘乡南皮之间。”次年，为陈垣撰《陈垣元西域人华化考序》中说：“寅恪不敢观三代两汉之书，而喜谈中古以降民族文化之史。”不古不今之学，是陈寅恪一以贯之的史学研究领域和方向。冯友兰在纪念陈寅恪的文章中说，“不古不今之学”，是说他研究唐史。陈寅恪的“思想”和“议论”，受到陈宝箴、陈三立的影响，带有明显的义宁陈氏的文化特点。戊戌变法失败，陈宝箴、陈三立父子被革职，永不叙用，陈宝箴一度有性命之虞。家国之变成为陈寅恪的精神背景，尽管他对近世历史事件和人物非常熟悉，但他的治学回避这一领域。一方面，近世历史人物与陈氏家族有千丝万缕的联系，另一方面，戊戌变法之后的家庭变故，成为内心的伤痛，不想触及。

陈寅恪可谓“文化所化之人”，素怀“续命河汾”之志。但他生活的年代，传统文化面临着西潮的碰撞和冲击，新文化运动之后，白话文流行，但陈寅恪毕生的写作，全部用文言文写就。金岳霖坦言“我非常喜欢作对联”，陈寅恪亦是如此，喜欢对对子。

陈寅恪初任清华国学研究院导师，就给研究生们送了一副对联，“南海圣人再传弟子，大清皇帝同学少年”。众人听了，不禁莞尔，会心一笑。不由得佩服陈师才思敏捷。因为四大导师中的梁启超是“南海圣人”康有为的弟子，王国维是末代皇帝溥仪的读书顾问。这则对联，即有对学生的恭维，又有戏谑。妙处在于会心之间，幽默诞生。

1928年8月，南京国民政府正式接管清华学校，改称国立清华大学，直辖于教育部。9月，罗家伦受命任国立清华大学校长。罗家伦上任后，先去工字厅拜访陈寅恪，送上他编辑的《科学与玄学》一书，是张君劢与丁文江的笔战实录。陈寅恪看到这书的名字，微微一笑，送罗家伦一副对联：不通家法科学玄学，语无伦次中文西文。对联中镶嵌着“家伦”，罗听罢大笑。陈寅恪说，我再送你一个横批：儒将风流。陈寅恪解释道：你在北伐军中拜少将，此为儒将。你讨了个漂亮太太（张维桢），正是风流。

这两则对联，可见陈寅恪幽默风趣的一面。这两则对联是陈寅恪执教清华的佳话，而他出的清华新生入学考试的试卷中，有“对对子”的题目，引发一场风波，成为一桩学术公案。王震邦先生的大著《独立与自由：陈寅恪论学》一书，有一个章节，钩沉、考证了这桩学术公案的来龙去脉。

1932年，清华大学举行新生入学考试，国文系主任刘文典约请陈寅恪为国文考试代拟试题。当时陈寅恪已定次日赴北戴河休养，就匆匆草就普通国文试题——作文《梦游清华园记》。另一项为“对对子”：上联为“孙行者”；上联为“少小离家老大回”。不少考生，一看到对对子的考题，傻眼了。有的急得抓耳挠腮，有的咬着笔杆苦思冥想，有的唉声叹气，总之，面对这样的题目，一时无策，然后绞尽脑汁。尽管如此，还是有一半的考生交了白卷。

二三年级外校转学生考题中有对对子“莫等闲，白了少年头”等，而研究生入学考题中有对对子“墨西哥”。

考生面对“奇葩”的对对子题目，五花八门的答案就更“奇葩”了。不妨看一下当时记者的报道：

> 记者探得考卷中之可笑者，兹摘录数则如后：对孙行者除王引之、韩退之、胡适之、祖冲之较好者外，普通皆对陈立夫、郁达夫、王献之、周作人，以唐三藏、猪八戒、沙和尚应对极多，甚不通。亦有对以赵飞燕、黄飞虎、郭沫若者，最可笑莫如一部（分）考生，仅由字面上对以“翁坐乎”、“子去也”。有某生对“我来也”，下注古文盗窃人名，虽平仄不谐，但亦可见彼知对专名词及虚实字，仍得相当分数。其余尚有根本不明“对对”用意者，如某生以“少小离家老大回”为题作文一篇，有以原诗第二句“乡音不改鬓毛衰”塞责者，亦有以“城池依旧人民非”联句者。最可笑者莫如某生，于试卷上原对后涂改许多，后竟在“少小离家老大回”下书“金银珠宝往家抬”，而于“孙行者”下大书“一个筋斗十万八千里”，情急胡诌，窘状可想。

这份考题公之于众，一石激起千层浪，引发社会的争议和媒体的讨论。北平《世界日报》"读者论坛"版面，每天都有长篇累牍的争论，有的读者投书反对对对子，有的则表示赞成。每一篇文章都旗帜鲜明，驳斥，反驳斥，商榷，反商榷，笔战一连持续二十天多天，辩论得热火朝天。

天津的《大公报》在全国负有盛名，驻北平记者李琦发表专栏文章《北平杂忆——一个绵延的辩论》，这篇报道写道："这下真苦了二千考生，因之骂声四起。在几个大报的读者论坛上便出现了许多清华复古的文字。引而申之，乃更出现许多文章指责清华为资产阶级学校。自然也就有人动笔出来反驳了。就我每日注意的《世界日报》言之，自八月一日清华考毕，无日无是项争辩文字，直至我十七日离开北平，尚未平歇。这一个'论战'也可算热闹了。"

《世界日报》发表署名"春焰"的读者来信。他"百思不得其解"，何以会有"对对子"的题，以时代意义来讲，作对子就说不通。若要表示最高学府的新奇，不若作八股文来得干脆。并批评作文题，于黑漆一团的现实——多难的中国，对贫无立锥的无产大众有什么利益？

署名"丁零"的读者投书，认为新旧人物都会注意到清华对对子的国文试题，测考生对旧文学的修养，很技巧；但评判的标准如何定则难，要求主考先生发表他自己的原对。

面对铺天盖地的媒体报道，以及沸沸扬扬的争论，陈寅恪在北平《世界日报》上答辩：

> 本大学考试国文一科，原以测验考生国文文法及对中国文字特点之认识。考题中出对子，简言之，系测验考生对（一）词类之分辨，如动词对动词，形容词对形容词，虚字对虚字，称谓对称谓等是；（二）四声之了解，如平仄之求其和谐；（三）生字 Vocabulary 及读书多少。如对成语，须读诗词文等书多（此短句稍不顺，另一版本为"须读书（诗词古文）多"），随手掇拾，毫不费力。如有人以祖冲之对孙行者，是可知该生胸中有物，尚知古时学者祖某其人；（四）思想如何，因妙对不惟字面上平仄虚实尽对，"意思"亦要对工，且上下联之意思须"对"而不同，不同而能合，即辩证法之一正，一反，一合。例如本校工字厅水木清华旁两联之末有"都非凡境"对"洵是仙居"，字面对得极工，而意思重复，前后一致，并非绝妙好对，此则思想之关系。按此种种，悉与"国文"文法有密切之关系，为最根本、最方便、最合理之测验法。

"对对子"该如何评分,以及考生应答情况,陈寅恪的答复是:

至于评判标准,即按上述各节:(一)文法方面,如平仄词类之对否;(二)"意思"之工否,思想之如何。分数则仅占国文三题中百分之十,倘字面对工,思意不差,则可得十分,如对得极好,可得四十分,即完全不对,亦不过扣去百分之十分。……考生较好之对,惟考卷尚未完全看完,且非经余一人评阅,但可就所忆者发表一二:一年级新生,对孙行者最佳者,当推"王引之",因王为姓氏,且有王父即祖父之解,恰与孙字对,引字较祖冲之冲字为佳。"少小离家老大回",尚未见有甚好者,如"匆忙入校从容出",差可。中国文学研究所题对"墨西哥",有人对"淮南子",可称不错,因同为专名词,且末二字恰甚工也。

陈寅恪赞赏以"王引之"对"孙行者",王引之是何许人也?王引之是清代嘉庆年间著名学者,江苏高邮人,继承其父王念孙的音韵训诂之学,世称高邮王氏父子,学术贡献很大。事实上,陈寅恪心中的确有一个理想的答案:以"胡适之"对"孙行者"。"盖猢狲及猿猴,而'行者'与'适之'意义言韵皆可相对",创意源自苏东坡的诗句"前生恐是卢行者,后学过呼韩退之"。"韩卢"在战国是一种狗的名字,"行"与"退"均为步履进退的动词,"者"与"之"均为虚字。出此怪题其实是对胡适的善意调侃,他发起了白话文运动。当时对出"胡适之"的考生,后来在学界皆属名家。例如曾任北大数学系主任的段学复、北大中文系教授周祖谟、中国社科院历史所研究员张政烺等。但要说明的是,其中只有段学复入了清华,读数学系。周祖谟同时考取北京大学中文系和清华大学英语系,因后者学费较高,最后入北京大学中文系。由此来看,对对子考题,的确能选拔出优秀的考生,使之脱颖而出,同时也方便教授批阅考卷。

"实欲应试者以'胡适之'对'孙行者'","此不过一时故作狡猾耳"。不仅仅是文人狡猾这么简单,学者王震邦考释,这里面还隐藏这陈寅恪与胡适,甚至义宁陈氏与胡适的微妙关系。

联系1923年波及文化界的科学与玄学论战,胡适撰文《孙行者与张君劢》,嘲弄张君劢就像"孙行者"也逃不掉科学的逻辑检验。陈寅恪以这种方式,把"孙行者"还给"胡适之"。

1917年,胡适发表《文学改良刍议》,文中对陈寅恪的父亲诗人陈三立有相当不客气的批评,把陈三立的诗作当作文学改良的反面教材:

昨见陈伯严先生一诗……其病根所在，在于以“半岁秃千毫”之工夫作古人的钞胥奴婢，故有“此老仰弥高”之叹。若能洒脱此种奴性，不作古人的诗，而惟作我自己的诗，则决不致如此失败矣！

陈寅恪读到此文，以人之常情判断，心中定会不悦。但这种情绪自然不会影响两人的交往。新文化运动之后，胡适之暴得大名，新诗人叱咤风云。吴宓、陈寅恪大致属于学衡派，与胡适并不是同一阵地，判若分明。陈寅恪以“胡适之”对“孙行者”，潜意识中会不会出现这段不愉快呢？

陆扬教授则对这桩学术公案有另一番解读。他认为，“孙行者”这一对子从表面上看似乎带有调侃的意味，实际是带有敬意的暗示。上世纪三十年代，陈寅恪与胡适在学术上来往密切，在佛学研究方面，互相影响。

陆扬教授从胡适给陈寅恪的一封信出发，详述了胡适对陈寅恪《西游记玄奘弟子故事之演变》、《须达起精舍因缘曲跋》等有关《西游记》故事来源方面的影响，并推测：陈寅恪对《西游记》玄奘弟子的研究，正是促使他将“孙行者”同“胡适之”联系起来的最直接的因缘。除此之外，陈寅恪对禅宗等中国早期佛法概念的研究，同样是对胡适同时期所做学术的一种响应。

1933年，陈寅恪向胡适推荐清华研究生朱延丰翻译历史书，胡适回信。在这封回信中，笔者找到这样一句：“谢刚主说：你说孙行者的故事见于大藏，我很盼望你能告诉我。降魔变文已裱好，甚盼你能写一跋。”

观察陈寅恪和胡适之的家世、学术和人生选择，两位学者也好似一个对联，正反合，双峰并峙，互相补充，相映成趣。

南渡北归　临老三回值乱离

1937年，卢沟桥事变爆发，日军侵华的炮声打破了清华园的宁静。8月8日，北平沦陷，日军进城。陈三立老人不愿当亡国奴，拒任伪职，忧愤绝食断药而死。陈寅恪料理父亲丧事，积劳成疾，到同仁医院检查，诊断为右眼视网膜剥离。医生告诉陈寅恪需要手术，但做了手术就需要一段时间的休养。为了尽快离开沦陷区，陈寅恪最终选择了不做手术，他放弃了复明的希望。父亲逝世后刚满“七七”，11月3日，陈寅恪和妻女匆匆离开北平。

从北平乘坐火车到天津，从天津乘坐英国商船济南轮到青岛，从青岛沿着胶济铁路到济南，从济南乘坐难民车到徐州，从徐州到长沙。一路风雨飘摇，艰辛备尝。在济南火车站，不论班次，见车就上。人山人海的难民围着一列火车，水泄不通。陈寅恪一家差点挤不上车。幸好张申府太太刘清扬看到了陈寅恪一家，车里的人连拉带拽，车外的人拼尽全力往上爬，一家人陆续从窗口爬进火车。

11 月下旬，陈寅恪一家到达长沙。北大、清华、南开组成长沙临时大学，文学院设在南岳。未几，由于战事变化，国民政府教育部决定将临时大学迁往云南昆明。

南渡，南渡，1937 年 7 月 7 日至 1938 年 5 月 4 日，中国的大批知识分子在路上。南渡成为了解战时中国知识分子的一个关键词，影响到一代学人的精神和心灵。冯友兰、陈寅恪、吴宓、朱自清、浦薛凤等人将南渡写入诗。如果我们把平津教授颠沛流离的路途上写的诗，按照时间的顺序排列，就会发现他们的心灵气象图和战争的局势紧密相关。

1937 年底，长沙临时大学开学。冯友兰和临大的学者游览衡山，拜谒南岳为纪念宋代张栻和朱熹聚会论学而立二贤祠。冯友兰游二贤祠，“怀时贤之高风，对当时之巨变，心中感发，不能自已”，于是吟诗：

洛阳文物一尘灰，汴水繁华又草莱。
非只怀公伤往迹，亲知南渡事堪哀。

之所以说南渡事哀，是想起“永嘉之乱”晋人、“靖康之变”宋人南渡的往事，于是倍感“半壁江山太凄凉”。当时，日军步步紧逼，大片国土沦丧，政府、大学搬迁西南。此诗是冯友兰怀古伤今而作，道出了当时知识分子的沉痛心声。

1938 年 2 月 17 日至 25 日，临时大学迁往昆明，冯友兰、陈岱孙、朱自清等人途经桂林、柳州时，乘船游览了桂林山水。战争的阴影像噩梦一样压在心头，在此期间，朱自清的日记中有这样的记录：“做一恶梦。在梦中我几乎死去。”2 月 25 日，朱自清作《漓江绝句》：

招携南渡乱烽催，碌碌湘衡小住才。
谁分漓江清浅水，征人又照鬓丝来。

查朱自清日记，朱自清还有律诗写漓江风景，有“上滩哀呼动山谷，不是猿声也断肠”之句，哀民生之艰，叹江山如画，也夹杂着大好河山被倭寇入侵的隐忧。

1938 年 4 月 8 日，陈寅恪终于抵达云南蒙自（时联大文法学院设在蒙自）。此时，陈寅恪远在西南边陲，妻女皆在香港苦苦度日，骨肉分离，加之从前方传来的皆是不利的消息，悒郁之中陈寅恪染病卧床曾作《残春》两首，其一云：“家亡国破此身留，客馆春寒却似秋。”陈寅恪的《蒙自南湖作》云：“南渡自应思往事，北归端恐待来生?”身世之感，离别之愁，国破之恨皆溢于言表。

在蒙自的一些联大学者，对战事感到悲观，故陈寅恪哀叹“北归端恐待来生”。陈寅恪的好友吴宓也持悲观态度，他的《大劫一首》诗云：“绮梦空时大劫临，西迁南渡共浮沉。”

陈寅恪还有诗句：“南朝一段兴亡影，江汉流哀永不磨”(《七月七日蒙自作》)。转徙西南天地间的学者们，普遍对六朝史事、思想及文章感兴趣，恐怕主要不是因书籍流散或史料缺乏，而是别有幽怀。像陈寅恪那样早就专治此“不古不今之学”者，自然鉴古知今，生出无限感慨；至于受现实刺激而关注六朝者，也随时可能借六朝思想与人物，表达其对社会现实的关注。

1941 年 12 月 7 日，日本偷袭珍珠港，太平洋战争爆发。战事不仅打乱了赴英国牛津大学执教的计划，又一次将他推到逃难的路上。1942 年春，有人奉日方之命，专程请陈寅恪到已被日军侵占的上海授课。他又一次拒绝，随即出走香港，取道广州湾至桂林，先后任广西大学、中山大学教授。1943 年底，移居成都，在燕京大学任教。

此时正值抗战后期，物价飞涨。灯光昏暗，且常停电，陈寅恪用高度近视的左眼视力，照旧备课并从事学术研究，完成多篇论著。有一次，他在课堂上，对在座的石泉、李涵等弟子说：“我最近跌了一跤后，惟一的左眼也不行了，说不定会瞎。”

双目都失去视力，是陈寅恪心头的一道阴影。他的忧惧和焦虑，在 1944 年 11 月 23 日给中央研究院李济、傅斯年的信函中表露无遗：“弟前十日目甚昏花，深恐视网膜脱离，则成瞽废。后经检验，乃是目珠水内有沉淀质，非手术及药力所能奏效。其原因想是滋养缺少，血输不足(或其他原因，不能明了)，衰老特先。终日苦昏眩而服药亦难见效，若忽然全瞽，岂不太苦，则生不如死矣。”

饱受战乱和离乱之苦，抗战胜利的消息从天而降。1945 年 8 月 10 日晚上 9 点，媒体曝出日本无条件投降的喜讯。喜讯降临的这一刻，陈寅恪已经上床睡觉，一觉醒来获悉喜讯，百感交集。多年漂泊西南天地间，抗战胜利了，他想到的是故乡故居：

寒家有先人之敝庐二：一曰靖庐，在南昌之西门，门悬先祖所撰联，曰“天恩与松菊，人境托蓬瀛”；一曰松门别墅，在庐山之牯岭，前有巨石，先君题“虎守松门”四大字。今卧病成都，慨然东望，暮景苍茫，回忆平生故居，赋此一诗，庶亲朋好友之者，得知予此时情绪也。

这首诗题为《乙酉八月十一日晨起闻日本乞降喜赋》：

渺渺钟声出远方，依依林影万鸦藏。
一生负气成今日，四海无人对夕阳。
破碎山河迎胜利，残馀岁月送凄凉。
松门松菊何年梦，且认他乡作故乡。

钟声渺远而悠扬，林海浓绿伴远山，群鸦归巢，关于故园的回忆总是温馨的；而此刻客居西南却有家归不得。即使在抗战取得胜利（陈寅恪认为是“惨胜”）的日子，可他内心深处的孤独与凄凉仍然无法排遣。在随后有诗句“来日更忧新世局”，陈寅恪心忧战后的世界格局，更担心国共内战爆发。

抗战胜利后，陈寅恪再次应聘去牛津大学任教，并顺便到伦敦治疗眼睛。1945 秋至 1946 年春，陈寅恪在伦敦经英国著名眼科专家 Sir Steward Duke-Elder 诊治并主刀，做了两次手术，视力略有改善，但未能复明。由于目疾未愈，陈寅恪正式辞去牛津大学教职，候船归国。回国时，绕道美国，这时陈寅恪对美国治疗自己的眼疾还抱有最后的希望。当船到纽约，获悉美国的医生也回天乏术，心灰意冷的陈寅恪，心中那一丝希望之光也黯淡了。他甚至都没有离开船登岸，当即决定马上回国。4 月 19 日，老朋友赵元任夫妇和周一良、杨联升听说陈寅恪到了纽约，登船相会。我们无法想象此时陈寅恪的心情，昔日的朋友声音还是那样熟悉，却看不清面容。陈寅恪对昔年清华的弟子一良与联升近况“垂询甚详”。短暂的会面欢洽，而离别则是伤感。海浪天风带不走陈寅恪心头的丝丝悲凉。自从船离开纽约的那一刹，他就意识到此后要永陷黑暗之中了。但陈寅恪有内在的视力，看得更深远，洞察历史中的谜团，时代的病症。

1946 年夏天，陈寅恪归去来兮。自从 1937 年抗战军兴南渡，陈寅恪一直处于流离漂泊之中。抗战胜利之后出国治疗病目，诚如胡适的名句，“身行万里半天下，眼高四海空无人”。战后在南京与亲人团聚，共话家事与国事，这是难得的大团圆。在南京萨家湾南祖师庵 7 号俞大维、陈新午的寓所，陈康晦随着陈新午离开四川刚到南京不久，陈寅恪一家在南京，陈方恪本来就在南京。远在武汉的陈登恪、在庐山的陈隆恪一家，纷纷赶来。亲人相聚，战争劫难后再度相见，亲密的拥抱伴着激动的泪水。陈寅恪的三个女儿在《也同欢乐也同愁》一书中写道：“每天晚餐后，父亲总邀大家到自己暂住之室‘煮粥’，即共话家常，这个房间比较僻静，也不干扰别人。六兄妹商议尽快将祖父灵柩南运，与祖母合葬杭州。谁也没有料到，这竟是他们最后一次聚会，此后我们的父辈又天各一方。”

陈隆恪喻徽之女陈小从晚年回忆起这段相聚的时光，回首前尘旧事，不胜唏嘘感叹。作诗：“劫余重聚萨家湾，雁行依旧鬓已斑。收拾十年流乱苦，声声‘煮粥’话团栾。”

蒋天枢自重庆曾家岩谒见恩师陈寅恪之后，已是四年，闻听陈师在南京，到南京后就去拜谒。“沧桑更易，相见不自知其悲喜。是时先生身体虽较前稍好，但私感较在渝谒见时已老得多。目疾亦终难恢复。”

战后三校复员，陈寅恪重返清华园。住在新林院 52 号，与清华历史系教授雷海宗家斜对门。雷海宗张景茀夫妇经常到陈家串门，聊天。雷海宗，这位学贯古今中外的大历史学家，葆有一颗童心。有一次，他对陈寅恪的小女儿陈美延说：“你看着我觉得陌生，因为抗战前跟你家是邻居时，你还没出生，以前没见过我。而我看着你觉得很熟悉，因你既像流求又像小彭，从前她们经常到我家玩。”张景茀笑着问：“雷伯伯一次能吃半个西瓜，你有这本事吗?”于是，美延就吵着要学习雷伯伯的“海量”。陈寅恪听到这些对话，不禁莞尔。

战后，清华资金紧张，以至于无法为教授的寓所供暖，各家自行解决。1947 年冬天来临，而陈寅恪为度寒冬，将其个人藏书，一批东方语文学专业书籍卖给北京大学。蒋天枢《陈寅恪先生编年事辑》在本年事辑中说到此事：“是岁寒甚。清华各院住宅本装有水汀，经费绌，无力供暖气，需住户自理。先生生活窘苦，不能生炉火。斥去所藏巴利文藏经及东方语文各书，如蒙古文蒙古国志、突厥文字典等等，卖与北京大学东方语言学系。

(此师昔年所告)用以买煤。闻仅一室装火炉而已。”

陈寅恪卖书买煤取暖，是胡适施以援手。时任北大校长的胡适得知陈家经济困窘，知道老友畏寒，购煤款无从筹措，便想法帮助老友渡此难关。于是商定，北京大学东方语言学系买陈氏藏书。胡适的雪中送炭，考虑非常周到，要北大以美金支付书款，免得陈家拿到法币瞬间贬值。这笔钱除买煤外，还贴补了家用。

据季羡林回忆，胡适用自己的专车到清华，从陈家装了一车极为珍贵的关于佛教和中亚古代语言的西文书，而陈家只收了两千美元。这个数目在当时虽不算少，然而同那些书相比，却是微不足道的。在这些书中，仅一部《圣彼得堡梵德大词典》的市价，就远远不止两千美元。唐筼对女儿讲过：“父亲在国外省吃俭用购回的这批珍贵书籍，目盲后无法再阅读。北大复员后新成立东方语言学系，有研究东方语言的青年学者，能让这些书发挥作用，所以并不计较书款多少，售价是否抵值。”

陈寅恪于穷困中卖书换煤之事传出后，一个号曰“天吁”的人激愤难抑，于某报发表《生查子》词并序：“陈寅恪教授卖书买煤，为之意苦者久之。”词云：“铮铮国士名，矻矻寒窗苦。生事困樵薪，珍袭归书贾。燎原战火燃，断续炊烟舞。何异又焚书，风教委尘土。”

1947 年 1 月 21 日，除夕夜，小女儿陈美延很开心地吃了一顿白米饭！陈寅恪唐筼夫妇看着小女儿开心的模样，心中顿觉一阵酸楚。战前衣食无忧的陈家，此时，因为战乱，已成为贫寒之家。忧虑远远大于喜庆，陈寅恪作诗《丁亥元夕用东坡韵》：

> 万里烽烟惨淡天，照人明月为谁妍。
> 观兵已抉城门目，求药空回海国船。
> 阶上鱼龙迷戏舞，词中梅柳泣华年。
> 旧京节物承平梦，未忍匆匆过上元。

“依约承平旧梦痕”，“旧京节物承平梦”，升平，承平，是陈寅恪的梦。于是，他的诗作之中多兴亡之叹。陈寅恪一生颠沛流离，一生不得安宁，带有浓郁的悲剧色彩，乱世之中成为一代史家。

1948 年 12 月 13 日，地处北平城郊的清华园内，可听到隆隆的炮声。南京国民政府派飞机到北平“抢救”学者，胡适、梅贻琦、陈寅恪等人是重点抢运对象。13 日当天，陈寅恪一家进城躲避炮火，恰好，汪篯、陈庆华目睹陈寅恪离开清华园。14日夜晚，陈寅恪与郑天挺、邓广铭彻夜长谈，几乎没有睡觉。

15日，陈寅恪一家搭乘汽车去机场，在离别之际，陈寅恪百感交集，留下了一首极其重要的诗。这首诗用了三十八个字作题目，在陈寅恪的诗作中极其罕见，这首“乱离诗”有沉痛的意味：

戊子阳历十二月十五日于北平中南海公园勤政殿门前登车至南苑乘飞机途中作并寄亲友：

临老三回值乱离，蔡威泪尽血犹垂。
众生颠倒诚何说？残命维持转自疑。
去眼池台成永诀，销魂巷陌记当时。
北归一梦原知短，如此匆匆更可悲。

三次离乱指的是卢沟桥事变、香港太平洋战争及这次。诗中的“蔡威泪尽血犹垂”句出自庾信《哀江南赋》：“申包胥之顿地，碎之以首；蔡威公之泪尽，加之以血。”用以伤悼朝代更换和个人处境。在陈寅恪看来，这次战争带来的巨变和历史上梁朝灭亡一样，都是非常严重的改朝换代。可见他把这次“乱离”看得多么严重，不惜把其与“包胥碎首、蔡威泣血”相提并论。其他几个“关键词”是“众生颠倒”、“残命维持”“永诀”等等。其中“众生颠倒”句不但是伤叹当时战乱中全国民生大众的悲惨命运，而且还暗示“嬗变”后清华园的“众生颠倒”局面。

陈寅恪在广州

这一次，陈寅恪离开北平，是最后的告别。1949年，陈寅恪是离开大陆还是留下来，这是困扰他的一个问题。傅斯年以史语所的名义向台湾省警务处申请办理陈寅恪的入境证，这成为陈寅恪有意赴台的直接证据。学者张求会撰文指出：陈寅恪夫妇在“时局日紧”之际，采取了双管齐下的办法——一面通过马鉴、陈君葆谋划赴港，一面通过朱家骅、傅斯年准备赴台。有过犹豫，有过行动，但最终留下来。陈寅恪生命中的最后二十年，定居广州，执教岭南大学（1952 年岭南大学并入中山大学）。不生不死最堪伤，陈寅恪的晚年时光，是一曲沉痛的悲歌。

晚景凄凉　著书唯剩颂红妆

二十世纪五六十年代，陈寅恪敏锐地感觉到政治空气十分压抑，正应了他的诗句“最是文人不自由”。诗中常常流露出精神的苦闷，如：“留命任教加白眼”“剩有文章供笑骂”“闭户高眠辞贺客，任他嗤笑任他嗔”。他的诗，是一部二十世纪中国知识分子可信可传的“心史”，同样是时代的晴雨表，可以借此解读一代史家眼中的政治运动。

旷代大儒，傲骨铮铮，最后的二十年，陈寅恪的两次拒绝，让他的思想放射出永恒之光。拒绝担任历史研究所第二所长，是“独立之精神，自由之思想”的意志，拒绝康生登门求见，是“思想而不自由，毋宁死”的信念。

1953 年，中共中央决定成立历史研究委员会，由陈伯达、郭沫若、范文澜、吴玉章、胡绳、杜国庠、吕振羽、翦伯赞、侯外庐、刘大年及尹达等人组成。毛泽东指定陈伯达担任主任。同年 10 月，历史研究委员会决定创办杂志《历史研究》，并在中国科学院设立三个历史研究所，拟由郭沫若、陈寅恪、范文澜分别出任一所（上古史研究所）、二所（中古史研究所）及三所（近代史研究所）所长。

中国科学院院长郭沫若函请陈寅恪任科学院哲学社会科学历史研究所第二所长。1953 年 11 月下旬，陈寅恪的“爱徒”、时任北大历史系副教授的汪篯南下广州，代表科学院邀请他北上。笔者查阅手边的书籍，发现汪篯来广州试图说服陈先生赴京的时间不一致，郑克晟《陈寅恪与郑大挺》一文是“1953 年初冬”；蒋天枢《陈寅恪先生编年事辑》书中是“一九五四年春，国务院派原在清华任先生助教之汪篯来穗，迎先生赴京”。

1950 年 2 月，汪篯加入了中国共产党。1951 年到 1953 年底，他在马列学院二部学习了两年，被称为党内的专家，自觉以马列主义为指导方针，研究历史。汪篯北大历史系的学生胡戟在《被“逐出师门”后的汪篯先生》文中透露："他是自告奋勇主动要去的，自以为有把握把先生请来北京，结果苦笑着说没想到碰了壁。"为何碰壁？汪篯所言观点不为陈寅恪先生所接受。那时的汪篯，充满了热情和理想，可能在劝说陈先生的过程中措辞不当，惹得陈寅恪先生勃然大怒。

1953 年 12 月 1 日，陈寅恪在《对科学院的答复》（汪篯笔录）里，重申自由之思想、独立之精神是学术研究的灵魂：

> 我的思想，我的主张完全见于我所写的王国维纪念碑中。……我认为研究学术，最主要的是要具有自由的意志和独立的精神。所以我说"士之读书治学，盖将以脱心志于俗谛之桎梏"。"俗谛"在当时即指三民主义而言。必须脱掉"俗谛之桎梏"，真理才能发挥，受"俗谛之桎梏"，没有自由思想，没有独立精神，即不能发扬真理，即不能研究学术。……独立精神和自由意志是必须争的，且须以生死力争。正如碑文所示，"思想而不自由，毋宁死耳。斯古今仁贤所同殉之精义，其岂庸鄙之敢望"。一切都是小事，唯此是大事。碑文中所持之宗旨，至今并未改易。

陈寅恪对汪篯说："你要把我的意见不多也不少的带到科学院。碑文你要带去给郭沫若看。郭沫若在日本曾看到我写的王国维诗。碑是否还在，我不清楚。如果做得不好，可以打掉，请郭沫若来做，也许更好。郭沫若是甲骨文专家，是'四堂'之一，也许更懂王国维的学说。那么我就做韩愈，郭沫若就是段文昌。如果有人再作诗，他就作李商隐也很好。我的碑文一经传出去，也不会湮没。"

陈寅恪在强调了"自由之思想、独立之精神"之后，提出就任所长的两个条件。第一条："允许中古史研究所不宗奉马列主义，并不学习政治。"第二条："请毛公或刘公给一允许证明书，以作挡箭牌。"并说："其意是，毛公是政治上的最高当局，刘公是党的最高负责人。我认为最高当局也应和我有同样看法，应从我之说。否则，就谈不到学术研究。"

面对当时"罢黜百家，独尊马列"的境遇，陈寅恪提出的"两个条件"，发出这样遗世而独立的声音，可谓石破天惊。在这种学术环境中，陈寅恪公开提出学术自由和独立精神问题，表明其坚持真理与科学精神的立场，特立独行，刚介有守，以其个人的抗争，力图求得新时代学术独立的地位，其声音固然微弱，但学术的脊梁与学人的品格彰显出强大的力量。学者韩昇认为:“这种抗争具有双重意义,首先是同将学术作为政治附庸的儒家旧传统决裂。由此看来,把陈先生看成清代学术乃至传统学术的托命者是不恰当的。其次,这种哀情,也绝不是旧朝遗孽的‘不食周粟’,如此理解,也太小觑陈先生的胸怀与抱负了。”

其实,陈寅恪并非不知马克思主义,他是中国最早接触马克思著作的学者之一。早在 1911 年,陈寅恪留学德国时就通读了德文版的《资本论》。但他主张“不要先存马克思主义的见解,再研究学术”。这样的观点,无疑是惊世骇俗的,也是陈寅恪一以贯之的。学术必须独立,不可受政治思想摆布,不可存政治成见于学术研究中,并明言,若不能做到此点的即不再是他的学生。陈寅恪对汪篯说:

> 我要请的人,要带的徒弟都要有自由思想、独立精神。不是这样,即不是我的学生。你以前的看法是否和我相同我不知道,但现在不同了,你已不是我的学生了,所以周一良也好,王永兴也好,从我之说即是我的学生,否则即不是。将来我要带徒弟也是如此。

在陈寅恪看来,因汪篯信奉马列主义,已无“自由思想、独立精神”,已将他逐出师门了。

1962 年,康生悄然来到中山大学,刚抵校就向校领导提出要见陈寅恪,联系后却被告知陈寅恪病了,不便接待,几经劝说,终于没有成功。陈寅恪是真的病了还是以此为借口不愿见康生?不得而知。但我们知道的是,后来在人民文学出版社准备出版陈著《论再生缘》时,康生发表了自己的意见,并且这个意见使该书在陈寅恪有生之年没能出版。“盖棺有期,出版无日。”在悲凉彻骨的心境中熬尽残念,自叹“平生所学供埋骨,晚岁为诗欠砍头”。

尽管有陈毅、陶铸等中共高层的赏识和关照,但掩不住晚景凄凉。在西风残照之中,昔日西南联大的同行向达来访、弟子蒋天枢来访,为陈寅恪带来暖意。与向达是生死之别,与蒋天枢则是生命之托。

1964 年,陈寅恪七十四岁。这年春天,史学家向达为校勘《大唐西域记》、研究唐代中西交通史,自费南下广州,到康乐园和陈寅恪晤面,向陈寅恪请教《大唐西域记》中的梵文。两位顶级史学家的见面,详细的谈话内容不可知。除了学术问题的交流,更有感同身受的交流。陈寅恪和向达在西南联合大学同为历史系教授,如今,经历诸多时代变迁,不胜感慨。

陈寅恪在上世纪五十年代受到过批判，向达在1957年被划为右派。社会已经发生翻天覆地的变化，人生也经历了沧桑离乱。陈寅恪的内心以及所思所想，可从《甲辰春分日赠向觉明》三首绝句中一窥究竟。第三首诗曰：

握手相逢庾岭南，失明膑足我何堪。
傥能八十身犹健，公案他年好共参。

此诗前两句有感伤的意味，有好友握手想见的欣喜，也有对自己身体状况的隐忧。后两句，如果天假其年，希望能和向达合作，一起研究玄奘赴印度取经这一桩公案。

天假其年，并非是乐观的预测，反而是残酷事实的逼近。陈寅恪的预感是准确的。两年之中，不可预测的事情令人悲观，向达的学术研究成果未能出版。"文革"爆发，一夜之间成为"牛鬼蛇神"的学术权威向达，被残酷批斗。生命之烛，骤然熄灭于时代的大风暴之中。1966年11月24日，向达去世，终年六十六岁。

正是嗅到了暴风雨来临前的丝丝寒意。1964年夏，陈寅恪毕尽十年之力，钩沉稽隐，殚精竭虑，《钱柳因缘诗释证稿》初稿终于杀青，后易名为"柳如是别传"。稿末有《稿竟说偈》一首：

奇女气销，三百载下。
孰发幽光，陈最良也。
嗟陈教授，越教越哑。
丽香群闹，皋比决舍。
无事转忙，燃脂暝写。
成卌万言，如瓶水泻。
怒骂嬉笑，亦俚亦雅。
非旧非新，童牛角马。
刻意伤春，贮泪盈把。
痛哭古人，留赠来者。

"嗟陈教授，越教越哑"最令人叹息，上世纪五十年代，陈寅恪被作为"中山大学最大的一面白旗"受到批判时，他给所在的中山大学校长写信表示:“一、坚决不再开课。二、马上办理退休手续,搬出学校。”陈寅恪明白自己的作品出版无日,遂有“痛哭古人,留赠来者”之句。

晚年陈寅恪“著书唯剩颂红妆”,完成《柳如是别传》非同小可。吴宓在日记中这样写道:“盖藉以察出当时政治(夷夏)道德(气节)之真实情况,盖有深意存焉。绝非消闲风趣之行动也。”陈寅恪的助手黄萱在给蒋天枢的信中说:“寅师以失明的晚年,不惮辛苦,经之营之,钩稽沉隐,以成此稿。其坚毅之精神,真有惊天地泣鬼神的气概。”

陈寅恪在《论再生缘校补记后序》中写道:“知我罪我,请俟来世。”他的诗中也有类似的句子:“今生所剩真无几,后世相知或有缘。”

1964年,陈寅恪需要一个可将后事托付的可靠之人。就在向达北返回北京的一个多月之后,陈寅恪晚年最知心的弟子蒋天枢来了。于是,就有了师生感人至深的“生命之托”。

1964年的陈寅恪已经膑足两年,蒋天枢最初来广州是想探望恩师的身体健康。他在《陈寅恪先生传》(1986年)写道:

> 一九六二年,夏六月初十日,(先生)右腿骨跌折,住进中山二医院。因年老未动手术。当时枢(作者蒋天枢——引者注)曾建议请上海中医骨科专家治疗,(时王子平、魏指薪最有名。曾亲闻魏言,常到外地给首长疗疾。)先生不肯,致断腿终未能复原。先生生平不信中医,(一九四五年)在成都视网膜剥离时,如不动手术,倘获名医,服中药亦可奏效。一时手术之疏,致终身无复明之道,重可伤矣。在中山医院留住半年多,由医院抬回家。陶铸同志给派护士三人,轮班照顾。一九六四年五月枢赴穗晋谒时,虽能由两护士左右扶持站立,不复能再如往日由师母陪同散步矣。

关于这次见面的情况,蒋天枢在其《陈寅恪先生编年事辑》中描述简单,有些地方欲言又止,留下隐衷。事实上,蒋天枢在陈寅恪病榻前面聆教诲,是陈寅恪向蒋天枢作了一生事业的“生命之托”——陈寅恪将晚年编定的著作整理出版权授予蒋天枢。

蒋天枢的到来,解决了压在陈寅恪心头的一个问题,他深知自己的著述不合时流,出版基本无望,在“盖棺有日,出版无期”的失落中,陈寅恪决定将著作“藏之名山,传之其人”,而且还让蒋天枢抄录了他晚年的诗作。他深信自己的著作总有云开日出的那一天,只是自己未必能看到。

陈寅恪在1964年的《赠蒋秉南序》中，以简洁的文字总结了自己的一生和文化观："凡历数十年，遭逢世界大战者二，内战更不胜计，其后失明膑足，栖身岭表，已奄奄垂死，将就木矣。默念平生，固未尝侮食自矜、曲学阿世，似可告慰友朋。至若追踪前贤，幽居疏属之南、汾水之曲，守先哲之遗范，托末契于后生者，则有如方丈蓬莱，渺不可即，徒寄之梦寐，存乎遐想而已。呜呼！此岂寅恪少时所自待及异日他人所望于寅恪者哉？"

1966年，文化大革命如狂风暴雨来临，横扫神州大地，谁也躲不过了。之前的种种政治运动，陈寅恪冷眼旁观，将自己的心境和对时局的态度，微妙地写在诗作之中。这一次，陈寅恪无处可逃。

7月，铺天盖地的大字报袭来，批判声浪将陈寅恪淹没。一顶一顶帽子无情地压在陈寅恪的头上，他以孱弱之病躯，承受着一顶比一顶沉重的帽子："牛鬼蛇神""封建余孽""死不改悔的走资派"……"革命派"指斥他大肆挥霍国家财产，享受高级护理待遇，吃美帝国主义药品，简直是罪恶累累。前来抄家者，一波又一波。

1966年秋季，陈寅恪的书籍和一些未刊的书稿、手稿被查封，多年精心保存的一些文物字画也被抄走。高音喇叭对陈寅恪和唐筼是一种可怕的折磨，两人都有心脏病，都要靠安眠药才能入睡。事实上，夫妇二人为了尊严，已经放弃从医院领安眠药了。住宅对面的办公楼被造反派占领，高音喇叭每天不间歇播放。这样一来，睡觉几乎成了一种奢望。而高音喇叭造成的精神刺激，对老弱病残的陈寅恪来说，更是严重的打击。当时住在中山大学的梁宗岱夫人甘少苏在回忆录《宗岱和我》中说："那时候，挨整的人及其家属都特别害怕高音喇叭，一听到高音喇叭声，就战战兢兢，因为红卫兵经常用高音喇叭通知开会，点人出来批斗游行；而出去一次也就是小死一场。历史系一级教师陈寅恪双目失明，他胆子小，一听见喇叭里喊他的名字，就浑身发抖，尿湿裤子……"

1967年年底，红卫兵要抬陈寅恪去中山大学大礼堂批斗，唐筼阻止，被推倒在地。结果，由中山大学前历史系主任刘节（陈寅恪在清华的早年弟子）代表陈寅恪先生去挨斗。批斗会上，造反派粗暴地殴打刘节，并问刘节有何感想？刘节回答说："能够代替老师来批斗，我感到很光荣！"

大字报，抄家，高音喇叭，批斗，陈寅恪受到了令人难以置信的折磨，摧毁了他赖以维持生存的希望，面对无休止的"交代"和"检查"，他觉得生命早已完结了，"我现在譬如在死囚牢"。

1969年3月，唐筼常被妇联叫去"学习"，不能照顾多病的陈寅恪，到

7月学习才结束。唐篔被迫接受教育，女儿参加干校不在身边，可以想见无人照顾的目瞽脚膑之人心境如何凄凉。夫妇二人身体多病，在这样的情形下，陈寅恪预先给夫人唐篔写好了如此令人心碎的挽联——

涕泣对牛衣，卌载都成肠断史。
废残难豹隐，九泉稍待眼枯人。

涕泣对牛衣，典出《汉书·王章传》，说王章未显赫时，病卧牛衣，后官迁京兆，妻劝止说："人当知足，独不念牛衣中涕泣时耶?"牛衣，本农民给牛御寒之物。此处用典，比喻夫妻共守穷困，牛衣，语义双关，表达自己在"文化大革命"中身为"牛鬼蛇神"之愤懑感情。陈寅恪在七所大学教书四十余年，三十九岁才结婚，与爱妻生活四十年。肠断史意即肝肠寸断的伤痛史。豹隐原出《列女传·陶答子妻》，表示隐居幽处，以避其害。骆宾王诗云："我留安豹隐，君去学鹏抟。"当时陈寅恪认为自己已经病残，不可能藏身避害。但是纵然身赴九泉，仍然保持对妻子的真挚爱情；一定在那里安心等待为之泣血眼枯的亲人。此联可谓字字血泪，句句辛酸，把当时的凄楚境遇和悲愤心情抒发得淋漓尽致。

这是陈寅恪所作的预挽爱妻及自挽联，当时陈寅恪已经万念俱灰，乃有此作。

1969年10月7日早上五点半，因为心力衰竭，肠梗阻、肠麻痹，一代国学大师陈寅恪走完了他八十年的人生历程。一月后，夫人唐篔也抑郁而终，应了"九泉稍等眼枯人"之语。

作为传统知识分子的杰出代表，一个超越时代的另类，陈寅恪虽自谓"处身于不夷不惠之间，托命于非驴非马之国"，却长期以淑世为怀，终身探索自由之义谛，极其珍惜传统历史文化。崇尚气节，严守操持。不降志，不辱身。胸怀坦荡，忧国忧民。自少至老，始终不渝。更重要的是，在内忧外患的时代，在颠沛流离的旅途，在陵谷变易的历史巨变之中，在国共政争的漩涡之中，陈寅恪真正做到了独立。"独立之精神，自由之思想"是他坚守的人生信念。

唐代大家韩愈在《伯夷颂》中有云："士之特立独行，适于义而已矣。不顾人之是非，皆豪杰之士，信道笃而自知明者也。一家非之，力行而不惑者，寡矣。至于一国一州非之，力行而不惑者，盖天下一人而已矣。若至于举世非之，力行而不惑者，则千百年乃一人而已耳。"

千百年来，一人而已！事实上，陈寅恪同时代的学人，就已经表达过这样的观点。傅斯年对陈哲三说：“陈先生的学问近三百年来一人而已。”岂止学问，独立人格，气节尊严，皆是如此。

义宁陈氏几代人延续一百多年，至陈寅恪成为巅峰，然后曲终人散。想起陈三立好友黄遵宪的诗句：滔滔大江流，前水复后水。一息不停留，百川互输委。庐山松门别墅今犹在，清华园王观堂碑犹存，古今相续流，新人非旧人。面对旧时明月，唯有一地苍凉。缅怀义宁陈寅恪，谁人不惆怅？

二、一门四杰：黄炎培家族往事

■ 黄炎培家族部分成员

黄炎培(1878—1965)，号楚南，字任之，笔名抱一，江苏省川沙县(今上海市浦东新区人)。中国教育家、实业家、政治家，中国民主同盟主要发起人之一。毕生奉献于中国的职业教育事业。1965年12月21日逝世于北京。

黄方刚(1901—1944)，哲学家，黄炎培长子。1915年至1923年在清华学堂学习，与梁思成是同学。1928年在哈佛大学获哲学博士学位。回国后，在广西大学、东北大学、北京大学、金陵大学执教。1939年，应聘到武汉大学(当时在四川乐山)哲学系任教。1944年1月17日因染上肺病在乐山去世，年仅四十四岁。

黄竞武(1903—1949)，革命人士，黄炎培次子。清华大学毕业，与罗隆基、彭文应是同学，在美国哈佛大学留学，获经济硕士学位。任重庆中央银行稽核专员，一度担任周恩来与美国人士谈话的翻译。

黄万里(1911—2001)，黄炎培三子，著名水利工程学专家、清华大学教授。早年毕业于唐山交通大学，后获得美国伊利诺伊大学香槟分校工程博士。因反对黄河三门峡水利工程而被错划成"右派"。

黄大能(1916—2010)，黄炎培四子，著名水泥混凝土技术专家。1939年复旦大学土木工程系毕业，后留学英国。新中国成立后，任建筑材料工业局中国建材科学研究学院室主任、副院长、副总工程师，兼武汉建材学院、上海建材学院、浙江大学教授。曾任全国政协常委，中国民主建国会副主席，中华职业教育社常务副理事长。

黄方毅(1946—　)，黄炎培五子，著名经济学者。长年供职中国社会科学院、北京大学等从事经济研究，曾任美国霍普金斯大学高级国际研究院、哥伦比亚大学访问学者。现任全国政协委员。

黄必信(1925—1966),黄炎培六子,大连工学院无线电系教师,教研室主任。1957年被划成“右派分子”。“文革”开始,受到批判,1966年6月14日在家中上吊自杀。

黄且圆(1939—),黄炎培之孙女,黄万里之女,数学家杨乐的夫人。毕业于北京大学数学系,中国科学院研究员。

黄孟复(1944—),高级工程师,黄炎培之孙,黄竞武之子。1997—1998年任民建中央副主席、江苏省主委、南京市主委,南京市副市长。现任第十一届全国政协副主席、全国工商联名誉主席。

黄观鸿,黄炎培之孙,黄万里长子,天津大学教授。

黄炎培

1878年10月1日,黄炎培出生在川沙县城。川沙在晚清属于江苏省,在民国属于上海的浦东。川沙县城东距潮涨潮落的大海只有三十四华里,县城西十五里有一“大圣寺”,黄炎培儿时听老辈人说,原来大圣寺所在地还是海边。几百年就是沧海桑田。

1958年10月1日,是中华人民共和国的国庆日,也是黄炎培的生日。八十年来,从晚清、民国到新中国,黄炎培可谓身经沧海桑田的巨大历史变迁。

黄炎培诞生以来的一百年,适逢中国由近代向现代转型的一百年。川沙黄家人才辈出,黄炎培家族成员的个人遭际和历史命运,不仅仅是光阴的故事,更是百年中国的家国沧桑。

父母早逝　黄炎培努力生长

黄炎培出生在上海浦东“内史第”宅中。内史第是江南著名藏金楼,也被称为江南第一楼,有“富甲东南”之誉。由于黄家家道中落,“内史第”租了一部分出去,著名的宋氏三姐妹及宋子文兄弟、胡适都在这里度过了童年时光。

黄炎培诞生于西风独自凉的时节,他出生后三天就是重阳节,在菊花初绽一片亮丽的金黄之时,他感受到母亲的温暖。当银发如霜的黄炎培,回望生命最初的原点,他写的诗中有这样的句子:“温暖母怀忍回忆,呱呱三日便重阳。”

新中国成立后，黄炎培有一种重生的激动与喜悦，也投入到思想改造运动之中，并写诗：“千山万水我何曾，解放来归愧此身。八十知非犹未晚，大群改造作新人。”

黄炎培的父亲黄叔才，是一位小知识分子。自己没有土地，也没有房屋。租房子过也是一辈子，而且有千金散尽还复来的豪气，“得钱即使，挥金如土”。他的胞兄考取了秀才。可惜，这位兄弟死得太早了。黄叔才无暇考取功名，当教书先生，他教自己的弟弟，也开馆收徒，教的学生都一个一个考取秀才了，他也厌倦了。放弃了家塾教书先生的生活，云游四方，曾远足河南、广东、湖南。别误会，黄叔才不是去游山玩水，而是给督抚当秘书。原来入了幕府当幕僚了。

黄叔才出游第一站是河南，和川沙同乡算学家沈韵松入吴大澂幕。光绪十三年八月，郑州十堡(即石桥)黄河决口南泛，为害严重。先后几位大员主持堵口，功败垂成。当时吴大澂为河南山东河道总督，临危受命，接办堵口大工。后来，黄叔才向黄炎培讲述过这一段的经历，沈韵松用筹来计算土方，还不如有经验的老河工来得快。老河工看一眼，就很快说出这一堆材料筑这段堤不足多少或是有余多少。当然，沈韵松从容计算出来的土方，和老河工的结果是一致的。

黄叔才虽然是一位小知识分子，但经常打抱不平。有一次，川沙县衙将一位同乡拘了，扣了一个“服中生子”的罪名。黄叔才恰好回乡，知道后，带着《大清律例》去见知县。经过一番唇枪舌剑，黄叔才引经据典，最后驳得知县哑口无言。黄叔才为蒙冤的乡亲当了一次免费的辩护律师。

黄炎培的母亲孟樾清是一位地主的女儿。外祖父孟莳余具有很高的知识水平，一生种花、种桑、养蚕，不参加清朝的科举考试。这里面是有缘由的。孟莳余的父亲被清朝官吏勒捐巨款，无力缴纳，被迫投水而死。到了黄炎培的童年时代，清朝地方官吏更加腐败，目睹外国入侵，壮丁被冤杀、卖官鬻爵、皇宫纳贿等社会现象，黄炎培发愿改变目睹社会之怪现状。这是他终生致力教育、开启民智、播种文明的动力之一。

母亲孟樾清对黄炎培要求非常严格，这成为黄炎培生活自律的源泉。有一天吃午饭时，桌上有一碟好菜，黄炎培想吃，母亲说：留一下，某人要来吃饭的。儿呀！待人好些，自己省俭些，要这样做人。几十年后，黄炎培还用这则母训来教育自己的子女。还有一次，他母亲在病中，把他叫到病榻前说：奎(他的小名)，你看！谁在那里闲荡过日子？公公怎样？婆婆怎样？爹在外面怎样？农民一个个忙得怎样？只有你既不读书，又不做事，怎么对得起人？他牢记母训，后来在一首诗里写道："儿懒惰，母生气；儿勤劳，母欢喜。"

世事无常，黄炎培得到父母的呵护和关爱的时间太少了。十三岁失母，十七岁丧父。黄炎培奋发向上，努力生长成一棵大树，支撑起黄家一片广阔的天地。

父母都在人生壮年去世，这成为黄炎培心中的一个阴影。后来，他先后和两位夫人生了十六个子女（三个早夭）。人丁兴旺，儿孙绕膝，足以抵抗死亡的阴影，黄炎培自撰了一副对联：

勿忘孤苦出身，看诸儿绕膝相依，已较我少年有福。
切莫奢华过甚，听到处向隅而泣，试问你独乐何心。

黄炎培孤苦出身，靠教育改变了自己的命运。受他的影响，他的儿女和孙辈多从事教育工作，或为大学教授，或为专家学者。从事教育成了川沙黄家的家风，重教的文化基因，代代相传。新中国成立后，黄炎培一家老小几代人十几口人，住在宣武门内安儿胡同的一个院子中，在这里住了十几年。门前的对联写着"忠厚传家久，诗书继世长"。

黄炎培一家在安儿胡同

伉俪情深　黄炎培的两位夫人

黄炎培二十岁时，以家塾教师为生，在教书的同时，作诗写文，参加川沙、南汇、上海书院的征文大赛。黄炎培的文章屡次获奖，奖金加起来比一年教书的工资还要多。一次偶然的机会，黄炎培姑父的一位朋友王筱云看到了黄的一篇文章，非常赞赏："这个青年前途有希望。"黄炎培的姑父沈肖韵灵机一动，抓住时机说，这个优秀的青年正在求婚，你的女儿肯嫁给他吗？之前有五位女方的家长拒绝了黄家的提婚，理由只有两个字——嫌穷。这一次，遇到慧眼识珠的王筱云，把女儿王纠思许配给黄炎培。

1899年考取秀才后，黄炎培与王纠思结婚。夫妻育有六男六女，其中有三个孩子早夭。儿子中，黄方刚、黄竞武、黄万里、黄大能都到海外留学，学成归国后成为大学教授、专家学者。黄炎培给儿女起名字，大多有讲究。有一女儿出生于1919年，这年五四运动席卷神州，女儿出生之时，恰逢黄炎培观看钱塘江大潮，于是给她起名黄学潮。给三子起名黄万里，结果成为水利专家，和万里江河打了一辈子交道。给第五个儿子起名黄大能，儿子出生时，刚从美国考察教育回来，有感于中国的文明、科学落后于美国，希望家里有一个"大能"人，改变国家积贫积弱的落后局面。

黄炎培一生以教育为安身立命之所，他重视教育，也体现在对夫人的态度上。1904年黄炎培流亡日本归来后，执教于上海城东女学，他让自己的夫人王纠思来此校学习，接受现代文明的熏陶。

黄炎培对王纠思非常尊重，这在清末民初，难能可贵。黄炎培让自己的孩子都要尊重自己的母亲。上海管母亲叫"姆妈"，川沙叫"姆娘"，黄炎培就把方言的"姆"字改成恩爱的"恩"，让他的子女叫母亲"恩娘"，勿忘母亲恩泽的意思。

夫妻两人经常一起游览风景名胜。有一次，黄炎培和夫人王纠思一起游览峨眉山，后来为妻子写了一个条幅："功名期望皆身外，天地庄严在眼前，此体此心都付汝，母心纯善体纯坚。"这是他对一个母亲的赞美，是对一个心地善良和身体健康女性的赞美，表现了他的妇女观，这种思想观念在当时也是比较新潮的。

在黄炎培的心目中，王纠思风度大方，无脂粉之气，一举一动，在自律之中见天真本性。王纠思对黄炎培非常信任。有一次，黄炎培和一位女性朋友秘密谈话很长时间，跟随黄炎培的仆人感觉不对劲，于是回到家中，偷偷地向王纠思打小报告。王纠思责备仆人道："汝勿得言，黄先生品是金，汝勿得言。"

黄炎培一生为国事奔走，不问家事，家中一切全靠王纠思。王纠思深明大义，她这样对黄炎培说，君为国家而生，我为君而生。王纠思抚养儿女成才，主持一个大家庭的理财，吃穿用度，井井有条，令黄炎培赞赏有加。

在儿子黄大能的心目中："母亲是一位十分慈祥又十分能干的女子，她在我儿时的记忆中，胖胖的脸蛋上经常会流露出喜悦的神色，从未见过她有过愁眉苦脸的表情。"

抗战军兴，黄炎培和大多数子女生活在重庆。王纠思和幼小的子女留在上海。1940 年 12 月，王纠思因脑溢血病逝。爱妻病逝，这个噩耗传到重庆，黄炎培失声痛哭。他写了七首诗悼亡妻，并写《先室王夫人行略》，传给儿孙。

在《天长七首》悼亡诗中，其中一首写道：

青史千年血写之，即今大地尽疮痍。
人生有味应知苦，老佛何心总是慈。
众怨自天天自若，君生惟我我惟谁？
拼将心力残年献，报答闺门国士知。

夫妻结发四十多年，情深意笃，恩爱有加，黄炎培与王纠思相濡以沫的爱情堪称后世楷模。

1940 年黄炎培原配夫人去世，登门说媒者众，但均被婉拒。1942 年，黄炎培来贵阳大夏大学讲演，与姚维钧邂逅。

姚维钧，1909 年生于上海浦东南汇县周浦镇。自幼天资聪颖，勤奋好学，无论做饭还是看护妹妹，手中老是捧着书。她原名薇娟，入了学校后，取《诗经·小雅》中的"秉国之钧，四方是维"之句，改名"维钧"。自江苏省立淞江女子中学高级师范毕业后，在当地从教。1937 年抗战爆发，日军侵占上海，不肯做亡国奴的姚维钧辞别母亲，只身跋涉，辗转香港、广州，到达贵阳，先在贵阳女师求学，后考入上海迁黔的大夏大学。

当时正在抗战期间，黄炎培与姚维钧两人居住在两地，在百日内通信百来封。1942 年 8 月，姚维钧大学毕业后奔赴重庆，不久两人举行婚礼，杨卫玉为介绍人，沈钧儒等参加。黄炎培在婚礼上发表告亲友书，将两人相识相恋经过公开，文中有八个字：“佳人易得，同志难求。”婚后，姚维钧在重庆巴蜀中学执教。

黄炎培夫妇和儿女们合影，后排左一为黄万里

黄炎培和姚维钧育有四个孩子，当时、丁年、方方、冈冈。这最后面的两个孩子的名字里，寄托着黄炎培对抗战期间病逝的长子黄方刚的思念。

黄炎培在重庆，身兼数职，又是国民参政会，又是中华职业教育社，又是民盟、民建，公事繁忙。每每晚归，姚维钧常在他们居住的张家花园山坡上翘首以待。有诗云：“观音岩上久徘徊，贩者纷纷饱橐回。过尽千车人不见，一镫远送屐声来。”黄炎培答诗：“观音岩上市声稀，夜夜夫人迎我归。过尽千车人不见，一天风露湿君衣。”

抗战胜利后，黄炎培奔走国共和谈，全家重返上海。和谈失败后，他辞去国民参政员之职，拒绝参加国民党单方面召开的伪国大，与国民党全面决裂，迎来了他人生最艰难的时期。姚维钧一直陪伴他，共度政治上受高压、经济上靠卖字为生的生活。1948 年姚维钧的四十岁生日之际，黄炎培感激地写下贺诗：“迎君长夏海棠溪，入握情丝未足迷。出处商量关大计，将才许国两心齐。”

江河激荡士人风骨

——历史激流中的黄万里

一生志在造福人民，一生保持独立人格，一生情系万里江河，一生心如磐石不为潮流所动，这就是水利工程专家黄万里一生的传奇。

“理必求真，事必求是，言必守信，行必忠实”，这是黄炎培的座右铭，也是黄氏家训。黄万里是黄炎培的第三个儿子，他用一生践行家训，并发挥到极致。

在黄万里身上，既有知识分子的良心，也有科学家坚持真理的勇气。二十世纪的中国，苍黄翻覆、陵谷变迁，在历史的激流中，黄万里如同中流砥柱，屡罹颠踬而寸心不移，江河激荡士人的风骨。

海上相遇　与丁玉隽相伴一生

1937 年的春天，春风浩荡，风正一帆悬。黄万里从美国留学学成归来。与三年前考取美国庚款留学资格相比，此时的黄万里，多了一顶伊利诺伊大学工程博士的帽子。黄万里治水利工程，是受父亲黄炎培的影响。

1935 年，黄万里在美国伊利诺斯大学攻读博士学位

黄炎培提倡职业教育，而黄万里的大哥黄方刚学哲学，二哥黄竞武学经济学，二人均从清华毕业后留美，与黄炎培提倡的有所差距，他决定让黄万里学桥梁工程。1927 年，黄万里考入唐山交大学习。

1931 年长江、汉水泛滥，水淹武汉三镇一百天，湖北省云梦县一夜间洪水淹没县城，淹死七万人。1933 年黄河决口十几处，人命财产损失无算。“不能看着祸及农民而不顾……”父亲黄炎培的话，言犹在耳，年轻的黄万里受到了影响。他后来说：“这激励了许多青年奋志学习水利。当时唐山交大同学有三人放弃了铁路桥梁工程师之职，出国改学水利，我是其中一人。听说黄河是最难治理的，我便立志学水利治黄河。”

万里姓黄，注定了一生与黄河打交道。正因为与黄河打交道，他这一生，九曲回转，二十年后，他因反对修建三门峡水电站，他又多了一顶帽子——成为闻名全国的“右派”“反党反社会主义的大右派”。二十年后发生的事情，对于踌躇满志、为国效劳的黄万里来说，是遥不可及的梦。

而黄万里在回国途中的一次邂逅，宛如一个美妙的梦境。他乘坐的轮船经过日本，在横滨他遇到了一位妙龄的女子——丁玉隽。

丁玉隽，辛亥志士、国民党元老丁惟汾的掌上千金。丁惟汾的小女儿丁玉隽在日本攻读医学，学校放春假。从东京坐火车到横滨上船。“我们一群女孩子，和黄万里他们一群从美国回来的男孩子就这样相遇了。”晚年丁玉隽回忆起当年的相逢这样说。黄万里比丁玉隽大六岁，在丁玉隽看来：“他童心未泯，非常天真诚恳，感情丰富，和他在一起觉得很放心。”这次相逢成为一生的相伴，互生好感的年轻人，在上海下船时，互相留下了通信地址。

最初，丁玉隽把黄万里视为一位大哥，觉得他很老成，并没有把他当作男朋友。一次，黄万里到丁家找丁玉隽。丁惟汾到客厅对黄万里说：“以后请你不要再来了。”知难而退，不是黄万里的性格。黄万里借机到丁家，和丁家的姐妹一块儿玩。但丁惟汾不同意这门婚事。关键时刻，还得靠黄炎培出面疏通。

黄炎培找了一位朋友，到丁府提亲。但这位朋友担心丁惟汾一口回绝，不敢向丁惟汾提，耽误了几个月。黄炎培一看没有动静，于是找到丁惟汾的秘书陈希豪，这下找对人了。丁惟汾在了解了黄家之后，转变了态度，同意了这门婚事。

七七事变，抗战爆发，国民政府很多机关瘫痪了，机关往后方撤退，丁惟汾一家退到了庐山。丁惟汾在牯岭寓所观局势的变化，战争一起，兵荒马乱，他决定为黄万里和丁玉隽举行婚礼。当时黄万里已经在四川水利局找到工作，要去四川。他开着黄炎培的破吉普车来庐山完婚。此时，黄炎培在武汉，中华职业教育社已从南京迁来，再加上民生公司的长江大撤退，他无法分身到庐山参加黄万里的婚礼。写信让黄大能代表他做主婚人主持婚礼。

战乱之中，婚礼很简单。黄大能朗诵了黄炎培寄来的主婚人致辞，在

1939 年，黄万里与丁玉隽和女儿合影

丹桂飘香的庐山上，大家畅快地吃了一顿喜酒。

抗战期间的八年，是黄万里丁玉隽夫妇一生中最宝贵的时光。丁玉隽说："我们六个孩子(三男三女)有五个是在四川生的。第三个孩子出生在一个工地上；黄先生在三台整治涪江航道，我们有个孩子就是在那儿生的。"

抗战期间，黄万里一家生活在四川，货币贬值严重，工程人员很难靠薪水生活。为了维持生计，黄万里就组建了长城公司，承包工程，包括为美军建机场、修宿舍。美国飞机从那个机场起飞去轰炸日本本土。

一士谔谔　反对修建三门峡水库

1953 年，我国第一个五年计划建设的第一年，高涨的社会主义建设热情充斥着每个人的胸膛。这一年，黄万里开始在清华大学任教。这是他人生的一个转折点，即将与规划中的三门峡大型水利枢纽工程相逢。

历朝历代都治理黄河。"圣人出，黄河清"是一种理想主义的美梦。新中国成立后，在苏联专家组的指导下，编制黄河流域规划。规划中，在三门峡建设黄河上第一个大型水利枢纽工程，实现防洪、灌溉、发电的综合效益，一举改变黄河旧貌。

1954年，国家计委正式成立黄河规划委员会。1955年4月，黄河三门峡大坝工程动工。同月，由周恩来总理主持，水利部召集学者和水利工程师七十多人就已开工的黄河三门峡水利规划方案进行讨论。

当在座的专家、学者、官员一致赞成的时候，黄万里站了出来，他的发言令人泠然一惊。他没有对设计方案提意见，而是从根本上否定了这项工程：三门峡根本就不适合建坝！黄万里说："你们说'圣人出，黄河清'，我说黄河不能清，'黄河清'，不是功，而是罪。"

反对理由很简单，黄万里认为：黄河含沙量巨大，一旦三门峡大坝建成后，黄河潼关以上流域会被淤积，并不断向上游发展，到时候不但不能发电，还要淹掉大片土地。他同时还说，"黄河清"只是一个虚幻的政治理想，违背科学，在水利工程上根本不可能实现。

然而，黄万里的意见没有得到重视。1957年6月10日至6月24日，三门峡水利枢纽讨论会由水电部在京召开，讨论三门峡水库的正常高水位和运用方式。在讨论会上，孤身一人的黄万里是"反上派"（反对上三门峡工程），面对拦洪蓄沙的高坝派、拦洪排沙的低坝派。

七天讨论会，黄万里舌战群儒，与其他专家展开了激烈的辩论。到最后，会议就开成了对他的批判会，人家再开会讨论时，干脆就不再邀请他参加了。

据黄万里说，当时出席会议的专家"大多同意苏联专家的设计，只有笔者一人根本反对修此坝，并指出此坝修后将淤没田地，造成城市惨状。争辩七天无效后笔者退而提出：若一定要修此坝，则建议勿堵塞六个排水洞，以便将来可以设闸排沙。此点全体同意通过。但施工时，苏联专家坚持按原设计把六个底孔都堵死了。"

决策层听不进去黄万里的逆耳忠言。1958年11月25日，三门峡工程开始截流。1960年6月高坝筑至三百四十米，开始拦洪。1960年9月，三门峡大坝建成，大坝下闸蓄水。工程总投资预算为十三亿元，而工程总结算时实际耗资达四十亿元。对当时的中国来说，这相当于四十座武汉长江大桥的造价。

实践是检验真理的唯一标准，三门峡水库带来的一系列后果不幸被黄万里言中。第二年泥沙就淤积了渭河流域，良田浸没，土地盐碱化，威胁逼近古都西安。于是只好降低水库水位，拆除十五万千瓦发电机组，改装五万千瓦小机组，重新打通排水洞（每个底孔以一千万元的代价打开），以泄泥沙。

此后，三门峡工程与黄万里紧密相连了。有人说，不听马寅初的话，多生了几亿人；不听梁思成的话，拆了半座北京城；不听黄万里的话，毁了中国的母亲河。赵诚在《长河孤旅》中说："真理从来不是权力的奴婢。历史已经证明，千人之诺诺，不如一士之谔谔！黄万里、梁思成、马寅初的正确意见虽然没有被当权者采纳，但历史终将擦亮他们的名字。"

反右运动　黄万里成为钦定右派

三门峡工程为黄万里的人生带来悲情色彩，是从1957年开始的。

1957年春，黄万里拿了一笔稿酬，正赶上长女黄且圆十八岁生日，黄万里就做东请黄家在京的亲戚在一块儿吃饭、照相。一家人团圆美满，其乐融融。这一年的春天太短暂，一个家庭欢愉和平静，被以雷霆万钧之势的"反右"风暴打破了。

这年春天，大鸣大放之际，黄万里写了一篇两千多字的小说《花丛小语》，发表在清华校刊《新清华》。

小说中"是3月里桃花含苞未放的时节"，田方生编完了一章讲义，他低着头，轻轻吟着他昨夜刚填好的词——《百花齐放颂（调寄贺新郎）》。小词上半阕点出了当时的局势是"春寒料峭，雨声凄切"；"静悄悄，微言绝"。下半阕笔锋一转，希望当局能真正贯彻"双百"方针，使人间景色"翻潋滟，芬香洋溢"。

小说中凄婉清雅的一首小词，无非是响应大鸣大放，看不出触怒高层之处。紧接着来访的好友甄无忌、贾有道出场了，三位教授一番对话，揭出城市基础设施公路建设中的"豆腐渣工程"现象，然后三人对谈，你一言，我一语，含沙射影地讽刺那些"歌德派"——只会歌功颂德的学者和人民代表，挖苦"但丁派"——那些但知盯住领导党员、随声附和的诗人。

黄万里的这篇小说，初衷是热诚的，"我想领导的本意是在激发起群众的智慧，鼓励起他们的积极性，使人尽其才；决不是只叫人听着话埋头去做"。然而，这篇小说被别有用心地呈报到高层，有人看到《花丛小语》十分震怒，对黄万里的父亲黄炎培老先生说："你们家也分左、中、右啊！你儿子这篇文章说的是什么话！"

黄万里被定为"右派"后，工资从二级教授降至四级教授，大部分时间在家中赋闲，他被剥夺了教书、科研、发表文章的权利。黄万里成为"右派"，还株连到他的同事、学生，子女的升学也受到影响。

清华大学水利系教师胡家博、李亚莉和当时的学生党治国、李晓凤、张锡彩等人，也因为黄万里辩护而被打为“右派”，特别是党治国，受了很多苦，还差点被枪毙。

1957 年，黄万里的长子黄观鸿高中毕业，当时“反右”刚开始，高考招生还没有实行因父母是“右派”而株连子女的政策，黄观鸿有幸考上了北大。以后，黄万里的次女无满、次子二陶、小女肖路都受到了株连。1958 年，黄无满参加高考。当时她在贝满女中，也就是女十二中，数理化成绩都是名列前茅的。她很自信，第一志愿报的是北京大学，学理科，因为姐姐黄且圆、哥哥黄观鸿都考上了北大。她考得成绩虽然不错，但因为父亲是“右派”，没被录取。后来被北京机械学院录取。

1957 年的“反右”斗争中，表面上看，黄万里是因为《花丛小语》因言获罪，实际上，是因为反对建设三门峡水库得罪高层。

尊严扫地　在三门峡打扫厕所

黄万里摄于 1961 年

黄万里被打为“右派”之后，先是在密云水库工地劳动。妻子丁玉隽去工地探望，看到他住在半地窖里，又冷又饿。丁玉隽感到一阵心酸，但是在丈夫面前，强抑心中的情感波澜，不想在丈夫面前流露出来。

1960 年，黄万里从工地撤回来。那时正是“大跃进”造成的大饥荒年代，食品短缺。黄万里住在清华解放前盖的新林园平房里，院子很大。他就在院子里种玉米、南瓜、各式各样的豆子，以度荒年。虽然以前没种过，但种得好极了，粮食蔬菜大丰收。大教授初试身手当老圃，为此，黄万里还写了《耦耕词组》八首词作。黄家种的瓜豆，自己家吃不了，救济那些食量大正在挨饿的大学生。北大有几个男同学，每个礼拜都来黄家饱餐一顿。

黄万里在得知三门峡淤积后，在劳改过程中用两个月的时间写完了三门峡改建方案，其方法为开洞排沙，以灯泡式水轮机加速底流。然而方案最终未能被采用。寝食难安的黄万里，不能坐视三门峡水库造成的灾难，不顾个人安危，再次向国家领导人上书。他希望自己的意见能引起当局的重视。这一次他上书的对象选择了国家副主席董必武。信送走之后，果有反映，黄万里被水利部召见，有关领导嘱其提出改建计划。

1963 年黄炎培、黄万里与儿子。祖孙三代合影

“文革”爆发后，清华附中的红卫兵抄了黄万里的家。1966 年 8 月 24 日，黄万里已被红卫兵打得浑身是血。后来他给周总理写了一个条子，反映清华打人的事。几天后，上面派人来清华宣布，不准打人。

1969 年，黄万里被下放到江西鲤鱼洲血吸虫疫区。丁玉隽的回忆令人心酸：“我们住在像兵营一样的大仓库里。黄万里被斗得精神恍惚，连自己都搞不清是不是特务了，还给大女儿写信，让大女儿帮助回忆一下，自己是不是特务。”

1970 年 6 月的一天，黄万里中暑了，发高烧，但两个头头折磨他，说，要到 39 度才可以不干活。次年，黄万里从江西回到北京。这并非“解放”，仅仅在北京待了半个月后，又被下放到三门峡水库打扫厕所。这不仅仅是一种惩罚，更是羞辱。在这样不正常的年代，文化的尊严，学者的尊严，讲真话坚持真理的尊严，都被扫落在地。

黄万里在三门峡打扫厕所，无颓废黯然之气，仍然衣着整洁而气宇轩昂，以致不明内情的当地干部把他当成了清华水利系三门峡基地的负责人之一。据同事沈英回忆：“黄先生心胸开阔，豁达乐观。一个大专家被贬到三门峡打扫卫生，用砖垒厕所……我记得有时黄先生随清华的人去开会，当地人并不知道黄先生的身份，有一次把他也请上了主席台。回来后黄先生又挨批了一通。对这些无端磨难和凌辱黄先生都泰然处之。他看得很透，知道是怎么回事。每天打扫完厕所后，就在楼道里练太极拳。”

士人风骨　但教莫绝广陵散

1980 年 2 月 26 日，在度过了二十三年的“右派”生涯后，黄万里被正式平反，再度重返清华校园时，已经是一位年近七旬的老人了。

黄万里教授重返清华大学授课

上世纪八十年代，清华大学水利系觉得黄万里有资格做博导，让他按照程序申请带博士。他说：“我有资格带博士，我不用申请，要考虑我的资历，考虑我的学识，你们认为我能带博士，那就应该聘请我，而不是我来申请。”他不申请，他觉得，没有资格的才会去申请。但学校有关方面回复，假如你不申请的话，就不能带博士。于是，黄万里就一直没有带博士。

1998 年长江洪水后，黄万里感到以前在水利授课上有所不足，于是向系里呈上书面申请，列出讲义，要求根据长江洪水的经验和分析为学校上一堂课。很快系领导同意了他的请求，为他安排了一堂给研究生班和教师的课。黄万里很高兴，那一年他八十八岁，身患癌症。为了表示对教师职业的敬重，上课那天，他特地穿了一身白色西服，打上领带，坚持站着讲课，并亲自写板书。这是他教学生涯中的最后一堂课。

情系江河一生，至死仍关注治理江河国计民生。在九十周岁生日来临之际，黄万里感觉自己将不久于人世，他写下了遗嘱。

万里老朽手启

敏儿、沈英，夫妇弟妹：

治江原是国家大事，“蓄”、“拦”、“疏”及“挖”四策中，各段仍应以堤防“拦”为主，为主。

汉口段力求堤固。堤临水面宜打钢板桩，背水面宜以石砌，以策万全。盼注意，注意。

万里遗嘱

2001年8月8日

2001年8月20日，清华大学水利系为黄万里举行九十周岁生日祝贺会。参加庆祝会的有一百多人，大部分都是老同事、亲朋好友和他的学生。之前，他表示希望能坐轮椅到会上去，但19日开始发高烧，没能去成。

黄万里一生都在关心治水，直到生命的最后时刻，仍在惦记着大江大河的种种问题。弥留之际，他反反复复只有一句话：“他们没有听我一句话啊！”

8月27日，黄万里病逝，一条奔腾澎湃的万里长河，汇入了海洋。风浪至此音消声灭，一切归于永恒的平静。但留给后人无尽的追思，黄万里的士人风骨，为后人缅怀。

九十年沧桑孤旅，人的命运与河的命运交织在一起。斯人已逝，竟看东海变桑田，但教莫绝广陵散。

一片丹心报家园

——黄竞武死于黎明前的黑暗

1949年4月21日，百万雄师过大江，摧枯拉巧，席卷神州，摧毁蒋家王朝。4月23日，南京解放。解放军迫近上海。国民党在上海撤退前，指使特务采取绑架屠杀手段，对付民主人士，民盟中央执委黄竞武等十二人被活埋。

黄竞武是黄炎培的次子，在上海解放前夕，反对国民党偷运黄金到台湾，因策反中央税警团被暗杀，死于黎明前的黑暗。川沙黄家的这位英烈，成为黄炎培心中难以愈合的伤痛，也成为黄家永远的光荣。

清华求学　与罗隆基同窗共读

1903年黄竞武诞生于川沙。黄炎培对于这个儿子的生日——清光绪二十九年六月十日——记忆非常深刻。黄竞武诞生之后还不到二十天，黄炎培经历了一次大劫——死里逃生跑到日本。

1903年6月23日，黄炎培应邀到南汇县新场演说。“是时百里以内，舟车云集。因痛陈国家危亡，政府昏聩之状，遂被南汇县知县以乱党罪名逮捕。”在一个腐败的专制王朝之中，因思想入罪，因言论获刑，并不稀奇。两江总督电令就地正法，江苏巡抚则令解省讯办。因督抚命令相互冲突，到底听谁的，南汇县知县拿不准，于是，向上级请示。这一请示不要紧，给本该“就地正法”的黄炎培带来转机。川沙开明乡绅杨斯盛为黄炎培东奔西走，十万火急恳请美国人上海总牧师步惠廉介入。洋人一出面，仿佛代表的是文明的力量，清朝的大员就不敢那么野蛮。但是，进了监狱本来要判死刑的，要想活命，还得出钱。杨斯盛上下打点，并以白银五百两贿请美籍律师佑尼干等力保出狱。经此劫波，黄炎培终于脱险，跑到日本去躲避风头。

正因为有这样的经历，黄炎培对黄竞武诞生后的记忆格外清晰。想来他在东渡日本的轮船上，会想到这位还在襁褓之中的儿子。

1949年上海解放后，在民盟、民建举行的黄竞武烈士追悼会上，黄炎培提到儿子出生时的这段惊心动魄的逃亡经历。“料不到，我活了七十二岁，到今天我的头还在颈上，而竞武已经被残杀了。”黄炎培说到这里，不由得老泪纵横，听者无不心酸，眼泪沾襟。

黄竞武从小就受到黄炎培民主思想的影响，“幼承庭训，耿直有父风，读书能识大义”。1916年，在川沙的小学毕业后，考入北京清华学校。

在清华期间，黄竞武学习成绩出类拔萃，结识了很多同学，比如罗隆基、彭文应、顾毓琇。罗隆基擅长演讲，喜欢发表政见，文笔犀利，很早就显示出他在撰写时评方面的特长。彭文应担任过《清华周刊》总编辑。

新文化运动期间，新的思潮吹进了清华。罗隆基把李大钊那篇《庶民的胜利》全文抄写张贴在学校走廊，为此而受到学校的警告。罗隆基的特立独行，让老师拿他一点儿办法也没有，同学们则给他取了一个“罗疯子”的外号，倒也“形神兼备”。相对于罗隆基的“疯狂”，黄竞武是沉稳。两人殊途同归，抗战胜利后，同在上海，同在民盟，昔日的同学变成后来的盟友。

黄竞武在清华求学期间，适逢五四运动，他和大多数同学一样，上街游行，呼喊外争国权，内惩国贼的口号。而罗隆基在“五四”运动期间，一跃成为学生领袖。罗隆基到处演讲作报告，积极支援其他学校的斗争。罗隆基不仅成了清华学校的运动闯将，还被选为“北京中等以上学生联合会”的执行委员兼宣传干事长。

1924年，黄竞武清华毕业后，公费留学美国，进哈佛大学攻读经济学。

值得一提的是，教育家黄炎培的儿子与清华结缘，长子黄方刚、次子黄竞武都考入清华，然后清华毕业到美国留学。另一个儿子黄万里执教清华大学。

完善盐务　渐渐走上革命道路

1929年，黄竞武获硕士学位回国。有人挽留他留美工作，他说：“我是中国人，要用学到的知识和技能报效祖国，改变祖国贫穷落后的面貌。”放弃安逸和优厚的生活待遇，是那一代知识分子的共同选择；报效祖国，是那一代知识分子的终极梦想。

留学归来，黄竞武在上海盐务稽核所任会计。在任职期间，恰逢他的美国老师葛利佛被聘请来中国指导和帮助建立盐务会计制度，竞武随同老师考察了全国盐务，协助老师对全国的盐务会计制度进行改革，为完善盐务会计制度并使其走上正规化作出了贡献。

从1931年起，黄竞武分别在扬州、蚌埠、青口、沅陵等地负责地方盐务稽核，大胆改革当地盐务旧规陋习、整肃机关，取得了成效。

据黄大能撰写的纪念黄竞武的文章可知，黄竞武在工作中洁身自好，抵制诱惑，坚持原则，还能在基层为民众做实事。在蚌埠盐务所时，有一奸商以为黄竞武年轻可以利用，用金钱贿赂，希望与其合污舞弊，被他断然拒绝，但反被诬陷受到处分，贬往偏僻地区青口任职。青口交通闭塞，社会治安混乱，经常有强盗出没。他接近群众，依靠百姓，创立了青口至板浦的班车制度，改善了交通，社会风气也大为改观，深得乡民的拥护和爱戴。

在民国乱世，苟全性命是很多人的选择，于是，在狭窄的生活空间，匍匐着生活。黄竞武虽然是一位知识分子，一名技术型的专家，但他不惮与丑恶抗争，充满了血性，为百姓争取更大的生存空间，活得更加有尊严。

刚从美国回沪不久，有一次，黄竞武去法租界办事，突然看见前面一个法国巡捕，正在把一个骨瘦如柴的中国人力车夫按倒在地毒打。在上海滩，这样的场景几乎每天可见。黄竞武没有视而不见，立即上前责问巡捕为何毒打中国人？巡捕没想到一个中国人竟敢这样斥责他，凶神恶煞地说："是车夫违章。"黄竞武理直气壮地说："即使他违章，也不应该这样毒打。"这下可激怒了骄横成性的巡捕，一把抓住黄竞武往捕房方向拉。此时，黄竞武的英勇行为感动了许多围观群众，他们蜂拥而上，紧紧围住巡捕。巡捕见势不妙，只得放了黄竞武。

1939 年秋的一天，黄竞武在重庆的公交车上，恰巧遇到国民党特务上车拒不买票，并殴打售票员，激起了乘客愤慨，群起责问。闻讯赶来的国民党警察与特务也发生了冲突，双方顿时剑拔弩张，各自鸣枪逞凶。若是真刀真枪交火，将会殃及无辜民众。黄竞武不顾个人安危，毅然挺身而出，当众揭露特务的野蛮行径，得到群众的支持，特务感到众怒难犯，嚣张气焰有所收敛，悻悻而去。

黄竞武与国民党特务的这次斗争，一时传为美谈。

抗战期间，黄竞武在重庆任中央银行稽核时，受父亲黄炎培的影响，开始参加民主革命运动。1941 年 3 月 19 日，中国民主政团同盟在重庆特园成立，黄炎培被选为常委会主席，黄竞武任总部组织委员会和国外关系委员会委员。民盟成立，经费紧张。黄炎培捐助了千元的活动经费。

留守上海　策反暴露惨遭活埋

1946 年 2 月，黄竞武任民盟上海市支部筹备委员会委员，被指定为召集人之一。此时，黄竞武和昔日清华同学罗隆基、彭文应肩并肩战斗。

黄竞武的弟弟黄大能从英国留学回到上海，1946 年 8 月的一天，黄竞武为黄大能接风，请了罗隆基、彭文应作陪。他们在饭桌上谈到了发生在昆明的“李闻血案”，以及南京下关特务殴打上海和平请愿团的事情。罗隆基代表民盟向报界声讨暗杀行径，并慷慨激昂地说：“对此我们民盟决不恐惧退缩，我们只有更积极勇敢地向前进，争取中国的民主和平。只有这样才能告慰李闻两位先烈的在天之灵。”黄大能对罗隆基的风度、学识和才华，以及正义感的举动，非常钦佩。在二哥和罗隆基的发展下，黄大能和妻子倪因敏一起加入了民盟，并在以后工作中担任了民盟南京地下支部的负责人。

1947 年 10 月 27 日，国民党公然宣布民盟为非法团体，开始搜捕各地民盟成员，民盟由公开斗争转入地下活动。民建会也被迫转入地下活动，黄竞武临危受命为民建会上海临时干事会常务干事，主持组织工作，以“银行稽核”的身份，团结争取金融界、工商界人士，对国民党政府展开顽强的斗争。

1949 年初，解放军已到达长江北岸。国民党面临崩溃，仓皇败退。黄炎培在中共地下党的帮助下，秘密离开上海经香港去了北平。黄大能应中共大连大学党委地下招聘去解放区大连执教。在他离沪前夕，大约是 1949 年 4 月上旬的一天，黄大能和二哥在双人三轮上有过一次重要的密谈。

黄大能提出，既然兄弟都是黑名单上的人，看来在上海已无多大作为。他郑重地向二哥黄竞武建议，希望他考虑一个安全的去处。

黄竞武说：“父亲行前把民建的工作都交给了我，而我是民建负责组织的常务干事，眼前有大堆工作要做。如果我们一个个都离去，共产党来时解放的是一个上海空城怎么办?”

黄竞武还对弟弟说：“中央银行的工作人员接到通知，如愿随国民政府南迁广州的有重赏，我不愿意去，我决定留守在上海搞地下工作。”

这次简短的谈话之后，黄大能和妻子倪因敏北上大连，谁知，这次分离成为兄弟的生死诀别。

黄竞武是民建中央干事，又是民盟成员，他利用中央银行稽核专员的身份，收集上海四大银行的绝密金融情报，还发动各金融机构的民建、民盟成员保护银行财产，抵制国民党偷运黄金到台湾。

蒋介石召集京沪杭警备总司令汤恩伯、上海警察局长毛森和幕后保密局局长毛人凤训话，严令他们把上海的黄金白银全部运送台湾。同时，按照秘密名单，把宋庆龄、张澜、罗隆基、刘鸿生、杨虎等所有的知名人士带到台湾。蒋介石命令：不去台湾者，就地正法！

中共地下党展开了十万火急的大营救，将张澜、罗隆基安全转移。对此，上海警备区司令汤恩伯万分恼火，下达密令："不择任何手段，立即逮捕史良、彭文应。"史良、彭文应四处躲避，终于迎来解放。

已经上了黑名单的黄竞武，不仅没有躲藏，反而通过各种关系做策反工作。黄竞武对中共地下党员李正文说，他的一个同学是国民党中央税警团团长，税警团归国民党财政部管，经费充足，武器装备精良，一个团的战斗力能顶一个军，决定自己出马劝他起义。经过几次秘密接触和磋商，最终说服了这位团长，他表示在适当的时候率团起义。

可惜，黄竞武的策反活动暴露。据黄大能纪念哥哥黄竞武的文章，蒋介石特意叮嘱特务头子毛人凤，绝不要放过黄炎培家的老二。

5月12日上午9时，黄竞武像往常一样到中央银行四楼他的办公室上班，被国民党特务骗下大楼，蒙上眼睛，押上警车，进入南市车站路190号警备司令部监狱。

此时，黄竞武的亲人在上海者只有两位妹妹黄学潮和黄小同。黄小同下午4时获悉哥哥被特务秘密抓捕，危在旦夕。

上海解放后的6月2日，在解放军帮助下，从牢房北角一片菜地内挖出了黄竞武烈士的尸体。人们对眼前的惨状震惊了：黄竞武被五花大绑，头缠布套，指甲全被剥落，小腿断缺，一目被挖，血肉模糊。1949年6月3日上海《大公报》、《新闻日报》刊登烈士遗体照片，并以"匪党杀人，惨绝人寰，爱国志士被活埋"为题，揭发了特务的暴行。

黄家亲人得知黄竞武在被活埋之前，屡次被审讯，受尽酷刑，但他坚贞不屈，没有泄露一丝机密。

6月4日，上海党政领导陈毅等唁电，次日，黄炎培强忍着心中的无限悲恸复电："竞武仅为一技术人员，竟因争取民主惨遭杀害，可云求仁得仁。炎培虽老未衰，尤愿随诸先生后，对人民革命更加努力。"

黄炎培写了一篇短文《纪念竞武》。文中说："竞武：你死了，倘若你预知八天后，上海六百万市民便得解放，全中国四万万七千万人民将先后都得到解放，竞武，你虽然死得惨，也可以安心了！"

民建在上海浦东大厦隆重举行了烈士追悼大会。忠骸公葬于川沙烈士陵园。民建的胡厥文为他写了墓碑。年仅四十六岁的黄竞武烈士将永远为后世所敬仰。

三、民国旧影：张君劢家族往事

■ 宝山张家部分成员

大哥张嘉保，宝山张家大哥，上海棉花油厂的老板。

二哥张君劢(1887—1969)，名嘉森，字君劢，出生于江苏嘉定县。著名的政治家和哲学家。

在政治方面，张君劢在民国扮演了五种重要角色：中华民国(1946)宪法起草人；师承立宪派梁启超，张君劢是立宪派第二代的代表人物；创建非武装的国社党、民社党并任党魁；中国民主同盟发起者之一；1945 年签署联合国宪章的中华民国代表。

在学术方面，1923 年引发科学与玄学的论战；新儒学的代表人物之一，1958 年，他与唐君毅、牟宗三、徐复观联名发表《为中国文化敬告世界人士书》；著有《明日之中国文化》、《新儒家思想史》等著作。

四哥张嘉璈(1889—1979)，字公权，中国近代政治人物、浙江财阀巨头、学者。先后任中国银行、中央银行副总裁、总裁，民国著名的银行家，奠定了中国现代银行业的基础。著有《关于旧中国的通货膨胀》、《关于旧中国的铁路建设》两书。

张幼仪(1900—1988)，名嘉玢，出生于江苏宝山。中国第一家女子银行——中国女子商业储蓄银行的副总裁，上海南京路上著名的云裳服装店的老板、服装设计师。但她最为世人所知的身份，她是徐志摩的元配夫人。

八弟张嘉铸(？—1985)，字禹九，新月派诗人、中国国剧运动发起人之一、“新月书店”主要投资人(后任经理)。1930 年代开发黄豆多种用途的先锋，任中国植物油公司总经理、中国蔬菜公司大老板等。因欣赏徐志摩的才华，不考虑姐姐张幼仪的感受，是张家唯一盛装参加徐志摩与陆小曼婚礼的人。徐遇空难，参与办理收尸、举丧等后事。1949 年移居美国。

1934年，张嘉铸与张肖梅结婚。张肖梅生于宁波一富裕家庭，是最早获得伦敦政治经济学院博士学位的中国女博士之一。后被张嘉璈聘请担任中国中央银行研究部主任。由于张肖梅各方面都很出色，张嘉璈便出面做媒，介绍时任对外贸易局代理局长的弟弟张嘉铸与她相识。张肖梅于2000年逝世。

张嘉铸酷爱艺术、文学和音乐。1930年，张嘉璈参与筹划的戏曲大师梅兰芳美国巡演。由张嘉铸担任主持人，这也成为他毕生难忘的经历。

小妹张嘉蕊，服装设计师，知名的社会活动家。

徐积锴(1918—)，徐志摩张幼仪之子，土木工程师。1947年徐积锴赴美，在哥伦比亚大学和纽约科技大学攻读经济和土木工程，先为土木工程师，后从商，跟笔墨生涯始终无缘。定居美国，和妻子育有一子三女。

张邦梅，张幼仪的侄孙女，张嘉铸的孙女。1965年生于美国康涅狄格州。哈佛大学中国研究专业学士，哥伦比亚大学法学院法律博士。曾于纽约从事律师工作，后随丈夫移居莫斯科。著有《小脚与西服——张幼仪与徐志摩的家变》。

1900年，张嘉玢出生在江苏省宝山县(1958年划入上海，今宝山区)张家。这一年，八国联军打入北京，在她很小的时候，她的二哥张嘉森(张君劢)，把一个西瓜用刀切开，向她讲述中国面临的被列强瓜分的危机。

这个叫张嘉玢的女孩十五岁时，四哥张嘉璈为她做媒，许配给浙江海宁首富徐申如家，成为徐志摩的妻子。张幼仪为徐志摩生了两个儿子(次子彼得夭折)，婚姻维持了七年。一代诗人徐志摩爱上了名媛、才女林徽因，张幼仪不得不与徐志摩离婚，“中国第一桩离婚案”成为民国的一段往事，与诸多社会名流发生纠葛牵连。

宝山张家被人关注，不仅仅因为与徐志摩的姻亲和婚变。事实上，张幼仪的二哥张君劢是政治家、哲学家，被称为“中华民国宪政之父”、新儒家；四哥张嘉璈是金融大腕、民国高官，被称为“中国现代银行之父”。

宝山张家的故事，映射出百年中国的沧桑巨变。一段家国梦影，在张家发黄的老照片上，冲破时光之逝水，渐渐显示出来……

大合院里，嘉字辈的兄妹相继出生

张幼仪的祖父做过清朝的高官，他的画像高悬于张家客厅供奉祖宗

林徽因

的供桌上方。这是一个大合院，邻近镇中心，有两个院子，一处做府邸，一处闲住，还有一间开了八扇桃木门的前正厅。在前院一间特别的小屋里，摆放着两顶轿子，其中一顶轿子，是朝官当作贵重而显赫的礼物送给张幼仪的祖父。拥有很多土地，是张家财富的象征；而这顶轿子，则是张家社会地位的象征。张家以这顶轿子迎娶新娘，是很威风也是很长脸面的事情。

张幼仪的父亲张润之，名祖泽，行医为业，是当时宝山县的巨富。张润之医术精良，他的诊所开在镇中心，在张幼仪的心目中，父亲好像什么病都会治疗。周围的乡亲知道张润之喜欢收藏名画，常常以国画作为医疗费。

1900 年前后，张幼仪兄弟姐妹相继出生。“嘉国邦明”，是张润之作的对句，成为张家后人起名的辈分。这四个字，表达了他的家国情怀，寄予了深切而美好的感情。在族谱上，张家兄妹的名字都有一个“嘉”字，意思是美好、优秀。果然不负张润之厚望，“嘉”字辈的子女，都成为优秀的人才。张君劢、张嘉璈、张嘉铸兄弟成为民国的嘉木，国家栋梁，在各自的领域支撑起一片天地。

大哥张嘉保，“保”字有保护、监督安全的意思，承担起家庭的很多责任，最初开了一家棉纺厂，老是忙着监督厂务，后来成为上海棉花油厂的老板。

二哥张君劢从小就是读书的种子，书生气浓厚，不是在发奋读书，就是和朋友论辩，关心晚清局势。他名字中的“森”字，代表了庄严、高贵的意思，很符合他的性格特点。后来，他在民国乱世，代表了一种理想主义的政治情怀，致力于推行宪政，始终以理性、自由的理念，推行他的政治主张，他起草了 1946 年的中华民国宪法。临终前，回望一生，张君劢说自己是一个“失败者”。他是一位的高贵的失败者，令人肃然起敬。

四哥张嘉璈，“璈”是一种古代的乐器。张嘉璈非同凡响的贡献在银行领域，他执掌中国银行二十余年，为蒋介石北伐和定都南京初期，提供资本和财力的支持，一度被称为"国家钱袋"。张嘉璈奠定了中国现代银行业的基础，在金融界发挥巨大的影响力；他抗战时期任国民政府交通部长，战后出任接收东北的大员；而且他还是学者，著有《中国铁路发展史》《中国通货膨胀史》。

张家兄弟姐妹共十二人，八男四女，张幼仪是家中的第二个女孩，在兄弟姊妹中排行第八。张幼仪的学名是"张嘉玢"，"玢"是一种玉，不是常见的色泽青绿的"碧玉"，而是稀奇罕见的、晶莹剔透的"玢玉"。终其一生，张幼仪的确有"玢玉"之品质。既有中国传统女性的温婉、善良和隐忍，又有新女性的独立、自主和大气。这位裹了几天脚，在二哥的强烈建议下又放开的女性，就品格来说，亦旧亦新，中西结合。不过，徐志摩与张幼仪婚变之前，徐志摩从来不正眼看张幼仪，在思想观念和行为品格方面，张幼仪仍是"小脚"，是徐志摩眼中的"乡下土包子"。两人离婚促使张幼仪从"小脚"到"西服"的转变。

张幼仪是小名，"仪"字表示端庄、正直。晚年张幼仪回望自己的一生，感慨地说："我先后在娘家和婆家总是努力地做到进退得体。结果，我有时候觉得没有自己的生活。"

张家的大合院里，住着张润之和哥哥两大家，后来发生的一件事情，导致兄弟失和。张嘉保被怀疑偷窃了堂嫂的珠宝，这完全是一个"邻人偷斧"的翻版，面对"莫须有"的怀疑，张润之带领自己这一支搬离了祖宅，没有要求分家产，导致家道中落。不过到了张幼仪这一代，她的哥哥们又将这个家族撑了起来，成为民国显赫的大家族。

同中秀才，张氏兄弟转向西学

1902年，张嘉璈和二哥张君劢一起，参加科举考试。张润之对兄弟二人的这次考试非常重视，亲自带他们去上海赶考。考完后，父子三人同乘一条小船回宝山，在船上，张润之问张君劢和张嘉璈考试的情况。张君劢如实作答，张润之觉得他考得不错，录取没有问题，以赞许的眼光看着张君劢。然后，张润之问张嘉璈。张嘉璈老老实实地说，把题目做反了，录取没有希望。张润之一听，勃然大怒了，破口大骂，骂张嘉璈没出息，没头脑。面对父亲的疾言厉色，张嘉璈吓得不敢抬头看。父亲还在劈头盖脸地骂着，留在上海看榜的家人，火速赶来，在岸上大叫，考中了。由于距离太远，张润之没有听清楚，还以为张君劢一人考中了秀才。及至停船一问，原来兄弟两人都考中了。张润之脸色马上阴转晴，怒骂变成大笑。张嘉璈这时才敢抬起头来。这一年，张君劢十七岁，张嘉璈十四岁。兄弟两人同中秀才，成为当地的佳话。

晚清末年，西潮滚滚，新式的西学堂压过传统的科举考试。张君劢张嘉璈及时转向，成为当时的弄潮儿。

1903年，张君劢被《新民丛报》梁启超所撰《祝震旦学院之前途》一文所吸引，不惮巨额学费，投考震旦学院修拉丁文。后因学费无继，而转入南京高等学堂，学习不及一年，因参加拒俄爱国运动而被勒令退学。经友人介绍，去湖南长沙做中学教师。

1906年，张君劢东渡扶桑，考入日本早稻田大学修习法律与政治学。留学期间，结识了大名鼎鼎的梁启超，并参与发起梁启超主持的“政闻社”。

1910年，张君劢于早稻田大学毕业，获政治学学士学位。回国应试于学部，取得殿试资格，次年经殿试被授予翰林院庶吉士。辛亥革命后，为暂避袁世凯的迫害，在梁启超的安排下，张君劢于1913年取道俄国赴德入柏林大学攻读政治学博士学位。

1906年，张嘉璈赴日本留学，在东京庆应大学攻读货币银行和政治经济学专业，师从日本的银行学权威堀江归一。金融业成为张嘉璈安身立命之所。为他后来在民国经济和政治舞台，叱咤风云，打下基础。张嘉璈留学期间，因为二哥张君劢是梁启超的弟子，得以结识梁启超，深得梁启超的赏识。

三年学成，张嘉璈回到国内，任职清政府邮传部（总管邮政、船政、铁路、电政），负责编辑《邮传公报》；不久，担任交通银行账簿稽查。

辛亥革命后，张嘉璈出任浙江都督朱瑞的秘书、参议院秘书长。

张氏兄弟姐妹靠新式教育改变了人生，进入民国后，宝山张家培养的人才喷涌而出，成为民国政治界、金融界、文化界的名流贤达。

名流云集，泰戈尔在张宅草坪上演讲

1923年2月，张君劢应吴文藻的邀请来到清华大学，对一批赴美留学生发表《人生观》演讲。他在演讲中说：“科学无论如何发达，而人生观问题之解决，决非科学所能为力，惟赖人类之自身而已。”张君劢没有想到，他的这次演讲，成为一个重磅炸弹，在知识界激起轩然大波，引发了一场“科学与玄学”的论战。张君劢和丁文江，这一对好朋友，当场就激烈辩论两个小时。梁启超、张君劢是玄学派的代表，胡适、丁文江、陈独秀等为科学派代表，双方在报刊口诛笔伐，持续辩论，历时半年多。

第一次世界大战给人类社会造成的惨剧，使梁启超、张君劢对科学万能提出怀疑，梁启超在其著名的《欧游心影录》中说：“我绝不承认科学破产，不过也不承认科学万能。”张君劢之所以紧随其后，发表《人生观》论文，就是要把人生观从唯科学主义中剔除出来。当时正是五四之后，“赛先生”旗帜高扬，气势正盛，科学派一方名流众多，几轮笔战下来，看似不了了之，一般认为科学派在论辩中略占上风。从纪念丁文江的文章中，可以看到“科学神”丁文江勇斗“玄学鬼”张君劢这样的记录。

张君劢本人虽然被对方讥为“玄学鬼”，但他并不觉得贬低自己。他接过老师梁任公的笔，洋洋洒洒，八面生风，纵横驰骋，成为一代大家。值得一提的是，张君劢喜欢文言的写作风格，著书立说拒绝使用白话文。

1924 年泰尔戈访问中国，在张君劢上海的家中发表演讲，仍能感受到科学玄学论战的余音。4 月 12 日清晨，张君劢、徐志摩、潘公弼等上海文化界名流迎接泰戈尔一行访华。

第二天下午 4 时 05 分，在徐志摩等人的陪同下，泰戈尔出现在慕而鸣路(今茂名北路)37 号张君劢家的草坪上，上海各界举行欢迎泰戈尔的茶话会。

张宅的草坪上，主人特意用柳枝和盛开的桃花、杜鹃，装点得春意盎然，以此欢迎这位写下《园丁集》的印度诗人。草坪正中央安置了一张红绒沙发，是为泰戈尔准备的，其他来宾坐在前排的凳子上。闻讯赶来的青年学生，为一睹泰戈尔的风采，没有地方坐，一群群地坐在草地上。

张君劢用英语致欢迎词后，大家聆听诗人发表他抵沪后的第一次演讲，徐志摩担任翻译。演讲词很快发表在报刊上，题名为“在上海的第一次谈话”。在随后泰戈尔的行程中，泰戈尔发表演讲，有人到场发反对的传单，令张君劢、徐志摩大光其火。原来，在“科学与玄学”的论战中，有不少人认为，泰戈尔是张君劢搬来的救兵。

新文化运动后，中国思想文化界的蓬勃发展，问题与主义之争，东西文化之争，科学与玄学之争，如一波又一波的浪潮，冲刷人们的思想，泰戈尔无意中被卷入了漩涡。

历史转折，张家兄妹定居美国

张家兄弟，在上世纪二三十年代崛起。在政治领域中最具影响力的是张君劢，在金融领域最具影响力的是张嘉璈，在文化艺术领域张嘉铸长袖善舞。他们在政治、经济和文化方面各有建树。在改朝换代的1949年，宝山张家的成员，纷纷离开大陆，如同历史激流中的浮萍，被一个大浪打散，几经辗转，他们最后定居在美国。

书生从政，“政治上的烦恼”如影相随。张君劢所设计的种种方案，每每以失败而告终，他常常自嘲，对于参加政治活动，“我也是没有办法呀，就好像穿了一件湿衣服，现在脱也脱不下，只好这样穿下去。”张君劢曾表示：“自身兴趣，徘徊于学问与政治之间，政治不需要我时，学问的兴趣足够消磨岁月”。观察其一生的行迹，此番夫子自道，所言不虚。

1948年12月27日，《人民日报》刊登了由中共拟定的头等战犯战争罪犯的这个名单，榜上有名的是四十三人，囊括了南京国民政府的党政军特各方要员，以及其他党派或者是无党派人士。第一名是蒋介石，最后一名是张君劢。从中共心目中的“民主之寿”，到中共拟定的“战犯”，折射出国共内战期间的时局变化。

张君劢主导起草了1946年的《中华民国宪法》，这部宪法使孙中山构思的五权宪法确立为倾向内阁制的五院制，让制约总统权力的构想得以实现。因为主导起草这部宪法，张君劢被称为“中华民国宪法”之父。1946年，重庆政治协商会议召开，恰好是张君劢五十九岁生日，周恩来亲自给他送去了一块“民主之寿”的寿匾。

张君劢一直坚持反对以战争的方式解决中国内部问题，参与调停东北内战，组建中国民主社会党，任民主社会党中央主席。美国宣布军事调停失败后，张君劢、黄炎培等以第三方面的姿态调停国共之间的冲突，10月，张在上海代表民社党招待国民党、共产党、青年党及社会贤达的代表，呼吁和平、民主、统一。

1946年11月15日，国民党一手包办的“制宪国大”开幕，中共及民盟中的进步人士极力反对。11月20日，张君劢在蒋介石的劝诱下，不顾民盟及民社党中进步人士的劝阻，张君劢率领他主持的政党参加了当时的国民政府，转向了蒋介石这一边。这一举动彻底葬送了他和中共以及民盟的友谊，张君劢的挚友张东荪和他绝交。

张君劢是有操守的政治家，储安平对他有很客观的评价。储安平与张君劢政见不一，拒绝参与国大，但在表达对张的反对意见之后，仍称："这次民社党参加国大，各方表示惋惜，但张君励个人的学问、操守、私德，在今日中国，还是属于第一流的。"1947 年 10 月，当国民党宣布民盟为非法组织，并加以镇压时，已经退盟的张君劢与李璜，联名致函国民政府行政院长张群，表示严正抗议。

1949 年 11 月，张君劢应邀赴印度讲学，逐步淡出中国政治，回避国共两党政争。1952 年远走美国，潜心文化学术，探究新儒学。在美国，张君劢出版了用英文写的《中国的第三势力》，书中说：无论是国民党还是共产党，都还没有解决中国的问题，要解决中国问题，只有"建立一个立基于民主宪政原则的新中国"。

1961 年，台湾方面听说张君劢要去德国讲学，便给他汇去一笔非常可观的美金做路费。不料，几天以后，这笔钱被如数寄返。自 1949 年离开大陆，一直到 1969 年去世，张君劢自始至终没有接受过国民党当局的资助。

1965 年，新加坡独立时，首任总理李光耀邀请张君劢到新加坡，协助他成立政府。

张君劢去世后，张家兄妹在漫长的岁月之中，逐渐凋零。

张嘉璈任教于斯坦福大学，学校在他逝世后，把胡佛研究所的一间阅览室题献给他。

1988 年，张幼仪在美国纽约病逝。宝山张家"嘉"字辈的故事成为时光深处的旧影。但这旧影，让人顿生"青山依旧在，几度夕阳红"之慨。

朝雾里的小草花

——徐志摩元配夫人张幼仪的悲欢

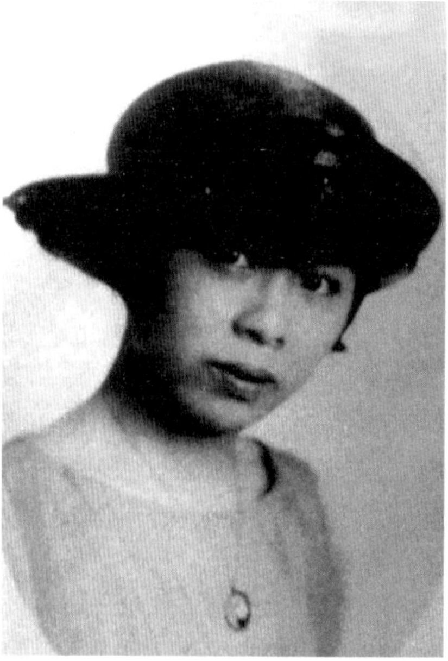
徐志摩的原配夫人张幼仪

张幼仪，徐志摩的元配夫人，她好似一把被遗弃的扇子，丢在秋天的凉夜里。

与林徽因、陆小曼相比，这位徐志摩的元配夫人，在徐志摩的婚恋和婚变之中，沦为被人忽视的配角，成为诗人与才女、名媛风流韵事的点缀。

如果说林徽因心若莲花亦倾城（林早年诗作《莲灯》中有“如果我的心是一朵莲花”），陆小曼国色天香占尽春光（陆寂寞晚年常画牡丹），那么把张幼仪比作什么呢？徐志摩有一首诗名为《朝雾里的小草花》，张幼仪恰如诗中“小玲玲的野花”，平凡而坚韧，带着露珠，“在黑暗里想念焰彩、晴霞”，可是一场朝雾将她笼罩，与徐志摩离婚的人生变故过后，她活出了精彩的人生。

1996年，张幼仪的侄孙女张邦梅在美国出版了张幼仪的英文版口述自传《Bound Feet and Western Dress》，该书的中文版被翻译为《小脚与西服——张幼仪与徐志摩的家变》，在台湾与大陆先后出版。书中围绕徐张之间持续七年的包办婚姻，翔实叙述了张幼仪的人生经历。

张幼仪人生经历，如她自己所说，“我一直把我这一生看成两个阶段：‘德国前’和‘德国后’。去德国以前，我凡事都怕；去德国以后，我一无所惧。”在德国与徐志摩离婚，是张幼仪的人生转折点，在德国离婚之前，张幼仪是被动的，被命运的洪流挟裹着走，身不由己；“德国后”，张幼仪是主动的，将命运的转盘把握在自己手中。

追寻张幼仪的人生旅途，还要从与徐志摩的结缡说起。

命运的红线把张幼仪和徐志摩绑在了一起

说起张幼仪的出身，那是民国的名门望族。张幼仪，族谱名嘉玢，1900年出生于江苏宝山(今属上海市宝山区)的书香世家。

张幼仪的祖父做过清朝知县，父亲张润之，名祖泽，行医为业，是当时宝山县的巨富。

张幼仪是家中第二个女孩，在八男四女共十二个孩子中排行第八。她的二哥张嘉森(字君劢)早年留学日本，曾是末代翰林，也是与梁启超有师生之谊的革命党人，后来成为民国政学两界的风云人物。四哥张嘉璈(字公权)，从事银行业二十二年，历任中国银行总经理、中央银行副总裁、中央信托局长等职。

1912年7月，江苏都督程德全在苏州创立"江苏省立第二女子师范学校"，十二岁的张幼仪在二哥张君劢(嘉森)和四哥张嘉璈的帮助下到该校读书。该校首任教席杨达权，重视女子教育，张幼仪在此受到了先进教育。三年后，尚未结业的张幼仪就被接回家成亲了，替她做媒的正是她的四哥张嘉璈。命运的红线将她和徐志摩捆绑在一起。

1913年，时任浙江都督府秘书的张嘉璈，被一篇《论小说与社会之关系》的中学生作文所吸引，这篇文章将梁启超的文风模拟得惟妙惟肖。而且书法也透着不凡的才气，字有风骨，笔画劲道，气有神韵。张嘉璈拍案称奇，询问之下，得知文章作者是海宁县硖石镇富商徐申如的独子徐章垿(音同"序")，这位徐章垿就是徐志摩。

说起徐章垿为何改名叫徐志摩，还有一个小故事。在徐章垿过周岁的时候，遇到一位名叫志恢的和尚，自称能摸骨算命，他在徐章垿的头上抚摸一遍后说"此子系麒麟再生，将来必成大器"，徐申如一听，大喜，于是在周岁后改名志摩。徐志摩后来成为大名鼎鼎的新诗人，终成大器，名中注定？亦或是命中注定？

张嘉璈看到徐志摩的作文，爱才心切，当晚给徐申如写信，提议将自己的二妹张幼仪许配给徐家公子。徐申如虽是海宁富豪，但在重文抑商的中国传统社会里，能够与书香世家的张家结亲，显然是一种荣耀。他在回信中表示："我徐申如有幸以张嘉璈(即张公权)之妹为媳。"

1915年12月5日，双方家长为张幼仪和徐志摩操办了一场极其隆重的婚礼。为了买到称心的嫁妆，张家专门派人去欧洲采购，又派张幼仪的六哥随行监督。嫁妆的体积大到张幼仪根本无法带着整批东西去硖石，里头的家具多到连一节火车车厢都塞不进去，只好由张幼仪的六哥从上海用驳船送过去。

洞房花烛夜，张幼仪想要告诉徐志摩，她感谢命运的安排，现在她是徐家的人了，她愿意好好地侍奉他们。但是，她所受的传统教育不允许自己在这个时候先开口。徐志摩也只是紧张地望着她，一句话都没有说。二人之间的夫妻生活，是在沉默中开始的。这沉默预示着徐志摩的某种不满，这是徐志摩对双方家长包办婚姻无声的反抗。从婚前到婚后，徐志摩是那样鄙弃张幼仪。第一次见到张的照片时，便嘴角往下一撇，用嫌弃的口吻说："乡下土包子！"婚后徐志摩从没有正看张幼仪一眼。

张幼仪与徐志摩的婚姻，一开始就充满了某种危机，由于徐志摩作为诗人的羽翼尚未丰满，他还处于求学的道路上。

1917 年秋天，徐志摩进入北京大学学习。次年夏天，经过张君劢、蒋百里等人的引荐，徐申如以一千块大洋的代价，让徐志摩拜在梁启超门下，成为入室弟子。也由于梁启超的介绍，他认识了汪大燮、汤化龙、范源濂及林长民等人。由于结识了林长民，后来，徐志摩在英伦与林长民之女林徽因有了一段恋情，促使他挣脱与张幼仪的婚姻。

1918 年，张幼仪生了儿子阿欢（乳名），即徐积锴，之取名"积锴"蕴有深意，"锴"是"良铁"的意思。徐家希望这个长孙，像良铁金属一样，具有刚强、正直、果断、公正的品质。徐积锴的诞生，意味着徐志摩已经为家族初步完成了传宗接代的任务。在恩师梁启超的建议下，徐志摩于 1918 年 8 月前往美国，自费进入马萨诸塞州的克拉克大学历史系学习。随后转入哥伦比亚大学攻读政治学。

徐志摩去美国留学，是自费，他的父亲希望他将来在金融业发展，做一个中国的银行家。徐志摩到了哥大，志向更加远大，要做中国的汉密尔顿。汉密尔顿是美国的政治家，华盛顿总统时代的财政部长。事实上，徐志摩既没有成为银行家，也没有成为政治学家，而是成为一名诗人、文艺家。倒是他的两位大舅哥，分别实现了他的志向。张嘉璈成为中国的银行家，张君劢成为政治学家、"中华民国宪法之父"。

徐志摩在哥伦比亚大学求学期间，与金岳霖、张奚若过从甚密。金岳霖回忆他们一起留学的生活时说："徐志摩和我们不一样，头一点是阔，我只有六十美元一月，张奚若大概也差不多。徐是富家子弟。他来不久，就买了一套七十二美金的衣服。不久裤子不整了。他不知从哪儿借来熨斗，烫裤子的时候和人争论，把裤子烫焦了一大块。只得另买一条灰色的裤子。”

1920年9月24日，徐志摩突然放弃哥伦比亚大学政治学博士学位，他想到英国入剑桥大学师从罗素。徐志摩离开美国哥伦比亚大学很突然，他告别好友张奚若时，送了他一本厚重的英文词典。张奚若一直用到西南联大时期。徐志摩遇难后，张奚若在《大公报》上写了悼念文章：“我非文学家，也非艺术家，对于文艺家的徐志摩不敢有所论列。我所要说的只是关于‘人’的方面的徐志摩，换句话说，就是志摩的人格，志摩的风度。”文章的最后，他评论道：“志摩的个性这样特殊，人格这样伟大，理想这样高尚，所以他的死不但是中国新文艺界的大不幸，也是中国整个理智阶级的不幸，也是中国全体人民的大不幸。”

一个率性而为的人，遇到了意外，徐志摩到了英国，才得知罗素到了中国。这个意外结束后，徐志摩邂逅林徽因，这个更大的偶然，改变了徐志摩的人生走向和命运，成为徐张婚变的诱因。

徐志摩留学美国英国时，张幼仪在海宁硖石徐家侍奉徐志摩的双亲，养育年幼的儿子阿欢。她无法预料一场婚姻的变故，强加在她的头上。

与徐志摩离婚后独自抚养的次子夭折

1920年冬天，在徐志摩父母的支持下，张幼仪走出海宁，出国为徐志摩陪读。当她乘着船满怀希望地到达法国马赛港时，一眼从人群中认出穿着黑色大衣、脖子上围着一条白丝巾的徐志摩。“我晓得那是他，他的态度我一眼就看得出来，不会搞错。因为他是那堆接船人当中唯一露出不想到那儿表情的人。”张幼仪的心立刻凉了一大截。尽管徐志摩冷若冰霜，两人和久别重逢的夫妻一样，在照相馆里合影留念。

张幼仪来英国时，徐志摩与林徽因正坠入情网。徐志摩与张幼仪的夫妻关系可想而知。张幼仪受不了孤单的被冷落的生活。搬到英国伦敦郊区沙士顿小镇住，这时，张幼仪又有了身孕，徐志摩要求她打胎，并提出离婚。一天早晨，徐志摩的朋友黄子美前来敲门，说是带来徐志摩的口信。黄子美问道：“你愿不愿意做徐家的媳妇，而不做徐志摩的太太？”徐志摩给出的离婚理由是：“小脚与西服不搭调。”

在张幼仪的眼光里，离婚就是被“休”，她坚决不同意，认为自己没有犯“七出”的任何一条。

孤独无助之下，张幼仪写信向在巴黎求学的二哥张君劢求助。张幼仪到了巴黎，张君劢无法照料有孕在身的张幼仪，只好将妹妹寄居在住在巴黎郊区的刘文岛夫妇的租房里。在这一段时间，张幼仪反躬自省，发觉自己的很多行为表现的确和缠过脚的旧式女子没有两样。“经过沙士顿那段可怕的日子，我领悟到自己可以自力更生，而不能回徐家。我下定决心：不管发生什么事情，我都不要依靠任何人，而要靠自己的两只脚站起来。”

怀孕八个月的时候，张幼仪随七弟张景秋前往德国。1922 年 2 月 24 日，她刚生下二儿子彼得，徐志摩托人送来的离婚书信就到了。徐志摩在这封信中写道：

> 无爱之婚姻无可忍，自由之偿还自由，真生命必自奋斗自求得来，真幸福亦必自奋斗自求得来！彼此前途无限……彼此有改良社会之心，彼此有造福人类之心，其先自作榜样，勇决智断，彼此尊重人格，自由离婚，止绝痛苦，始兆幸福。

后来谈起这封信，张幼仪说：“他说我们‘前途无限’‘彼此有造福人类之心’是什么意思？我什么时候表现过这些潜力了？”她认为，与其说这封信是写给她的，不如说这些话是说给群众和史家听的成分更多。

在张幼仪的一再坚持下，她和徐志摩见了面，在场的还有徐志摩的同学金岳霖、吴经熊等人。在离婚协议上签字后，张幼仪以在新婚之夜没能用上的坦荡目光正视着徐志摩说：“你去给自己找个更好的太太吧！”

1922 年生次子彼得，张幼仪与徐志摩在柏林签字离婚。这是中国婚姻史上依据《民法》的第一桩西式文明离婚案。签好离婚协议后，徐志摩跟着她去医院看了小彼得，“把脸贴在窗玻璃上，看得神魂颠倒”“他始终没问我要怎么养他，他要怎么活下去。”

许多年后，当有人问张幼仪，是否认为徐志摩要求离婚是革命性的举动，她说“不”，因为他那时主要是为了追求林徽因。“如果他从一开始，也就是在他告诉我他要成为中国第一个离婚男人的时候，就和我离婚的话，我会认为他是依自己的信念行事，我才会说徐志摩和我离婚是壮举。”

张幼仪和徐志摩离婚后，觉得无法面对张家和徐家的人，于是带着幼小的儿子彼得生活在柏林。徐家仍然每月邮寄生活费用。张幼仪开始做独立自强的女性，入裴斯塔洛齐学院攻读幼儿教育。

在柏林独自抚养彼得的这段时间，张幼仪遇到了罗家伦。罗家伦，字志希，1897年生于绍兴柯桥镇。就读北大时，与傅斯年等人成立“新潮社”。五四运动后，罗家伦留学美国普林斯顿大学，后又在英国伦敦大学、德国柏林大学、法国巴黎大学学习。

罗家伦经常去张幼仪的住所拜访，看望彼得。张幼仪在回忆录《小脚与西服》中写道：

> 他每个星期来看我几回，不是和我一起坐坐，就是陪彼得玩玩。以前我从没有和男人坐得这么近过，可是我猜想他是来看彼得的……
>
> 有一天我们坐着喝茶，彼得在铺在地板上的一块毯子上玩耍的时候，罗家伦问我：“你打不打算再结婚？”
>
> 虽然我当时还很年轻，大概才二十三岁，可是四哥写信告诉过我，为了留住张家的颜面，我在未来五年内，都不能叫别人看到我和某一个男人同进同出，要不然别人会以为徐志摩和我离婚是因为我不守妇道。
>
> 而且我明白我在家乡还有个儿子，我一直没教过他，在我善尽做母亲的责任以前，我不可以嫁进另外一个家庭。所以，我没敢把罗家伦那句语气温柔的话听进耳里，于是我看着我的茶杯轻声说：“不，我没这个打算。”
>
> 罗家伦听完过了一会儿就走了，从此再也没按时来看过我。

在海外留学的罗家伦，还有这样一段鲜为人知的经历，令人感到意外。因为罗家伦在五四运动期间，认识了上海的女大学生张维帧，他留学欧美时，与张维帧鱼雁传书，经历漫长的情书攻势和马拉松式的追求，结为伉俪，成就民国学者婚恋的一段佳话。在时间的灰烬中，在历史的烟云中，还有多少隐秘的情感？张幼仪的回忆录中，提到的这样一段往事，让我们对民国学者产生了更为丰富感性的认识。

张幼仪在离婚三年之后，又一次人生的变故降临——失去次子彼得。1925年3月19日，三岁生日刚过完不到一个月，彼得因腹膜炎死于柏林。

而此时的徐志摩却因和有夫之妇陆小曼的爱恋而闹得满城皆知，为躲避舆论，奔赴欧洲。3月18日，徐志摩在父母的催促下准备到柏林。

徐志摩赶到柏林，在殡仪馆里紧抓着彼得的骨灰坛子掉下眼泪。3月

陆小曼

26日，他在写给陆小曼的情书中，写到失去幼子的痛苦："方才送C女生回去，可怜不幸的母亲，三岁的小孩子只剩下了一撮冷灰，一周前死的，她今天挂着两行眼泪等我，好不凄惨；要是早一周到，还可见着可爱的小脸儿，一面也不得见，这是哪里说起。他人缘挺好，有八十人送他的殡，说也奇怪，凡是见过他的，不论是中国人还是德国人，都爱极了他，他死了街坊都出了眼泪，没一个不说不曾见过那样聪明可爱的孩子。"

在这封信中，也有怀有愧意，徐志摩破天荒表达了对张幼仪的敬重之情："C(张幼仪)是一个有志气有胆量的女子，她这两年来进步不少，独立的步子已经站得稳，思想确有通道……她现在真是'什么都不怕'，将来准备丢几个炸弹，惊惊中国鼠胆的社会，你们看着吧！"

彼得之死，徐志摩在痛苦和失意中，想到英国诗人华兹华斯的诗句："一个单纯的孩子，过他快活的时光，兴匆匆的，活泼泼的，何尝识别生存与死亡？"

张幼仪在事业和家庭上赢得尊重

徐志摩与张幼仪离婚，徐家二老是反对的。当徐志摩决定要娶交际花陆小曼时，徐家二老认张幼仪为干女儿，徐申如将自己名下的财产做出如下划分：自己和妻子留一份；给徐志摩和陆小曼一份；张幼仪和孙子阿欢一份。如果张幼仪终身不嫁，阿欢的那份财产即由她掌管；如果她将来再嫁，则只能划取一份妆奁，阿欢和剩余财产仍归徐家，张幼仪就与徐家完全脱离关系。

1926年10月，徐志摩与陆小曼在北平北海公园举行婚礼，由梁启超和胡适证婚。婚后，徐志摩和陆小曼回到硖石，住到特意为他们新建的大宅子里。很快，徐志摩的父母老两口看不惯新夫妇的做派，出了家庭矛盾。

徐志摩的父母气得离家出走，到了天津。张幼仪从北京带着阿欢来看望。谈起离开海宁的原因，徐志摩父母仍然意难平。徐申如开口道："吃完饭，我们正准备上楼休息的时候，陆小曼转过身子又可怜兮兮地说：'志摩，抱我上楼。'""你有没有听过这么懒的事情。"老太太气愤难耐，"这是个成年女子啊，她竟然要我儿子抱她上楼，她的脚连缠都没有缠过啊！"后来，徐志摩父母还向张幼仪诉苦：徐志摩、陆小曼、翁瑞午三人同睡在抽烟片的烟榻上，"翁先生和陆小曼躺得横七竖八，徐志摩卧在陆小曼另外一边，地方小得差点掉到榻下面。"然而，徐志摩相信，"只要陆小曼和翁瑞午是一起躺在烟榻上吸他们的鸦片，就不会出什么坏事。他们是互相为伴。"

张母去世后，张幼仪携子回沪。此时张嘉璈已经是中国银行副总裁，并主持上海各国银行事务，而徐申如也把海格路125号(华山路范园)送给张幼仪，使她在上海衣食无忧。

张幼仪先是在东吴大学教德语，只教了一个学期，上海女子商业银行有人找到张幼仪。这家银行是1910年由一群女性创办的，位于市中心的南京东路上，客户主要也是女性。当时张幼仪的四哥张嘉璈已经是中国银行的总裁，女子银行方面经营面临困难，希望张幼仪借助她的人脉关系，帮助银行走出困境。张幼仪于是成为这家银行的女总裁，不过她不愿意和哥哥平起平坐，所以只称副总裁。

每天上午9点，张幼仪的身影都会准时出现在办公室。她说，自己这种严谨的习惯得益于在德国期间所受的教育。为了便于了解员工的工作情况，张幼仪特意把自己的办公桌摆在银行的最里头，这样就可以对银行里的情形一览无余。下午5点，一位老师又会准时到办公室来找张幼仪，为她补习文学和古籍。没能像徐志摩所爱恋的女子那样，上好的学校，学习更多的文化知识，一直是张幼仪心中的一件憾事，如今条件允许，她要尽量为自己补上这缺失的一课。

在张幼仪的勤勉操持下，再加上张嘉璈和上海其他金融界人士的支持，女子银行很快扭亏为盈，张幼仪由此在银行界崭露头角，名动一时。

与此同时，张幼仪的八弟张禹九与徐志摩等四人在静安寺路开了一家云裳服装公司，张幼仪又出任该公司总经理。云裳服装公司集成衣店和服装订做于一身，店名是张幼仪八弟取的，用的是李白《清平调》"云想衣裳花想容”之意。张幼仪把欧美的新式样引入“云裳”,裁剪缝制都倍加考究,衣服上面缝着别致的珠子、扣子和花结。一时之间,上海的大家闺秀、名媛,在社交场所都以穿着“云裳”的服装为荣,时装公司也因之生意兴隆。担任云裳总经理,这使张幼仪的经营能力得到了极大发挥。

唐振常主编的大型画册《近代上海繁华梦》上有云裳服装公司的一帧照片,并配有说明文字:“位于静安寺路斜桥弄附近的云裳公司,是旧上海首屈一指的女式服装店,由当时沪上美术界名人江小鹣、邵洵美和名交际花唐瑛合资开办,所以该店的服装具有独特的艺术风采,并首创以时装模特儿做示范。”

1934年,二哥张君劢主持成立了国家社会党,张幼仪应邀管理该党财务。抗战爆发后张幼仪又囤积军用染料,大发了一笔横财。之后,她又用这笔钱作为资金,投资棉花和黄金,依旧是财星高照。

和徐志摩离婚后,张幼仪和他的关系反而得到了改善,因为阿欢和徐家二老,他们经常通信见面,像朋友一样的交往。一次,胡适请张幼仪吃饭,客人中也有徐志摩和陆小曼。对于陆小曼,张幼仪说自己并没有敌意,因为陆小曼和徐志摩认识时,自己早已和徐志摩离婚了,所以徐、陆两个人之间的恋爱和自己没有任何关系。但当张幼仪看到宴席间,两个人亲昵地称呼着“摩”“摩摩”和“曼”或者“眉”,以及徐志摩对待陆小曼那种耐心体贴的态度,对比从前自己所受到的待遇,还是不免感觉到酸溜溜的。“我不是个有魅力的女人,不像别的女人那样。我做人严肃,因为我是苦过来的人。”张幼仪如是说。

张幼仪和徐志摩离婚后,摆脱了“小脚心态”,以西服的形象示人,自强自立新女性的风格,赢得徐志摩家庭的尊重,打拼出属于自己的事业。张幼仪面对世界和世变,婚变和情敌,以自己的方式,演绎出民国女性的风采。

1947年,林徽因肺病已到晚期,肾脏严重感染,当年10月住进中央医院,病床上林徽因托人带话给张幼仪请求一晤。张幼仪携徐志摩之子徐积锴赶往医院,林徽因仔细地望着张幼仪母子,却虚弱得什么话也说不出来。这次见面所求为何,林没有说,张也不知道。林徽因以自己的方式完成了心愿。在林徽因的内心中,是不是对张幼仪有一点愧疚。毕竟,徐志摩离婚,源于康桥情歌。

张幼仪在香港与中医苏纪之结婚

1931年11月19日，因为一场大雾笼罩，徐志摩乘坐的飞机在飞行中撞到济南附近的开山，一代诗人遇难。而就在前两天，11月17日，徐志摩还到张幼仪经营的云裳公司，问张幼仪为他定做的衬衫。张幼仪得知徐志摩的行程后，还告诫他不应该搭乘中国航空公司的飞机，不管是不是免费。徐志摩像平时那样大笑，对张幼仪说，他不会有事的。

徐志摩写过一篇散文《想飞》，中国航空公司拿徐志摩和这篇文章做形象代言，赠送他一本免费乘机券。“朵朵的春云跳过来拥着他们的肩背，望着最光明的来处翩翩的，冉冉的轻烟似的化出了你的视域……是人没有不想飞的。”不料，一语成谶，徐志摩果然死于飞行。

半夜里，张幼仪被噩耗击中，中国银行一位工作人员送来电报：徐志摩和两位飞机师当场死亡。晴空霹雳，难以置信，张幼仪哭泣着打电话通知八弟张禹九，让他带着阿欢去济南料理后事。第二天，张幼仪不知道怎样把这个噩耗告诉徐志摩的父亲，她看到徐申如脸上有很多内容：哀痛，难过、悔恨。

在徐志摩的丧礼上，张君劢的朋友替张幼仪作了一副挽联：

万里快鹏飞，独憾翳云遂失路；
一朝惊鹤化，我怜弱息去招魂。

白发人送黑发人，徐申如作挽联：

考史诗所载，沉湘捉月，文人横死，各有伤心，尔本超然，岂期邂逅罡风，亦遭惨劫？

自襁褓以来，求学从师，夫妇保持，最怜独子，母今逝矣，忍使凄凉老夫，重赋招魂？

诗人沉重的肉身已被撞坏，魂魄仍在诗文之中。张幼仪这一次是与徐志摩永远的告别。但是诗人的影响，并没有随着诗人的离世而停止。

1949年，宝山张家的大部分成员，多数被时代的浪潮冲到海外。张幼仪的二哥张君劢、四哥张嘉璈、八弟张禹九都定居在美国。

在香港，已近知天命之年的张幼仪，终于再婚。

张幼仪住处楼下有个邻居，是一位叫苏纪之的医生，妻子和他离了婚，他有一个女儿和三个儿子，都只有十多岁。通过朋友认识后，见他一个人带着四个孩子不容易，张幼仪经常会帮他一些小忙。一来二去，两个人慢慢地熟悉了。当苏纪之向张幼仪求婚时，她首先写信给二哥和四哥，征求他们的意见。

张幼仪的四哥张嘉璈始终没有回复，也许有了为妹妹和徐志摩做媒的前车之鉴，对于这一次，不置可否。一直告诫妹妹要遵从自己内心感受的二哥张君劢，一会儿发来电报说“好”，一会儿又改变主意，发电报来说“不好”。在反复几次踌躇之后，他终于下定决心写来信件：“兄不才，三十多年来，对妹孀居守节，课子青灯，未克稍竭绵薄。今老矣，幸未先填沟壑，此名教事，兄安敢妄赞一词？妹慧人，希自决。”

此时的张幼仪，儿孙成行，要再婚，就写了一封信告知在美国的徐积锴。徐积锴的回信情真意切：“母孀居守节，逾三十年，生我抚我，鞠我育我……综母生平，殊少欢愉，母职已尽，母心宜慰，谁慰母氏？谁伴母氏？母如得人，儿请父事。”徐积锴在美做的是土木工程师，但这封信颇得其父风采。仅从这一封回信，可见诗人的余韵。徐积锴和妻子育有一子三女，一家定居在美国，很少接受媒体的采访，晚年他谈徐志摩，觉得父亲的命真苦。“父亲几个老朋友都有女人缘，都有女朋友。他跟胡适一起吃饭，还见胡适带了美国女友来。”徐积锴觉得，徐志摩活到八九十岁，还会有女人要他的。“很多女人倾慕父亲的文采”。

1953年，张幼仪与医生苏纪之结婚。张幼仪死后，她的墓碑上刻着“苏张幼仪”四个字，看得出，张幼仪对这一段婚姻是认可的。

1967年，张幼仪在苏纪之的陪伴下，回到康桥、柏林故地重游。隔着半个世纪的时光，一切都如梦如烟。张幼仪在《小脚与西服：张幼仪与徐志摩的家变》里回忆说：“他和我坐在康桥河畔，欣赏这条绕着康桥大学而行的河流，这时我才发觉康桥有多美，以前我从不知道这点。我们还从康桥坐公共汽车到沙士顿，我就只站在我住过的那间小屋外面凝视，没办法相信我住在那儿的时候是那么样年轻。”她站在当年和徐志摩居住过的小屋外，往事历历，物是人非，她在复杂的感受中，没办法相信自己曾经那么年轻过。

1972年，苏纪之病逝后，张幼仪到纽约居住。

在张幼仪的内心深处，她对徐志摩的感情又如何？这是个非常微妙的问题。还是听听张幼仪的自述吧——

你总是问我，我爱不爱徐志摩。你晓得，我没办法回答这个问题。我对这问题很迷惑，因为每个人总是告诉我，我为徐志摩做了这么多事，我一定是爱他的。可是，我没办法说什么叫爱，我这辈子从没跟什么人说过“我爱你”。如果照顾徐志摩和他家人叫做爱的话，那我大概爱他吧。在他一生当中遇到的几人女人里面，说不定我最爱他。

张幼仪所说的“照顾徐志摩和他家人”，如韩石山先生在《徐志摩画传》所言：抚养她和徐志摩的儿子徐积锴成人，并送他去美国哥伦比亚大学攻读，获得土木工程专业硕士学位，为儿子择偶成婚；安葬徐志摩的父亲并为之立碑，也为徐志摩的墓立碑；说服蒋复璁和梁实秋并提供大量资料，以蒋梁的名义主编出版了《徐志摩全集》。

张家始终以徐志摩为荣，与徐志摩有千丝万缕割不断的联系。不论是徐志摩的生前还是死后。

当年在英国徐志摩和张幼仪打离婚。张君劢收到妹妹的求助信后，在回信中劈头第一句却是：“张家失徐志摩之痛，如丧考妣。”然后才告诉妹妹：“万勿打胎，兄愿收养。抛却诸事，前来巴黎。”

张邦梅是张幼仪的八弟张禹九的孙女，她的父亲是耶鲁大学的教授，她已是第三代移民，毕业于哈佛大学东亚研究系，主修中国文学，之后在哥伦比亚大学获法律学位，曾在纽约任律师。当张禹九得知孙女要写张幼仪与徐志摩的家变，临终叮嘱张邦梅，写书时“对徐志摩要忠厚些”。就是这位爷爷，曾经的新月社成员，遗嘱中要家人在他的葬礼上朗诵几首徐志摩的诗。

1988年元月，张幼仪病逝。在张幼仪的丧礼上，张邦梅向二百多位为张幼仪送别的人，讲了她的一生，她的往事，她如何从一位传统女性转为现代女性。从来宾的反应，张邦梅看出很少有人知道张幼仪与徐志摩的关系。

红尘往事，皆付流水，总有一些东西留在人间。张幼仪与林徽因、陆小曼相比，缺少传奇色彩，但正是她从小脚向西服的转变，与二十世纪中国女性的成长与解放同行。

山长水阔知何处

——张君劢与王世瑛的生死绝恋

张君劢

张君劢(1887—1968)原名嘉森，字士林，号立斋，别署“世界室主人”，笔名君房，江苏宝山(今属上海市宝山区)人。

张君劢一生徘徊在学术与政治之间，具有学问家和政治家的双重身份。治学，他首译“苏维埃”一词，引发“科玄论战”，被称为“玄学鬼”，在晚年力倡新儒学，堪称新儒学的代表人物；从政，他与张东荪等人组织国家社会党，他是民盟创始人之一，推进战时的宪政运动，又因起草1946年宪法被称为“中华民国宪法之父”。

张君劢一生具有多种身份，是社会主义者，又是自由主义者，打上了时代的烙印，种种矛盾在他身上，奇妙地混合，折射出百年中国激荡变化的风云。

张君劢从小进的是新式学堂，留学过日本和德国，却拥有秀才和翰林的功名；他掌握和精通三门外语，用德文和英文写有著作，却拒绝使用白话文，他发表和出版的中文论著都用文言文。

张君劢既被国民党绑架过和软禁过两年，其著作多次遭到国民党的查禁，又是蒋介石的座上客，支持过国民党的反共内战政策；他既与共产党有过很不错的关系，五十九岁生日时周恩来还送过他一块“民主之寿”的寿匾，又与共产党人势不两立，1949年被中共宣布为“战犯”。

张君劢提倡妇女解放，抨击封建大家庭对妇女的压迫，1922年他却顽固地不许妹妹张幼仪在与徐志摩离婚后改嫁，而他自己则毫不犹豫地与一字不识的发妻离了婚，重新娶了一位知识女性……

张君劢王世瑛相识之前各有一段情史

1906年春天，张君劢在家乡，按照父母之命、媒妁之言，以非常隆重的旧习俗，与沈氏结婚。这次婚姻是旧式婚姻，没有感情基础和爱情可言。结婚不到一个月，张君劢就留学日本，入早稻田大学。夫妇之间缺少共同语言和兴趣，再加上张君劢常年在国外留学，这桩旧式婚姻，不过是一种名义而已。

直到张君劢遇到王世瑛，他心中沉睡的爱情被唤醒，才有了建立在爱情基础之上的第二次婚姻。

而张君劢在认识王世瑛之前，王世瑛有过一次情感的波折，她的初恋对象是郑振铎。

1899年，王世瑛出生于闽县（今福州市）城内东街妙巷的一个名门望族。王世瑛读福州女子师范学校时，在此校读预科的谢婉莹（冰心）认识了王世瑛，并留下深刻的印象："她在一班中年纪最小，梳辫子，穿裙子，平底鞋上还系着鞋带，十分的憨嬉活泼。"作为高年级学生的王世瑛，很喜欢谢婉莹，两人的友情从此开始。

王世瑛年轻时的照片

1917年，王世瑛考入北京女子师范学校（1919年改称北京女子高等师范学校，1924年升格为北京女子师范大学），成为中国第一代女大学生。王世瑛才能出众，担任该校学生会主席。

在新文化运动中，北京女高师涌现出新文学第一代女作家群体，后来为人所熟悉的有陈衡哲、冰心、庐隐、林徽因、凌叔华、冯沅君、苏雪林、石评梅、陆晶清等人。她们灿若群星，王世瑛就是其中"一星"（冰心为王世瑛起的笔名）。《海滨故人》是庐隐（原名黄英）早期的成名作，小说反映了几位女大学生的思想感情与恋爱经历。庐隐的这篇小说有生活中的原型：她与该校学生会主席王世瑛，文艺干事陈定秀、程俊英结成了好友，四位才华横溢的才女以春秋战国时的“四公子”自诩。

郑振铎与庐隐、王世瑛等人，都是福建籍的学生。五四运动的浪潮把他们聚合在一起，在文学上的才华让他们惺惺相惜，共同的福建籍的身份让他们的情感交流更是水到渠成。

五四运动中，在一次北京高校的大学生演讲集会上，王世瑛认识了郑振铎。他们经常通信，办文学杂志。本来就互有好感的年轻人，因共同的爱好和兴趣，感情升温。

程俊英的《回忆郑公二三事》文中说：

> 在学生运动中，世瑛与振铎的关系，好像越来越密切了，遂引起我们的注意，有一天，我和庐隐、定秀三人，靠在会客室门外，想偷听振铎和世瑛谈心。他俩却站着相对凝神。不久，振铎张口说话，但听不清他说的是什么。天气严寒，院子里刮着飕飕大风，我们只得回到教室烤火。一会儿，世瑛也回教室，我们争着问：“郑对你说什么？”她吞吞吐吐说：“他向我……求爱，要求我……表示态度。”“你怎么回答呢？”我们又问。“他对我的诚恳、真挚，确实令人感动；但此事必须和我的双亲商量，才能决定。我当时只将这个意思告诉他。”

然而，令人遗憾的是，王世瑛的母亲，了解到郑振铎的寡母在温州做针线活度日，家境贫寒，竭力反对两个新青年的恋情：“王家在福建是有名的世家，既有恒产，代代为官作宦；你的父亲是教育部的主事，你自己又是个大学生，郑绝不是我理想的门当户对的佳婿，你不要再和他来往了。”王世瑛非常痛苦，郑振铎更是经历了一场情感的煎熬，常常借酒浇愁。

王世瑛没有勇气挣脱封建大家庭的束缚，冲破社会的阻力，与心上的恋人郑振铎结合。后来，两人各自开始了新的感情。王世瑛嫁给著名政治家张君劢。郑振铎二十六岁时娶商务印书馆元老高梦旦的女儿高君箴为妻。

张君劢向王世瑛发动情书攻势

张君劢与王世瑛的相识，是一种缘分，说起来，还应该感谢泰戈尔访华。

1923年2月，张君劢应吴文藻的邀请来到清华大学，对一批赴美留学生发表《人生观》演讲，引发了一场“科学与玄学”的论战。

1924年泰尔戈访问中国，在张君劢上海的家中发表演讲，仍能感受到科学玄学论战的余音。4月12日清晨，张君劢、徐志摩、潘公弼等上海文化界名流迎接泰戈尔一行访华。

泰戈尔访华，老诗人窥破了新诗人徐志摩的烦恼，那时，徐志摩正在追求林徽因，但是林徽因已经和梁思成有了婚约。老诗人对徐志摩爱莫能助，写了一首小巧的诗：“天空的蔚蓝/爱上了大地的碧绿/他们之间的微风叹了声/唉……”泰戈尔访华没有促成徐志摩林徽因，但无意中促成了张君劢与王世瑛，两个不同年龄段的人，因泰戈尔访华，有了见面的机缘。

1923年，就在北京文化界筹备印度诗人泰戈尔访华的招待会上，经郭梦良和庐隐的介绍，张君劢见到了北京女子高等师范学校国文系毕业的王世瑛。张君劢对王世瑛可谓一见钟情，她清秀的容颜、不俗的谈吐，横溢的才华，让张君劢感受到传说中的爱情在他的心中复活。于是，张君劢发动情书攻势，在不断的鱼雁传书中，彼此之间的了解更加深刻。

面对张君劢的爱情攻势，王世瑛有点犹豫不决，于是想到了在美国留学的好友冰心，写信请她帮自己拿主意。冰心后来回忆说：“忽然得到她的一封信，信末提到张君劢先生向她求婚，问我这结合可不可以考虑，文句虽然是轻描淡写，而语意是相当的恳切。我和君劢先生素不相识，而他的哲学和政治的文章，是早已读过，世瑛既然问到我，这就表示她和她家庭方面，是没有问题的了，我即刻在床上回了一封信，竭力促成这件事。”1924年的春天，王世瑛接受了张君劢的追求。

泰戈尔

1924年6月，王世瑛率领福建女师的学生到上海、南京、杭州等地参观，张君劢为王世瑛提供了诸多帮助，两人朝夕相处，了解更加深刻。当时，正值国立自治学院经费遭到否决而需要张君劢全力争取之际，尽管他特别繁忙，有时连饭也顾不上吃，但每日的约会是不能取消的。十几天过去，两人都感受到情意绵绵，分离不能将两人阻隔。情书把分处上海和福州的恋人，紧紧地联系在一起。

张君劢与妻子王世瑛

张君劢在一封情书中写道："以孔德、柏格森、倭伊铿、爱因斯坦为例，颇希望有贤内助。世瑛，世瑛，我所思所书，得与君一一讲习研讨，我之幸运为何如哉！"一向理性的哲学家，情不自禁地流露出自己的真情实感。

1925 年，张君劢与元配夫人沈氏正式离婚之后，王世瑛接受了张君劢的求婚，婚礼在福州举行。这年张君劢三十九岁，新娘王世瑛二十六岁。

说起来，张君劢与小脚的元配夫人离婚，迎娶新女性王世瑛；和徐志摩与张幼仪离婚，后来娶陆小曼，大致类似。只不过，张君劢和王世瑛的婚礼，没有徐志摩和陆小曼那样备受关注。

好友结婚，冰心虽然在美国，但邮寄给王世瑛贺礼——一只镶着橘红色宝石的手镯。冰心于 1926 年秋天回国，一到上海，就去看张君劢王世瑛夫妇。"那时他们的大孩子小虎诞生不久，世瑛在床上，君劢先生赶忙下楼来接我，一见面就如同多年的熟朋友一样，极高兴恳切地握着我的手。上得楼来，做了母亲的世瑛，乍看见我似乎有点羞怯，但立刻就被喜悦和兴奋盖过了。我在她床沿杂乱的说了半小时的话，怕她累着，就告辞了出来。在我北上以前，还见了好几次，从他们的谈话中，态度上都看出他们是很理想的和谐的伴侣。在我同他们个别谈话的时候，我还郑重地向他们各个人道贺，为他们祝福。"

冰心祝福好友获得美满的婚姻，同样，王世瑛也祝福好友冰心与吴文藻的爱情修得正果。1928 年冬天，吴文藻与冰心在上海冰心的家中，举行了一个简单的订婚仪式。在红帖上，女方的介绍人是张君劢，男方的介绍人是胡适。吴文藻和冰心虽然是自由恋爱，爱情的萌芽悄悄生长在去美国留学的轮船上，但在举行仪式时，仍有介绍人。这也成为留学归国的海龟们举行新式婚姻必不可少的一项。

张君劢王世瑛互相支持患难与共

王世瑛结婚后，开始相夫教子，不事写作，成为民国文坛上一道消失的虹影。

除了主持家务外，还像张君劢期待的那样，王世瑛成为张君劢学术研究上的得力助手。夫妻恩爱之情，在两人刊行的作品中，也能找到蛛丝马迹。

王世瑛在北京女子高等师范学校毕业后，曾到日本考察访问，写下了五万余字的长篇游记——《旅行日记》。《旅行日记》是不可多得的研究上世纪二十年代中日教育史的珍贵资料，它是王世瑛花了两个月实际访问考察的心得报告。据其夫婿张君劢言，“及毕业，游于日本，所作游记，（发表）在北京晨报（副刊），一时传颂。”

张君劢在后来出版的译著《政治典范》的译者侧记中这样写道：“译书之苦，在译者拘于原文字句，不欲稍有出入，而读者转觉得其意义晦塞，文字生涩。本书每章译成，请内子释因（王世瑛的笔名）先读，认为文义不显豁者即加笔削，赖氏（指《政治典范》原作者莱斯几）于序中声明得其夫人之助，我亦之然。”为了感谢夫人王世瑛的“校稿之劳”，他在《政治典范》译本的扉页特意注明“谨以此书献于释因女士”。

看得出，张君劢王世瑛夫妇不仅在学术和写作方面，互有裨益，在生活上也是相濡以沫，患难与共。他们经历了突如其来的绑架的生死考验。

1928 年，张君劢与青年党领袖李璜在上海创办《新路》杂志，抨击国民党的一党专政与训政学说，由于张君劢对国民党一党专政的猛烈批评，杂志发行十期即被停刊。1929 年，青年党在上海英租界创办知行学院，张君劢为学员讲授欧洲政治思想史。端午节前一天，张君劢和平常一样，讲完课步行回家。在回家途中，突然，后面的一辆汽车上跳下几位彪形大汉，把他劫持，装进汽车，扬长而去。张君劢一介书生，虽然手无缚鸡之力，但他面对变故，并没有惊慌失措。他断定被囚禁在上海警备司令部附近，因为每天清晨，可以清楚地听到警备司令部的号声。

张君劢被绑架后，绑匪天天给张君劢家中打电话，要张家拿出巨款赎人，不然先割下张君劢的耳朵。当大家无比惊恐之时，王世瑛"态度大方，头脑冷静，较君劢尤有党魁的坚强明朗"，她判断张君劢是全国有影响力的学者，绑匪绑架他肯定不是图财，而是有政治目的，以此逼迫上海知行学院解散。果然如王世瑛所料，张君劢经常被审问"为何批评国民党"。

绑匪见恐吓无效，不为所动，于是，连番电话威胁，如不交钱赎人，就把张君劢的头砍下，扔在大西路旁。王世瑛虽然时时刻刻担心丈夫的安危，但对绑匪威胁没有妥协。如此僵持了十多天，张君劢对绑匪发誓："倘我素有积蓄，不与君等共之者，则我一家三儿定遭天殃，自绝人世。"加上亲友找杜月笙、章太炎等疏通，张君劢最后被释放，留下创伤——他的腿在遭绑架时被车门撞击，没有得到及时医治，落下终身残疾，不良于行。

抗战中期，张君劢因推动宪政运动，被国民党软禁于重庆南岸汪山长达两年。在此期间，张君劢不仅失去人身自由，一举一动都受到特务的监视，而且经历了人生一大不幸——爱子国康夭折。这是后话。被绑架，被软禁，这是书生问政带来的后果，但他并没有因此高居象牙塔，放弃一位知识分子的责任。

1934 年，张君劢王世瑛夫妇从德国游学回来，张君劢接到燕京大学的聘书，为了便于执教，全家住在燕园。此时，吴文藻和冰心夫妇也在燕京大学执教，两家住得很近，过从甚密。冰心在文章中写道："君劢先生和文藻都是书虫子，他们谈起书来，就到半夜，我和世瑛因此更常在一起。北平西郊的风景又美，春秋佳日，正多赏心乐事，那一两年我们同住的光阴，似乎比以前更深刻纯化了。"

抗战胜利前夕张君劢痛失爱妻

张君劢王世瑛鹣鲽情深，夫妻生育了五个孩子，即老大国浏（子，冰心的文章中称其小名为"小虎"）、老二国超（子）、老三敦华（女）、老四敦复（女）和老五（国康）（子，小名为"小豹"，夭折）。由于张君劢一生徘徊于政治与学术之间，几乎没有时间管教子女，甚至连和孩子在一起嬉戏、游玩、谈话的机会都很少，好在王世瑛温柔敦厚，承担起教育子女的重任。这一点，冰心印象深刻，称"她以永恒的天真和诚恳，温柔和坦白来与她的环境周旋”。

只可惜，张君劢与王世瑛共同生活了二十年，1945年王世瑛因难产在重庆去世。此时，张君劢正在美国旧金山出席联合国成立大会，闻知夫人去世的噩耗，他“伤心惨绝”，为失去这样一位“非徒夫妇，实谊兼朋友”的贤内助痛苦。而在上海的郑振铎由于是蛰居，不通消息，直到6月8日他才获知此一噩耗，他在当天的日记上写下了“闻世瑛君逝世讯，愕甚！前尘往事，不堪思量”的字句。简短文字中的沉痛意味可想而知。

冰心在纪念王世瑛的文章中写道王世瑛去世前后的详情。1945年3月初，冰心得知王世瑛分娩在即的消息，为张君劢和王世瑛夫妇高兴，这样他们可以从失去国康的阴影中彻底走出来。吴文藻和张君劢都在美国参加太平洋学会，冰心把这个喜讯写信告诉给吴文藻，请吴文藻转告给张君劢。天有不测风云，喜讯不料变成噩耗：“信写去不到十天，梅月涵（西南联大常委梅贻琦）先生到歌乐山上来，也许他不知道我和世瑛的交情罢，在晚餐桌上，他偶然提起，说，‘君劢夫人在前天去世了，大约是难产。’我突然停了箸，似乎也停止了心跳，半天说不出话来。”

冰心从这个意外的打击中刚缓过神来，就给在重庆的张肖梅女士（张禹九夫人）和张霭真女士（王世瑛之弟王世圻夫人）分别写信，询问究竟。

张霭真女士回信说：

……六姐下山待产已月余，临产时心脏衰疲，心理上十分恐惧，产后即感不支，医师用尽方法，终未能挽回。婴儿男性，出生后不能呼吸，多方施救，始有生气，不幸延至次日，又复夭折……现灵柩暂寄浙江会馆……君劢旅中得此消息，伤痛可知，天意如斯，夫复何言……

张肖梅女士在信中说：

……二家嫂临终以前，并无遗言，想其内心痛苦已极，惟有以不了了之……

张君劢远在美国，不能看到亡妻一面，想起当年写情书的时光，不由得泪流满面。欲寄彩笺兼尺素，山长水阔知何处？谁料到，是天人永隔。

1945年6月，张肖梅女士访冰心，出示了张君劢挽世瑛的联语：

廿年来艰难与共，辛苦备尝，何图一别永诀
六旬矣报国有心，救世无术，忍负海誓山盟

张肖梅提到张君劢赴美前夕，王世瑛同他对斟对饮，情意缠绵，弟妹们都笑他们比少年夫妻还要恩爱，等到世瑛死后，他们都觉得这惜别的表现，有点近于预兆。

1946年底，王世瑛的灵柩自重庆运回上海，12月29日安葬于真茹乡横塘先人坟上。尽管张君劢正忙于领导民社党参加国民党一党包办的"制宪国大"，但他还是在繁忙之中抽出时间，写了一篇感情真挚的《亡室王夫人告窆述略》，文中写道：

> 曹植之赋曰：入空室而独倚，对孤帏而切叹。痛人亡而物在，心何忍而复观，此正我于役美洲，闻夫人与世长辞，伤心惨绝之感想也。自结缡以来，相处二十年，实为世界政潮汹涌之会，为民主反民主斗争之时期。我以渺渺之身，不自量力，每思所以左右之，困心衡虑之。乃变故叠起，夫人亦缘是出入艰难困顿之中，而忧伤憔悴以死矣。……呜呼！行行重行行，与君生别离。相去万余里，各在天一涯；道路阻且长，会面安可知？何期古人之言，若预为我留此写照耶？

张君劢怀着对亡妻王世瑛的不尽思念，没有再娶，孤独地度过余生。1969年2月23日，晚年力倡新儒学的张君劢走完了一生。对于"明日之中国文化"做出展望的哲学家来说，死亡不是生命的终结，是另一种开始，他可以和他的妻子在天上见。

王世瑛去世后，经常有一位文质彬彬的中年男性，手捧一束鲜花，来到王世瑛的墓地，安放在她的墓碑前。这位男子就是王世瑛的初恋情人——郑振铎。

据蔡登山先生《海滨有故人——记郑振铎与王世瑛的初恋情缘》文，1949年新中国成立后，郑振铎全家搬到北京。郑振铎每次到上海办事，总要抽空去王世瑛墓前献花。最后一次去上海是1956年底，他又去王世瑛墓前献花。"而这以后，人们再也没有见到过这个或穿长袍或着西装，手拿一束鲜花，默默地在公墓的小径走着的中年男子的身影了……"

一年多以后，1958年10月17日，郑振铎率中国文化代表团赴阿富汗和阿拉伯访问，次日，代表团乘坐的飞机在卡纳什上空失事坠毁，乘客和机组人员全部罹难。郑振铎遇难时年仅六十岁。郑振铎安然度过上世纪五十年代的政治运动，当政治运动云淡风轻之时，命运为他安排了适时退场。

“一星”遽然飘逝，但有两位大师级的人物为之黯然神伤。逝者活在生者的记忆中。王世瑛若泉下有知，会了无遗憾吧？

生逢乱世运偏消

——“民国钱袋”张嘉璈的浮沉

至今，张嘉璈留下很多称号，“金融巨子”“国家钱袋”“中国现代银行之父”……

可是，白云苍狗，世事沧桑，张嘉璈，这位民国时期的银行家，很多人已经不知道他是谁。说起张嘉璈，他是抗战时期的国民政府的交通部长，是战后接收东北的大员，让他彪炳史册的，是他奠定了中国现代银行业的基础。

挤兑风潮，措施有力应对

1913 年，一个偶然的机会改变了他的命运。经梁启超推荐，时兼任中国银行总裁的汤睿对张嘉璈早有延揽之意，汤睿举荐张嘉璈担任上海分行副经理。

中国银行的前身是清政府户部银行，于 1905 年 8 月在北京成立，是中国第一家国家银行。1908 年 2 月改称为大清银行，行使中央银行权力，1911 年在全国各省会与通商口岸设立分支机构三十五处，成为清末规模最大的一家银行。

1916 年，年仅二十八岁的张嘉璈迎来了人生的第一次惊涛骇浪。

宋汉章

军阀混战，多以金钱开路。大总统袁世凯拼命扩大军备，增加军费。北洋政府为弥补财政亏空，袁世凯下令开动机器印钞票。两家半官方的银行——中国银行和交通银行，开足马力印发纸钞。骤然而至的通货膨胀引发兑换狂潮。北京和天津的市民纷纷前往银行，要求将手中的纸钞兑换为硬通货——银圆。

兑换狂潮蔓延至上海，张嘉璈所在的中国银行上海分行当时库存二百多万银圆，根本无法应付挤兑。张嘉璈当机立断，与外国银行订立了二百万元的透支契约。不仅如此，他还得到大实业家张謇的支持，成立中国银行商股股东联合会，由张謇任会长，并且登报声明，上海中国银行行务全归商股联合会主持，钞票随时可兑换为银圆。

就在张嘉璈镇定从容，应对兑换狂潮之时。一道命令传来——1916年5月12日，为了稳住金融形势，北洋政府下令停止兑现银圆。如果按照政府的命令停止兑换，那么银行的信誉何在？宋汉章、张嘉璈带领中国银行上海分行以“宁可刑戮及身，不忍苟且从命”的决心，拒绝执行“停兑令”，照样兑现，树立了诚信至上的光辉典范。

张嘉璈曾在日记中记下了挤兑风潮可怕的局面：“余自寓所到行（汉口路三号），距址三条马路，人已挤满，勉强挤到门口，则挤兑者争先恐后，撞门攀窗，几乎不顾生死。乃手中所持者，不过一元钱或五元纸币数张，或二三百元存单一纸。”

一个星期后，中国银行上海分行仍然可以支付兑现，一场挤兑风潮渐渐风平浪静。多日来，张嘉璈紧绷的神经，终于可以放松了。

经过这次大风大浪，中国银行上海分行的信誉提升，挤兑无疑为之做了一个广告，这是一家诚信的银行，很多人愿意存钱进去，银行存款量反而比挤兑前增多了。

中外报纸纷纷报道，总是把张嘉璈和宋汉章两个名字并列，称他们是“有胆识、有谋略的银行家”。

押宝借款，为北伐军筹钱

1917年段祺瑞组织新内阁，任命梁启超为财政总长。梁启超十分赏识张嘉璈在上海中行抗拒停兑令中的表现，极力引荐他任中国银行总行副总裁。冯耿光为总裁，而实际主持业务的是张嘉璈。

在张嘉璈的苦心经营下，中国银行发生了根本性的变化：就机构来说，中国银行建立起一套现代化的金融管理制度，成为中国第一家完全实行资本主义经营方式的商业银行。诚如张嘉璈在离开中国银行时所说：“在行二十三年，几于年年在奋斗中过生活……所幸为国家已树立两大财政金融工具之信用：一为公债，二为纸币。为金融界已建立一近代化之金融组织，为中国银行已奠定坚固不拔之基础。”

1917年，张嘉璈执掌中国银行大权时，他不会预料到十年后扮演一个极其重要的角色——为北伐军队提供财力支持，他更不会预料到被逼迫

张嘉璈先后担任中国银行副总经理、总经理

离开中国银行，是一次金融与政治的博弈。

1926 年 7 月，国民革命军出师北伐之始，为取得中国银行支持，广州政府财政部长宋子文致电各路军队，要求北伐军对于沿途的中国银行分行加以保护，张嘉璈也投桃报李，接济北伐军三十万元银圆现款，作为北伐军在江西的军费。

1927 年 3 月，北伐军进驻上海，张嘉璈又向蒋介石支出一百万元，加强了与蒋介石的关系。蒋介石建立南京国民政府后，迫切需要大批款项，逼迫中行垫款一千万元，张嘉璈面对蒋介石的强借，不愿倾囊相助，双方关系一度紧张。张嘉璈说：“这是南京政府压迫中行的第一次。”并在日记中写道：“军人不明财政，而处处干涉财政，前途悲观在此。”

后来，经张嘉璈与南京政府进行多次商谈，在得到时任江苏兼上海财政委员会主任陈光甫以发行江海关二五附税库券的缴款为担保的情况下，张嘉璈同意为蒋介石垫款六百万元。

为了既能给蒋介石政权提供大量军费、行政费用，同时又避免因滥发钞票而造成币制紊乱和通货膨胀，张嘉璈向宋子文建议，不要斤斤计较于库券垫款，要在发行公债上多动脑筋，建议南京国民政府大量发行公债。

张嘉璈替国民党政权想出的这条办理财政的计策，颇得蒋介石的赞许，以后南京政府主要靠发行公债来维持财政了。在南京政府成立之初的十四个月，发行了总面值一点三六亿元之巨的各种公债、库券。这些公债均打若干折扣发行，先由金融界承受垫款，再陆续按全额发售，张嘉璈主持的中国银行负担了最多的数额，从而使中国银行从公债交易中牟取了暴利，资产日益增长。

1927 年，张嘉璈的母亲病逝，张家的兄弟姐妹回家奔丧。张幼仪操办母亲的丧礼。有一篇文章说，在这期间，蒋介石为拉拢张嘉璈，事先从未与张见过面，就突然出现在张家的灵堂里，来到之后纳头就拜，叫张嘉璈好生感动。后来，张嘉璈入幕蒋氏内阁，或许与此有关。这个事情和说法，不太靠谱。由于张嘉璈曾拒绝借款产生误会，蒋介石曾下令通缉张嘉璈。

抗战时期，担任交通部长

1935年3月，国民政府开始实行金融统制政策，将中国银行改组为国营银行，改总经理制为董事长制，派宋子文担任董事长，宋汉章为总经理。同时强行加入官股一千五百万元，使官股达到两千万元。把张嘉璈调为中央银行副总裁，实际上是夺了张的权，仅给他一个空衔。张嘉璈离开中国银行，标志着一个中国银行业商业化经营的黄金时代的结束。

张嘉璈先后担任中国银行副总经理、总经理。

1976年5月张嘉璈在美国接受采访时，友人问及当年离开中行的真正原因何在，张嘉璈说："财政当局要拿银行当国库，我却以为银行就是银行，国库是国库，这点意见不合，是造成我离开中行的最大原因。"

半年之后，等张嘉璈的愤怒失意情绪平复，蒋介石把张嘉璈列入内阁成员之中，任命他为铁道部长。

1935年11月，张嘉璈出任国民政府铁道部部长，将精力放在振兴中国铁路事业上。在他的推动或主持下，新修铁路一千五百多公里。粤汉铁路提前一年通车，苏嘉铁路通车，著名的钱塘江大桥也建成通车。到抗战前夕，沪杭甬铁路通车，陇海铁路向西延伸到宝鸡。1938年1月，铁道部并入交通部，张嘉璈以其突出政绩转任交通部部长，主管全国铁路、公路、水运、航空、邮政、电信等业务。

抗战时期，担任交通部长的张嘉璈卷入到"飞机运洋狗"事件中。

1941年12月7日，日军偷袭珍珠港，太平洋战争爆发。同日，日军向香港发动闪电式的进攻，形势危急。重庆国民政府加派航班，抢救滞留香港的民国要人到内地。然而，飞机降落在重庆，非但没有抢救来的民国要人的身影，相反，见到的却是孔祥熙的夫人宋蔼龄、二女儿孔令伟、老妈子、大批箱笼和几条洋狗。《新民报》刊出采访部主任浦熙修所写现场报道《伫候天外飞机来——喝牛奶的洋狗又增多七八头》。随后，王芸生在《大公报》发表社评《拥护修明政治案》，文中写道："譬如最近太平洋战事爆发，逃难的飞机竟装来了箱笼、老妈与洋狗，而多少应该内渡的人尚危悬海外。善于持盈保泰者，本应该敛锋谦退，现竟这样不识大体。"

由此引发昆明西南联大的学潮，上街游行的学生打出"反对孔祥熙"的标语。

据民国史家杨天石教授考证，事实上，飞机抢运"洋狗"是一篇貌似确凿而严重违离真相的报道。重庆国民政府交通部部长张嘉璈投书《大公报》，说明对中国航空公司的调查结果：当日香港交通断绝，电话不通，无法一一通知需抢救人员；因有空余座位，故有航空公司人员搭机，并尽量装载中央银行已运到机场的公物，"决无私人携带大宗箱笼老妈之事"；至于四只"洋狗"，则系两位美国驾驶员见仍有余位，顺便携带到渝。函末盖有"张嘉璈"本人印章。王芸生收到此信后，标上"交通部来函"五字，刊于《大公报》12 月 30 日报末。

王芸生后来也采信了张嘉璈的解释。1942 年 1 月 22 日，他在社评《青年与政治》中写道：(本报)立言之意，全本爱国热忱，阐明修明政治的必要，偶凭所闻，列举一二事例，并非立论之中心，且关于飞机载狗之事，已经交通部张部长来函声述，据确切查明系外籍机师所为，已严予申儆，箱笼等件是中央银行的公物。本报既于上月三十日揭载于报，而此函又为中央政府主管官吏的负责文件，则社会自能明察真相之所在。

"飞机运洋狗"事件过后，张嘉璈感觉到，公众宁愿相信谣言，也不相信政府部门的权威解释，这是政府公信力下降的表现。经过此事，张嘉璈意兴阑珊，再加上抗战前夕筑路计划在战争时期无法实施，于是，萌生去意。

在抗战前夕，张嘉璈就拟定了修筑铁路的五年计划，拟以发行公债的办法，完成五千公里的筑路任务。抗战爆发，整个计划无法全部落实。在战争的环境下，张嘉璈拟定的铁路计划，无法实施下去，他以健康不佳为由，要求辞去交通部长职务。

1943 年 9 月，张嘉璈经多次请求，被国民政府批准派往美国考察经济建设，并研究战后中国的复兴计划。他经过潜心研究写出的《中国铁路发展史》一书，被西方学术界奉为研究中国铁路史的经典之作，张嘉璈也因此奠定了他作为经济学专家的国际性地位。

接收东北，与苏军斡旋

抗战胜利后，如何接收东北，不仅是国共两党的斗争，也是苏美大国在东北的博弈。接收东北成为国民政府的一道难题，蒋介石在选派接收东北大员的问题上，因为责任重大，想到了张嘉璈。

1945 年 8 月 23 日，刚辞去交通部长职务的张嘉璈，还在加拿大参加会议，其间接到电话，让他即日归国。8 月 23 日，张嘉璈日记记载，"正值代表政府出席在加拿大开会之国际民航会议中，接王雪艇（世杰）秘书长电传述蒋主席意，嘱即日归国。同时，又接张岳军（群）先生电，亦嘱即归。不知有何使命。"9 月 1 日日记，"钱乙藜（昌照）兄来谈，政府已内定我为东三省经济委员会主任委员。"

回国前，他接连会见数位美国政府高官，交换意见。

据日记记载，与张嘉璈会晤的有美国商业部长、财政部长、国务院副国务卿、远东司司长等人。这些人一致认为，东北能否"完璧归赵"，关系重大。

1945 年 10 月 10 日，张嘉璈与东北行营主任熊式辉、外交特派员蒋经国、东北行营政治委员会委员莫德惠，从重庆同机飞往长春，与苏联展开接收东北的谈判。刚走下飞机，苏联人就给了这位接收大员一个"下马威"。飞机场上遍布苏联士兵，中国人寥寥数人，他们住在一个伪满大臣的家中，作为临时办公地点，身边厨子、卫队全是苏联人，不能随意自由行动，也不知道怎么与当地官员接触。张嘉璈称，"如同身在异国"。

10 月 13 日，张嘉璈日记记载，"下午 3 时，熊主任、蒋特派员与我，偕董副参谋长彦平同访马林诺夫元帅于苏军总司令部，做第一次会谈。先由熊主任申明行营代表中国政府，根据中苏条约办理东北政治经济收复事宜，希望苏方予以善意协助。"

事实上，张嘉璈不仅没有感觉到苏联军队的善意，相反，东北的现状让张嘉璈感到万分焦急。

苏军正将东北的大批物资作为战利品运回苏联。"丰满大电厂发电机八部已取其六，抚顺炼钢炉已拆取二只，长春广播机件正在拆取。各机关家具、汽车，亦搬运一空……"张嘉璈向蒋介石报告称，"（东北）都市成一空城"。

早在国民党接收之前，苏联就开始转移当地银行的资产，大量提取库存钞票。苏军还自行印发钞票，引发了物价上涨。

东北行营刚到东北，运行只能凭借后方援助，各省主席前来索款，竟无钱可取。

为了进一步获得利益，苏联还要求占据日本留下的工矿所有权。张嘉璈强烈反对。

经过自1945年10月到1946年2月，中苏双方的多次谈判交涉，张嘉璈的感觉是，“对于我方输送军队，无积极援助之意。且明知关内外铁路交通为共军在山海关方面阻断，欲我方由铁路运输，含有不愿我方有大批军队入东北之意”，“对于接收地方行政机构，设词延宕。且谓各地交通尚有阻碍，似苏方在各地尚有行动或布置，不欲我方知晓”。

东北接收，内政外交结合在一起，再加上苏联军队处处阻挠，接收难题重重。张莘夫惨案发生后，国内出现反苏大游行，重庆、昆明出现学潮，抗议苏军在东北制造的惨案，要求苏军撤出东北。

1946年3月1日，国民党六届二中全会在重庆召开，张嘉璈在日记中写道：“东北问题，自中苏纠缠，美国空言仗义，国家主义派之反苏、反共，将进而入于党内政争。完全表露弱国外交，无不引起国内政潮，而友邦之仗义执言，不特不能帮助解决，且增加弱国之进退两难。东北本案，益趋黑暗矣！”

随着苏军撤离，国共双方对东北的争夺剧烈，国军共军在鞍山、本溪、四平激战，且战且和。而国民党内部，对东北接收也有矛盾，比如东北出身的齐世英，公开指责东北行营主任熊式辉，无视东北人的利益。张嘉璈为国家命运担忧，仰天长叹：“东北问题，前途黑暗，岂国家命运使然耶？”自此之后，国民党的好运气快要到头了，作为民国金融界的大腕，张嘉璈的人生也由顶峰滑落。这是很多生逢末世，才高志傲之人共同的命运。

两袖清风，银行家无积蓄

让人肃然起敬的是——张嘉璈一生从事银行和实业，到头来是两袖清风。由此可见其精神境界和人格魅力。

在民国金融界，张嘉璈极具威望，也有一定的个人魅力。当时的报道称：“（张嘉璈）抗战期中任交通部长，任务艰巨，格于客观环境，亦多为人所诟病处，但对张个人，则颇推崇。”

难能可贵的是，他一生手上经过的金钱无法计数，却鲜有积蓄。

在张嘉璈离开大陆之前，流传一个故事。在国民党的一次立法会上，有人提出，为解决政府财政困难，要向宋子文、孔祥熙、张嘉璈征借十亿美金。孔宋富可敌国，人人皆知，而张嘉璈在中国银行离职时，得到退职金十六万元，而当时他已负债六万元。张嘉璈得讯后，立即致函当时的行政院长何应钦："请派人彻查我之财产，如私产超过中国银行退职金数目以外，甘愿贡献国家。"

1948年底至1949年初，国民党军队先后在三大战役中战败。1月21日，蒋介石在内外交困的形势下，被迫下野，由李宗仁出任代总统。3月间，李宗仁希望张嘉璈能够出任财政部长，并先后派翁文灏和陈光甫面劝张接受此任命。但张嘉璈告翁和陈，自己对做官无勇气无兴趣，志在研究，恳切婉辞财政部长职务。3月20日，李宗仁直接给张嘉璈打电话，劝其就任，张嘉璈表示无商量余地，告以实难担任。

1949年4月26日，在解放军逼近上海的隆隆炮声中，张嘉璈离开上海，前往香港。后又远去澳大利亚，担任澳洲国立大学教授。1953年9月，张嘉璈赴美国，先在洛杉矶罗亚拉大学任教，1961年后，任斯坦福大学胡佛研究所专任研究员。胡佛研究所是国际知名的研究机构，张嘉璈在那里工作期间，撰写了《中国通货膨胀史》等书，以自己的亲身经历，总结过往经验，客观叙述国民党政府时代通货膨胀的情况，具有相当的学术价值，成为研究者的必备参考书。

1949年，张嘉璈到国外生活后，生活窘困，于是，托朋友把他存在上海的藏书全部卖掉，把钱汇给他。在美国教书时，因学校离住所太远，于是想在学校附近买房子，但手头拮据，把自己的苦恼告诉了同在美国的银行家贝祖贻。贝知张从不向朋友开口借钱，乃为之奔走，由陈光甫、李铭、贝淞荪、项康元、吴昆生等人，每人拿出一千美元，共计一万一千美元交给张嘉璈，作为买房的资金。

张嘉璈作为民国金融界的大腕，晚年过着安稳清净的生活，"清风也吹不起半点涟漪"。在经济上，张嘉璈要靠朋友接济，才能有栖身之地，这样清贫的银行家，在二十世纪的中国，再也找不出第二人了。

1979年10月13日，张嘉璈以九十岁高龄，在斯坦福大学所在地、美国加利福尼亚州的小镇帕拉奥托去世。他的临终遗言是，愿"附葬先茔"，归葬故里。在他弥留之际，他想到的仍是故国家园。三十年前，张嘉璈离开中国时，无限江山，残阳夕照。三十年世事沧桑，天翻地覆，他却回不来了。惟愿他的魂魄能够归去来兮。

新中国成立后，中国银行仍为张嘉璈保留了董事席位，直至他逝世。

四、吴江英才：费孝通的家族往事

■ 费氏家族部分成员

费璞安(1879—1969)，费孝通之父。费璞安曾在清末最后一场科举考试中获得生员资格，后留学日本，归国后应张謇邀请任教于中国第一个师范学堂——通州民立师范。不久，费璞安在辛亥革命中参与吴江光复事件，被选为县议会议长，后又任江苏省教育厅视学。

杨纫兰(1880—1927)，费孝通之母。杨纫兰是一颗生命短暂的流星，这位大放异彩的女性，上女学，办新式幼儿园，为《女界钟》作序，养育的五位子女皆成为国家栋梁，她以自己的才华谱写了一曲女性的传奇。

费振东(1902—1975)，费孝通的大哥。费振东就读于南洋公学(上海交通大学前身)。抗战期间加入民盟，领导民盟南洋支部为抗战捐款。1949年回国，曾任全国政协委员，中国民主同盟中央常委。后主持创建北京"华侨补习学校"，成为该校第一任校长。1957年被打成"右派"，"文革"中受迫害致死。

费达生(1903—2005)，费孝通的姐姐，我国著名的女蚕丝专家，被媒体誉为"当代黄道婆"。先后担任苏州丝绸工业专科学校副校长、苏州丝绸工学院副院长、苏州市妇联副主任、苏州市第六、七届政协副主席、江苏省九三学社顾问等职务。费孝通早年在姐姐帮助下到吴江开弦弓村调查，写出了成名之作《江村经济》。

费霍(1907—1966)，费孝通三哥。1926年毕业于苏州工业专科学校学土木建筑专业。抗日战争前，进入南京中央政府参谋本部城塞组工作，参加长江沿线国防工事的构筑。抗战期间，参与修筑滇缅公路。抗战胜利后任上海市工务局(解放后改为市政工程局)工程师。费霍从事技术工作，在历次政治运动中未受到冲击。

费孝通(1910—2005)，江苏吴江人 ，著名社会学家、人类学家、民族学家、社会活动家，中国社会学和人类学的奠基人之一，第七、八届全国人民代表大会常务委员会副委员长，中国人民政治协商会议第六届全国委员会副主席。

杨锡治，费孝通的舅舅。字左陶，留学美国，后来在好莱坞画动画片，参与有名的动画片《白雪公主与七个小矮人》的创作。杨锡治是中国动漫电影的先驱。

杨锡镠(1899—1978)，费孝通的舅舅。字右辛，留学美国，后来成为中国著名的建筑设计师，是百乐门舞厅、北京工人体育场等著名建筑的设计者，著作有《怎样提倡国货建筑材料》、《中国建筑》(合作)等。

吴江费孝通，三国时代蜀国忠臣费祎之后。江夏费祎被诸葛亮在《前出师表》中称为“贞良死节之臣”，费孝通幼年时，常见到家中的灯笼上写有“江夏费”，这三个字将悠久的历史打通，成为费孝通童年的文化记忆。晚年费孝通曾查找费氏世谱，得知费氏出自大禹之子伯益。伯益辅助大禹治水有功，封地在费(今山东鱼台西南费亭)，伯益次子若木始姓费，成为费氏祖先。

几千前光阴流转，费氏的后代四处生根。吴江“东城费氏”的第一代祖为南宋费士寅，曾官拜副相。吴江是人文荟萃、人才辈出之地。1910年，费孝通出生于吴江县城(今吴江市松陵镇)，他是费璞安和杨纫兰的第五个孩子。

费家祖居同里镇，这个著名的江南水乡和文化古镇，“一泓明月含规影，两岸书声接榜歌”，稻花香中，书声琅琅。费孝通谈到自己的家庭时说:“我的老家吴江县同里镇，历史上是一个地主和退休官僚，也就是这些绅士居住的好地方。”

费孝通的祖父和外祖父杨敦颐都是同里镇上有名望的读书人。东城费氏到了费孝通的祖父这一代，家道中落，但望族遗风仍存。费孝通的祖父很聪明，喜欢研究算学，并不热衷科举功名。杨敦颐在科举中取得进士，被朝廷派到江苏当学政。后弃官，办实业。客居上海时，任商务印书馆编辑，是《辞源》编撰者之一。

费孝通的祖父去世时把儿子费璞安托付给杨敦颐。费璞安二十二岁时，杨敦颐把大女儿杨纫兰嫁给费璞安，还把几十亩田产作为陪嫁。费孝通说，母亲嫁到费家果然“很有地位，说话算数”。

费璞安曾经考中清王朝最后一届秀才，科举制废止后，吴江县把他们一批人送到日本留学。1904年，费璞安入东京宏文学院师范科，学期一年六个月，学的是教育学。回国后，他先后在山东青州蚕桑学堂、通崇海公中、苏州省立二中等校任教。1909年1月，费璞安应好友张謇的邀请，在张謇创办的中国第一个师范学校学堂——通州民立师范任教。费孝通名字中的“通”字，出自父亲在南通师范学校任教的这段经历。

辛亥革命爆发后，费璞安在上海和几个志同道合的朋友发起组织红十字会，募集经费，制备药品、担架，计划赴武汉参加起义。正候船出发，上海宣布光复，成立了都督府，都督陈其美命红十字会留上海听候派遣。此后他奉命带队前往苏州，见到苏州已经和平光复，便回到故乡吴江。费璞安以吴江县议会议长的身份，召集各界代表协商后，主持召开民众大会，宣布吴江光复。据余广彤《蚕魂——费达生传》可知当时的情形：“这天的大会隆重而热烈。从苏州来的一队光复军排列整齐，号鼓齐鸣，排枪并发，高举旗帜，民众欢声雷动。吴江、震泽两知县交出官印，由民众验明，由光复军刀削销毁。费璞安宣布今后政权改为民主，一切政事取决于人民。”费璞安追逐民主政治的梦想破灭后，仍干老本行，从事教育工作。

费璞安在任江苏省视学期间，经常到各地的学校巡视，做调查，写文章，并搜索了大量的地方志书。费璞安的言传身教，潜移默化地影响了费孝通的学术选择，民俗，民生，乡土，乡村，伴随费孝通的一生。

费孝通的母亲杨纫兰是那个时代的风云人物，其名气比费璞安还要大。杨纫兰是贤妻良母又是职业女性，是名门的大家闺秀，又是妇女解放运动的先驱。杨敦颐在上海期间，接受了资产阶级维新思潮和民主革命思潮，“变革”、“共和”、“新式教育”、“实业救国”等理念贯穿他的大半生。杨纫兰生活在这样的家庭中，注定不是一株空谷幽兰，而是时代潮流中的浪花一朵。

费璞安和杨纫兰青梅竹马两小无猜，1901年左右两人喜结连理。杨纫兰生下长子费振东后，做了一个震惊当地的决定，到上海求学，读务本女学。务本女学是一所采用西方教育方式培养学生的新式学校，也是中国近代较早创办的女子学校之一，为中国培养了不少妇女社会活动家，著名的有汤国梨、吴若安、张敬庄、张默君等。杨纫兰系统地接受了西方新思想的熏陶，民主共和、男女平等、妇女解放、注重教育等理念已经系统地扎根于她年轻的心灵。

杨纫兰学成回到家乡后，父亲杨敦颐出资在镇上开办了一所专收女童的群雅女塾（费孝通的回忆文章中说是同里的第一家蒙养院）。杨纫兰掌管并执教的蒙养院，可与金松岑在镇上创办第一所新式学校同里自治学社相媲美。除了办学，杨纫兰为金松岑的《女界钟》作序，成为轰动一时的佳话。《女界钟》被誉为“近代史上最早的妇女解放运动专著”，1903 年由上海大同书局出版后，即在知识界引起极大的震动，一时洛阳纸贵。《女界钟》的名言“天下兴亡，匹夫有责，匹妇亦有责焉”，风行一时，在辛亥革命时期曾激励成百上千的妇女肩负起救国重任。

费孝通的母亲杨纫兰在吴江县同里住宅门前与孩子们合影，母亲怀中所抱的是八个月的费孝通

杨纫兰在此书序写道：“同邑金君著《女界钟》约三万言，掊击现在之社会，而提倡新中国、新国民，将以警醒我同胞，出之于奴隶之陬，而登之于平等自由之乐土。”她以犀利文笔鼓励女性，“聪明才智之姊妹，读之奋发投袂而起，逐诸女杰之后尘”。

费孝通的几个舅舅也是吴江出类拔萃的人物。大舅舅杨天骥（1882—1958），字千里，金石、字画、诗文样样精通，与柳亚子、金松岑、陈去病并称吴江的“杨、柳、松、柏”。杨天骥十八岁进入上海南洋公学，二十二岁就与同乡金松岑一起资助邹容出版《革命军》，鼓吹革命。二十四岁加入同盟会，协助于右任、范光启创办《民呼日报》。还曾两度担任吴江县的县长，最后官至国民政府的代秘书长。

费孝通的八舅舅杨锡仁更是当年实业救国的著名人物，1910 年十八岁的杨锡仁南洋中学毕业，就参加了庚子赔款第二批公费留美学生的考试，全国共招七十名，杨锡仁就以考试成绩第一被录取，同榜考取的胡适为第五十五名。1943 年任外交部长宋子文驻美国特使，并参与组织了我国抗战时期著名的“驼峰航线”的物资保障供应。

杨纫兰与费璞安育有五位子女：费振东、费达生、费青、费霍和费孝通。五个孩子幼小时，都在杨纫兰任教的蒙养院读书。“蒙养院的学生除了学识字，还做游戏、学跳舞、学唱歌，有脚踏风琴伴奏，那时候这些事都是很新鲜的。”晚年费孝通回忆说。一张发黄的老照片，定格了杨纫兰与五个孩子在蒙养院的时光：“1911 年妈妈抱着我同哥哥、姐姐一起照的照片，有趣的是，照片上两个哥哥身穿幼儿园制服，手里拿着红十字小旗，这在九十年前的中国是很少见的。”

当好“国民之母”，造就栋梁之才。杨纫兰在家是典型的贤妻良母，担负着相夫教子的重任。在外是名噪一时的新式教育的开拓者，倡导妇女解放的先行者。小到家庭，大到社会，杨纫兰奉献了自己的全部才华。可惜天妒英才，1927 年杨纫兰不幸病逝，享年四十七岁。临终前，杨纫兰最挂念的是年幼的费孝通：“除了最小的一个(指费孝通)外，我对子女的教育是尽了力的，结果也能使我放心。”

杨纫兰是吴江一位了不起的女性，注重子女教育，开办蒙养院，倡导男女平等，她在这些方面的努力，影响深远——开社会风气之先。在某种程度上来说，杨纫兰的贡献，比被称为教育家的费璞安还要大。即使作为一位母亲，将五位子女全部培养为国家的栋梁之才，也是难能可贵。

回忆起母亲，费孝通眼泪欲沾巾，1994 年，他饱含深情地说：“一家九口的生活全靠父亲微薄的工资来供养。母亲在家以有限的收入经营管理这个小集体。当她病重时，曾要我几个哥哥根据历年的日用账进行统计分析，按各项支出画成曲线，并列在一张表上。用红线表示的教育费用高高居上，她指着这张表说，她的理财原则是量入为出，先扣除教育费用然后以余额安排其他项目。”一位走在时代前列的女性，她的家庭教育投资，足以作为社会的楷模。

杨纫兰去世后，费璞安续弦，娶的是女儿费达生的大龄同学。费璞安和新娶的妻子，又生育了六位子女(三男三女)。

考察费璞安的十一位子女，可以发现一个很有意思的现象：前五个均为民主党派成员（老大费振东、老三费青、老五费孝通是民盟盟员，老二费达生是九三社员，老四费霍是民革党员），后六个除老六费开在改革开放后加入民盟外，其余五个都是中共党员，而且其中有三个还是解放军。

仅从费孝通家族成员的政治面目来看，可以感受到近现代士绅家庭社会成分的变化，也可以感受到革命年代知识分子的选择，映衬出一个时代的变迁。

行行重行行

——费孝通的传奇婚恋

费孝通的一生是复杂曲折的，他经历了人世间最为巨大的荣辱浮沉。三十年代的《江村经济》论文使他享誉国际学界；四十年代在昆明加入民盟、投身民主运动；1957 年因为《知识分子的早春天气》一文被打成“右派”，成为一个时代标志性的人物；八十年代复出之后，曾先后担任全国人大常委会副委员长和全国政协副主席。

费孝通是一位蜚声国际的学者，社会学是他的专业和安身立命之所。婚姻和家庭，本来就是社会学学者研究的对象，从这个角度观察费孝通的内心情感和婚恋历程，很有意义。《行行重行行》是费孝通的一本社会学著作的书名，古诗十九首中的一句，下一句是“与君生别离”。费孝通一生送别了两位妻子，情路坎坷，已成传奇。

杨绛是费孝通的初恋或者暗恋对象

1920 年，费孝通的家搬到苏州，住十全街 132 号，这条街上有一所很有名的振华女校。女校校长王季玉是杨纫兰的朋友，费孝通就成了振华女校少有的男生。小男孩读女校高小，成为人们的笑料，于是，费孝通的内心很敏感，也感到有点尴尬。几年后，费孝通的母亲病逝，振华女校的一位女教师到费孝通就读的东吴大学附属中学来看费孝通，费孝通竟因为她来自女校，害怕被同学嘲笑，害羞地躲在屋子里不出来。

费孝通在振华女校读书时，同班中有一位同学叫杨季康(杨绛)，学习成绩非常优秀，引起了费孝通的注意，当然这只是小小少年对女孩子的一种爱慕。

费孝通再次见到杨绛时，两人都考上了东吴大学。杨家有女初长成，此时的杨绛天生丽质(尽管她否认自己是美女)，才华横溢，但她很低调。每次出现在大学校园，总会引来诸多男生爱慕的目光。当年的小学同窗再次相逢，显然，费孝通的心灵发生了微妙的变化，已经不是年少时对女生的爱慕那样简单了。面对大学的男生对杨绛的追求，费孝通内心非常复杂，有点嫉妒有点骄傲地宣布，自己是杨绛的老同学，跟别人说："我跟杨季康是老同学了，早就跟她认识，你们追她，得走我的门路。"

后来，费孝通主动追求杨绛。费孝通追求杨绛，天时地利人和的因素都具备了，已给外界的印象是杨绛是费孝通的女朋友。然而，落花有情，流水无意。杨绛自己始终不承认费孝通是自己的男朋友。

1929 年，东吴大学闹学潮，费孝通转到燕京大学，他也希望杨绛读燕京。杨绛本来要去燕京，后来改变主意考进清华研究院为外语系研究生。她在清华园遇见她未来的夫婿钱锺书。这只能是命运的机缘巧合了。连杨绛的家人都说："阿季(杨绛)的脚下拴着月下老人的红丝呢，所以心心念念只想考清华。"

杨绛初到清华园，沉静，朴素，在女生中并不扎眼。但没有多长时间，大家对她刮目相看。据称："杨绛肄业清华大学时，才貌冠群芳，男生求为偶者七十余人，谑者称杨绛为七十二煞。"钱锺书是七十二煞之一，很快成为最后的胜利者。钱锺书的才华起到了决定性的作用，当然两人都是无锡同乡，郎才女貌，门当户对。

杨绛在清华很快确定了与钱锺书的恋爱关系，费孝通没戏了，感到很失望。他为此从燕园到清华园，找到杨绛，结果吵了一架。因为费孝通离开东吴大学时一直要当杨的"男友"，杨绛则只承认他是"普通朋友"。

几十年过去了，费孝通和杨绛都进入晚年，两人都没有讳言这一段青春往事，甚至钱锺书也会拿这一段往事开玩笑。

1979 年 4 月，中国社会科学家访美，钱锺书和费孝通一路同行，两人同住一个房间。不知费孝通会不会想起清华往事和情事，心中是何滋味，作如何想。费与钱两人相处得不错。钱先生出国前新买的一双皮鞋，刚下飞机鞋跟就脱离了。费老对外联系多，手头有外币，马上借钱给他修好。钱先生每天为杨先生记下详细的日记，留待面交。费老主动送他邮票，让他寄信。钱先生想想好笑，没有料到他小说《围城》赵辛楣和方鸿渐这对“同情”兄，在现实中也上演。钱先生对杨先生开玩笑，称自己和费孝通先生：“我们是‘同情人’。”

上世纪九十年代，浙江文艺出版社出版了一套名家散文集，收录了钱锺书散文、杨绛散文，又要出版费孝通散文，当出版方设法将此想法告诉给费孝通，告诉费孝通散文和钱锺书散文、杨绛散文为同一书系。费孝通想起前尘旧事，一时百感交集，脱口而出一句：“历史真是妙！”短短的一句话，想来包含无限的感慨和年少的情怀。

2008年，《听杨绛谈往事》出版，杨绛开口谈及当年的同学费孝通以及追求过她的往事。这段往事对于费孝通而言，是曾经沧海难为水；对于杨绛则是流水带走的和带不走的，都付笑谈中了。皓首白发追忆青春往事，年少情怀青涩，当年的经历，经过岁月的沉淀，像诗一样美好。感觉那一代学人的爱情很纯真，也很朴素。

王同惠是费孝通的生死绝恋

在燕京大学，费孝通也遇见了他的生死恋人——王同惠。费孝通和王同惠都读燕京大学社会学系，是吴文藻（冰心的丈夫）先生的弟子，最初两人只是普通的相识。两人在各种聚会上，有很多机会相见。对社会学研究共同的兴趣，将两人牵在一起。费孝通说：“牵着我们的那条线似乎比乡间新郎拉着新娘走向洞房的红绸更结实，生死离别都没有扯断。”

1933年费孝通从燕京大学考入清华读研究生。之前费孝通和王同惠同住燕园，如今一在清华园，一在燕园，在空间距离上两人远了，但在心理上的距离两人更近了。这一年的圣诞节，费孝通送给王同惠圣诞礼物——一本新出版的关于人口问题的书。正是这样一本书，成了两人的定情礼物，打动了王同惠的“凡心”，她觉得费孝通不平常。

于是，两人从不怕争论、各不相让的同学变成了穿梭往来、互相牵挂、认同知己、合作翻译的恋人。每逢休闲时刻，费孝通就骑单车到未名湖畔。下雪的时候，燕园浓妆素裹，变成洁白的世界，王同惠住的女生宿舍是一座红楼，费孝通就在红楼门下等候她，一起去费孝通清华的实验室读书。冬天的时候，未名湖上结了冰，两人在上面溜冰，寒风吹得两人的脸蛋通红，手指是凉凉的，但心是滚烫的。

秋天的时候，费孝通和王同惠去清华附近的圆明园废墟或颐和园遨游。那时天高云淡，秋风送爽，在铺满了金黄色秋叶的小径上，两人手牵手，脚踩着窸窸窣窣的落叶，就这样一直走……

费孝通说，这一段时光，是他人生中最美好的回忆："工作最舒畅，生活最优裕，学业最有劲。"两人在精神上、在学术上完全是对等的。费孝通翻译完奥格朋的《社会变迁》，王同惠就借来英文原著，边阅读边校对。王同惠翻译《甘肃土人的婚姻》一书，费孝通为了学习法语，就按照王同惠的译著，边抄边学。费孝通后来写文章纪念他和王同惠的爱情："她为我们共同的理想去世，我就对等地为我们的共同理想而生。这种信念也成了我一生事业的动力。"

1935 年的夏天，费孝通王同惠两人在燕园未名湖畔的临湖轩举行了婚礼。燕京大学的校长司徒雷登亲自为他们操办了婚礼，两个人的婚礼在清华和燕京引起了轰动。吴文藻勉励两人："王同惠和费孝通由志同道合的同学，进而结为终身同工的伴侣，我们都为他们欢喜，以为这种婚姻，最理想，最美满。"两人结婚后，在太湖之畔小住，为广西的田野考察做准备。

两人的幸福很短暂，这桩美满姻缘，因为两人在广西大瑶山的考察，变成了一出悲剧。1935 年 12 月 16 日，在莽莽苍苍的大森林里，费孝通误入捕捉野兽的陷阱，一时间，木头石头落下，把费孝通压住，脚部的骨头骨折，动弹不得。王同惠在危急之中，这位娇小的女性迸发出巨大的能量，奋不顾身将石块木头逐一搬开，将费孝通转移到安全的地方。为救费孝通，王同惠心急赶路，失足悬崖，二十四岁的王同惠永别人间。此时，王同惠已经怀孕。瑶民连续六天出动寻找王同惠，第七天，在一处山涧激流处，找到王同惠的尸体。

瑶族的村民知道这个不幸的消息，村民们自发地捐款，按照瑶族的风俗，为王同惠举行隆重的悼念仪式。后来王同惠的遗体埋葬在梧州市的白鹤山上。

费孝通亲笔为爱妻写了墓碑和碑文：妻竟怀爱而终，伤哉！妻年二十有四，河北肥乡县人，来归只一百零八日。人天无据，灵会难期，魂其可通，速召我来。

两人结婚才一百零八天，就阴阳两隔。巨大的打击让费孝通痛不欲生，半年后，他记录下当时的绝望心情：

同惠死后，我曾打定主意把我们二人一同埋葬在瑶山里，但是不知老天存什么心，屡次把我从死中拖出来，一直到现在，正似一个打不醒的噩梦！虽则现在我们分手的日子已经多过了我们那一段短暂的结婚生活，但是一闭眼，一切可怕的事，还好像就在目前，我还是没有力量来追述这件事的经过。……让这一幕悲剧在人间没了罢。

随着伤情的好转，费孝通开始整理他和王同惠在瑶山调查中搜集的资料，撰写《花篮瑶社会组织》一书。这本书浸透了费孝通的血泪和对王同惠的不尽思念。

费孝通在此书的后记专门写下一段话，为了亡妻王同惠，为了刚在中国蓬勃发展的社会学："人孰无死，尼采所谓，只怕死不以其时。同惠可以无愧此一生，我只是羡慕她。"费孝通还非常大度地附带声明："瑶山并不都是陷阱，更不是一个可怕的地狱。瑶山是充满着友爱的桃源！我们的不幸，是我们自己的失误。我们只希望同情于我们的朋友能不住地在这道路上走，使中国文化能得到一个正确的路径。"

王同惠的意外死亡，成为费孝通心中永远的伤痛，也成为他研究学术的不竭动力。王同惠逝世六十二年后，费孝通突然在一堆书籍中发现王同惠的译著《甘肃土人的婚姻》，见证两人爱情的译著重见天日，这次偶然的发现，让费孝通一时无语，如同在梦中，不能相信这是真的。激动，哀伤，惊喜，心痛……在心中翻涌，费孝通平静下来之后，写了一万多字的序——《青春作伴好还乡》，1997 年王同惠遗留下来的译著《甘肃土人的婚姻》出版，成为生者怀念死者最好的凭证，也是费孝通献给王同惠最好的纪念。爱情可以化为风，化为雨；恋人终究化为尘，化为土。但总有记忆可以流转，生生死死一本书，费孝通和王同惠以一本社会学著作结缘，最后，又以王同惠的社会学译著出版，完成前世未了的情缘。也许，这一切，都是冥冥之中注定的。

2005 年 4 月 24 日，费孝通逝世，这一对恋人可以在天上相见了。斯人已逝，但他们的传奇爱情，在人间流传。

孟吟是费孝通相濡以沫的终身伴侣

1938 年 8 月，费孝通从英国伦敦大学经济政治学院获得博士学位后，决定回国。乡土中国是费孝通的学术所在，也是情感所系。只不过，中国的半壁江山沦陷于日寇手中，战争的炮弹灼伤了中国的大地。费孝通乘坐的法国轮船在西贡靠岸时，日寇侵占了广州和汉口。此时，云南已成抗战的大后方，昆明集中了国内优秀的学者。费孝通在燕京大学时的业师吴文藻执教云南大学，创建了社会学，担任系主任。11月，费孝通受聘到云大社会学系工作，并且也获得了庚款资助。吴文藻于1940年10月离开云大到重庆工作。在此后的六年，费孝通一直是云大社会学系教授兼系主任。1944年费孝通开始在西南联大社会学系兼任教授。

1982年费孝通与原云大社会学系师生在一起

1939年初，云大成立了社会学研究室，由费孝通主持。为躲避日本飞机轰炸，1940年初研究室搬到离昆明约二十公里的呈贡魁阁。费孝通描绘道："这座破败的三层古庙外面风景很美，内部却陈旧不堪。地板踩上去嘎吱作响，墙缝里藏着小虫，叮得人浑身发痒。"

费孝通于1939年第二次结婚，1940年底，生了一个女孩，为了纪念在广西大瑶山一起做社会调查遇难的前妻，起名费宗惠，或称"小惠"。女儿出生后，魁阁的重要成员、云大、联大社会学教授陶云逵第一个上门看望孩子，他用鼻子闻，用手抚摩，像诗人一样说："这是人间最美的，孩子的气息。"

第二任夫人叫孟吟，不是王同惠那样的知识分子。费孝通对她有如下描写：

> 我的爱人是农村来的，她的父亲是村民，但不是真正的农民。我喜欢她是由于她有些我所缺少的东西，她单纯，有"乡土气息"。她不

喜欢看电影，但喜欢在屋里屋外劳动。她殷勤好客，这是在农村养成的性格。

其实，孟吟并不是村姑，她接受过专科学校的教育，在江苏省第二女子师范学校上学时，与费孝通大哥的夫人是同班同学。孟吟侨居印尼时当过老师。1939年因参加华侨爱国运动，孟吟被荷兰殖民地政府勒令出境，到了昆明。前夫几年前去世，孟吟在印尼时就与费孝通的大哥费振东交往甚密，费振东介绍费孝通和孟吟相识、相恋并结婚。费孝通与孟吟开始了相濡以沫、患难与共的生活。沉重的生活像大山一样压在费孝通的肩头，他在《鸡足山游记》中，获得片刻的喘息，听到山巅寺庙的晨钟暮鼓，幻想着出世，遁入佛寺空门。生活在呈贡，女儿刚出生，费孝通除了在云大和联大教书，还要做饭、担水、尽父亲的职责，微薄的薪水，孩子饿得哇哇大哭，夫人孟吟累得疲惫不堪。魁阁的重要成员、云大、联大社会学教授陶云逵，因儿子夭折后也不幸病逝。费孝通内心恸哭，仰天长叹："宁为治世犬，不为乱世人。"

费孝通夫人孟吟

尽管物质贫乏、条件简陋，云大社会学系教授许烺光回忆起在魁阁的学术研究，这样说："妻子维拉和我在魁星阁很知足、很幸福。这里很美，魁星阁坐落在一片小松林里，经常有白鹤飞出松林。"

时光如飞鸟一样翩翩飞过，1946年，费孝通出版了一本学术著作，献给妻子孟吟，"以怀念在内地七年的艰苦生活"。事实上，费孝通在艰难的岁月中，仍能做出巨大的学术成就，得益于夫人孟吟，1946年联大复员时，联大学子在费孝通先生印象记中写道："费先生有一位贤惠的师母，对费先生异常体贴，膝下儿女成群，都很乖巧，家庭的美满大概也给费先生一个好的工作心情。”

1947 年 12 月，清华大学社会学系学生与老师费孝通和师母在清华园合影。前排左起：张祖道、费孝通和夫人孟吟

1949 年，费孝通和清华园里大多数教授一样，留下来迎接解放。1949 年 10 月，中华人民共和国成立，费孝通作为民主人士参加了第一届中国人民政治协商会议。1952 年，高等教育院系调整，社会学被取消，他被分配到中央民族学院担任副院长。

1956 年 10 月，费孝通被任命为国务院专家局副局长后，提议建立全国智力档案，解决知识分子的困难，发挥他们对国家的建设作用。1957 年 3 月 24 日，他在深入调查知识分子问题的基础上，在《人民日报》发表了《知识分子的早春天气》一文，真正说出了知识分子的心里话，引起了各界知识分子的强烈共鸣。但是，在早春天气之后的狂风暴雨中，他被批判，成为千夫所指的反动“右派”——“既是参加密室策划的军师，又是到处放火的急先锋”。

费孝通一下子从民主教授、民盟领导成为“到处宣传反动言论的罪人”，更可怕的是来自同行的反戈一击，甚至费孝通当年与王同惠的生死绝恋，也成了批判的材料。林耀华说费孝通是个极端个人主义者，1935 年妻子王同惠死后不到一星期就“重新恋上一个女人，把王同惠抛在九霄云外”。

费孝通被打成“右派”后，心情郁闷。夫人孟吟和他一起承受着无形的压力，和费孝通风雨同行。1959 年，费孝通的“右派”帽子摘除，几年后“文革”袭来。费孝通回忆说：“1966 年 9 月 1 日，那一天一切都改变了。

我们突然被当作人民的敌人，叫牛鬼蛇神。”

“文革”中，费孝通的历史问题，新账旧账一起算，连累到夫人孟吟。孟吟受株连，挨辱骂，被轰回老家，身心备受煎熬。孟吟泪别费孝通，就在登上了去苏州的火车时，造反派突然来抄家。如果那时候她还没走，天知道后果会是什么样。从此，老两口天各一方，各自又经历了一番磨难。三年后孟吟才返回北京的家。

当风平浪静、阳光再度普照大地之时，费孝通曾向他的弟子谈起“文革”中的绝望，当时，他曾想到去死。可是，他又想到，如果自杀，老婆也活不成，孩子要背一辈子反革命家属的包袱，对不起她们，于是打消了自杀的念头。

1994年12月1日，爱妻孟吟病逝。回想五十五载风雨春秋，载浮载沉，患难与共，费孝通感慨万千，作悼亡诗：

老妻久病，终得永息。
老夫忆旧，幽明难接。
往事如烟，忧患重积。
颠簸万里，悲喜交集。
少怀初衷，今犹如昔。
残枫经秋，星火不熄。

孟吟是江苏常熟人，她来自这方水土，复归这方水土。费孝通在女儿、侄儿的陪同下，太湖泛舟，将夫人的骨灰撒向万顷太湖。

振翅齐飞民主同行

——费青费孝通的手足情

费青生于1907年，是费孝通的二哥，比费孝通大三岁。费青与费孝通两人的人生道路最为相似，年少时同读东吴大学医预科，抗战期间同在云南大学、西南联合大学执教。费青是著名的法学家和律师，费孝通是著名的社会学家和民主人士。只不过费青英年早逝，他的事迹鲜为人知。

费青和费孝通的生命和学术互相映照，他们的人生经历有太多的相似。不妨追寻费青的来时路，感受那一代学人的家国情怀、学术担当。

费氏兄弟弃医从文

古语云："不为良相，当为良医。"良相良医，这是传统士人推崇的情怀。兼及天下或济世救人，同样是立功之举。晚清三千年之变局，面对积贫积弱的中国，不少接受了现代文明的知识分子放弃"良医"之梦，试图疗救国人麻木的灵魂。比如大名鼎鼎的鲁迅，比如费氏兄弟：费青与费孝通。

费氏三兄弟

可能是某种遗传基因的影响，费青与费孝通兄弟二人，从小都患有支气管哮喘症，而且经常周期性发作。"哮喘"成了困扰这两兄弟一生的顽症。人病思医，费氏兄弟先后考入东吴大学医科读预科（设在苏州）。

费青在东吴大学读书时，正是北伐战争风起云涌的高涨期，受到大哥费振东进步思想影响，积极投入到大革命的洪流中，组织同学参加欢迎北伐军入城的活动。“五卅”惨案中，费青邀请中共党员恽代英、萧楚女等人来校演讲，轰动一时；他又组织东吴大学学生会创办“平成工人义务夜校”。1949 年 1 月，北平和平解放前夕，四十三岁的费青喜得贵子，他为这个独生子取名“费平成”，以此纪念创办“平成工人义务夜校”的青春岁月。

1926 年，费青被推举为全国第八届学生代表大会江苏省代表，赴羊城广州参加大会。后遭军阀孙传芳通缉被迫离开苏州。遭此变故，费青感到学医只能医治自身的疾病，不能救国救民。在当时“依法治国”思想的影响下，决定转到东吴大学设在上海租界的法学院就读法学专科。

费孝通在社会学名著《乡土中国》中说，在宗法社会，构成一个由生育和婚姻所结成的关系网。乡土中国，维系社会秩序的力量是“礼治”，现代中国维系社会秩序的则是“法治”。这大概是费青从事法学研究的初衷。

费青求学的转变，也影响了费孝通。费孝通读完两年医预科后，看到当时社会的腐败、动乱，抱着“学好医也只能治一人之病，学好社会学才能治万人之病”的理想，转而到燕京大学攻读社会学。

费青 1929 年从东吴大学法学院毕业，在上海暨南大学任教，同时开办律师业务。当时蒋介石一面加紧对红色根据地的围剿，一面镇压各地的革命活动，白色恐怖笼罩全国。上海租界当局逮捕的所谓共党嫌疑分子，都要先经过“特区高等法院”过堂，再引渡给南京政府。因为律师们都知道这过堂只是形式，辩护也无用，搞不好还会引火烧身，所以大多采取回避态度；而费青却以高度正义感和“初生牛犊不畏虎”的精神，承接这类案件，挺身而出，据理辩护。

1934 年费青通过清华大学“庚款”留美资格考试，因英美法系与中国的法系差距太大，故申请转赴德国留学获得批准。经一年德语补习后，准备去德国柏林大学留学深造。

弦歌不辍民主同行

费青毕业于德国柏林大学法律系，于 1939 年底回国来到昆明，受聘于云大法律系，开设“国际私法”“法理学”等课程。1939 年至 1941 年，1945 年至 1946 年，西南联大法律学系聘请费青为教授。费青和费孝通同在云大、联大执教，先后在昆明结婚成家，同住在文化巷 48 号院子里。在教书治学之外，兄弟两人肩并肩参加昆明的民主运动，为西南联大“民主堡垒”增辉，共同谱写了可歌可泣的民主史诗。

当时，费青与费孝通比较年轻，学问好，人随和，深受云大、联大学子的喜爱。联大学子写下费青的印象记：

> 费青先生，法律系教授，费孝通先生的令兄。北大的缺点是老气横秋，联大的缺点在“松弛散漫”，自先生来后，不但使我们变得年“青”，而且教我们多“费”些工夫检点和振作自己。他像春风般温和，也像秋霜似的严肃；他精通大陆法，也烂熟英美法；他会讲玄奥的法理，也会讲有趣的实例。总之，他从不肯盲目地走向极端，而慎谨地求得最妥善的调和。他从不肯任血气来论断，而用理智来寻求公平与正义。

费青费孝通兄弟，一个“用理智来寻求公平与正义”，一个“从事民主运动不遗余力”。在“一二·一”运动中，两人与进步教授支持学生的罢课运动。

1945 年 11 月 25 日晚，西南联大、云大等学校的师生约六千人在昆明举行“反内战时事演讲会”，由钱端升、伍启元、费孝通和潘大逵四位教授就和平民主、联合政府等问题发表演讲。演讲会引起了国民党的恐慌，他们出动了大批军警特务包围了会场，进行阻挠和破坏。

钱端升演讲未完，“即闻枪声”，费孝通演讲时，“枪声大作”。面对枪声的威胁，费孝通没有退缩，他在台上高声说：“我请求你们大家不要害怕——让我大声疾呼，用我的声音压倒枪声……不但在黑暗中我们要呼吁和平，在枪声中我们还要呼吁和平。”

多年以后，费孝通回忆起这一历史场景，作为当事人之一的他，仍然感到愤怒：“我站在高高的讲台上。这是一个暗无星光的夜晚。大约有五千名学生席地而坐，形成动人的场面。场外军警林立。机枪和小炮向我们头上开火。电灯熄灭了，后来在讲话人旁边挂上汽灯。死亡临近我们，子弹从头顶上飞过。我尽量镇静自己，继续讲话(实际上我自己也不知道说了些什么)，这样可吸引听众的注意力。会场的任何骚动都会招来一场大屠杀。”

“一二·一”惨案发生后，费青在费孝通主编的《时代评论》悼念专辑封面上写了一副挽联：

此处是民主堡垒，贫贱未移，威武不屈，更使尔碧血英魂常共守卫；

空负了锦绣河山，豺狼当道，鸱鸮飞天，当此际阴风惨日无限悲怆。

除了愤怒声讨国民党屠杀学生的罪行，费青还参加了西南联大成立了的“一二·一”惨案法律委员会，由周炳琳、钱端升、费青、燕树棠、赵凤喈等人组成，调查惨案经过，搜集证据，控告罪犯走司法的程序，与云南的军政当局做斗争。

1946 年联大复员后，费青执教北大，居住在中老胡同 32 号北大教授宿舍；费孝通执教清华，居住在清华园。费氏兄弟继续投入爱国民主斗争中，一同迎来了北平解放。

1946 年 12 月 24 日夜，北京大学先修班女生沈崇去看电影途经东单时，被美国海军陆战队伍长皮尔逊等两人架至东单操场施行强奸。“沈崇事件”引发大规模学潮，抗议美军暴行，要求“立即驱逐美军出境”。北大教授费青在法学界有一定声望，沈崇的父母就通过袁翰青找到他，希望他能作为此案原告的首席律师出庭辩护。费青当即应允，并从法律、道德、政治等诸方面作了详尽的分析，商定了应付的对策。但由于国民党当局的一再阻挠，致使此案未能公开审理，两个美国兵却被美国政府宣告无罪得以释放。

这个消息一传出来，以学潮为主的抗暴运动蔓延全国。1947 年 2 月 17 日夜在北平以户口大检查为名，对爱国学生和进步人士突然施行大逮捕。北大清华教授发表了《保障人权公开抗议宣言》联合宣言。宣言由费青、费孝通兄弟二人率先签名，此外还有钱端升、潘光旦、许德珩、朱自清等。

据费青之子费平成的文章《从中老胡同 32 号所想到的》可知：费青机智地为徐悲鸿的学生辩护，使他们免受牢狱之灾。

徐悲鸿慕名找到费青，他的四个学生被国民党特务抓了，硬说他们是在开共产党的会，还找到几个假证人，要公开审理定罪。费青了解情况后，决定出庭为学生辩护。他要求法官将几个证人分开，分别画出学生开会地点的地形图。结果，几张开会的地形图大相径庭，国民党特务没有料到这么一招，尴尬不已。法官只好当庭宣布，释放其中三个人。经过这次辩护，费青与徐悲鸿成为好友。徐悲鸿送费青自己的画作答谢。费青之子费平成出生后，徐悲鸿特意买了一辆婴儿车，送到中老胡同32号内15号费青家中，作为贺礼。

在民主运动中，费青还以律师身份，出庭为被捕学生邓特、孟宪功等辩护，并帮助、掩护被国民党追捕的学生去解放区。

北京大学法律系1945年至1954年只招过一届两名研究生，即1947级的程筱鹤和袁文。1947年和1948年中秋节，费青的硕士研究生之一袁文，和程筱鹤、李由义到中老胡同32号费先生家帮忙买月饼。师生团聚一起过节，“费师母(叶筠)当着人们的面，夸费孝通是费家的天才，作文章下笔有神，倚马可待”。笑语晏晏、其乐融融。这一天的情味难忘。四十年后，袁文回忆起昔日的场景，如同前尘旧梦。但他依然记得费青先生手握烟斗、微笑颔首的神采。

松陵门第三凤齐飞

1949年阳春4月，新政协筹备会议即将举行，大哥费振东作为海外华侨代表，从香港来到北平，出席新政协筹备会议，住在六国饭店。三兄弟京华相聚，格外高兴，他们一起去拜望同样是从苏州吴江走出的文化名人柳亚子先生，久住北京的柳亚子先生回忆故乡往事，高兴地为三兄弟写下了一首七律：

松陵门第旧高华，三凤齐飞汝最遐；
季子北平同讲学，长君南海早乘槎。
交情远溯追父命，亲谊还应念舅家。
漫笑文人封建习，一诗题赠喜天涯。

费家柳家都是吴江望族。柳亚子家在黎里，费家原住同里，后迁松陵。两家是姻亲世交。柳亚子的母亲是费孝通的一位远房姑奶奶。柳亚子小时候常到舅家去，与比自己大几岁的费孝通的父亲费璞安是好朋友，情谊笃深。柳亚子诗中称赞三兄弟是吴江松陵飞出的“三凤”，大哥“长君南海早乘槎”，兄弟“季子北平同讲学”，追述了两家的“亲谊”。

新中国成立后，费氏“三凤”在北京广阔的天地高飞，有过一段欢快腾飞的日子。他们在大学执教，各尽所能，发挥才华，并以高涨的热情参政议政。

费青先后任北大法律系主任、北京政法学院教务长，主持两校院系的教学工作；同时被国家任命为共和国最高法院委员、国家法制委员会专门委员，协助董必武同志起草、制定了新中国第一部宪法。

当新中国呈现出朝气蓬勃、欣欣向荣的景象时，费青幼年埋下的旧疾病根复发，他的哮喘病影响了身体的健康。上世纪五十年代初，他因肺结核动手术切除了一叶右肺。尽管如此，费青的心情爽快。费氏三兄弟在节假日家庭聚餐中见面，有时在会议上也会碰面。

1954 年，第一届全国人民代表大会首次会议开幕，讨论、通过中华人民共和国宪法和第一个五年计划。费振东、费孝通均当选为人大代表出席会议，费青作为第二届全国政协委员也列席大会，共商国是。然而，好景不长，费氏三兄弟这样的奇遇和待遇，成为绝唱。

1957 年春季，费青住在无锡大箕山疗养院休养。那一年的春天太短暂，“早春天气”过后是“反右”的急风暴雨。反右运动中，费氏三兄弟都是这场灾难天气的受害者。

费孝通的大哥费振东时任中央华侨事务委员会文教宣传司司长、中国民主同盟中央常委，他对华侨学生的教育、工作分配提了意见，被说成是在华侨学生中“煽风点火”，向党进攻。费振东戴上右派分子帽子后，行政职务和民盟内的主要职务也被撤销了，待遇由行政 10 级降为 12 级，安排到全国政协文史资料委员会当编辑。

费孝通更是成为全国闻名的大右派，成为众矢之的，屡次遭到各界的批判。

反右运动一开始，据说费青的好友吴晗写信给他，说“北京气候不好，暂时不要回来”，使费青躲过了厄运。一家出了两个右派，一个是大哥，一个是弟弟，费青又惊又怕。他百思不得其解，心情终日抑郁，疾病

晚年费孝通

日益加重，不久病逝于太湖之滨，年仅五十一岁。三兄弟遭此厄运，正应了费青的诗句："鹓鸽肺折沦凡鸟，菡萏香残委逝川。"

费青病逝后，骨灰运抵北京，8 月 11 日于嘉兴寺殡仪馆举行追悼大会，骨灰安葬在北京八宝山革命公墓。正在接受批斗的费振东、费孝通却未能参加追悼大会。兄弟生离死别，却不能送最后一程，这成为生者心中的伤痛。"是处青山可埋骨，他时夜雨独伤神。与君今世为兄弟，更结来生未了因。"苏轼在狱中写给苏辙的这首诗，道出了费振东费孝通对费青的手足之情。

从此，兄弟阴阳两隔，费孝通带着二哥的理想，以九十五岁高寿走完人生的历程。

在二十世纪中国，从费氏兄弟的经历来看，与政治无涉、纯粹的学术几无可能。他们以社会科学安身立命，追求民主与光明，实现富民强国之梦。费青费孝通一路同行，留给后人的是值得缅怀的身影。

五、浙江潮涌：钱玄同家族往事

■ 钱玄同家族部分成员

钱振伦（1816—1879），钱玄同的伯父。原名福元，字仑仙，后字楞仙，号示朴，清道光十八年（1838）进士，历官翰林院编修、国子监司业。晚清著名骈文家。

钱振常（1825—1898），钱玄同的父亲。原名福宗，字篋仙，号学吕。清同治六年举人，同治年会试中式贡上，官礼部主事，授中宪大夫。钱振常在绍兴龙山书院任山长时，蔡元培是他的学生。

钱恂（1853—1927），钱振常长子，字念劬，清末著名外交官、著名学者。1890年随薛福成出使英、法、意、比等国，后为大清国驻法国、意大利、日本使馆参赞大臣。1913年年首任浙江图书馆馆长。1914年任参政院参政。钱恂将大量西方知识介绍到中国，至今在金融学、政治学、地理学等学科史上均占有一席之地。但钱恂本人最钟情的还是小学。

单士厘（1856—1943），钱恂之妻，字受兹。父单思溥，清朝举人，嘉兴县教谕。单士厘自1899年随钱恂游历日本以及欧洲各国，历十余载，是近代中国第一位走向世界的知识女性。著有《癸卯旅行记》、《归潜志》、《家政学》、《育儿简谈》、《清闺秀艺文略》、《受兹室涛钞》等。

钱玄同（1887—1939），谱名师黄，改名夏，后改名玄同，字德潜，又字中季，号疑古，晚号逸谷。自称疑占玄同。著名语言文字学家。早年留学日本早稻田大学，学成回国。新文化运动的旗手之一，提倡文字改革，历任北京师范大学、北京大学教授。

钱稻孙（1887—1966），钱恂子。学者、翻译家。毕业于日本东京高等师范学校，后随父任到欧洲攻读医学、德语。毕业于罗马大学。精通日语、意大利语、德语、法语，历任教育部主事、北京大学、清华大学教授，曾兼任国立北京图书馆馆长。抗战期间，附逆下水，和周作人都曾出任伪职。钱稻孙在抗战期间任北京大学校长兼文学院院长。

钱三强(1913—1992),钱玄同子,谱名秉穹。著名核物理学家,中国科学院院士。中国原子能科学事业的创始人,中国原子能科学之父、中国原子弹之父。与钱学森、钱伟长被周总理合称为"三钱"。

何泽慧(1914—2011),钱三强夫人,著名物理学家,中国科学院院士。钱三强与妻子何泽慧被西方称为"中国的居里夫妇"。她的父亲何澄,早年追随孙中山革命,是老同盟会员。山西剪辫子第一人,也是山西第一位前往日本的留学生。何泽慧的八个兄弟姐妹中,共出了四位著名的物理学家、一位植物学家、一位医学家。

钱仲联(1908—2003),钱振伦之孙。浙江湖州人,生于江苏常熟。著名诗人、词人、古典文学研究专家,国学大师。苏州大学终身教授。

山从天目成群出,水傍太湖分巷流。行遍江南清丽地,人生只合住湖州。元代"东南文章大家"戴表元所作以"湖州"为题的诗,写出了湖州市的风情和特色。丝绸之府,鱼米之乡,文物之邦,深处江南腹地的湖州是人文胜地。

历史上,湖州曾有乌程、吴兴、归安等多个名称。吴兴钱玄同家族,和钱大昕家族、钱基博、钱锺书家族一样,同为五代吴越王钱缪之后裔。钱玄同家族转徙乌程,遂世居于湖州南门外鲍山。钱玄同家族中,人才辈出,多人在政治、外交、教育、科学等方面成就卓著,在近代历史上有较大的影响。钱振常钱玄同钱三强祖孙三代人,转变的层次非常清晰,传统的科举体制下的士大夫,转型期间的知识分子,现代国家体制上的科技型知识分子,从晚清到新中国,几经百余年的风云,可见近代中国的巨大变迁。

如今人们漫步湖州,看百年不变的水月,会感觉到,吴兴钱玄同家族,像生生不息的浙江潮,波浪汹涌,后浪推前浪,与时俱进。追寻钱玄同家族的百年传奇,要从晚清讲起。

晚清二钱,科举出仕致力教育

1937年的8月底,北平已经沦陷,疾病缠身的钱玄同,身心交瘁,困居旧京,在给老友周作人的信中写了下面一段话:

我近来颇想添一个俗不可耐的雅号，曰鲍山病叟。鲍山者确有此山，在湖州之南门外，实为先世六世祖发祥之地，历经五世祖、高祖、曾祖，皆宅居该山，以渔田耕稼为业，逮先祖始为士而离该山而至郡城。故鲍山中至今尚有一钱家浜，先世故墓皆在该浜之中。

钱玄同 1936 年在北京

鲍山、钱家浜，孕育了钱玄同家族。在时间的长河里，钱玄同家族经过长期的渔田耕稼，转型为文化书香世家，如同太湖之畔一颗璀璨耀眼的明珠。

据钱恂《吴兴钱氏家乘》可知，钱玄同家族的转型点出现在五世钱香荫，他是钱玄同的祖父。钱香荫（1788—1835），讳孚威，字广泰，别字港肽，县附生。遗著有《香荫楼时文》，曾国藩为此书作序。死后，由道光十六年进士、历官翰林编修、左赞善等职的郭沛霖为之撰写墓志铭。曾国藩篆额。钱香荫的墓志铭中说他："崛起田家，委身于学，少苦无书，冥思孤往，辄有所会，既昏而发愤弃俗务读书道场山之归云庵。"显然，钱香荫是钱氏家族由农而士的过渡人物，虽然苦读没有获得功名，但为两个儿子的科举打下了良好的基础。

钱香荫的两个儿子钱振伦（钱玄同伯父）和钱振常，使得钱家跃登龙门，在科举的道路上获取了功名。这也是钱玄同家族在政治、教育、文化各方面开始产生影响力的起点。

1839 年，钱振伦十四岁时入县学，五年后中举，道光十八年中进士，时年二十二岁。和钱振伦同一年考取进士的有曾国藩，后来成为晚清叱咤风云的政治家。钱振伦在京城以"文鸣一时"令士大夫惊艳，颇有文名。道光二十四年出任四川乡试正考官，回京以大考二等擢仕国子监司业。北京官员多如牛毛，真能如曾国藩修身齐家治国平天下者，可谓凤毛麟角。钱振伦毕竟是传统的文人，在宦海沉浮。渐渐厌倦官场的尔虞我诈，对晚清政局的昏聩腐朽感到不满。因此，心灰意冷，母丧丁忧回湖州，终制后不复出仕。钱振伦自绝于官场，却在教书讲席方面获得新生。先后担任过杭州紫阳学院，淮阴崇实书院，扬州梅花书院，安定书院的山长。任扬州安定书院的山长时间较长。

钱振伦著有《樊南文集补编笺注》、《示朴斋义集》、《示朴斋骈体文》、《制艺卮言》等。当代国学大师、苏州大学教授钱仲联，即为其孙。

钱玄同的父亲钱振常，小钱振伦九岁。和兄长仕途一帆风顺相比，钱振常科举不顺，常年靠游幕为生，1867 年，曾入张之洞幕中。钱振常四十二岁中举人，四十六岁中进士。可以想见，中进士的钱振常，已是两鬓微霜的年龄，这迟到的功名，只是一个精神的安慰。不可能指望在官场飞黄腾达，他只做了一任礼部主事就搁浅了。和他的哥哥一样，后辞官，做教书先生去了。先执掌绍兴龙山书院，常州乐仪书院，后定居苏州。

王森然在《钱玄同评传》中说钱父振常："幼颖慧，喜骈俪，以文名于时，中年擢进士，晚年湛深经学，精于考据。治小学，能究文字之变迁。"钱玄同的小学功底深厚，可谓渊源有自。

钱振常在绍兴龙山书院任山长时，蔡元培在这里读书。钱振常对蔡元培非常赏识。新潮社 1920 年编印的《蔡孑民先生言行录》里，有一篇黄世晖所记的《蔡孑民传略》，文中写到蔡元培的作文："以古书中通假之字易常字，以古书中奇特之句法易常调，常人几不能读，院长钱振常、王继香诸君转以是赏之。"

蔡元培与钱家的渊源始于钱振常。钱振常蔡元培有师生之谊。蔡元培和钱玄同，是新文化运动时期的北大同事。蔡元培和钱稻孙在民初教育部，以及北大都曾共事。说起来，钱家祖孙三代都和蔡元培有交谊。

钱振常和兄长钱振伦合著《樊南文集补编笺注》《玉溪生诗笺注》。李商隐文集久失传，清代前期的传本注本《樊南文集》仅一百余首，都是从《文苑英华》中抄出的本子，钱振伦从《全唐文》中辑出二百余首，并和钱振常分任笺注，而成《樊南文集补编笺注》。"《全唐文》中二百篇李商隐佚文的发现，又给进一步考证李商隐生平提供了极重要的资料。"

钱振伦钱振常兄弟，是传统的科举型知识分子。他们做官也好，辞官从事教育也好，都是传统的生存方式。他们的知识结构在西学东渐的时代，比较保守。

正如有论者所说："1898 年，钱振常去世，变法维新正进入高潮，那正是一个中国知识界旧知识和新知识此消彼长的关键年头，对于钱氏家族而言，钱振伦和钱振常兄弟所象征的时代已经翻了过去，在他们后代的身上，知识结构和思想意识的更新都已经进入了加速度。历史新的一页在他们的后代身上的演绎是他们所无法悬想的。”

钱恂夫妇，出洋开眼看世界

钱振常六十二岁时，他的续弦侧室周氏，为他生下次子钱玄同。同父异母的大哥钱恂比钱玄同大三十四岁。

钱恂是清末著名的外交家，担任过中国驻日、英、法、德、俄、荷等国使馆的参赞和公使，武昌起义后领导湖州光复，做过湖州军政分局民政长、浙江图书馆总理。

钱恂旧学功底深厚，更难能可贵的是，很快接受了新学，思想开明，和洋务派、维新派、革命派都多有联络。由于父辈钱振伦、钱振常的家族关系网络，他和晚清的大员多有交游。钱恂只是在十五岁时取得了生员的初级功名，但他成为名噪一时的外交家，这不能不说生逢其时，每一步都踩到时代变迁的节奏上。

1887 年，尚未出道的钱恂还在薛福成幕中，父亲的朋友谭献在日记中这样评价他，“招念劬来长谈。虽学不纯美，性又偏至，而锐敏有才识，固非凡才，于钱氏为凤毛驹足也。”

钱恂出道的机会很快就降临了。1889 年 5 月 15 日，湖南按察使薛福成以三品京堂候补充任出使英、法、意、比大臣。钱恂受薛之命，整理宁波天一阁存书。1890 年以直隶候补县丞随薛出使英国、法国、意大利、比利时。出洋放眼看世界，深知世界大势，钱恂回国后，为张之洞帮办洋务。在张之洞的保荐下，钱恂收到光绪皇帝的召见，并“以出使大臣记名”。

1899 年，张之洞委派钱恂出任湖北留日学生监督。钱恂驻扎日本，负责湖北留日学生的管理，规约留学生的言行。1907 年钱恂以二品实官充任出使荷兰大臣，次年调任出使意大利大臣，二品官衔是这一家族在清代充任的最高官职了，就因为官居二品，其父亲和祖父母得以封赠光禄大夫，可谓光宗耀祖。

钱恂驻外国期间，他心系清廷的宪政改革。在他看来，实行立宪的关键是开民智、开官智。而后者正是他所忧虑的。他选择意大利宪法、民法等，提供给清廷决策层参考。令人感到意外的是，这位与维新派和革命派都打过交道的外交官，上书反对剪发易服、改用阳历。

寄希望于清朝的宪政改革，难免失望。消极与愤世可以作为钱恂后半生的一个注解。由于对清王朝的不满与失望，当革命大势所趋时，他也乐观其成，参与了湖州地方的光复活动。1912年，钱恂担任浙江图书馆总理（馆长），编成《文澜阁缺书目录》《壬子文澜阁所存书目》五卷。后被袁世凯委任为总统府顾问，参政员参政。但他已不大以政治为意，“献策不甘牛马走，买官不愿绾印绶”，几十年的宦海浮沉，未免对官场看淡了。1913年9月的孔子诞辰日，教育总长汪大燮组织部员到国子监祀孔，钱恂在旁边大声叫骂，搞得典礼顷刻间便草率了事。而忍受钱恂叫骂的汪大燮也是钱恂当年的旧交，汪康年的堂兄。袁世凯称帝覆亡后，钱恂深感国事不可为，退出政界，闭门著书。

1927年2月，钱恂病危，家族推选钱玄同主持丧礼，这一天的日记中钱玄同写道：“上午视大兄，据云心脏益衰弱，吃了些强心药，略见兴奋，但比昨天又大不如。弥留之际的兄长只是‘太太、太太’地拉住了嫂嫂，这样叫，真令人酸鼻。”第二天钱恂去世。在又次一日钱恂的小殓上，钱玄同本想不穿孝衣，不过最后还是穿了，只不过行的是鞠躬礼，而没有跪拜。

长兄如父，钱恂病逝。钱玄同内心哀痛不已，撰挽联送别：

> 卅载周游，用新知新理，启牖颛蒙，具上说下教精神，宜为国人所矜式。
>
> 一生作事，务自洁自尊，不随流俗，此特立独行气象，永诒子弟以楷模。

钱恂对钱氏家族的发展起到了决定性的作用，由于他在日本多年，钱氏子弟多留学日本。钱玄同所写的挽联，恰如其分地再现了钱恂的事功和精神，并没有因为钱恂是其兄长，而有过分的溢美之言。

沉重的肉身可以化为尘化为土，但留下的著作纸张做的书可以长久。钱恂可谓著作等身，他在家乘中专门有一节介绍自己的著述，列自己的著述十三种，都加了简短的按语。著有《韵目表》《重校唐韵考》《中外交涉类要表》《二二五五疏》《中俄界约校注》《天一阁见存书目》等。钱恂的著述，除了传统的文史、小学的知识外，最突出的是对经世洋务知识的大批量的介绍和引入，以及外交方面的内容。

值得一提的是钱恂的妻子单士厘，被誉为“中国女性走出国门第一人”。著有《癸卯旅行记》《归潜记》《清闺秀艺文略》等著作，是我国第一个撰写出国游记的女性，是我国第一个使用公历的人，也是把俄国作家托尔斯泰介绍到中国来的第一位女作家，最早把希腊罗马神话介绍到中国来的第一人。

“汽笛一声，春雨蒙蒙，遂就长途。”1899 年，单士厘随钱恂走出国门，开始了海外旅行。这时候，秋瑾、何香凝等都还没有踏上日本的国土。此后，单士厘“无岁不行，或一航，或再航，往复既频，寄居又久，视东国（日本）如乡井”（《癸卯旅行记·自序》）。居日期间，这位聪明的女性很快就学会了日语，在无译员时，常常为钱恂代任口译，后来，她又得以周历欧洲列邦，这就使她成为了中国最早一批走向世界的女旅行家，而且是一生著述凡十一种的卓越女性作家。

1903 年（癸卯年）3 月 15 日到 5 月 26 日，单士厘随丈夫钱恂自日本出发，经朝鲜、中国东北、西伯利亚至俄国，旅行八十日，这期间记录一路所见所感的日记，后来集结为《癸卯旅行记》三卷。

钱恂曾为此书作《题记》曰：“右日记三卷，为予妻单士厘所撰，以三万数千言，记二万数千里之行程，得中国妇女所未曾有。方今女学渐萌，女智渐开，必有乐于读此者。”单士厘《自序》亦云：“唯此一段旅行日记，历日八十，行路逾二万，履国凡四，颇可以广闻见。录付并木，名曰‘癸卯旅行记’。我同胞妇女，或亦览此而起远征之羡乎？跂予望之。”

上世纪八十年代，出版家钟叔河主编“走向世界”丛书，把单士厘的《癸卯旅行记》《归潜记》收入丛书出版。钟叔河在《从闺房到广大的世界——单士厘的两本外国游记》一文中说：“无论从中国人接受近代思想的深度来看，或者介绍世界艺术学术的广度来看，这两部书在同时代的同类作品中，超出同辈甚远，足以卓然自立。这确实是中国妇女的光荣和骄傲。”

单士厘所处的时代，是中国新旧交替的时代。这位晚清的女子因走出国门无意中创下诸多“第一”，从晚清到民国，中国一直处于动荡之中。钱恂病逝后，单士厘一直活到 1945 年 3 月，经历了抗日战争，但没有看到抗战胜利。世事变乱中，或许只有著述可排解意绪，晚年的单士厘孙曾绕膝，诗书自娱。目力不佳的她还固执地整理、抄写自己的《清闺秀艺文略》。

幼承庭训，钱玄同接受的教育

钱振常六十二岁时，他的续弦侧室周氏，为他生下次子钱玄同。在钱振常心中，有一个科举考试不顺利的心结，虽然他的大儿子钱恂是担任要职的外交官，毕竟“不第”，他仍然把希望寄托在钱玄同身上，希望他在科举道路上更有作为。

老来得子，没有丝毫的溺爱和放任，钱振常课子甚严。

钱玄同回忆说，小时候，父亲对自己要求很严格，三岁时就站在书架旁读父亲写的一条条《尔雅》，到晚上，常常是读到两腿僵直不能走路，只好由仆人抱回到睡房里去。直到晚年，钱玄同对此仍然耿耿于怀。他对自己的学生兼好友魏建功说，才四十多岁，常感到双腿没有力量。钱玄同认为，这是小时候落下的病根——老站着读书，直至两腿僵硬麻木。

钱玄同六岁时，从塾师读经。有一次，钱玄同读经累了，偷偷地读《桃花扇》，被塾师发现，劈头打下一戒尺，正打在钱玄同的眉心，使他的眉心上永远地留下一个疤痕。塾师为何对钱玄同如此严厉，全是因为钱振常督责之严。

钱玄同在父亲严格的管教下，四岁发蒙，五岁读《诗经》，八岁读《说文解字》，十一岁读毕五经，对《史记》《汉书》滚瓜烂熟。曾当众一字不漏地背出《史记》里的篇章，故有“神童”之誉。到十五岁，钱玄同已基本接受了中国传统的古典教育。

好在严苛的古典教育，没有把钱玄同变成一个书呆子。他童年接受的教育有多严格，他青年思想成熟时言行就有多叛逆。在新文化运动时期，钱玄同废除汉语汉字的惊天呼吁，令多少保守派感到胆战心惊、恼怒不止。

一个人的思想变化，脱离不了大时代的背景。1903年夏天，上海发生了轰动一时的苏报案。这个夏天，发生在离湖州不远的事件，深刻影响到了钱夏钱玄同。这年冬天的一个夜晚，钱玄同的一位朋友送给他两本书——章太炎的《驳康有为论革命》和邹容的《革命军》。钱玄同一看到白洋纸封面上红色的书名，就感到莫名的激动——“顿然起了一种不能言喻的异感”，不能释手，想着赶紧回到自己的小屋，先睹为快。冬天的深夜，万籁俱寂，一灯如豆，两本书“用光纸石印”，字迹很小。钱玄同沉浸在两本书中，冬日的风吹过浩淼的太湖，风声在窗前呼啸，感觉到菜油灯灯草黯淡了，连忙起身剔亮了柴油灯的灯草。无数的星光在广漠的宇宙发出惨淡的光亮，但它能照亮仰首星空的人们。章太炎和邹容的两本书，排满革命的思想，在这样一个冬夜，促成了钱玄同的思想转变。

自此，钱玄同陆续读了《浙江潮》《警世钟》《訄书》《攘书》等革命书籍。

"认定满洲政府是我们唯一的仇敌，排满是我们唯一的天职"。在读过章太炎的《訄书》、刘师培的《攘书》之后，钱玄同内心如同波涛汹涌。当天下午，他叫来一个剃发匠，把小屋的门关上，"勒令"剃发匠把自己脑袋后面的大辫子剪掉，以表明自己反清的态度。这是钱玄同走上叛逆道路的第一步。就在剪掉辫子的1904年，钱玄同和几位朋友办了《湖州白话报》。这个报纸不用光绪纪年，而是写"黄帝纪元四千六百零二年"。

1905年，钱玄同到上海，进入新式学校南洋中学读书。这年12月，钱玄同到日本东京去看望兄长钱恂。第一次出国到日本，在东京住了几个月，学习外语，很快回国完婚，由兄长钱恂做主，完全的旧式婚姻，与出自绍兴名门的大家闺秀徐婠贞在上海结婚。第二次到日本，是1906年秋天。这一次作为清国留学生，进入早稻田大学学习。在东京，成为章太炎门下的弟子，学小学；结交刘师培，学世界语。次年，在章太炎的介绍下，加入同盟会。

钱玄同在东京，奠定了一生的师友交往关系圈。在章太炎开设的国学班中，年轻的钱玄同和朱希祖、黄侃、周氏兄弟、许寿裳、马裕藻、沈兼士等人一起听课，学语言文字学、《说文解字》以及《庄子》等典籍。

至此，钱玄同的知识结构和精神视野已经形成。反清排满的革命运动，如同一波又一波的浪潮，冲击着清帝国腐朽不堪的堤坝。1911年辛亥革命爆发，改天换地的时代到来了。进入民国之后，蔡元培出任北京大学校长，当年在东京听章太炎讲学的年轻人，大都已经成为羽翼丰满的北大教授。随着蔡元培的到来，从北京大学发轫的新文化运动带来一股席卷神州的浪潮，一时间，风云激荡，以摧枯拉朽之势，诞生万千新气象！钱玄同的时代马上就要到来了。

钱玄同:新文化运动的干将

新文化运动的干将,旧文字改革的先锋。这是钱玄同一生的剪影。

作为二十世纪著名的语言文字学家,钱玄同致力于国语运动,他是白话文、汉语拼音、汉字拉丁字母化、简体汉字、汉字横排以及从左至右书写和阅读方式的发明者、开拓者或推动者,我们每天都在享用他的"专利",却很少想到他;他提倡应用标点符号、阿拉伯数字以及公元纪元,至今规范着我们的行文和语言。

"打通后壁说话,竖起脊梁做人。"这是钱玄同的座右铭。他是打破旧文化的叛逆者,是五四新文化运动的先驱,是薪火相传的教育家,是生活中严以律己的"愤青"。截取钱玄同的几个侧影,如同湖州水月,照亮我们的眼睛。

疑古玄同　名字多变藏玄机

1887年,钱玄同生于浙江吴兴。吴兴钱氏家族,可谓当地望族,从晚清开始,家族人才辈出。他的父亲钱振常、伯父钱振伦,都做过京官。后辞官,回到江南,从事教育工作。钱振常在绍兴龙山书院任山长时,蔡元培在这里读书。钱玄同的大哥钱恂,是晚清的外交官;嫂子单士厘,被誉为"中国女性走出国门第一人"。钱玄同的侄儿钱稻孙是清华教授,翻译家,抗战期间,附逆下水,当了文化汉奸。钱玄同的儿子钱三强,是两弹一星元勋,名气比钱玄同还大。

自称"汉字的叛徒"的钱玄同,写过一篇文章《废话的废话》,署名疑古玄同。他在文章中作激愤之语:"我觉得姓这样东西,我一些也用它不着,我要像扔掉破鞋一样扔掉它!和尚没有姓,满洲有姓而不用……"一个人的姓不是说扔就能扔掉的,吴兴钱氏,是与生俱来的。作为语言文字学家,钱玄同不断地拿名字做文章。

钱玄同一生名字多,名气也大,每一个时期,都有一两个常用的名字。而不断变化的名字一方面表明他的志趣,另一方面也折射出晚清民国的诸多历史事件。

一个生命的诞生,赤条条来到这个世界,除了一声嘹亮的啼哭,别无所有。但一个生命的诞生,凝聚了家族的期盼,尤其是父母对小生命的精神寄托。

钱玄同原名师黄，字德潜。对这一名和字，连好友周作人到晚年时也不得索解。在钱氏自撰年谱中，钱玄同做出了解释："因先子晚年处境多逆，欲使勉为诗人。黄，黄庭坚也；德潜，沈德潜也。"黄庭坚和沈德潜是钱玄同的父亲喜欢的两位诗人。不过，钱玄同的解释忽略了一条重要的信息。为何给他取这样的名字？更有发言权的是他父亲，实际上钱振常当年已给出了另一层答案。

钱振常在给缪荃荪的信中说："稚子师黄，小名德潜，取山谷嘲小德诗意，不知将来能著《潜夫论》否。"山谷即黄庭坚，小德为黄庭坚庶出的儿子。黄庭坚《嘲小德》原诗为："中年举儿子，漫种老生涯。学语啭春鸟，涂窗行暮鸦。欲嗔王母惜，稍慧女兄夸。解著潜夫论，不妨无外家。"当钱玄同牙牙学语，拿着毛笔在纸上涂鸦时，钱振常自然会想到黄山谷的这首诗。在诗中山谷借用同样是庶出的《潜夫论》著者东汉的王符，来表达自己对庶出幼子的格外期待。老来得子，钱振常以此给儿子命名，对庶出幼子的喜爱和期许可见一斑。

幼曾名怡。牵扯钱氏家族的一段往事。六岁时，钱玄同的住在常熟的伯母去世。伯父家要发去讣文，又不知他的名字，所以仿他的兄长的名字钱恂的"恂"字，替他取了"怡"作名。在东京留学时，钱玄同的学籍卡上就是"钱怡"。1918 年 12 月 11 日，钱玄同写给鲁迅的一封信中，最后落款是"同研弟　钱怡"。"同研"，指的是钱玄同和鲁迅当年在东京同受教于章太炎门下，听章太炎讲文字学，是同窗之意。

1904 年，钱玄同读梁启超的《论中国学术思想变迁之大势》，大悦清初刘继庄（刘献廷）之学，改号"掇献"。梁启超在这篇文章中，称赞刘继庄对明末清初的学术贡献有二："一曰造新字；二曰倡地文学。"刘继庄生活在明末，他的音韵学已能着眼于统一国语与调查方言，著有《新韵谱》。钱玄同后来在《与黎锦熙、罗常培书》中，谈到为何改号："我在十八岁的那年，读梁先生之文而大悦刘氏之学，因改号'掇献'，因欲'掇拾刘献廷之坠绪'也。因为我那时的号叫'德潜'，敝处吴兴读'德'与'掇'同音，'潜'与'献'同音。"从钱玄同改号"掇献"的原委，可以看出他治学的倾向——文字音韵学。

钱玄同留学日本期间，受章太炎排满思想影响，又取号汉一，单名夏，别号中季，亦称季。

属于钱玄同的季节很快就到来了。1916 年，改名玄同。在新文化运动时期，钱玄同、鲁迅等“新青年”登上民国的舞台，这一批诞生于十九世纪的“80后”，以其革故鼎新的锐气，为民国带来一股清新之风。在这个时期，钱玄同有两个别名，一个是王敬轩，一个是金心异。

新文化运动兴起，提倡白话文，反对文言文；提倡新文学，反对旧文学。1918年，为扩大《新青年》的影响，引起社会更广泛的关注，特别是要对一些守旧派思想进行全面批判，编辑们煞费苦心。钱玄同和刘半农经过一番策划，决定以一反一正两种截然不同的观点写文章，引起争论，批驳那些腐朽落后的反对新文化运动的顽固派。

1918年3月，钱玄同化名王敬轩在《新青年》上发表《文学革命之反响》一文，洋洋洒洒数千言，罗织新文化运动种种罪状，攻击主张新文化的人是不要祖宗。刘半农撰写了万余言的《复王敬轩书》，针对王敬轩所提出的所有观点一一加以驳斥，把实无其人的王敬轩批驳得体无完肤。这实际上是钱、刘二人演出的一场“双簧”戏，故意制造一场论战，以便把问题引向深入，唤起社会的注意。鲁迅后来称这场论战是一场“大仗”。郑振铎称这出双簧戏为“苦肉计”。而胡适对钱玄同、刘半农采取这种方式讨论问题，表示不满，认为“轻薄”。

钱、刘的“双簧”戏上演后不久，被视为“选学妖孽、桐城谬种”（钱玄同的妙语，流传一时）的文学革命对象跳了出来。他们因王敬轩被批驳而坐立不安，要为王敬轩鸣不平了。

1919年春，桐城派代表林琴南在上海《新申报》上的《蠡叟丛谈》中发表文言小说《荆生》影射攻击《新青年》的几个编辑，以皖人田其美影射陈独秀，以狄莫影射胡适，以浙江人金心异影射钱玄同。林琴南在小说里幻想出一个英雄“荆生”（原型是皖系大将徐树铮），这个伟丈夫痛打田、狄、金三人。借此发泄他维护旧礼教、反对新文化的积怨。

为回击林琴南，钱玄同虽有很多笔名，又常以“金心异”自称，鲁迅也常以“心异兄”“心翁”称之。他们都曾使用“金心异”这个名字写文章，“回敬”过林琴南的诽谤、攻击。

同时，“汉字革命”的口号也提了出来。1918年，钱玄同在《新青年》杂志上发表《中国今后的文字问题》一文，提出“废孔学，尤不可不废汉文；欲驱逐一般人之幼稚的、野蛮的、顽固的思想，又不可不先废汉文。”陈独秀的答复是，可以废除汉字，但“且存汉语，而改用罗马字母书之。”胡适也表示“极赞成”陈独秀的意见。钱玄同后来放弃了吴稚晖用“万国新语”（即“世界语”）替代汉字的主张，同意用罗马字母拼写汉字。

1927年2月18日，已经与《新青年》同人陈独秀、胡适、钱玄同、陶孟和、刘半农等人断绝来往的鲁迅，在《无声的中国》的演讲稿中，以当事人的身份把"胡适之先生所提倡的'文学革命'"的成功，归因于钱玄同："这是怎么一回事呢？就因为当时又有钱玄同先生提倡废止汉字，用罗马字母来替代。这本也不过是一种文字革新，很平常的，但被不喜欢改革的中国人听见，就大不得了了，于是便放过了比较平和的文学革命，而竭力来骂钱玄同。白话乘了这一个机会，居然减去了许多敌人，反而没有阻碍，能够流行了。"

五四运动以后，钱玄同又号疑古，常效古法将号缀于名字之前，自称疑古玄同。

1931年"九·一八"事变发生后，曾经留日的钱玄同即与日人断绝交往。钱玄同因国事蜩螗，外寇侵凌，常满腔孤愤，抑郁难语，"魂忽忽若有之，出不知其所往"。1933年，日寇侵入华北，他曾把眷属送到上海去住，自己也想离开华北到南方去。当年他写信给黎锦熙、罗常培说，自己"既无执干戈以卫社稷之能力"，只能以教书"骗钱糊口，无聊极矣！可耻极矣"！可见他精神的痛苦。自热河沦陷后，他有约三个月光景谢绝饮宴。

值得一提的是，1933年5月，钱玄同和胡适的一次合作，书写了《中华民国华北军第七军团第五十九军抗日战死将士墓碑》。胡适用白话文撰写墓碑碑文："这里长眠的是二百零三个中国好男子！他们把他们的生命献给了他们的祖国！我们和我们的子孙来这里凭吊敬礼的！要想想我们应该用什么报答他们的血！"墓碑由钱玄同书丹。这是中国近代史上第一块采用白话文和新式标点符号刻写的碑文。

卢沟桥事变爆发，抗日战争开始，北平沦陷，北平师范大学西迁陕西。钱玄同因病未能随校赴陕，也未能南下，只得留在北平。1937年夏天，他恢复了旧名"钱夏"，强调"夏"而非"夷"，表明心志，不做敌伪的顺民。钱玄同的弟子兼好友、北大教授魏建功，即将奔赴长沙临时大学，和钱玄同作别时。钱玄同对魏建功说："我要你替我刻一方图章，现在我恢复我的旧名了。就刻'钱夏玄同'四个字。"魏建功在文章中回忆说："这是先生从事革命反对清朝时候的名字，自从八月八号日本兵进了北平，他又再拿出表示一个新的民族分野。"钱夏这个名字代表了知识分子的民族气节。

1938年8月，魏建功已经从长沙辗转到昆明。在西南联大蒙自文法学院，魏建功怀念滞留北平因病不能南下的恩师钱玄同。于是用蒙自特产的黄藤刻章两枚，一枚刻"玄同"，一枚刻"钱夏"，将印文题了祝辞："藤性韧直，制玺表德。先生长寿，祝福无极。”邮寄给钱玄同。想来钱玄同收到来自万里之遥的印章和祝福，深感快慰。

好友生隙　鲁迅钱夏默不谈

钱玄同是吴兴人，鲁迅是绍兴人。两个浙江人第一次相见，应该是在东京章太炎的门下。钱玄同生性好动，上课时常在席上不甚安分，鲁迅给他起了个绰号“爬来爬去”。而黄侃则嘲讽钱玄同为“钱二疯子”。

新文化运动时期，“爬翁”钱玄同作为《新青年》的编辑，向鲁迅约稿，催生了一位文坛巨匠。鲁迅是受钱玄同的鼓动而操笔作起小说的。其《〈呐喊〉自序》谓，某日钱玄同(即金心异)来看住在绍兴会馆正在抄古碑的鲁迅，说：“你可以写点文章……”接着二人之间便有一番对话——鲁说，假如有一间铁屋子，里面的人熟睡着，闷死了倒也不觉得。你大嚷起来，把他们惊醒了，使这些不幸者感到临终的痛苦，你对得起他们么？钱说，既然有人惊醒，难道就没有毁坏铁屋的希望?！钱的劝说，最终使鲁迅同意，“我终于答应他做文章了，这便是最初的一篇《狂人日记》，从此以后，便一发而不可收。”

后来鲁迅也参加了《新青年》的编辑工作，钱玄同与鲁迅并肩战斗，发表了很多批判旧文化、倡导新文化的犀利文章，他们观点一致，意气相投，成为携手同行的战友。这个时期，两人来往密切，钱玄同写给鲁迅和周作人的信函，用白话文，也用文言文。在信函中经常开玩笑。如称西历的圣诞节为“大秦之蛤蜊屎马屎节”。

1925 年的“女师大风潮”期间，钱玄同和鲁迅并肩战斗。在“女师大风潮”过后，鲁迅离开北平南下厦门，他们则不像同在北京时经常联系了，由密转疏。1929 年 5 月，鲁迅回到北平，在孔德学校，偶然遇到钱玄同，两位昔日的章门弟子、新文化运动的战友，因为一张名片的问题，话不投机，不欢而散。从此断了往来，形如陌路，令人叹息！

5 月 25 日夜，鲁迅在写给许广平的信中说：“途次往孔德中学，遇金立因，胖滑有加，唠叨如故，时光可惜，默不与谈。”鲁迅自述这次见面的情形：至孔德学校访隅卿，玄同忽然进来，唠叨如故，看见桌子上放着我的名片，便高声说：“你的名片还是三个字吗?”我便简洁地回答：“我的名片从来不用两个字的，或四个字的。”他大概觉得话不投机，便出去了……

钱玄同也在文章中叙述了这次见面的经过：

看见他的名片还是“周树人”三字，因笑问他，“原来你还是用三个字的名片，不用两个字的。”我的意思谓其不用“鲁迅”也。他说，“我的名片总是三个字的，没有两个字的，也没有四个字的”，他所谓四个字的，大概是指疑古玄同吧！

表面上看，两人生间隙，是一张名片惹的祸。其实，两人的思想有了分歧。因为钱玄同对鲁迅参加左翼文艺运动不满，他在写给周作人的信中称鲁迅为“左翼公”“左公”，语带讽刺。鲁迅则认为钱玄同是空谈革命，所争的都是“微乎其微”，喜作惊人之语，而不想干实事。

除了思想上的分歧，还有人际关系方面的问题。此时的鲁迅与周作人兄弟反目，而钱玄同与周作人关系亲密。就在孔德中学的那次见面，鲁迅与钱玄同话不投机之时，恰好顾颉刚走了进来，钱玄同和顾颉刚一起走了出去。钱玄同当然知道，鲁迅视顾颉刚如仇敌（因顾颉刚传播鲁迅《中国小说史略》抄袭日本人盐谷温的《支那文学概论讲话》的谣言）。他的这一转身，预示着两人的关系再无和好的可能。

钱玄同在出版的《两地书》中看到“胖滑有加”“唠叨如故”“默不与谈”。在文章中反驳：当年见面总在一百次以上，那时他并不讨厌我的唠叨。但这实在算不了什么事，他既要讨厌，就让他讨厌去吧。不过，这以后，他又到北平来过一次，我自然只好回避他了。

1932 年 11 月 7 日，钱玄同在日记中写道：“购鲁迅之《三闲集》与《二心集》，躺床阅之，实在感到他的无聊、无赖、无耻。”《准风月谈》出版后，钱读后，又写道：“总是那一套，冷酷尖酸之拌嘴，骂街，有何意思。”

日记中记录的，都是很私人化的评价，带有强烈的情绪。与此不同，鲁迅去世之后，钱玄同在《我对于周豫才君之追忆与略评》文中，客观评价了鲁迅的三大长处：(1)他治学最为谨严；(2)治学是自己的兴趣，绝无好名之心；(3)他读史与观世，有极犀利的眼光，能抉发中国社会的痼疾，如《狂人日记》《阿 Q 正传》《药》等小说及《新青年》中他的《随感录》所论述的皆是。这种文章，如良医开脉案，作对症发药之根据，于改革社会是有极大用处的。

同时坦率地指出鲁迅性格方面的短处：(1)多疑。他往往听了人家几句不经意的话，以为是有恶意的，甚而至于以为是要陷害他的，于是动了不必动的感情。(2)轻信。他又往往听了人家几句不诚意的好听话，遂认为同志，后来发现对方的欺诈，于是由决裂而至大骂。(3)迁怒。譬如说，他本善甲而恶乙，但因甲与乙善，遂迁怒于甲而并恶之。

不管怎样，昔日的好友，死者长已矣，在死亡面前，恩怨何足道哉。数载友情烟般消，回首那堪计。钱玄同在伤感之余，脑海中出现的一定是过去的好时光——两人在《新青年》时期的亲密合作。

先生之风　钱玄同授课神采

钱玄同

钱玄同在教学和学术研究方面的贡献也是很显著的。他所著的《文字学音篇》是我国高等学校最早的音韵学教科书。数十年来，影响颇大，迄今仍为音韵学家所称引。当代许多音韵学家如罗常培、魏建功、白涤洲、赵荫棠、王静如、丁声树等或是他的学生，或受过他的教益。

让我们通过钱玄同的学生的回忆，勾勒其讲课神采。

上世纪三十年代，在北平的高校中，有一个最受大学生欢迎的名师讲课排行榜（以口才为主）。胡适列第一，钱玄同第二，钱穆第三。

胡适学识渊博名气大，讲课生动风趣，能强烈地吸引学生。钱玄同用普通话讲，深入浅出，条理清晰，如果化声音为文字，一堂课就成为一篇精炼的讲稿。他讲课不带书和纸，只带一支粉笔，而讲每一个字的起源，从甲骨、钟鼎、大小篆、隶，原原本本，手写口谈，把演变的经过，旁及各家学说，讲得清清楚楚。钱穆讲课善言辞，长于演讲，于兴至之处，时高举双臂，慷慨激昂，间更纵声而笑。钱穆讲课富有感染力，启发人深入思考，学生为之动容。可惜乡音太重。张中行认为，钱玄同是研究并动手制定“国音”的学者，身体力行，所以表现于讲课，连语音也是无懈可击的。

张中行说：“我是钱玄同先生的不成器弟子。”张于 1931 年考入北大后，听了一年钱玄同讲的“中国音韵沿革”。张中行晚年回忆说，钱玄同在教学过程中，不批考卷，异于常人："第一次考钱先生这门课，上课钟响后，钱先生走上讲台，仍抱着那个黑色皮书包，考卷和考题发下之后，他打开书包，拿出一叠什么，放在讲桌上，坐在桌前一面看一面写，永远不抬头。我打开考卷，看题四道，正考虑如何答，旁坐一个同学小声说，好歹答三道就可以，反正钱先生不看。临近下课，都交了，果然看见钱先生拿着考卷走进注册科，放下就出来。后来才知道，期考而不阅卷，是钱先生特有的作风，学校也就只好刻个'及格'二字的木戳，一份考卷盖一个，只要答卷就及格。"

钱玄同上世纪三十年代起一直担任北京师范大学教授，为中文系讲传统音韵学，偶尔幽默一把，令学生印象深刻。1936年，钱玄同在北师大中文系讲到"开口音"与"闭口音"的区别，一同学请他举一个例子。于是，钱玄同讲了一个故事：

> 北京有一位京韵大鼓女艺人，形象俊美，特别是一口洁白而又整齐的牙齿，使人注目。女艺人因一次事故，掉了两颗门牙，应邀赴宴陪酒时，坐在宾客中很不自在，尽量避免开口，万不得已，有人问话才答话。她一概用"闭口音"，避免"开口音"，这样就可以遮丑了，如这样的对话："贵姓？""姓伍。""多大年纪？""十五。""家住哪里？""保安府。""干什么工作？""唱大鼓。"
>
> 以上的答话，都是用"闭口音"，可以不露齿。
>
> 等到这位女艺人牙齿修配好了，再与人交谈时，她又全部改用"开口音"，于是对答又改成了："贵姓？""姓李。""多大年纪？""十七。""家住哪里？""城西。""干什么工作？""唱戏。"

学生听了后，都笑得前仰后合。

在学生的心目中，钱玄同大抵是循循善诱的师长，"望之俨然，即之也温，听其言也厉"。名师出高徒，他培养了大批的文字语言学家，其中有魏建功。平生风义兼师友，用这句话形如钱玄同和魏建功的关系，恰当极了。魏建功非常佩服乃师钱玄同，在于他能超脱流俗表里如一的安素务新各如其分。对我们学生很客气，从没有摆出一点老师的架子。章太炎在北平讲学时，章门弟子大团圆。魏建功前去瞻仰章太炎风采，钱玄同向章太炎这样介绍："这是魏建功，北京大学的同事。"这样一句简单的话，让魏建功非常感动，他绝不说这是"我的门生魏建功"。凡大学里的学生，钱

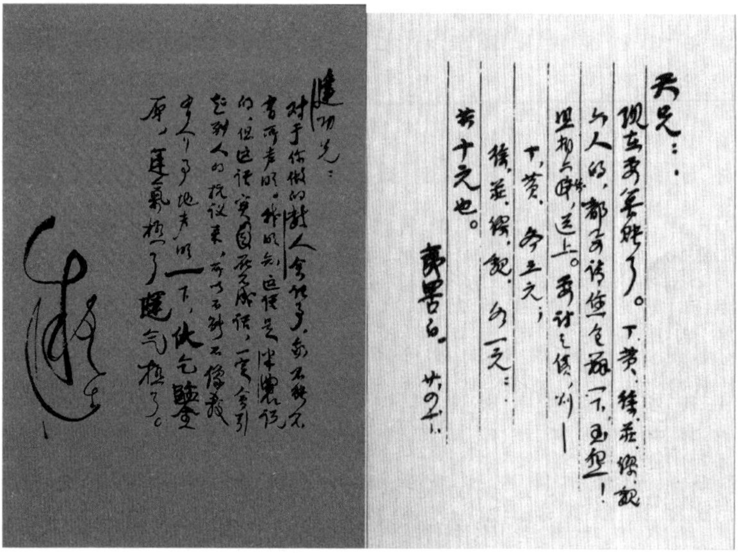

钱玄同手迹

玄同见面一概称“先生”，等相处熟了，改称“兄”。很有意思的是新文化运动的斗士，在文化思想方面，非常激进，但在生活方面，又非常严谨。

生死无常　倭难竟成千古恨

从生活细节上，可见一个人的境界。和诸位新文化运动旗手相比，钱玄同的生活可谓沉闷，奉行墨家的人生观。陈独秀喜欢逛八大胡同，钱玄同从来不去。胡适有很多女朋友，钱玄同从来没有。鲁迅和自己的女学生谈恋爱，钱玄同想都不想。对新文化运动带有敌意的同门师兄黄侃，狂傲不羁，特立独行，他经常嬉笑怒骂钱玄同为“钱二疯子”。其实，和黄侃的狂狷相比，钱玄同是“小疯见大疯”。钱玄同只是好作愤激语，说说而已。

钱玄同和元配夫人徐婠贞是完全的旧式婚姻。对于这宗门当户对的包办婚姻，钱玄同似乎一开始就有抵触情绪，“仿佛是看客看了一场别人的结婚”，对新婚全无一点喜悦或兴奋之情，对新婚之夜更是用“是夜难过，真平生罕受者”进行概括。钱夫人长年患病，几经危险，身体很糟糕。为了给夫人治病，钱玄同没有能力在北平买一套属于自己的房子，一生搬家多次，都是租房。一些朋友曾劝他纳妾，但为钱玄同断然拒绝：“《新青年》主张一夫一妻，岂有自己打自己嘴巴之理?”魏建功回忆说：“他向来不做狭斜游，说如此便对学生不起。他一辈子没有交过女朋友，说他自己最不喜看电影，难于奉陪，又不惯替人家拿外套。”岂止不看电影，连梅兰芳也不看。当年他在《新青年》杂志上曾怒骂“旧戏”。

钱玄同雅好清谈，喜欢访友聊天，喜欢和朋友吃饭。因为喜欢，所以常常合二为一，在饭局上边吃半谈。身为语言学家，他的一些说法生动有趣。把去友人家聊天称为“生根”，“说是到了不走，屁股生了根了。”把约友人下饭馆称为“雅”(动词，原意为上饭馆找‘雅座’吃饭)；把上朋友家吃便饭称为“骗”(意为“骗饭吃”)；如有人主动请客，他则称为××“赏饭”。黎锦熙说：“(钱玄同)二十年来，‘食’的生活，每天都如此。”长年吃饭馆、吃请，反馈到身体上，后果可想而知。钱的子女回忆：“父亲在1929年以后，患高血压症，血管硬化，神经衰弱。”

说完生活细节，再来看生死。钱玄同曾“死”过两次，都是虚假消息，照样活着。

钱玄同说过一句名言：“人到四十就该死，不死也该枪毙。”1927年，钱玄同到了不惑之年，还真打算在《语丝》周刊上发一期《钱玄同先生成仁专号》，他与朋友们准备了挽联、挽诗、祭文等一些稿子，都是一些幽默的文字游戏。不过，好友黎锦熙觉得“谑而虐”，玩笑开得有点大，并不赞成。当时正值张作霖进北京，自封为“陆海军大元帅”，捕杀了李大钊。白色恐怖笼罩，为避免引起麻烦，这个专刊并没有刊行。但在与南方一杂志交换广告时，这个专刊的要目在南方某刊物上登出来了。不明内情的人一见目录，信以为真，并互相转告。一时间，钱玄同的朋友、学生纷致信函悼唁，在北京演出了一场悼念活人的闹剧。钱玄同看到这些吊唁信大笑不已。

1928年9月12日，正是钱玄同四十一周岁寿辰，胡适拿出一首《亡友钱玄同先生周年纪念歌》，即为钱玄同贺寿，歌云：“该死的钱玄同，怎么至今不死！一生专杀古人，去年轮着自己。可惜刀子不快，又嫌投水可耻，这样那样迟疑，过了九月十二，可惜我不在场，不曾来监斩你。今年忽然来信，要作‘成仁纪念’，这个倒也不难，请先读《封神传》。回家先挖一坑，好好睡在里面，用草盖在身上，脚前点灯一盏。草上再撒把米，瞒得阎王鬼判，瞒得四方学者，哀悼成仁大典。今年九月十二，到处念经拜忏，度你早早升天，免在地狱捣乱。”

1932年12月29日，鲁迅写了一首诗《教授杂咏》加以讽刺：“作法不自毙，悠然过四十；何妨赌肥头，抵当辩证法。”诗的后两句是指钱玄同在北大任教时说：“头可断，辩证法不可开课。”鲁迅的打油诗里，照样藏着他的锋芒。

1927年，钱玄同打算做《钱玄同先生成仁专号》文字游戏时，无法预料到十年之后的事情。1937年全面抗战爆发。中华民族到了生死存亡的关头，每一位学人都要做出生死抉择。钱玄同因为病躯，没有南下或西迁。但他对黎锦熙表明心志：“决不‘污伪命’！”他又对北师大秘书汪如川说：“请转告诸友放心，钱某决不做汉奸！”真是铁骨铮铮，掷地有声！

北平沦陷后，钱玄同关注抗战大局，闭门读书，以《心史》等爱国文献激励自己。早在1906年钱玄同就读过郑思肖的《心史》，在日记中写道，“字字血泪，言言沉痛，不觉亦触起我民族观念”。郑思肖是南宋末年的一位普通的知识分子，虽然布衣之身，但心怀天下和民族危亡。宋亡后改名思肖，表示思念赵宋，取“肖”从“赵”之意。字忆翁，表示不忘故国；日常坐卧，也要向南背北。郑思肖擅长作墨兰，花叶萧疏而不画根土，意寓宋土地已被元掠夺。郑思肖的《心史》一书，是他在南宋亡国之后写下的一部诗文总集，体现了南宋遗民的民族尊严和文人气节。“看《心史》所南诗集”，“时觉心酸泪下”。钱玄同在此时读《心史》，是一种精神的寄托，表明心志之举。铁函心史，凝聚了钱玄同爱国抗日的心曲。

1938年夏，北平汉奸文人、伪古物陈列所所长钱桐病故。汉口的英文《楚报》误将钱桐为钱玄同，发了消息。在南方的学子见到后，非常悲痛。虽北平已沦陷，仍有人寄去挽联等悼唁。家里人收到后，都瞒着他烧掉了，怕他生气，因为他对接受日伪聘任的人有切齿之恨。魏建功在回忆文章中也提到这件事，还发了一通感慨：“钱桐是江苏人，似乎与钱端升先生一家而且是叔侄。当时我们发生了一个对照的趣味：两家姓钱，一叔一侄，一忠一奸，一苏一浙。”忠指的是钱玄同、钱端升；当了文化汉奸的是钱桐、钱稻孙。

钱玄同对自己的健康状况有过一个估计，他告诉子女：“我的体质虽不如你们的伯父和祖父，他们都活到七十四五岁，但我想我活到六十多岁是可能的。”事实上，这个算不上长寿的自我估计有点乐观了。战争年代，生死无常。

1939年1月，为解决李大钊子女生活困窘和筹措赴延安的路费，钱玄同拖着病体，四处联系变卖李大钊的藏书。1月17日晚，钱玄同在战事刺激下，右脑血管破裂，病故于北平德国医院，享年仅五十二岁。

章门弟子许寿裳挽钱玄同：

滞北最伤心，倭难竟成千古恨；
游东犹在目，章门同学几人存。

1939 年 1 月 1 日，八道湾 11 号发生过一起刺杀周作人的案子。毛衣上的一颗纽扣挡住了刺客的子弹，周作人大难不死，究竟何去何从，走到人生的十字路口。周作人写了一副挽联送别畏友钱玄同：戏语竟成真，何日得见道山记；同游今散尽，无人共话小川町。这挽联和许寿裳表达的意思大致相似。钱玄同去世后不久，周作人即接受了伪北京大学图书馆馆长一职，后来又改任文学院院长。生死之间，令人叹息。

钱玄同的挚友黎锦熙在西安做了一副白话文的挽联送别钱玄同：

去岁咱们应当纪念献廷，谁知三百年间，挺生的文字革命专家，又成骑鹤！

昨春先生仍复改名钱夏，那料二千里外，正是这汉水发源区域，便与招魂！

国民政府于同年 7 月颁发了褒扬令，褒扬令中说："品行高洁，学识湛深……环境益艰，仍能潜修国学，永保情操。"

多病的徐婠贞反较丈夫长寿，等她 1949 年去世时，钱玄同已先于她去世十年了。就在 1948 年夏天，钱三强何泽慧夫妇从法国回到内战之中的中国。钱玄同徐婠贞夫妇退隐，钱三强何泽慧夫妇，在即将到来的新时代中，登上历史舞台。

钱三强：两弹一星报效祖国

在中国原子能科学研究院这片郁郁葱葱的树林里，立着钱三强先生的雕像。1999年国家追授这位开创我国原子能事业的科学家"两弹一星"功勋奖章。钱三强何泽慧被誉为"中国的居里夫妇"，何泽慧在我国的原子能发展、核武器研制中同样发挥了重要的作用。

钱玄同和钱三强父子，一个是新文化运动的干将，一个是中国原子能事业的开拓者和奠基人，在文化和科学领域，他们名垂青史。

钱三强何泽慧承接父辈（钱玄同）的嘱托："学以致用，报效祖国。"救国与强国，这是那一代科学家终生的信仰，也是他们攀登科学高峰的动力。2006年，何泽慧为母校苏州十中（原振华女校）题词"爱国奋进"。

钱氏两代，家庭教育迥异

2013年五一前夕，绍兴一中迎来了一位特殊的客人——北京大学物理学院教授钱思进（钱玄同之孙，钱三强之子）。在该校校史陈列室徐树兰（绍兴一中创始人）的画像前，钱思进驻足良久，感慨地说："这是我第一次看到我奶奶的画像。"

钱思进的这次寻根之旅，是向时光长河的一次追溯。他与绍兴的渊源，要从他的曾祖父钱振常说起。1882年，吴兴钱振常辞官南下，执掌绍兴龙山书院，把家搬迁到绍兴定居。也正是在这段时间，钱振常的侧室周氏，为六十二岁的钱振常生下了次子钱玄同。

钱振常去世后，长兄钱恂做主，为弟弟钱玄同定下婚姻大事——徐树兰的孙女徐婠贞后来嫁给了钱玄同。绍兴人徐树兰最突出的两大贡献，一是于1897年创办绍郡中西学堂（绍兴一中前身），二是于1902年创办中国第一所公共图书馆——古越藏书楼。在当时，钱徐两家，一家是吴兴的名门望族，一家是绍兴的书香世家。两人的婚姻，可谓门当户对。

1913年10月16日，钱玄同与徐婠贞的第三个儿子钱三强出生在绍兴。钱三强把绍兴作为自己的故乡，而绍兴也把钱三强作为绍兴走出去的名人。事实上，钱三强在绍兴只生活了十个月，就被母亲徐婠贞带着去了北京，最初在琉璃厂西侧附近的一座老式的四合院里定居。

1981年1月18日钱三强应《浙江日报》约稿发表署名文章《写给故乡

的话》。文中(故乡指绍兴)写道:“不论是在他乡学习的时候,还是在异国漂泊的日子,不论是在法国居里实验室里,还是在回国后领导科研的工作中,故乡总是时时牵动着我的心。我还清楚地记得孩提时代父母讲的一个个发生在故乡的感人肺腑的故事。其中秋瑾女扮男装干革命,视死如归,英勇就义的故事;蔡元培在我曾外祖父的藏书楼里刻苦读书的故事,至今还在脑海中留下深刻的印象。我在故乡生活的时间是短暂的,但故乡的一切都熏陶着我。我现在的生活习惯,甚至口音,仍保留着故乡的特点。”

祖籍吴兴,生于绍兴,长于北京,留学于法国。对于不断远行的游子来说,故乡永远在远方。鲍山之脉,家族始根,但祖籍吴兴之于钱三强来说,只是梦中的山水,历经沧桑巨变,吴兴钱氏门前的太湖,不改旧时波。钱思进说:“因工作关系,父亲从未回过浙江湖州(旧亦称吴兴)老家,我们也很少回去。但我们却一天也没有忘记江南那方水土。”

钱三强是出生于民国初年的新一代,注定和要钱玄同过不同的生活。钱三强安身立命的知识和观念,很少取自父辈。研究吴兴钱氏家族变迁的历史学博士邱巍,曾对钱玄同与钱三强的启蒙教育作了对比:钱玄同识字由《尔雅》开始,钱三强识字从学国语罗马字母开始;钱玄同从小练毛笔字,钱三强多用钢笔写字。1986 年,别人找钱三强用毛笔题字,而钱三强只能用粗碳水笔交差。葛能全《钱三强年谱》中记载了为题字给秘书的字条:“总之,我父亲当初的主张:白话,横写,自左到右,并且主张用钢笔写字。对我这个‘五四’时入学的人,要改还是不容易的。”

钱三强入小学是 1919 年,名叫钱秉穹。1986 年钱三强在《锻炼身体、扩展视野、培养拼搏精神》一文中回顾了他的小学生活:“1919 年我入小学的时候,读的是‘人、手、足、刀、尺’和注音字母,父亲为我订了中华书局和商务印书馆出版的《小朋友》和《儿童世界》作为课外读物。”《钱玄同五四时期言论集》第 171 页追忆钱玄同在钱三强入学时的言论:“此等小学生,自从今年‘五四运动’以来,也颇受了一些刺激,似乎比到从前,颇添许多活泼气象。但愿以后少受他们的家庭教育,少读圣经贤传,少读那些‘文以载道’的古文,多听些博爱、互助、平等、自由的真理的演讲,尽两手之能而常事工作。如此,则庶儿可为将来新中国的新人物。”

钱玄同确实是以做“新中国的新人物”的目标来塑造自己的下一代的。钱三强兄弟三人先后就学的高师附小和孔德学校均是中国率先采用白话文和注音字母来进行启蒙教育的。

钱玄同在新文化运动中提倡的成果，在下一代的成长中，起到立竿见影的效果。就父子两代人读书而言，也可以看出巨大的变化。钱玄同小时候因读《桃花扇》被私塾的先生打了一戒尺；而钱三强在家中可以自由阅读书刊。《鲁滨孙漂流记》《阿里思漫游奇境记》，是钱三强少年时代最喜爱的书籍。

钱三强的族谱名字为钱秉穹，为何改名为“钱三强”？这里面有一个故事。

在孔德学校读书时，钱秉穹有两个小伙伴，一个是李治中，另一个叫周丰一（周作人的长子）。三人中，钱秉穹年龄最小，体格却最为健壮，被送外号“三强”；而李治中个子最高却身体孱弱，被称为“大弱”。有一次，李治中给钱秉穹写信，开头的称呼是“三强”，落款是“大弱”。

后来，“三强”这个外号被钱玄同知道了。他觉得这个外号挺好玩，继而一想：既然我们“提倡新文化，反对复古，主张中国文字朝着大众化、平民化的方向发展”，为何在为子女起名的问题上囿于形式。于是，钱玄同当即决定，给次子改名为“钱三强”，取意“德、智、体都进步”。在改名这件事情上，可以看出语言文字学家钱玄同对孩子的尊重。一个思想开通的父亲、一个奋发图强的儿子，将一个绰号定为大名用了一辈子，谁也没想到，这个名字将成为中国现代科学发展的里程碑，这个名字融合进民族独立、国家强大的百年梦想之中。

1947 年，钱三强和何泽慧的长女出生，钱三强给女儿取名作祖玄，即纪念父亲钱玄同之意。钱玄同一生反复改名，以名字言志。也为儿子改名钱三强。念念不忘，必有回响。如果地下有知，钱玄同对孙女的名字，对儿子的心意，当会心一笑吧。

从牛到爱　清华园里遇女神

1933 年，二十岁的钱三强正在清华大学学习，那年的“双十”节，钱玄同题赠儿子“从牛到爱”四个字。钱三强属牛，鼓励他攀登科学的高峰要有牛劲，既然选择了物理，要学习牛顿和爱因斯坦。这四个字体现了钱玄同期望儿子成为与自己和父祖辈完全不同的“新人物”的心情。钱三强把这四个字当作座右铭，终生挂在室内举目可及的地方。如今这四个字刻在了北京福田公墓钱三强的墓碑上。

清华园里名师云集，仅物理系就有叶企孙、吴有训、赵忠尧等教授。

1932—1936 年清华大学物理学系的同学毕业合影，前排右二是何泽慧，后排左一是钱三强

此时，他的堂兄钱稻孙（钱恂之子）也执教清华，担任教授，兼图书馆馆长。

在清华园里，钱三强认识了何泽慧，这位美丽聪慧的姑娘，是他心中的“女神”。与“女神”结缘，仿佛是冥冥之中注定的缘分。

何泽慧祖籍山西灵石县，出生于江苏苏州。何泽慧的父亲何澄出生晋商之家，早年留学日本，加入同盟会。后在苏州开办工厂。家里有汽车，暑期何澄经常带着儿女全国旅游，家里早早购买了照相机，何家儿女因此留下了丰富的影像资料。何澄非常重视对子女的教育，出生在这样的家庭，何泽慧脱颖而出。她从外祖母创办的苏州振华女校高中毕业，报考浙江大学和清华大学，接到了两所名校的录取通知书。

何泽慧 1936 年清华毕业照

1932 年，何泽慧选择上清华大学物理系。这年一共招收了二十八名学生，其中十位是女生。但由于受到传统偏见的影响，教授们认为女生读物理难以学有所成，纷纷劝她们转系。为此，何泽慧后来还一直称当时的理学院院长叶企孙为“老封建”。“你越不让我来，我越要来。”倔强的何泽慧要做自己命运的主导者，最终选择了物理系。就这样，钱三强和何泽慧成为物理系的同学，后来成为中国的居里夫妇。

1936年，钱三强以毕业论文90分的优异成绩毕业后，担任了北平研究院物理研究所严济慈所长的助理。在严济慈的推荐之下，翌年通过公费留学考试。

何泽慧毕业后，得到原籍山西省的三千大洋公费资助，远赴德国柏林高等工业学校学习弹道学，用她自己的话来说就是"因为日本人欺负我们，我想回来打日本"。

生死离别　背负家国之重托

1937年，对于钱玄同一家来说，是多事之秋，面临着生死离别。战争的爆发，将个人推到何去何从的十字路口，必须要做出选择。

卢沟桥的炮声，一夜之间，把北平这座古都变成抗日战争的前线。"七七事变"的第二天，钱玄同心忧国事，高血压发作，卧床不起。钱三强本来要去法国留学，遭遇家国变故，打算放弃留学法国，留在北平。钱玄同知道钱三强的想法之后，当即问钱三强：说一个男子汉不应只有近虑还要有远忧，我们要考虑到今后，现在当然都是抗日了，一个叫弹丸之地的日本，敢对我偌大一个中国发动侵略战争，是因为什么？还不是落后吗？"一二·九学生运动"中，你们不是高喊为民族生存而战，为国家领土而战吗？凭什么？难道凭我们的身躯？关键是国家要强盛起来！

全家支持钱三强去法国留学，做出这个重大决定后。钱玄同又把大公子钱秉雄的婚事提上日程。7月15日，钱秉雄与徐幽湘在中山公园来雨轩举行订婚仪式。钱玄同向来主张青年男女婚姻让爱做主，做父母的绝对不能干涉。钱秉雄毕业于北京大学哲学系，在孔德中学执教，与同事徐幽湘自由恋爱。在儿子的订婚仪式上，钱玄同致辞，"我是向来反对包办婚姻的！"子女的婚姻，父母"管不着"。钱玄同带着钱秉雄与徐幽湘的结婚纪念册，请好友黎锦熙必须用注音符号给题一首白话诗。黎锦熙写道："从友谊到恋爱，如同相偕登宝塔。今天我祝你们俩，果然成就了'伊和他'。还得努力往上爬！"

1937年7月17日，在几乎每天都拉响的警报声中，在不绝于耳的枪炮声中，钱三强和父母告别，只身提着行李离开北平。他无法料到，这是和父亲的生死离别。他也无法预料，这一去就是十一年。就在钱三强离开北京的这一天，日本政府决定动用四十万大军全面侵略中国。

怀揣着父亲的嘱托，带着科学救国、强国的梦想，二十四岁的钱三强踏上飘摇的旅途。钱三强进入巴黎大学居里实验室做研究生，导师是居里夫人的女儿、诺贝尔奖获得者伊莱娜·居里及其丈夫约里奥·居里，正是他们开启了钱三强探索微观世界的大门。

1938年的元旦，正在巴黎求学的钱三强收到了父亲久违的来信，其中有这样一段：

> 吾家三世业儒，故料量田产及经营米盐之事非所谙悉。我才尤短，更绌于治生之道，此致近年生活日趋贫困。你有志求学，作显亲扬名荣宗耀祖之想，自是吾家之孝子顺孙。数年以后，领得学位文凭，博得一官半职，继承祖业，光大门楣，便足以上对祖先，下亦慰我老怀，娱我晚景矣……我虽闭门养病，但自幼读孔孟之书，自三十岁以后（民国五年以后），对于经义略有所窥知，故二十年来教诲后进，专以保存国粹昌明圣教为期，此以前常常向你们弟兄述说者。今虽衰老，不能多所用心，但每日必温习经书一二十页，有时卧病在床，则闭目默诵，此于修养身心最为有益，愿终身行之也。

吴兴钱氏，三世业儒，从钱玄同转向公共知识分子，到了钱三强转向

何泽慧与钱三强 1947 年于巴黎

科学家。来法国时，父亲就已经疾病缠身，不知现在如何？钱三强在信中读出一种感伤，也读出一丝异样。从光宗耀祖到保存国粹，字里行间，显示的是与新文化运动中形象截然相反的钱玄同。

这封信函中的异样，似乎预示着某种不祥。就在一年之后的 1939 年 1 月底，钱三强收到一封加急的家书：

> 二弟：告诉你一个不幸的消息。咱们亲爱的父亲于 1 月 17 日，因患脑溢血，突然病逝，永远地告别亲人，告别了这多灾多难的祖国！
>
> ……三强，当你看到这封信时，我们已经是没有父亲的孩子了……

大哥的来信，宛如一个晴天霹雳。祖国的大地被战争的炮火击伤，半壁山河沦陷日寇之手。而流学的法国，也在经受战争的创伤，沦陷于纳粹德国的魔掌。

战争年代的信函，不仅有伤痛的记忆，也有意外的惊喜。1943 年，在法国巴黎的钱三强突然收到清华同学何泽慧写来的一封信，信是由德国寄出的。她在柏林高等工业大学获博士学位以后，就职于海德堡物理研究所专攻原子核物理，与钱三强志同道合。晚年何泽慧回忆这封信函的内容：那时候通信只能二十五个字(单词)，就让他告诉我家里头我还活着。

1948 年 4 月，钱三强与何泽慧离开巴黎回国前，在卢森堡公园留念

残酷的战争仍在进行，两个孤独的人靠书信往来，拉近了距离。在一封接一封不足二十五个单词的信里，传递着爱情。

1946 年春天，何泽慧离开德国海德堡威廉皇家学院核物理研究所，来到了战后的巴黎。4 月 8 日晚，巴黎东方饭店。钱三强与何泽慧在中国驻法领事馆办理了婚姻登记，在这里举行婚礼。应邀参加婚礼的中外朋友三十多人，其中有著名画家潘玉良。最给婚宴增辉的是约里奥·居里夫妇双双出席。

两位身在异国的科学家结为伴侣，为他们的生活和科研带来新的反应——“核裂变”。在1946年召开的一次国际学术会议上，钱三强在一位英国学者投影的原子核裂变一分为二的照片中发现，原子核裂变除一分为二之外，可能还存在着其他的裂变方式。此后他与何泽慧在居里实验室开始对原子核裂变做深入的研究。经过几个月的实验分析，1947年初，他们正式发表论文，证实了铀核三分裂、四分裂现象的存在。

论文发表后，引起国际物理学界的震动。约里奥·居里先生称这是二战后物理学上一项有意义的工作。当时很多媒体称他们是“中国的居里夫妇”。

1948年，巴黎的春天，春意盎然，钱三强与何泽慧决定回国。这是一个不需要理由的决定。如果真的需要，只此一个就足够了。“科学无国界，但科学家是有祖国的。”钱三强谢绝了法国方面的挽留，说出了掷地有声的名言。此时，归心似箭。湖州水月，绍兴乡音，故都北平秋日晴空下的鸽哨，清华园的风物，亲人的笑容……梦里家山，在十余年的长旅中，一一浮现。钱三强和何泽慧出国时都是孤身一人，此时归来，他们有了一个家，有了一个牙牙学语的女儿。钱三强出国时，抗日战争全面拉开；归来时，国共内战进行对决。

科技元勋　两弹一星报祖国

二战结束后，还在重庆的国民政府就秘密推出研制原子弹的“种子计划”，并派出吴大猷、华罗庚和曾昭抡去美国考察，并培养核物理方面的人才。但由于国共内战的爆发，“种子计划”没有发芽，就胎死腹中。

1947年的七八月间，胡适给国民政府的国防部长白崇禧和参谋总长陈诚写了一封信，提出一项“关系国家大计”、具有战略意义的重大建议——发展核物理研究。胡适在美国亲身感受到了原子能研究的战略价值，他提出在北大集中全国研究原子能的第一流物理学者，建立研究所，并训练青年学者，以为国家国防工业之用。胡适开出了一个海外华人科学家的名单，包括钱三强、何泽慧、胡宁、吴健雄、张文裕等九人。

钱三强回国后，南京国民政府多次力邀他到中央研究院物理研究所当所长，被他拒绝了。他应邀回到了母校——清华大学。他曾积极提倡发展中国原子能事业，由于种种原因，没有结果。就在钱三强心灰意冷之时，中共的赏识、重用让他坚定了信念，感觉到未来中国原子核科学的发展，大有可为。

1949 年 3 月 18 日，在西柏坡的周恩来起草中共中央致彭真、叶剑英并转李维汉电，决定派一个代表团到法国巴黎去参加保卫世界和平大会，郭沫若任团长，钱三强是团员之一。李维汉在怀仁堂附近一间小房子里约见钱三强，他对钱三强说："你想趁开保卫世界和平大会的机会，定购一些研究原子核科学需要的器材，中央很支持。""中央对发展原子核科学很重视，希望你们好好筹划。"

在新中国诞生一个月后，中国科学院成立了。钱三强受命筹建近代物理研究所。到 1955 年，在中关村由钱三强担任所长的这个近代物理研究所已经初具规模——科研人员扩大到一百五十人，新中国第一支核物理研究队伍初步形成了。

中央领导决定，为研究发展我国原子能召开中共中央书记处扩大会议。1955 年 1 月 15 日，中南海的一间会议室里，毛泽东、刘少奇、周恩来、朱德、陈云、邓小平、彭德怀、彭真、李富春、陈毅、聂荣臻、薄一波等领导人出席会议，而在这次会议上发言的，是李四光和钱三强。毛泽东主席主持会议，开宗明义："今天，我们这些人当小学生，就原子能有关问题，请你们来上一课。"

根据钱三强的回忆文章，可知这次会议的详情。李四光拿出一小块黄黑色的铀矿标本，说明铀矿资源与发展原子能的密切关系。1954 年上半年，我国第一次在广西发现了铀矿资源。领导人一个一个传看铀矿标本，对它那神话般的巨大能量感到新奇。

钱三强汇报了几个主要国家原子能发展的概况和我国近几年做的工作。"为了加深直观印象，我把带去的自己制造的盖革计数器放在会议桌上，把铀矿石装进口袋里，然后从桌旁走过，计数器便立刻发出嘎、嘎、嘎的声音，这时全场都高兴地笑起来。有的领导人兴趣正浓，还亲自作了试验；有人提出那样这样的问题，询问国内国外的情况，气氛十分活跃。"

会议结束后，到了吃饭时间，大家从会议室来到餐厅，摆有三桌饭菜，六样普通的菜，多带辣味。钱三强同毛泽东在一桌，坐在他的对面；他左边是彭真，右边是李四光。李四光改用湖北话同毛泽东交谈，无拘无束，十分开心。

席间，彭真向毛泽东提起了钱玄同："三强的父亲钱玄同原是北大教授。主席那时也在北大，见过面没有？”

“知道，但是没有见过面。”毛泽东回答了彭真，然后微笑着对钱三强说：“最近我读过你父亲的一篇文章《〈新学伪经考〉序》。”

钱三强说，这是我父亲 1931 年下了很大工夫写的一篇较长的文章。钱玄同写这篇文章时，钱三强还在上高中。

毛泽东又说：“钱先生在他的文章里，批评了他的老师章太炎。《新学伪经考》是康有为的著作，他说许多古书都是经过后人篡改过的。章太炎对这本书有反对意见。钱先生为这本书作了长序，这篇文章代表他对经学今文、古文问题的成熟见解。他在文中提出：总而言之，我们今后解经，应该实事求是，而绝对破除‘师说’‘家法’……钱先生反驳了他的老师章太炎。有这种勇气，是很不容易的。”

这次会面后，中央决定发展中国原子能，钱三强成为规划的制定人，并汇聚了邓稼先、彭桓武、王淦昌等一大批核科学家。当 1959 年苏联撤走全部专家后，钱三强担任了总设计师。在这场艰苦的攻坚战中，他凭借自己过人的领导能力，协调这项极为复杂的系统工程。

1964 年 10 月 16 日，二机部部长刘杰向实验现场转达了周恩来的指示后，他来到钱三强的办公室，悄悄地说：“我们的原子弹今天下午 3 点就要爆炸了，这个‘大炮仗’就要响了，希望能够成功！”钱三强听后充满自信地说：“会成功的，我相信一定能成功。”

钱三强、何泽慧夫妇全家在 14 楼前（摄于 1970 年）

当天下午3时，一颗猩红色的小太阳从西北大漠腾空而起，直冲云霄，冲击波如同飓风般席卷开来。随后，一声平地惊雷之后，无垠的大漠之上，火球与地面冲起的尘柱连成一体，托出了不断升腾、膨胀的蘑菇云团。巨大的蘑菇云团，在天地之间，无比壮观……中国第一颗原子弹爆炸成功，震惊世界。被西方人称为“东方巨响”。

钱三强用四年时间研制成功原子弹，两年八个月后氢弹又试爆成功，为共和国铸就了不朽的丰碑。从原子弹到氢弹，法国用了八年八个月，美国用了七年四个月，英国用了四年七个月，苏联用了四年。从原子弹到氢弹，中国用了两年八个月，这是钱三强那一代科学家报国创造的奇迹。

1992年6月28日，钱三强因病逝世，驾鹤远行，享年七十九岁。斯人已去，但他的功勋长留。在他主持下，成功研制了第一座原子反应堆，爆炸了我国第一颗原子弹、第一颗氢弹、第一枚战略导弹……国庆五十周年前夕，中共中央、国务院、中央军委向钱三强追授了五百一十五克纯金铸成的“两弹一星功勋奖章”，表彰了这位科学泰斗的巨大贡献。

2003年，一颗行星被命名为“钱三强”星。胸怀大爱的科学家，是浩瀚星河之中一颗璀璨的行星。每当我们仰望星空时，或许会看到它对你眨眼睛，那是一代科学家的精魂……

2011年6月20日，何泽慧院士因病在北京逝世，享年九十七岁。“中国的居里夫妇”，他们天上见。随着何泽慧院士的病逝，一个时代结束了。

2013年是钱三强诞辰百年，在这样一个年份，在一年一度的钱塘江大潮奔涌而来之时，追寻吴兴钱氏家族的光荣与梦想，让人感慨万千。钱三强生前喜欢这样一句话：我们的事业并不是显赫一时，但将永远存在；面对我们的骨灰，高尚的人们将洒下热泪。

钱稻孙：文化汉奸载浮载沉

吴兴钱氏家族，有官员，有教育家，有新文化运动的斗士，有科学家，有国学大师，也有文化汉奸。吴兴家族的往事，就是家国沧桑的一个缩影。唯有钱稻孙这一生，令人百感交集。

在历史的舞台上，钱稻孙是一位学贯中西的大学问家，是留下珍品译作的翻译家。但是，他在抗战时投靠日本侵略者，是一个丧失了民族气节的汉奸，为历史所唾弃。

钱稻孙没有钱玄同、钱三强那么大的名气，即使作为文化汉奸，也远不如周作人那样人人皆知。他被钉在历史的耻辱柱上，但又被历史迅速遗忘。他一生志在翻译、教书，时光如水，带走很多东西，同时也恢复了他的本来面目。

钱氏译笔　文采斐然一大家

钱稻孙在民国以一支译笔而闻名，他是日本文学研究专家，是和周作人齐名的翻译家。钱稻孙能成为翻译家，得益于吴兴钱氏家族。他的父亲是钱恂，晚清的外交官；母亲单士厘，“中国女性走出国门第一人”。

1900年，钱稻孙随父母到日本。在日本读小学和中学。钱稻孙在日本七年多，正是一个人吸收知识的旺盛时期，虽接受的只是中等教育，但已奠定了此后他对日本研究的基础。在日期间，钱稻孙已是英日文俱佳，对西方文学和日本文学已有相当基础，在钱玄同留学期间的日记中，时常可以见到钱稻孙在相关方面对钱玄同及其他人的指点。后来，钱稻孙又随父亲钱恂到了意大利，“肄业意国国家大学”。

钱稻孙的译笔生涯和他在日本和意大利的生活紧密相关。钱稻孙早年翻译的《神曲一脔》，被视为我国欧洲中古文学翻译的开拓者，他也是国内翻译介绍但丁第一人。1921年，钱稻孙以离骚体翻译的《神曲一脔》发表在《小说月报》上，后由商务印书馆于1924年出版。他的译文读来极有韵味，并且进行了极具趣味和知识性的诠释，介绍了许多意大利乃至西方文化，被有人称为二十世纪早期“汉译欧洲中古文学中的一枝奇葩”。

钱稻孙从事翻译，中西贯通，外语水平高，国学根基深厚。在翻译领域，他最大的贡献是对日本古典文学的翻译。钱稻孙有着深厚的日本语言和文字功底，对日本文化的深刻理解不在周作人之下。他译出了《万叶集选》，译稿全部用文言，或四言，或五言、七言、杂言，受到中日学界的一致好评。所译《东亚乐器考》，难度甚大，而钱译之精妙，被一些学者称为“不可思议”。

值得一提的是钱译《源氏物语》。钱稻孙终生最大的愿望是完成这部日本古典小说的翻译。最早的中文选译本是钱稻孙所译的该书的第一帖《桐壶》，刊登在《译文》杂志 1957 年 8 月亚洲文学专号上。译文虽然只有一帖，可贵之处是译者做出了多达五十处的注释。译者的用心和专致，可见一斑。文革中，人民文学出版社编辑部保存的钱译《源氏物语》前五帖译稿，在乱纷纷的运动中遗失，《译文》杂志刊出的首帖《桐壶》成了钱稻孙的绝唱。

上世纪五十年代，周作人钱稻孙这一对“好伙伴”，成为人民文学出版社的特约译者。萧乾的夫人文洁若，后来写了《我所知道的钱稻孙》一文，深情地回忆了她为了编辑出版日本文学作品，而跟随钱稻孙学习日文及翻译的经历，并把钱稻孙引为她一生中的一位恩师。她认为钱稻孙与周作人在日本文学翻译方面不差上下，钱稻孙懂得音乐、戏剧、美术、医学，还精通日、意、德、法文，可算是一位学贯中西的人物。文洁若联系钱稻孙先生翻译了日本江户时代杰出的戏剧家近松门左卫门和小说家井原西鹤的作品，二十世纪九十年代人民文学出版社出版的《日本文学丛书》三十卷中，有钱稻孙的一卷完整的译文。

钱稻孙在欧洲游学期间，遇到蔡元培。蔡元培得知他的身世之后，对他更加赏识。钱稻孙如是说：“我在壬子年四月来京，他们都早已在北京，许季茀来得早。我原在杭州工作，蔡元培先生打电报邀我来，我很高兴。”当时浙人进京多走蔡元培的路子，钱稻孙和蔡元培是旧识，而且在美术上有同好。蔡元培不论在教育部时，还是上北京大学时，都不忘提携钱稻孙，显然是气味相投。蔡元培提出以“美育代宗教”，钱稻孙雅好美术。钱稻孙在教育部工作时，与鲁迅交游甚密，显然也有美术方面的共同爱好。

追忆鲁迅　闲话共事教育部

1912 年 4 月，钱稻孙离开杭州到北京，在教育部工作。蔡元培担任教育总长，范源濂任次长，董恂士任秘书长。钱稻孙进的是编纂处，和许寿裳同部门，1913 年又调到了专门教育司，而鲁迅则在社会教育司。社会教育司司长是夏曾佑。在钱稻孙的记忆中:“夏学问很好,在当时也比较有科学的头脑,但思想上很忧郁,因为当时袁世凯的专制统治引起人的不满,同时袁世凯也开始了对革命派的暗杀,稍有一点思想的人都是不满意的。夏曾佑整天喝酒,结果肝硬化死掉了。”鲁迅为社会教育司的佥事。“佥事”是荐任级官员,属于三级官阶文官,其任职一般是科长或地方县长。从 1912 年到 1926 年,鲁迅在教育部任职长逾十四年,可谓是“公务员”,当然,他还在北大、女师大兼职教书。

1912 年 8 月,中华民国教育部的周树人(鲁迅)、许寿裳、钱稻孙受命研拟国徽图案。三人合作设计图样,钱稻孙画出图例,说明书由鲁迅执笔,于 8 月 28 日完成。这天鲁迅在日记中写道:“与稻孙、季市同拟国徽告成,以交范总长(范源濂);一为十二章,一为旗鉴,并简章二,共四图。”

鲁迅日记中所说的“十二章”,指的是国徽图案中出现的十二种吉祥纹章:日、月、星辰、山、龙、华虫、宗彝、藻、火、粉米、黼、黻十二。鲁迅在《致国务院国徽拟图说明书》中,介绍了十二种吉祥纹章代表的含义:“日月星辰,取其照临也;山,取其镇也;龙,取其变也;华虫,取其文也;宗彝,取其孝也;藻,取其洁也;火,取其明也;粉米,取其养也;黼,取其断也;黻,取其辨也。”十二章源远流长。古代天子之服绘绣十二种图像。衣绘日、月、星辰、山、龙、华虫称上六章;裳绣宗彝、藻、火、粉米、黼、黻称下六章。周树人、许寿裳、钱稻孙三人,把这古老的十二章赋予中华民国新内涵。简章是指国徽上中间的盾,当中有五朵花,排成一图案,取典故叫嘉禾,采自《金石萃编》上的。

国徽图样于 1913 年 2 月发表,在相当一段时间内的钱币、旗帜上都使用了这一图案。

据钱稻孙的回忆说:

总统府要定国徽,由陈任中(教育部秘书长)传达,让鲁迅、许寿裳和我同拟。我们三人其实都是外行。起草由我负责。国徽的说明是鲁迅写的。图案并不很好,但文章写得很好,是用六朝文写的,部里其他的人是写不出来的,教育部的人都很佩服。这篇文章登在教育部《编纂处月刊》上和《教育部月刊》上。国徽上是十二件东西,拟好之后交部里了,很用了一阵子,驻各国使馆用了,国书上用了,证书上也用了,钱上也用了。

钱稻孙还在回忆中说明当时设计国徽的意图："拟定国徽的思想是想把君主的地位，拉到全国人民身上，差不多许多事情都是这种思想作底子，也就是说希望把皇帝的地位，普遍到每个人身上。那时的思想也不是很单纯的，国家的观念，民族的观念，政治的观念加在一起的。"

具有讽刺意味的是，当年参与设计中华民国国徽的钱稻孙，后来竟然附逆下水，当了文化汉奸，令人叹息！

民国初年，钱稻孙和鲁迅、许寿裳是同事，又是留学日本的旧识。共同设计国徽，这是大事。诸多工作和生活中的小事，鲁迅的日记有记录。

1912年7月19日，这一天"下午与季市访蔡孑民不遇，遂至董恂士家，与钱稻孙谈至晚才返。"这是钱稻孙第一次出现在鲁迅日记中，后来，鲁迅才知道，董恂士原来是钱稻孙的姐夫。

在教育部初期，从总长到部员，每人每月六十元，薪水是花不完的（不过到后来，教育部老是拖欠公务员的薪水）。在钱稻孙的印象中："鲁迅的生活是很简朴的，和他在一起的一班人，生活都不奢侈。鲁迅有时也寄些钱给家里，此外主要就是买些书。有时到外面去吃饭，主要也因为会馆里没有吃饭的地方，也没有用人，到广和居吃的时候多。我有时到会馆坐一会，就跟鲁迅、许季茀一起来到广和居喝酒吃饭，边喝边聊，吃喝完了，算账时就三人分担，很有趣。"

广和居和吴兴钱氏有不解之缘。钱振常、钱恂在晚清做京官，就常到广和居吃饭。进入民国后，有一次，钱恂和儿子钱稻孙一起去广和居，里面的伙计一见客人来了，满脸笑容地迎上来，"钱少爷来了。"钱稻孙还以为伙计叫的自己呢。其实那伙计叫的是钱恂。钱稻孙之于这家老字号饭庄，是小字辈了。

除了在一起吃饭，钱稻孙、鲁迅经常一起逛书店。"鲁迅不大喜欢到处跑，去的最多的地方是琉璃厂，因为那里有古董铺、书铺可去看看。""琉璃厂也有笔店，笔店的服务也很周到的，你在那里写几个字，他们就可以给你订做出适合你自己用的笔来。这种风俗很早就有，到清末以后，就已经不如以前了。"

日记中还有不少二人互赠图书的记载。鲁迅曾将《域外小说集》《绍兴教育会月刊》《百喻经》《桃色之云》《呐喊》《苦闷之象征》赠予钱稻孙，而《文始》《中央美术》，以及钱氏家族的《史目表》《示朴斋骈体文》《道光十八年登科录》，也经钱稻孙手成为鲁迅的收藏。鲁迅钱紧张时，曾找钱稻孙借款。鲁迅生病，钱稻孙前去探望，并陪伴到深夜。第二天，还很体贴地送来食品。

钱稻孙在回忆中，还提到一件事：鲁迅把家眷接到北京来，就买了八道湾的房子。当时八道湾这个地方很冷清，是钱稻孙陪着去看房。

在工作上，鲁迅钱稻孙在教育部一起办过儿童艺术展；在生活上，互相关心，两个小公务员一起打发八小时之外的时光。虽然是亲密的朋友和同事，但钱稻孙对鲁迅内心深处的寂寞以及精神的叛逆，未必了解。在精神苦闷的夜晚，鲁迅伏案校书，整理碑帖，譬如精校《嵇康集》，考证《南齐吕超墓志跋》，读佛经，抄古碑。钱稻孙的叔叔钱玄同出现在绍兴会馆，犹如一股迅猛的风，打破了鲁迅沉寂的生活，带来新文化的气象。鲁迅因为钱玄同的到来，变成了呐喊的斗士，开始创作小说。

钱稻孙说："《狂人日记》《阿Q正传》都是鲁迅在教育部时期写的。比较起来，教育部里的人对《阿Q正传》懂的多一些，认为写得好，《狂人日记》懂的人少，因为鲁迅是学医的，对于狂人的精神面目写得很好，自然而深刻，不懂得医学的人是很难体会的。"钱稻孙懂医学，想来他读懂了《狂人日记》。但这并不意味着他就是鲁迅的精神知己。钱玄同的出现，预示着钱稻孙的退隐。1916年之后，鲁迅与钱稻孙渐渐疏远了。

1929年5月，鲁迅北上故都，钱稻孙对鲁迅进行了最后一次拜访，却吃了闭门羹。在鲁迅日记中留下了六个字，"钱稻孙来，未见"。此时的鲁迅，写"匕首和投枪"一般的杂文，对于钱玄同、钱稻孙都不想见了。

1961年5月17日至19日，鲁迅博物馆的工作人员访问钱稻孙，头发如同秋风中的芦苇，白发无情侵老境。回首前尘旧事，恍如隔世。钱稻孙絮絮叨叨，讲起他和鲁迅在教育部工作时的点点滴滴。那些带着斑驳岁月的往事，如在梦中。就像白发宫女谈天宝年间的遗事，隔着巨大的沧桑世变。

清华教授　教书生涯友人多

1909年，钱稻孙回国，和父亲及妻女均住在潜园。钱恂、钱玄同、钱稻孙都在湖州府中学堂执教，钱稻孙教英语。1910年，十五岁的茅盾在该校读书，有这样一幕留在他的记忆中：虽是秋天，但烈日当空，钱恂身穿夏布长衫，手持粗蒲扇，儿子钱稻孙高举洋伞跟在其身后，弟弟钱玄同和他并排，但略靠后，一行人安步当车，在湖州的大街上行进。吴兴钱氏的身影，定格在历史深处。茅盾师从钱稻孙学习过《泰西三十佚事》，说起来，茅盾学习翻译，钱稻孙应是他的启蒙老师。

钱稻孙自湖州中学教书开始，后来，他执教多所大学，一生中最安定、最幸福的时光，留在清华园。1927 年 9 月，钱稻孙到清华外文系任讲师。1932 年起，成为外文系和历史系合聘教授。讲授“源氏物语”“第一年日本文”“第二年日本文”“日本通史”等课程。在学术上，也由前期的美术、医学转向日本古典文学的研究和引介。1936 年 9 月 7 日，接替朱自清担任清华大学图书馆馆长（兼职）。

从 1927 年到 1937 年，十年的清华教书生涯，钱稻孙教过的学生，后来大多成为名流。杨联陞满怀深情地说：“钱稻孙先生在日本语文方面，是第一流的名教授，抗战前在清华服务多年。我是钱稻孙日文班的学生，后来又以种种因缘，特别受过他的知遇，感激甚深。”在抗战前曹禺在清华大学毕业时，按规定可享受一次公费资助的国外旅行，那次他们就是在钱稻孙带领下去日本游览的。曾任外交部部长的乔冠华在清华上学时受业于钱稻孙学日语。乔冠华毕业后，在钱稻孙的帮助下，获得公费留学的资格，去日本留学。乔冠华对钱稻孙的关爱、赏识甚为感激。

在杨联陞的印象中，钱稻孙教书循循善诱，非常认真。他还为了帮助学生学好日文，专门在家里设立了“泉寿东文藏书”，搜集日本书籍，供人阅读。不少学生在钱稻孙家借阅过日文图书。

钱稻孙的人际交往也由教育部的同事过渡到清华教授。在《吴宓日记》《朱自清日记》《俞平伯年谱》《浦江清日记》中，可以找到钱稻孙与清华教授之间的交往。

吴宓与元配夫人陈心一离婚后，念念不忘他心目中的“女神”毛彦文，他曾对钱稻孙絮絮叨叨地讲述他的情史。

1934 年 1 月 21 日，朱自清去钱稻孙家，“借《西域文明史概论》，又承以译本见赠”。朱自清日记中还提到这样一个信息：“其阍人年八十八，龙钟如画。”这个负责开门关门的老者，应是吴兴钱氏家族的老仆。朱自清和钱稻孙经常在清华教授的聚会宴饮。有一次，朱自清在讨论研究生毕业考试科目会上的发言不太相宜，钱稻孙作为朋友，很细心地指出来，朱自清感慨地说：“稻公亦谓昨晚发言有怨气，又谓芝生于此等处说话最相宜，甚矣涵养之难也！”

钱稻孙和俞平伯之间，交往非常密切。钱稻孙送俞平伯日本产的信笺，自己的译作，代日本的学者向俞平伯讨要书法联语。即使钱稻孙在 1937 年附逆落水后，俞平伯也没有和钱稻孙划分界限，仍然交往，当然不如战前那么密切。俞平伯是一位平和儒雅的君子，在大是大非上很清楚，没有出任伪职，但因为周作人、钱稻孙的缘故，曾参加过华北作协之类的组织，还因抹不开情面，为日伪背景的杂志写稿。好在有远在西南联大的好友朱自清的来函提醒，俞平伯再也没有为这样的杂志写过稿。

浦江清是吴宓的弟子，在清华找对象，差点成了钱稻孙的女婿。

总之，钱稻孙在战前清华的十年，生活平静。然而，随着抗战爆发，钱稻孙不可挽回地滑向日本方面的怀抱。

附逆下水　文化汉奸丑行录

北平沦陷后，1937 年 8 月，就出现了汉奸组织“维持会”。“维持会”要求北平各大学将保管各项加封，然后由该会察核。12 月 14 日，汉奸政权“临时政府”成立，接着它就接收了中国主办的各文化机构，包括大学在内。一些文化人开始落水，其中就有周作人的老朋友，如汤尔和、钱稻孙之流。

与周作人扭扭捏捏、犹犹豫豫了一番不同，汤尔和、钱稻孙主动附逆。钱稻孙为何在没有外界的胁迫下就扑腾扑腾跳下水？这是源自他对中日战争的判断。根据金岳霖的回忆：“在日本人占领北平以前，我有一次碰到钱稻孙，他那时是清华的图书馆长。我表示非抗日不可。他说万万抗不得，抗，不只是亡国，还要灭种。我很想打他，可是受了‘不能打’这一教训的影响，没有打。”钱稻孙的悲观、畏惧，进而演化为一种奴才心态，再加上他多年生活在日本，研究日本文学，内心深处被日本的文化同化，种种因素，促成了他当了令人不齿的文化汉奸。

与钱稻孙主动变节投降，倒向日本的怀抱形成鲜明对比的是，大批的清华、北大的教授，纷纷离开沦陷的北平，踏上飘摇的旅途，去长沙临时大学报到。1937 年 11 月 17 日，北大教授郑天挺、罗常培等人刚到天津，钱稻孙从北平追到天津，要和郑天挺谈话。钱稻孙说，你不要走，你应该考虑考虑学校啊，你走了之后，学校怎么办？郑天挺当然明白钱稻孙为何而来，所以对他的建议断然拒绝。这场在六国饭店的谈话并不愉快，盛情挽留的人和去意坚决的人不欢而散。两者截然不同的立场预示着不同的道路，并很快得以验证。而这，也正是当时中国知识界普遍面临的立场问题。

1937 年 11 月，伪北京大学建立。钱稻孙当上了伪北大校长，开始了一连串的表演。1938年2月9日，汤尔和、钱稻孙、周作人等人出席了大阪《每日新闻》社召开的“更生中国文化建设座谈会”，这次北平文化汉奸大聚会的座谈会议题是“中日两国的文化提携”。周作人和钱稻孙一唱一和，媚态百出，钱恬不知耻地提出，“在中学时代教授日本语，实是非常必要的”。

周作人和钱稻孙丧失民族气节的言行，引来全国舆论的声讨和怒骂。1938年5月5日，由李公朴、胡风、光未然、胡绳、金仲华、阳翰笙等人参加的武汉文化界抗敌协会通电全国文化界，严厉谴责周作人和钱稻孙：“请缘鸣鼓而攻之，声明周作人、钱稻孙及其他参与所谓‘更生中国文化建设座谈会’诸汉奸，应即驱逐我文化界之外，藉示精神制裁。”

受到声讨的周作人，再加上收到胡适劝说他南下的信函，胡适以白话诗进行规劝：“梦见苦雨庵中吃茶的老僧，忽然放下茶盅出门去，飘然一杖天南行。”他的心理上出现了犹豫反复。1939年元旦，刺客忽然出现，从口袋里拔出手枪，对着周作人的腹部就是一枪。周作人的命运被一颗子弹改变，毛衣上的一粒纽扣，挡了子弹，周没有死。随后，日伪警察进驻八道湾周家宅院，对他进行“保护”。听说好友被刺，伪北大校长钱稻孙不失时机地上门，带来伪临时政府教育督办汤尔和的口信，劝他接受北大图书馆馆长一职。好友钱稻孙拉了一把，周作人跳入水中，随着一道激流，滑向深渊。

钱稻孙当上汉奸，令亲友蒙羞。他的三女儿钱澄，嫁给清华研究院第二届学生刘节（师从王国维、梁启超和陈寅恪）。1939年元旦，刘节由香港取道越南、再辗转经昆明而至重庆中央大学任研究员。在昆明，刘节与吴宓、李济、浦江清、王力等清华时期的师友相见。此时，由于日本的步步入侵，山河破碎，多数学者在西南飘零，此刻重逢，席间晤谈，感慨良多。他们多关注沦陷下的北平学者的情形，“今日得北平消息甚详：知钱宅诸内弟并入伪组织，钱公亦做了新民学院之副院长。玄同先生则家居不敢露面，他如马裕藻、沈兼士、陈援庵诸人，尚未与伪组织发生任何关系。”钱稻孙是刘节的岳父，可以想见，刘节听到这个消息时的内心波澜。

刘节到重庆后，初在中央大学任教。他以钱稻孙任伪北大校长为耻，辞去重庆大学教授教职，卖文疗饥，茹苦明志。

太平洋战争爆发后，陈寅恪滞留香港，在“致傅斯年”信函中，怒骂汪精卫夫人（陈璧君）和钱稻孙：“陈璧君之凶妄，尚不足甚为害，不意北平之伪北京大学亦来诱招。”此页旁边空白处，有收信人傅斯年的批语：“所谓伪北京大学事,系钱逆稻孙所为,钱曾受寅恪推荐,彼此次乃以欲拖之下水以‘报德’……”

直到1964年,陈寅恪对钱稻孙仍然感到不齿。对钱稻孙、刘节翁婿政治选择截然分明,写诗感慨:“刘向传经心事违,翁今儿古各相非。何如东晋郗家好,父子天师道共归。”

抗战时期,钱稻孙和周作人狼狈为奸,两人常常是“同台表演”:如1941年钱稻孙和周作人一起赴日本东京出席“东亚文化协议会”,并一同前往汤岛第一军医院、横须贺海军病院,慰问在侵华战争中负伤的日本伤病人员,周作人还向两处捐款各五百元。两个败类,完全忘记了廉耻与尊严。

1945年,终于到了树倒猢狲散的时候,钱稻孙以汉奸罪被捕入狱,部分财产被抄没。当钱稻孙品尝铁窗风味之时,是否会想起他的母亲赠他的一首诗。想想1912年,钱稻孙即将北上任职教育部,他的母亲单士厘赠诗,真是让人无语。行前全家在杭州西湖游玩,母亲单士厘在临别时赠诗一首:“诚知下流浊,安能闼不洩,愿言志河海,出山为霖泽。”母亲的赠诗对儿子寄予厚望。世事难料,原想“志河海”,“为霖泽”,却一脚踏进臭水沟。文化汉奸成为钱稻孙一生的政治污点。不知他在铁窗下反省之时,是否幡然悔悟。

苍凉晚景　书散人亡共沉浮

新中国成立后,普通的民众扬眉吐气,迎接一个新时代的到来,像周作人、钱稻孙这样有历史问题的人物,自然有抬不起头来的感觉。

二十世纪五十年代初,钱稻孙被分配到山东齐鲁大学教医学,似乎这样的人不适合住在首都。1952年,全国高校调整,他被调回北京,在卫生部出版社当一名编辑。1958年起兼任人民文学出版社特约编译,开始了翻译日本文学的生活。虽然自己翻译的作品,不能光明正大地署自己的名字出版,但做的是自己喜欢的事,可慰晚景。

1966年,“文革”爆发后,钱稻孙这个昔日的文化汉奸,更是成为革命的对象。卫生部的红卫兵像愤怒的潮水一样涌进他的家,他们挥舞着军用皮带,狂风暴雨一般抽打着这个年近八旬的老人。随后,开始抄家,大量的藏书被粗暴地拉走。

关于钱稻孙的宅院和藏书,文洁若在《我所知道的钱稻孙》文中有详细的记录:“钱稻孙曾告诉我,他当时所住的受壁胡同9号这座房子,是他的父亲购置的。他本人的工资,除了养家糊口,全都用来买书了——绝大部分是日文书籍,堆满七大间屋子,早年他曾计划建立一座图书馆。日本投降后,他被国民党以汉奸罪关入监狱,书也全部被没收。后来因病保外就医,五十年代,他多次到北京图书馆和王府大街的科学图书馆去查找这批书,始终也没有下落。他书架上的几十部工具书,都是一九四九年以后岩波书店陆陆续续送给他的,所以他才能够从事翻译工作。”

钱稻孙的“泉寿东文藏书”,经过两次抄家,丧失殆尽。学者邱巍在《吴兴钱家:近代学术文化家族的断裂与传承》一书中说:“同时抄走的还有钱稻孙的祖父钱振常、父亲钱恂所遗留的大量藏书,这些藏书的消失,标志着家族文脉的完全斩断。”

书散预示着人亡。红卫兵走时,连钱稻孙栖身的床也抬走了。凌乱的家里,空空荡荡,只有遍体鳞伤的钱稻孙躺在地上呻吟。一生所系的日本书籍没有了,吴兴钱氏家族的珍藏也没有了,一个学者赖以生存的根基被风暴摧毁,受伤的钱稻孙精神上完全绝望了。他就像萧瑟秋风中的一片落叶,不知被吹落何处。没有人知道他死在哪一天。

钱稻孙酒量颇佳,酒兴浓时,喜欢与友谈日本文学,意气风发。不知他在弥留之际,是否感觉这一生好似一场大梦,亦或是一场醉酒,在时代的风潮中载浮载沉,在迷乱的醉意中宠辱皆忘。

1963年12月1日,钱稻孙(右)和周作人合影。

六、文武世家：邓稼先家族往事

■ 怀宁邓稼先部分家族成员

邓石如(1743—1805)，邓稼先六世祖，清代书法家、篆刻家。清代书法金石学家和文坛泰斗、经学宿儒，邓派的创始人。

邓传密，书法家。邓稼先五世祖，邓石如之子，毕生极力搜集邓石如遗墨、金石，并以唐人双钩之法摹之。晚年主讲于石鼓书院。

邓艺孙(1857—1913)邓稼先的祖父，书画家，教育家，民国初年曾任安徽教育司长，在安徽学界是颇有名气的人物。

邓以蛰(1892—1973)字叔纯(叔存)，白麟坂邓家大屋人，邓稼先之父。教育家邓艺孙的第三子，现代美学家、美术史家、教育家。

邓仲纯，邓稼先二叔，医生，曾任山东大学校医，侠肝义胆古道热肠，与杨振声、老舍、台静农交往甚密。邓仲纯、邓以蛰与陈独秀系怀宁同乡世交，情同手足，早年一同留学日本。

邓季宣，邓稼先四叔，留学法国十三年，著名教育家。安徽教育界的重要人物，曾任安庆高级工业学校校长、宣城师范校长；抗战时期，任国立九中总教导主任兼高中第一分校校长，九中代理校长。

邓稼先(1924—1985)，邓以蛰之子。1948 年留美，获物理学博士，曾任国防科工委科技委员会副主任、核工业部科技委员会副主任、第九研究院院长，中国科学院物理学、数学学部委员，是中国核武器理论研究工作的奠基者和开拓者，研制和发射核武器的主要技术领导人之一，被誉为中国“两弹元勋”。

许鹿希(1928—　)，邓稼先之妻，五四运动学生领袖许德珩、数学家劳君展夫妇之长女。北京大学医学院毕业，曾任北京医科大学教授，博士生导师，神经学解剖专家，第九届全国政协委员。1953 年与邓稼先结婚，育有女儿邓志典(1954 年出生，现从事医学科研工作)、儿子邓志平(1956

年出生，工程师，现从事计算机方面的工作）。

郑华炽（1903—1990），邓稼先之姐夫，光谱学家、物理教育家，我国利用光谱学探讨物质结构的先驱者之一。对红外吸收光谱和紫外吸收光谱，尤其对同位素效应的研究，成效卓著。执教五十余年，曾任北京大学、西南联合大学、北京师范大学等校教授。1940年，郑华炽与邓仲先经汤用彤介绍在昆明结婚。

安徽省怀宁县白麟坂，是一个依山面水、鸟鸣山幽的南方村庄，这里有清代大书法家、篆刻家邓石如的宅第。

邓石如自号完白山人，他因受友人毕秋帆赠四铁砚，故以铁砚山房作斋名。乾隆五十五年（1790），邓石如进京后，以书法享誉书坛。后在两湖总督毕沅处做了三年幕僚，五十二岁时，由武昌回故里，买田四十亩，翌年建屋一栋，并亲书匾额“铁砚山房”置于门首。常将书刻售资救济乡人，贫不能葬者，都尽力资助。

邓石如身材高大，胸前飘一绺长长的美髯，性格耿介，淡泊名利，无所合，无款曲，无媚骨，无俗气，称得上顶天立地的一位伟男子。他遍游名山水，一生以书刻自给。他的好友师荔扉曾经送他这样两句诗：“难得襟怀同雪净，也知富贵等浮云。”六十岁时，他游京口，结识包世臣，授书三年，并以书法要诀示曰：“疏处可以走马，密处不使透风，常计白以当黑，奇趣乃出。”

以艺传家，邓石如高风亮节的精神可谓邓氏家族的文化遗产，影响深远。

邓石如的四世孙邓艺孙，字绳侯，幼时天资聪颖，深受曾国藩、左宗棠青睐，十七岁补怀宁县庠生。邓艺孙所处的时代，就注定了他不能像邓石如一样，成为一个纯粹的艺术家，他一生从事教育，在晚清民初的安徽教育界享有很高声望。清光绪末年，废科举兴学堂，邓艺孙得教育风气之先，历任芜湖安徽公学（原旅湘安徽公学）总理、安庆安徽师范学堂斋务长兼经学教员。

邓艺孙幼承家学，善书邓字，诗文书法清迥绝俗。他对诗、书、三礼等有深入的研究，《毛诗·尚书讲义》《离骚解诗》为人称道。他授课讲学，所言所论多特立独行之事，自抒己见，神清气朗，不拘时论，不依门户，不随众议。邓艺孙卓尔不凡的识见，高雅威严的言行，为学子们敬服。

辛亥革命爆发后，1911 年 11 月 8 日，安徽独立，邓艺孙任安徽省教育司长，起草新教育制度，创办省立图书馆及女子师范。1913 年秋，任安庆江淮大学（安徽法政专门学校前身，时在敬敷书院旧址）校长，积劳成疾，两个月后去世。

“息影忆清门，只今恻怆山阳，何处折巾辱郭道；埋忧无净土，径欲脱离尘绊，为公穿冢近要离。”这是李光炯（曾任安徽公学、省立一师校长、都督府秘书长）为他撰写的一副挽联。

邓石如第五世孙邓以蛰，字叔存，邓艺孙之子。家学渊源有自，又留洋多年，中西学养深厚。1923 年任北大哲学系教授，同时于《晨报副刊》等发表一系列不同凡响的文章，成为一代美学大家，因此当时学界盛传着“南宗北邓”之说，将邓以蛰与宗白华相提并论。

1924 年 6 月 5 日，邓石如的六世孙邓稼先出生在怀宁“铁砚山房”里。邓以蛰望着窗外刚刚吐穗的稻谷，在微风中起伏，想到朱熹集上的一句话“禾之秀实，而在野曰稼”，于是，为儿子取名“稼先”。

1937 年抗战军兴，中华民族的抗日战争改变了无数中国人的命运，邓稼先的成长与国难紧密相连。1940 年夏天，邓以蛰送邓稼先去昆明，让儿子投考西南联大，临行前，对邓稼先说：“以后你一定要学科学，不要像我这样，不要学文。学科学对国家有用。”

邓稼先后来成为两弹元勋，有时代无形的力量催促他。从邓石如、邓艺孙和邓稼先的人生经历和成就，我们可以清晰地看到中国近代史的演进轨迹，由艺术而教育，由教育而科学，文艺世家走出两弹元勋，可谓百年中国知识分子抱定科学救国的自然选择，历史在邓氏每一代人身上留下了深刻的印记。

美学宗师松风水月

——邓以蛰的精神境界

身材修长的邓以蛰教授，在清华园哲学系中，与金岳霖先生交往甚密，他浓厚的中国儒家学者气质中透着一些西洋风度，在金岳霖看来，“叔存是朋友中最雅的”。这个雅，是魏晋风度中的“雅人深致”，传承了中国文人的传统，而又有了“西洋风度”。中西结合，成为美学宗师邓以蛰的精神底色，也是生于晚清的那一代知识分子的特色。

邓以蛰

1892年，邓以蛰出生于怀宁邓家故居铁砚山房，少年时代在家乡读私塾。由于家学的熏染，他少年饱读诗文，工山水画，他以后成长为美学宗师，仿佛是水到渠成。邓以蛰少年时代，就强烈地感受到从大洋彼岸吹来的西风。就像蒋梦麟的《西潮》一书的名字一样，西风浩荡，从中国沿海沿江逆流而上，西学影响深远。1907年，邓以蛰东渡日本，入弘文学院及早稻田大学攻读，在此期间，和陈独秀交往，接受新思想、新文化的启蒙。1917年，邓以蛰去美国，入哥伦比亚大学，一直读到研究生院，专攻哲学与美学。1923年，因母亲病逝，中断研究生学业，乘船赶回家乡。

美国归来之后，邓以蛰先后任北京大学、厦门大学教授，从1929年至1952年，担任清华大学教授。值得一提的是：从上世纪二十年代开始，邓以蛰、宗白华二先生各自驰名于北方与南方文坛，故时人有“南宗北邓”之称。1952年全国高等学校院系调整，邓、宗二先生相继来到北京大学，与朱光潜先生一同执教，为北大三位著名美学教授。这三位美学宗师，都是安徽人，邓以蛰和宗白华都是安庆人，朱光潜是桐城人。

邓以蛰在清华大学任教时，住在丰盛胡同北沟沿甲12号。这是一座大门朝西的四合院平房，剥落的漆柱表明这里不是权贵之家，房子并不考究，但院子很宽敞。前院有一棵古老的龙爪槐，它给院子带来安静与闲逸的气氛。后院有一棵丁香。槐树的绿荫清凉和丁香的静雅芬芳，很符合邓以蛰的审美趣味。后院正中的房间，是邓以蛰的书房。由于邓石如留下的名人传世之作甚多，书房和客厅里挂的字画经常换。仅有的例外是，正堂上方悬挂着“松风水月”四个大字一直没有更换过。这四个字，是明末崇祯皇帝的御笔，是邓氏家族的传家宝。邓以蛰珍视这幅作品，并不仅仅因为这是皇帝的手笔，而是这四个字和他的精神境界相吻合。“松风水月”，可以看出美学宗师邓以蛰的性情，功名利禄都是过往浮云，而恬淡自适是他的人生哲学。

邓以蛰在清华大学长期教授中国美术史，他对中国绘画提出了完整而系统的美学理论，在中国现代美学的发展上具有独特的贡献。它包含一个自成系统的结构，即形—体—意；生动—神—意境。这是他对中国绘画历史发展的理论概括。邓以蛰认为，中国绘画的发展，最初同具有实用意义的器体（陶器、青铜器）的装饰分不开的。随着历史的发展，绘画逐渐脱离器体的约束而独立。“形”脱离“体”后，到了汉代，着意描写动物和人的生动形态。及至六朝，又由生动进入到人物内在的即“神”的描绘。到了唐宋元，又由“神”的描绘进入到“意境”的表现。邓以蛰将艺术视为“心物交感”，关于中国山水画意境与气韵有精妙的论述：“意者为山水画之领域，山水虽有外物之形，但为意境之表现，或吐纳胸中逸气，正如言词之发为心声，山水画亦为心画。胸具丘壑，挥洒自如，不为形似所拘者为山水画之开始。至元人或文人画不徒不拘于形似，反情境、笔墨皆非山水画之本色而一归于意。表出意者为气韵，是气韵为画事发展之晶点，而为艺术至高无上之理。”

从1929年至1937年，邓以蛰的美学理论都形成于清华期间，这也是他人生中最富有创造力的时期，他和清华大学的教授们交往甚密，经常在文化沙龙上谈艺术，论哲学。每个周六，金岳霖家的“湖南客厅”就成为清华大学教授们的聚集地，他们常常从林徽因家的“太太客厅”刚散开，又到了老金的“星期六碰头会”。张奚若杨静仁夫妇、陶孟和沈性仁夫妇、梁思成林徽因夫妇都是成双成对地参加“星期六碰头会”，而邓蛰存是旧式婚姻，习惯独来独往，“原因是他家仍然维持了男女分别活动的原则”。金岳霖以西餐或湖南菜招待“星期六碰头会”的客人，往往聚餐之后，先讲一会和政治有关的话题，随后就是艺术“频道”。“火炉一砌，老朋友的画就挂上了”，这里说的画就是邓蛰存带来的。金岳霖说：“邓先生不只是欣赏美术而已，而且是美术家。他的字写得好，特别是篆体字。”

卢沟桥的炮声打破了邓以蛰的书斋生活，他是爱国的知识分子，亲身经历了清朝的腐败，军阀混战、列强欺凌瓜分中国的岁月，特别是八年抗日战争时期，生活在日寇铁骑蹂躏下，那种刻骨铭心的痛苦，让他永难忘记。1937年七七事变之后，北平沦陷，北大、清华、南开三所高校，迁到长沙，组建临时大学。邓以蛰本想赴长沙，但由于肺病，身体虚弱，没有随校南下。失去了大学教职，邓以蛰一家靠积蓄过清贫的日子，夫人在自家小院开辟了一块菜地，自己动手种菜。邓以蛰的一位朋友在伪政府谋了一个差事，领着伪政府发的薪水。有一天，这位朋友突然胳膊夹着伪政府的公文包到家里来了。一贯温文尔雅的邓以蛰觉得味道不对，交谈了两三句之后，勃然大怒，严厉质问这位朋友是干什么来的，那人羞愧满面，支支吾吾，不知如何应对。邓以蛰大声呵斥他："你给我出去！"这一声断喝，把正在书房看书的邓稼先兄弟惊呆了。不是为了民族大义，邓以蛰绝对不会和朋友突然翻脸。

像邓以蛰一样留在北平，度日如年，苦待变局，迎来抗战胜利、山河重光者，还有俞平伯。他们在沦陷下的北平，仍然挺直腰杆做人，可谓知识分子的民族尊严。

邓以蛰在抗战时期，生活一贫如洗，但他非常珍爱先祖邓石如的书画原作，即使无钱医治吐血症，全家忍饥挨饿，也舍不得将珍藏的书画卖掉。新中国成立后，邓以蛰将先祖邓石如的书画珍品全部捐献给国家。故宫博物院曾举办"邓石如先生诞生二百二十周年纪念展览"，展出邓以蛰捐出的珍品。

作为美学家，邓以蛰参与了清华大学艺术研究室的创建，更重要的是，他曾参与新中国国徽的设计。

1947 年 12 月，梁思成与陈梦家、邓以蛰联名致信梅贻琦校长，题为"设立艺术史研究室计划书"，建议清华大学设立艺术史系及研究室。很快这个建议通过教授会的审批，设立"艺术史研究室"，增进学生对艺术的欣赏，有关学系商设选修课程。

1949 年 7 月，中华人民共和国成立前夕，新政治协商会议筹委会在《人民日报》等全国各大报纸刊登公开征求新中国的国旗、国徽图案和国歌词谱启事，清华大学师生都纷纷参加国旗和国徽图案的设计。

在初次应征的九百余幅国徽图案中，清华营建系教授林徽因与莫宗江合作的国徽图案，因具有强烈的中华民族的特色而得到几位中央领导的赞赏，要求设计者吸取大家的意见，把该图案改进设计成新图案。林、莫经过约一个月的探索，并请清华大学中国美术史教授邓以蛰、工艺美术史教授王逊、雕塑教授高庄及梁思成一同研究讨论，几经改进图案，终于在 1949 年 10 月 23 日完成这幅国徽图案的设计，送全国政协。

1952 年，邓以蛰任教北大，住北大校园内的朗润园一百五十九号平房宿舍。从此，燕园未名湖畔，多了一位老人的身影，他常常以欣悦的眼光，看湖畔的翠柳新绿，夏荷初绽。博雅塔下，未名湖畔，老人沉思，或者散步的剪影，留存在北大学子的记忆中。邓以蛰有时去颐和园漫步，坐在昆明湖畔沉思凝想，感受大自然的魅力，领悟哲学的真谛，大自然的美赋予他灵感，为他构建美学理论提供审美经验，大自然的美也印证他的美学理论。

1955年，邓以蛰的好友林徽因逝世，邓以蛰和金岳霖题写挽联：一身诗意千寻瀑，万古人间四月天。美学家和哲学家珠联璧合送别风华绝代的林徽因，其中的美感与诗意，伤感与遗憾，尽在这短短的十四字中。

一代人离开，一代人成长。邓稼先到中国科学院近代研究所工作，邓稼先感到非常欣慰。邓稼先走上国防科学岗位后，长期生活在遥远大漠的实验基地，不能看望邓以蛰。邓稼先在《回忆父亲邓以蛰》文中说："母亲病危，正是我国第一颗原子弹爆炸成功，双亲才知道我的工作。当我赶到母亲身边时，母亲已经不能言语，就在我紧握她的手时，老人停止了呼吸。我多年不在父亲身边，1973年父亲病危，我正回北京汇报工作，才能看望老人。当时父亲癌细胞全身扩散，非常痛苦，但为了不让我挂念，能专心投入工作，父亲强忍病痛，尽力在我面前保持安详欣慰的神态。"

晚辈成就乾坤，父辈瞑目以息。1973年5月2日，大美学家邓以蛰向儿子投去最后一瞥，告别人间。

金岳霖送别老友，撰写挽联：露霜葭苍，宛在澄波千顷水；屋深月满，依稀薜荔百年人。这副挽联中有水有月，雅致情深，这和松风水月非常相似。一代美学大师驾鹤西行，一定不会寂寞。

邓以蛰与家人

君子之交其淡如水

——邓仲纯的行迹交游

邓仲纯，邓稼先二叔，医生，侠肝义胆古道热肠，老舍称之为好友。邓仲纯虽然行医，但他的古诗文功底很深、结交了大批文化界的名人。不妨从邓仲纯的交游，来看民国文人的友情。

邓仲纯与陈独秀系怀宁同乡，两家是世交，两人幼时就有交往。邓仲纯四弟邓季宣与陈独秀的儿子陈延年、陈乔年是留法同学，邓陈两家还有亲戚关系，陈独秀二姐小女儿的婆婆就是邓仲纯的姐姐。

大约清光绪宣统年间，邓、陈和苏曼殊一起留学日本，朝夕相处，切磋诗文。后来，邓仲纯回忆说："我和曼殊和尚、仲甫三人共同住在东京的一间小房里，曼殊向仲甫学字学诗文，所以曼殊的字很像仲甫，曼殊的诗，不仅像，好多是仲甫做的或改的；仲甫则向曼殊学英文、梵文，每天都呀也呀的，我很讨厌，时常还因此吵嘴。"和他们三人住在一起的还有章士钊、邓以蛰。邓仲纯学医，邓以蛰在弘文学院学日语；陈独秀和章士钊在正则英语学校学习英文，同时到早稻田大学学习法国等西欧文化。陈独秀一边学习，一边参加革命活动。邓仲纯受到陈独秀的影响，也参加了革命。1908年，陈独秀第四次到日本，在东京和邓仲纯住在一起，一边学习英语，一边研究音韵文字学。陈独秀晚年在江津著《小学识字教本》，要追溯其源头，实发源于此。

1916年，蔡元培出任北京大学校长，聘请陈独秀担任文科学长。因为乡谊，邓仲纯随之到北大工作。

1930年，杨振声出任青岛大学校长，他聘请邓仲纯担任校医主任。校长杨振声是山东蓬莱人，性格豪爽，平易近人，他豪于酒，常常召集同仁在"顺兴楼"或"厚德福"宴饮。梁实秋文中说："七名酒徒加上一位女史，正好八仙之数，乃自命为酒中八仙。"他们三日一小饮，五日一大宴，三十斤一坛的花雕搬到席前，罄之而后已。经常是薄暮入席，夜深始散。他们豪迈地宣称："酒压胶济一带，拳(指划拳)打南北二京。"有一次胡适路过青岛，见到这班人豁拳豪饮的样子，吓得立刻把他太太给他的刻有"戒酒"二字的戒指戴上，要求免战。

"酒中八仙"前后略有变动，其基本阵容：一为校长杨振声，二为教务长赵太侔，三为文学院院长闻一多，四为外语系主任兼校图书馆长梁实秋，五为“新月”派主将方令孺女史，六为校医务室主任邓仲纯（初为理学院长黄际遇），七为总务长刘康甫（刘本钊），八为秘书长陈季超。

1937年“七七事变”后，在全面抗战的大潮中，在青岛山大的文友酒友星散，邓仲纯先避难安徽，后流落到四川江津。邓仲纯和邓季宣从安徽迁居江津后，举目无亲。他们与江津邓蟾秋、邓燮康叔侄本不同嗣，但是“同门”，就认作同宗。在江津邓氏叔侄帮助下，邓仲纯在黄荆街开办了“延年医院”，患者慕其名，求医问药者很多。邓季宣任国立九中（安徽公学）总教务主任兼高中部第一分校校长，终于在江津站稳脚跟。国立九中收战时安徽籍的流亡学生，所以当时江津有很多安徽人居住。

陈独秀从南京狱中被释放，1938年8月初，邓仲纯终于在重庆上石板街寻访到陈独秀，遂接陈独秀一家到江津居住。

陈独秀蛰居江津后，在国立九中任教务主任兼高中部第一分校校长邓季宣等的帮助下，儿子陈松年终于在国立九中谋到了一份管庶务的差事，有了一份收入。

此后，邓仲纯担任陈独秀的义务保健医生兼通讯员。陈独秀的大病小病都由邓仲纯问诊，全是免费。陈独秀与邓仲纯的交往并不纯是医患之间的交往，他们的交往是情感上的交往，是心灵之间相互慰藉的交流。陈独秀是学者，是名人，书信往来频繁，最多的是与学生、时在成都任川康绥靖公署少将参谋的杨朋升和在国立女子师范学院任教授兼国立编译馆编辑的台静农之间的往返信函，还有一些报刊寄来的样刊样报、稿费等，这些都是交“四川省江津县城黄荆街83号延年医院”转。信函刚邮寄到，邓仲纯立即派院内伙夫迅速送到石墙院，不得有半点延误。正因为此，住在城外乡下的陈独秀才得以与外界保持着联系。

老舍、台静农在青岛的山东大学中文系教书时，和邓仲纯成为好友，他们一起品尝即墨老酒。1940年，由台静农陪同，老舍自重庆搭船至江津，专程到邓宅仲纯家，看望拜会陈独秀来了。晚年台静农珍藏当年陈独秀写给他的书信一百零二封。其中1940年3月9日，陈独秀致函台静农：

> 静农兄左右：兄与老舍来此小聚即别，未能久谈为怅！闻兄返白沙时颇涉风涛之险，甚矣，蜀道难也。魏建功同学倘已到白沙，请代向其乞赠《天壤阁甲骨文存》一册寄下。甲骨文以最初王、刘所及最近研究院所获者为最可靠也。闻蔡先生故耗，心颇悲痛，留白沙之北大同学有举动否？留江津者不知有几人，能会合而公祭之否？

在这封信中，陈独秀还提到了蔡元培在香港逝世，在白沙和江津的北大同仁和学生公祭蔡元培。台静农《酒旗风暖少年狂——忆陈独秀先生》文对陈独秀的神态有生动的描述："他谈笑自然，举止从容，像老儒或有道之士，但有时目光射人，则令人想象到《新青年》时代文章的叱咤锋利。"大约 1938 年 12 月，舒芜的四伯父方孝远客居江津，方孝远与陈独秀闲谈，舒芜的四伯父对陈独秀的印象，也印证了台静农的描述："他的满口怀宁方言，土腔土调，一点也没有改，更不像个一世走南闯北的人。……他穿一件灰布面的长袍，两手笼袖，在厅堂上来回走，先是缓步，走着走着快起来，后来就成了跑来跑去，每次都是这样。……他同人说话时，间或目光一闪，锋利逼人，同他当时的'土老头'的整个形象不大一样。"

有一段时间，陈独秀一家和邓仲纯一家住在一起，因生活习性与邓仲纯妻不尽相同，就有了一些磕磕碰碰，邓仲纯对陈独秀仍然很好，他虽"惧内"，但仍在背地里劝说妻女要大度包容。后来陈独秀搬到施家大院、石墙院居住后，邓仲纯也是隔三差五去看望他或去看病治病，有时实在太忙，也会差人送药。1940 年 2 月初陈独秀病重，6 日到重庆石板街戴家巷宽仁医院治疗，回来后，邓仲纯强留他在"延年医院"内住下观察了几天。

一次，邓仲纯为陈独秀诊病后说："你的《实庵自传》写得好，何时能写完？"陈独秀说："我答应朋友们，写完《小学识字教本》，再写《实庵字说》。"见邓仲纯不解，陈独秀解释："学者以文立身，《小学识字教本》是指学理研究，对中国文字学研究的意义重大，可以留传存世。"

1942 年 5 月 12 日，陈独秀听信胡豆花泡开水治高血压的偏方，但因胡豆花发霉变质，饮后中毒腹胀，次日包惠僧来访作陪饮了小酒，过量食用四季豆烧肉，造成呕吐不止，虚汗如浴几日。他立即叫回儿子陈松年，原准备赴渝的邓仲纯得到信息，立即取消行程，赶到石墙院守候。邓蟾秋、邓燮康叔侄和邓季宣等多次前往探病。27 日晚，邓仲纯为昏迷两天的陈独秀注射强心针及平血压针，但仍无法挽回陈独秀的生命。在陈独秀弥留之际，鼻孔间气息微微进出。潘兰珍一手托起他的头，一手拉住他的手，看着他闭合了双眼……陈独秀就这样走完了人生旅程。

邓仲纯、邓季宣兄弟以及江津邓氏料理丧事，陈独秀得以安葬。陈独秀葬于江津大西门外鼎山桃花林，邓蟾秋康庄别墅前坡。碑上"陈独秀之墓"五字为台静农所书。国立九中历史教师、陈独秀死后著作整理人何之瑜在 1943 年 2 月 20 日的《访独秀先生病逝始末记》后记中说："先生入葬后，芟芜剔秽，竖碑砌道，莳花草、艺果树、敷布景物，差强人意，鼎山虎踞，几江龙蟠，岚光映耀，帆影出没，先生之灵，可以安矣。”

抗战胜利后，山东大学在青岛复校，校长赵太侔仍聘请邓仲纯为校医。赵太侔致信时在美国的老舍，邀请他到山大担任文学院院长，老舍婉言谢绝的信中，让赵太侔代他问好“故道侠肠仲纯兄”。

当年陈独秀书赠邓仲纯一副篆联：“我书意造本无法，此老胸中常有诗。”邓仲纯与陈独秀的交情，醇厚如酒温润如诗，又可谓君子之交淡如水。

联大学子两弹元勋

——邓稼先的人生轨迹

邓仲先(左前)邓稼先(右后)

“国家强盛,洋人就是外宾,访问,交流,做生意;国家贫弱,洋人就是鬼子,抢劫,烧杀,占土地。如若不信,去读一读自1840年以来中国近代史,去参观一下圆明园遗址公园,卢沟桥抗日战争纪念馆,南京大屠杀纪念馆,你就会明白邓稼先他们这些人为什么能够隐姓埋名,忍受一切;不较劲个人得失,心甘情愿地奉献聪明才智,乃至一生。”

1986年7月29日,六十二岁的两弹元勋邓稼先走完他光辉的一生。多年之后,他的妻子许鹿希谈起邓稼先这一生,她一字一顿,饱含深情地如是说。

“七七事变”爆发后,清华大学邓以蛰教授因患有严重肺病未能随校南迁,一直在北平隐居不出,靠往日的积蓄过着清贫生活。当时,邓稼先在西单绒线胡同内一所英国人开办的教会学校崇德中学读书。1940年春,北平市伪政府强迫市民和学生为“庆祝皇军胜利军”举行游行和庆祝会。邓稼先感到这是奇耻大辱,大会结束后就把手中的纸旗子扯得粉碎,后竟被歹人告发。崇德中学的校长是邓以蛰的朋友,他虽然把这件事搪塞过去,但建议邓稼先最好远离北平。于是,邓以蛰决定让长女邓仲先带着邓稼先远走昆明。

姐弟俩到昆明后,住在邓以蛰的老友汤用彤的家里。当晚邓以蛰的好友杨武之、张奚若、闻一多等就来看望,张奚若一进门就高声道:“听说又来了两个小难民,快让我来看看。”邓稼先的四叔在四川江津国立第九中学任校长,邓稼先遵父命到此校读高三。

高中毕业,邓稼先到重庆考大学,遇到日军的飞机轰炸,一颗炸弹在离他很近的江面爆炸，如果再偏一点，他就遇难了。此时，他终于明白，大后方也不安全，一个大国竟成弱国，备受欺凌，是没有安全可言的。邓稼先的亲身经历，是他后半生隐姓埋名制造两弹的动力之所在。

1941 年秋，邓稼先考入西南联大物理系。昆明，这座位于大西南的城市，此时是战时中国的学术中心，每天鸣炮报时，古风犹存，但这个古代遗风深浓的城市，因为有了西南联大，科学水平紧跟着世界潮流。联大物理系大师级教授云集，荟萃了叶企孙、吴有训、饶毓泰、周培源、吴大猷、赵忠尧、王竹溪、张文裕等教授。除了众多名师指导邓稼先，他还有一个优越的条件，他的大姐夫郑华炽执教物理系，邓稼先可以随时请教。1944 年，郑华炽担任联大物理系主任。郑华炽曾与吴大猷合作测试拉曼效应，受到哥本哈根学派创始人玻尔的赞赏。联大名师荟萃，对学生要求非常严格，联大物理系培养了大批科技人才，正如联大校歌词所说，“绝徼移栽桢干质”，杨振宁、李政道、张守廉、黄昆、朱光亚等都出自联大物理系，他们的确是民族未来的希望。

邓稼先在联大物理系求学时，他北平崇德中学的校友杨振宁也在物理系，他们一起学习，跑警报，泡茶馆，看电影，一起读古诗词。1945 年，抗战胜利后，联大的民主运动高涨，邓稼先在好友杨德新的介绍下，参加了共产党的外围组织“民主青年同盟”，投身于争取民主、反对国民党独裁统治的斗争。

1946 年，联大复员，邓稼先回到北平，受聘担任了北京大学物理系助教。1948 年秋，邓稼先进入美国印第安纳州的普渡大学研究生院，选择核物理作为自己的研究方向。由于他学习成绩突出，不足两年便读满学分，并通过博士论文答辩。此时他只有二十六岁，人称“娃娃博士”。

1958 年秋，二机部副部长钱三强找到邓稼先，说“国家要放一个‘大炮仗’”，征询他是否愿意参加这项必须严格保密的工作。邓稼先义无反顾地同意，回家对妻子只说自己“要调动工作”，不能再照顾家和孩子，通信也困难。从此，邓稼先的名字便在刊物和对外联络中消失，他的身影在亲朋好友间消逝了，没有人知道他的去向，包括最亲爱的妻子许鹿希。此后，邓稼先只出现在严格警卫的深院和大漠戈壁。

1959 年 6 月，苏联宣布不再向中国提供原子弹教学模型和技术资料，而且撤走全部援华专家。他们讥讽说，离开苏联，中共“二十年也搞不出原子弹”。为了争这口气，中国第一颗原子弹工程的代号命名为“596”，指代“59 年 6 月”，包含了中国科学家发愤图强的心声。

1964年10月，罗布泊升腾起一股冲天而上的蘑菇云团，举世震惊。中国成功爆炸的第一颗原子弹，就是由邓稼先最后签字确定了设计方案。他还率领研究人员在试验后迅速进入爆炸现场采样，以证实效果。许鹿希在邓稼先去世几年之后，访问二机部赵敬璞副部长时，了解到原子弹爆炸时的景象："原子弹爆炸的时候，声音简直是吓人，先是滚滚的雷声，这还不是最凶的；最凶的是反射回来的，比雷声大得多的响声夹杂着奇异的闪光翻滚过来，一股挡不住的烟柱笔直地升起……"那种地动山摇的景象，即使语言描述，我们仍能惊心动魄。石破天惊是此声，亚洲有核武器，历史大翻新，外媒评价说，中国第一颗原子弹的爆炸，改变了世界的形势和中国的地位。

邓稼先去世之前，中国一共进行过三十二次核试验，而其中有一半都是由邓稼先主持。

中国第一颗原子弹成功爆炸之后，邓稼先又同于敏等人投入对氢弹的研究。按照"邓—于方案"，最后终于制成了氢弹，并于原子弹爆炸后的两年零八个月试验成功。这同法国用八年、美国用七年、苏联用四年的时间相比，创造了世界上最快的速度。

邓稼先研制原子弹和氢弹不仅是在艰苦的条件下进行，而且还要抵挡"文革"的侵袭。1971年，许多立过大功的科学家蒙冤被整，邓稼先和于敏、胡思德等人也被集中到青海221基地遭受批斗，情况万分紧急。正在此时，杨振宁自美国经巴黎飞抵上海，回大陆探亲访问。他开列了在北京要见的人的名单，第一个人就是邓稼先。周恩来总理批示要邓稼先回京会见，救出了邓稼先，也解救了一批中国宝贵的科学家，221基地暗无天日的情形就此结束了。

邓稼先见到杨振宁，内心顿起波澜，握手，拥抱，百感交集。昔日儿时的伙伴，西南联大的同学，此刻分属两个国籍。杨振宁和另一位从西南联大走向世界的学者李政道获得1962年的诺贝尔物理学奖，杨振宁李政道名满天下，成为世界顶级的物理学家；而此时的邓稼先和他的团队，成功研制出原子弹，成为不为人知的民族英雄。两弹元勋的桂冠，直到晚年才姗姗而至。他们从拥抱中体认各自的所在，从时代的镜像中，感受自己可能踏上的另一条人生道路，从对方的成就看到另一个自己。

杨振宁知道中国对于研制原子弹是保密的，没有问他这方面的事情。访问将要结束由北京返回上海之前，邓稼先送杨振宁到飞机场。杨振宁临时上飞机，突然回过头来问邓稼先："稼先，我听说中国研制原子弹的工程中有一个美国人叫寒春（琼·欣顿，Joan Hinton）的参加了，是不是真的？”

邓稼先与杨振宁

寒春是杨振宁在芝加哥大学的一个美国女同学，曾经跟随意大利裔的著名物理学家费米（Enrico Fermi）参加过美国的原子弹计划。她因为不满美国在第二次世界大战之后军事秘密研究的狂热发展，1948 年就到中国延安等地参加中国共产党的活动，后来一直住在中国，往后大部分时间在农场从事乳牛的改良工作。但是在美国却一直流传着一种说法，认为寒春是出卖美国原子弹秘密给中国的间谍。

杨振宁的疑问让邓稼先左右为难，面对好友不知如何回答。依照周恩来总理的批示，邓稼先连夜写信告诉杨振宁：“中国的原子弹氢弹全部都是中国人自己研制的，没有一个外国人参加。”

1971 年 8 月 16 日，杨振宁在上海大厦晚宴时，收到邓稼先写的这封信。这封信给杨振宁极大的情感震荡：“一时热泪满眶，不得不起身去洗衣间整容。事后我追想我为什么会有那样大的感情震荡，为了民族的自豪？为稼先感到骄傲？——我始终想不清楚。”

让杨振宁想不清楚的还有一件事，1990 年，许鹿希到美国拜访杨振宁，提及 1971 年的往事：杨振宁回国时，杨振宁正在青海 221 基地被造反派办学习班，邓稼先几次提出要研究业务，被造反派说成是反革命的修正主义。杨振宁回来要见邓稼先，这才救了他。杨振宁得知这个真相，良久无语，感叹真是太巧了。许鹿希说，正是有了这么巧的一个事，才真的保住他们了。

正是在这样严酷的自然条件和政治条件下，两弹元勋邓稼先创造了中国速度，世界奇迹，但是，“文革”破坏到军事工业，导致核试验的一次事故，直接造成他遭受超大剂量的核辐射，成为他身体健康的杀手。1979

年，航投试验时降落伞没有打开，原子弹坠地被摔裂。邓稼先亲自乘车到戈壁滩寻找，发现以后，核科学家的直觉告诉他，接近有核辐射的危险，他拒绝与他一起勘察的人接近，一个人抢上前去，将原子弹碎片拿到手里仔细检验。邓稼先回北京后被拉到医院做检查，结果发现在他的小便中带有放射性物质，肝脏被损，骨髓里也侵入了放射物。

1985 年，邓稼先最后离开罗布泊回到北京，仍想参加会议。医生强迫他住院并通知他已患有癌症。他无力地倒在病床上，面对妻子许鹿希以及国防部长张爱萍的安慰，平静地说："我知道这一天会来的，但没想到它来得这样快。"

邓稼先因核辐射患直肠癌，生命终止符停息前的最后一个月，许鹿希说，身体各部位都在流血，背上和腿上有大片的血，鼻子、嘴都流血，肛门流血，尿全是血，可怕极了，后来非常惨。邓稼先在弥留之际，对爱妻许鹿希说："假如生命终结后可以再生，我仍选择中国，选择核事业。"

1986 年 7 月，生命将到尽头，邓稼先仍然心系尖端武器发展的若干紧迫问题。7 月 29 日，邓稼先因手术大出血去世。

六十二岁的邓稼先走了，永远地闭上了那双闪烁着智慧的双眼，中华民族痛失英才。从外地匆匆赶来的张爱萍上将，含着热泪为邓稼先挥毫写下一首撼动人心的诗词：

连克千重关，群力奋战君当先。捷音频年传。蔑视核讹诈，华夏创新篇。君视名利如粪土，许身国威壮河山。哀君早辞世，功勋泽人间。

晚年邓稼先

邓稼先生前赞美别人爱用"pure"（纯洁），而他，如白玉般纯粹，是一个心系国运无私的人，一位为国家崛起忘我的科学家。

两弹元勋邓稼先的丰功伟绩已被载入史册，这位让人景仰的科学家，他的人生片段，同样丰富多彩：幼年时在父亲邓以蛰的指导下背诵《诗经》《论语》；在西南联大求学时大声唱校歌

“千秋耻，终当雪，中兴业，须人杰”；从普渡大学获博士学位回国后，那是一段轻松愉悦的时光，他有了儿女，闲暇时听京剧，打乒乓球，游泳；1959年，原子弹研究大本营安在新疆大漠中，水沟边长着马兰草，开着蓝白相间的花朵，于是这个地方被命名为马兰镇，马兰花是他最喜欢的花儿……英雄原本是凡人，“苟利国家生死以，岂因祸福避趋之”，正因为有了这样的胸襟，“许身国威壮河山”，大爱无言铸国魂。

七、浙西望族:朱希祖家族往事

■ 朱希祖家族部分成员

朱希祖(1879—1944),字逖先,浙江海盐人,著名的历史学家、藏书家。早年师从著名国学大师章太炎先生。曾任北京大学、清华大学、辅仁大学、中山大学、中央大学教授,中央研究院历史语言研究所研究员、博物馆筹备处筹备委员会常务委员长、中国史学会主席、国史馆筹备委员会总干事、考试院考选委员会考选委员等职。

朱偰(1907—1968),朱希祖长子,著名经济学家、历史学家。早年毕业于北京大学,1929年赴德国柏林大学留学,为经济学博士,曾任中央大学、南京大学教授、江苏省文化局副局长、江苏省文物管理委员会副主任等职务。因保护南京古城墙被打成"右派","文革"中以死抗争,捍卫尊严。

朱侃,朱希祖次子,就读于北京大学农学院,学的是农业,后为贵州省农林厅的高级工程师,曾是全国第三届人大代表。

朱侨,朱希祖三子,毕业于北大经济系。

朱倞,朱希祖四子,1944年中央大学地理系毕业,参加中国远征军,当翻译。

朱倩(1903—1918),朱希祖长女,字孟婜,号闰龄。因患肺结核病逝。留下《孟婜日记》,记录了朱希祖的交游、治学。

朱倓,朱希祖次女,受父亲影响,对南明史颇有研究,曾写过《班昭》。她毕业于北京大学研究所国学门,任广州市中山图书馆馆长,是当时颇有名气的"女中英杰",建立广州首个妇女联合会。朱倓嫁给著名史学家罗香林,结婚后,她甘心牺牲自己的事业,一心一意做贤内助。

罗香林(1906—1978),字元一,号乙堂,广东省兴宁人。著名历史学家、客家文化研究开拓者。1932年清华大学研究院毕业,师从梁启超、陈寅恪等著名学者。历任中山大学、香港大学、珠海书院教授，获香港大学终身名誉教授衔。

“东海潮头憾不休，孤城寂寞峙中流”(朱偰诗句)。海盐县城东临杭州湾，具有一千二百多年历史，物阜民丰。海盐县城穿越历史的云烟，笑傲沧海桑田。然而，这座具有吴越文化特色的江南水乡古城，毁于1937年抗战爆发后的战火。

在这个古城里，生活着尚胥里朱氏家族，这是海盐的名门望族，如同一棵根深叶茂的大树，历经元明清而不衰。据《海盐史志》刊发的《海盐朱氏世家英杰辈出》文，海盐城内朱氏后裔的“朱家花园”，是明清时期海盐县城中众多的私家园林之一。园主朱丙寿(1836—1914)，同治进士，是海盐县历史上唯一的状元朱昌颐的族嗣。此外，朱氏人才辈出：我国第一部陶瓷史《陶说》的作者朱琰，文史大家朱希祖，财政专家、文物保护专家朱偰等，均出自朱氏望族。

史学大家朱希祖生活在晚清民国，与鲁迅钱玄同等人同受业于章太炎之门。民国初年，蔡元培掌北京大学，朱希祖任史学系主任。在新文化运动中，提倡白话文学，推动民主与科学等革命思潮。上世纪三十年代，朱希祖和儿子朱偰，同在中央大学执教，一个是史学系主任，一个是经济系主任。海盐朱氏父子，堪称学界佳话。观察海盐朱氏家族的世代变迁，以及朱氏父子的遭际和命运，好似钱塘江的波浪，带着历史的潮流，涌到今人的眼前。

浙西望族　书中隐藏家族往事

朱希祖，字逖先，清道光状元朱昌颐族孙，1879年出生于浙江省海盐县尚胥里上水村得月楼。朱希祖长子朱偰在回忆录中，有一篇文章描写故乡海盐的风光。“余之故乡，在大海之滨，当钱塘江入海之口，即浙江省海盐县是也。”海盐风光秀美而壮丽，人杰地灵，在朱偰的笔下，如同画卷一般延展开来：“当海滨而望，青山隐隐，碧海迢迢，白鸥翔集，柔波如语，于庄严伟大之中，寓有秀丽明媚之景色；而钱塘之潮，驰名于内，尤为壮观。”在写及海盐县城时说：“此海滨之孤城，盖为余儿时之摇篮，余在海盐，为日虽浅，然余热爱吾故乡，每为之神往不止。”

朱希祖

抗战爆发后，朱希祖朱偰父子入巴蜀之地，“年来久客他乡，家园景物，转觉生疏。抗战发生，故乡灰烬，因城邑逼近大海，饱受敌寇炮击，旧家园第，尽毁于火。”旧家园第荒芜尽，回首先茔无限愁。朱偰故园东望，不胜惆怅。

朱家是浙西望族，明清两朝，共出了十三名进士，其中，翰林一人，状元一人，可谓诗礼家传，源远流长。

海盐朱氏系出吴郡，一迁于安徽歙县，再迁于婺源。朱希祖长子朱偰，在谈起自己的家世时说：“当宋季世，始祖勉轩共为海盐主薄，始居城东，遂占籍焉。三世祖悦山公，于元后至元年间，始迁尚胥里上水村，迁来已六百余年矣。胥溪派衍，代有闻人，先严高叔祖虹舫公，嘉庆辛酉进士，翰林院编修；曾叔祖朵山公，道光丙戌进士，殿试一甲一名，授翰林院编修。盖自明以迄清季，吾家凡有进士十三人，翰林一人，状元一人，故朱氏为浙西望族，诗礼传家，久而不衰。”

但是，到了朱希祖祖父一代，已家道式微。祖父、父亲都只是庠生，在家乡以教书为生。然他们笃学力行，亦为乡人敬重。希祖兄弟六人，他行次第二，长兄、三弟、季弟早夭，故于诸弟中实居长。他幼承庭训，早慧聪颖，为家族所厚望。朱希祖八岁的时候，他的叔祖画松柏于扇，并题诗赠送给这位爱读书的少年：“努力读书正少年，愿伊早著祖生鞭。勉为大器成松柏，期望深心画里传。”于是，其父因此赐名希祖，字逖先。

1892 年，十四岁的朱希祖跟随父亲读《左传》。这是一本在朱希祖的人生年轮中打下生死烙印的史书，让他感受到沉痛的滋味。这年夏天，他的父亲生病，阴历七月末病逝。春去秋来，寒来暑往，一本书镶嵌着痛失亲人的隐秘。朱希祖六十岁的时候，回忆年少跟随父亲读《左传》的往事，感慨系之。1938 年 3 月 28 日，在阳光和煦、百花盛开的日子，朱希祖从晨曦到黄昏伏案“录《左传》姓氏”。十四岁那年夏天的生离死别，像春天初起的薄雾一样，带着忧伤笼罩在他的心头。他在日记中写道：

忆余十四岁上半年，先君授余《左传》，详细讲解，甚有趣味。其年夏，先君得病，至七月末竟弃养，以致余不克卒业《左传》，抱恨终天，常不忍温读《左传》。今录《左传·襄公十年》，以前幼时所读如旧相识。每联忆旧日家庭状况，及乡里故人情好，汉高祖所谓“吾魂魄犹思吾乡”，诚至情之语也。

此时，朱希祖身在重庆，因为抗战爆发，流寓西南。想起年少往事，想起昔日父亲教授《左传》的场景，前尘旧事，如在眼前。不能回到故乡海盐，而故乡的风物与故人，魂牵梦绕。诚可谓，年少失父不忍读，梦里家山难细看。

朱希祖心头的隐秘和伤痛，即使家人也不知。朱偰后来读到父亲的这则日记，才明白父亲为何不教自己读《左传》，当年“《四书》、《五经》皆将读毕，独未及《春秋左传》，余尝窃怪之。中年入蜀，见先君《重庆日记》……方知先君之不授余《左传》，盖有其隐恨在焉”。

朱希祖留学日本的照片

父亲突然得病去世，朱希祖肩负着父亲的期望，发奋读书。1896年中秀才，1901年举廪生。为抚养诸弟，他从当地风俗，早早地结了婚，到富人大户家课徒授业。1905年，朱希祖以优异的成绩考取了浙江省官费留学生，于是年7月到日本早稻田大学师范科攻读历史，1909年夏卒业。

朱希祖在日本留学期间，结识章太炎。朱希祖与黄侃、钱夏、周树人、许寿裳等，共同受业于章氏，听他讲说文、音韵诸学。太炎先生自撰年谱，宣统二年有这样一条，赞赏朱希祖的史学功底：“逖先博览，能知条理。”此话看似轻描淡写，却是许多学者奋斗一辈子也得不到的荣誉。许寿裳（季绂）先生在《亡友鲁迅印象记》中记录了章门弟子听讲的情形：

每星期日清晨，我们前往受业，在一间陋室之内，师生环绕一张矮矮的小桌，席地而坐。先生讲段氏《说文解字注》，郝氏《尔雅义疏》等，神解聪察，精力过人，逐字讲解，滔滔不绝，或则阐明语原，或则推见本字，或则旁证以各处方言。自八时至正午，历四小时毫无倦意。

我们同班听讲的，是朱蓬仙（名宗莱）、龚未生、钱玄同（夏）、朱逖先（希祖）、周豫才（树人，即鲁迅）、周启明（作人）、钱均夫（家治），和我共八人……听讲时，以逖先笔记为最勤；谈天时以玄同说话为最多，而且在席上爬来爬去，所以鲁迅给玄同的绰号曰“爬来爬去”。

当时朱希祖住的东京牛区鹤卷町早稻田大学清国留学生宿舍，与太炎先生的寓所牛区二丁目八番地《民报》社相距不远。除上述八人外，先后从太炎先生听讲的浙江籍弟子还有马裕藻、沈兼士等多人，因为都是浙江籍，后来其中的精英人物又大多在北大国文系任教，这便是被陈西滢讥为“某籍某系”的来历。

朱希祖在日本留学期间，受教于章太炎门下，是他成为一代史学大师的起点和基础。正是这一批章门弟子，随着新文化运动，登上历史舞台，成为民国学界的重要人物。章太炎是朱希祖的业师，要追溯章太炎的成长，与朱希祖家族有绕不开的关系。

文化世家　通家之好绵延百年

章太炎是浙江余杭人，生于儒医世家。1876 年，外祖父朱有虔（朱左卿）自海盐来，对章太炎进行系统的文字音韵学教育。章太炎较早接受传统民族意识的启蒙，也是来自外祖父朱有虔的影响。朱有虔虽是清末海盐老儒，但并不迂腐。外公教章太炎课业四年，使其稍知经训和民族大义，他时常领着外孙回溯清朝在江南制造的众多血案。

章太炎记得十二岁时，外公指导他阅读《东华录》，当读到崇德吕留良案时，外公说：“夷夏大防，同于君臣之义。”章太炎问：“前人有此种说法吗？”外祖父答：“王船山、顾亭林已言之，尤以王氏之言为甚，谓历代亡国，无足轻重，惟南宋之亡，则衣冠文物，亦与之俱亡。”少年章太炎愤然曰：“明亡于清，反不如亡于李闯！”“反满”革命的思想在他幼小心灵渐渐生根发芽。

章太炎的外祖父海盐朱有虔，是朱希祖的族人。就辈分来说，朱希祖是朱有虔的族曾孙。除了与章太炎这样隐秘的关系外，朱希祖家族与张元济家族，关系更为密切。

张元济、朱希祖两家为浙西望族、海盐文化世家，两家是世交，友情、亲情延数百余年。

张元济先祖张惟赤先生，别号螺浮，后人称他“螺浮公”，清朝顺治十二年(1655)己未科进士，以直言敢谏著称，也许是因为直言上谏忤逆了皇帝，后来被裁缺回海盐老家，并拓展大白居为涉园，为自己读书、藏书之处。正是受先祖读书、藏书的影响，张元济热衷于搜集古籍和校勘，而且对目录版本非常精通。

涉园藏书丰富，不仅是海盐，而且是声动江南的名园。四方名士来园借书、校勘、游园、论学，往返唱和。张氏后人张鹤徵(云汀)先生辑四方唱和为《涉园题咏》，录有桐城张英、长洲韩菼、华亭王鸿绪、济南王士祯、德清徐倬，以及同县彭孙遹、彭孙贻、朱琰等人的诗作。朱琰就是朱希祖的族祖，号笠亭先生，有《陶说》《明人诗抄正续集》《笠亭诗集》《诗学逮津》《金粟逸人逸事》等书行世。

张元济、朱希祖两位先生志同道合，又有亲戚关系，但他们相差十二岁。当朱希祖十四岁的时候，张元济已经进士及第；当朱希祖考中秀才时，张元济已经是名动京师的“新党”了。由于祖辈交往的渊源，由于共同的志趣爱好(一位是著名出版家，一位是藏书家)，成就了张朱两大文化世家的通家之好。朱希祖的夫人张维女士就是张元济的本家堂妹。

1926年6月24日，朱希祖致函张元济，谈起夫人曾经编选的一本书：“《汉魏六朝女子文钞(选)》系内子在杭州、嘉兴时选读，因此付梓，冀供同好，时在辛亥之春，刊于嘉兴，今版捐于浙江图书馆。”张元济于同年7月2日回信说：“《汉魏六朝女子文选》乃吾妹所辑，吾家道韫于家乘中可添一佳话矣。”

书香世家，源远流长，其来有自。书卷和书香自然遗传给下一代。1916年8月，朱希祖的内侄女张受采行纳聘礼，朱希祖与同邑徐蔚如先生作伐，嫁张受采于沈钧儒长子沈谦(字汝兼)。行聘礼时，回盘礼物就是海盐张氏《涉园丛刻》八册，朱希祖代替张受采之父张梅生作跋文。

文化世家的联姻，以自家刻书为礼物，书香浸润了新人的生活，让柴米油盐的平淡日子多了一份悠长的文化韵味。让人想起民国结婚证书上的一段美好的祝福：“两姓联姻，一堂缔约，良缘永结，匹配同称。看此日桃花灼灼，宜室宜家，卜他年瓜瓞绵绵，尔昌尔炽。谨以白头之约，书向鸿笺，好将红叶之盟，载明鸳谱。此证。”

女儿病逝　家事国事纷扰不安

1902年，朱希祖与同邑乡绅张小廷的三女儿张玉瑱结婚。张玉瑱又写作玉贞，字道韫，后又改名张维。虽然是旧式婚姻，但称得上“琴瑟相调度华年，鹣鲽情深好姻缘”。

1905年，朱希祖应浙江省官费留日考试，名列前茅。即将出洋留学，朱希祖托岳父家照应妻子和长女朱倩。此时的江浙地区，西风渐进，新式教育风气已开。朱希祖留学日本期间，积极鼓励并帮助夫人张维到上海务本女学学习。

1908年2月，朱希祖从日本回到家乡海盐，为伯母奔丧。从他在这段时间写下的日记可知，夫人张维开设婴英女学，招收女子若干，分为四个班级。这是“开风气之先”的举措，创办了海盐历史上第一所女子学校。这所学校得到了张元济和朱希祖的支持。是年3月3日，朱希祖为女子学校的女生上课，上午讲《长恨歌》一诗中提到的宫殿和地理名称：华清池，骊宫，太液池，未央殿，长生殿，马嵬坡，峨眉山，渔阳栈道，剑阁……下午，朱希祖为甲乙两班讲《长恨歌》历史。日记中写道：“女生等颇喜听，盖引进读书趣味也。使知国文一道，无不与历史、地理相关者，读此，然后知历史、地理之不可缓，况犹有其深于此者乎。即令诸生熟读《长恨歌》。”朱希祖讲授古诗的方式，即使放到今天，也颇有可取之处。朱希祖回到日本后，钱玄同书写《长恨歌》一诗赠给朱希祖。

1909年8月，朱希祖回国，应杭州两级师范学堂监督沈钧儒之聘，为教员，讲文学史。此时，该校教员还有鲁迅、夏丏尊、许寿裳等人，皆为一时之选。1910年12月，朱希祖至嘉兴中学任教。朱希祖全家搬到嘉兴南门。据朱希祖长女朱倩《孟婴日记》：“时归安钱先生德潜（钱玄同），鄞县马先生幼渔（马裕藻），海宁朱先生蓬仙，先后来嘉兴同为国文教习，辛亥后乃散。”此时茅盾在嘉兴中学读书，对几位国文教师印象深刻，他们教的是古书，不知他们是革命党，“这些革命老师是真人不露相”。

在随后爆发的辛亥革命中，真人不露相的“国文教师”，原来是资深的革命党人。武昌起义后，各省响应，纷纷独立，朱希祖携眷回到海盐，仍然住在小虹桥张宅。因为朱希祖在海盐的声望，被推戴为海盐县知事（民事长）。在职期间，朱希祖推广新政，积极投身于剪辫放足、禁止鸦片、兴办学校等工作中。

朱希祖毕竟是一位纯粹的学者，理民政并不符合他的志趣。1912 年 3 月 20 日，当担任浙江教育司司长的沈钧儒向他发出邀请信，朱希祖携带眷属，走马上任，当上了教育司第三科科长。朱希祖在海盐去职之日，家乡父老沿街挽留，这种殷殷乡情，让朱希祖感念良多，心生依依不舍之情。

1913 年 1 月，教育部在北京召集国语读音统一会，朱希祖作为浙江省的代表出席。会议代表们审核音素、采定字母时众说纷纭，久争不决。朱希祖在其师章太炎由古文籀篆径省之形所创制的三十六个纽文(声母)、二十二个韵文(韵母)中选出三十九个，作为标音符号，写出议案，并联络马幼渔(马裕藻)、周豫才(鲁迅)、许寿裳、钱稻孙、陈睿共同具名。代表们对此议案表决通过，因此，朱希祖名动京师，国立北京大学马上聘为预科教员，并兼清史馆协修。

执教北大，参与创办北大史学系，经历新文化运动和五四运动，朱希祖的学海生涯，从北大开始。这让人想起他写过的一首诗。1917 年 11 月 6 日，朱希祖长女朱倩在日记中写道："家君(朱希祖)于光绪乙未春游嘉兴落帆亭，作五言绝句云：击楫快中流，壮心本未已。暂落此间帆，前程犹万里。"当年留学日本的章太炎门下弟子，多在北大执教，在新文化运动中，高举科学与民主的大旗，风云激荡，开时代新气象。朱希祖前程万里，大有直挂云帆济沧海之势。

不过，在北京安家的朱希祖，在家庭生活中经历了一件令他无比痛苦的事情——长女朱倩病逝。这位"文以郦、杨为法，诗以颜、谢为宗"的女孩，因患肺病而夭折。豆蔻梢头二月初的天才少女夭折，显然，对朱希祖是一个打击。

朱偰在《回忆录》(未刊)中曾写道："我的家庭里发生一件不幸的事故，我的大姊因患肺结核到了第三期，不治逝世。她死的时候才十六岁，引起了一家人的极大悲哀。她从小有'女神童'之目，七岁就能背诵《长恨歌》，十岁就能作古文。父亲对她加以培养，亲自教读，一心一意想把她教成一个班昭、李清照一样的女学者或女诗人。可是她从小用功过度，身体就吃了亏，每天晚上还要替父亲抄写《中国文学史》讲义，到十点或十一点钟才能睡，竟得了肺结核，从她十二岁那年起，就开始吐血。后来虽两次进法国医院治疗，还是不能见效。她好像含苞待放的蓓蕾一样，被无情的暴风雨摧折了。父亲失去了爱女，非常伤心。经过这次打击，他才觉得以前的家庭教育的方式方法是不对的；青少年儿童应该德育、智育、体育并重，不能关在书房里读死书，弄得死气沉沉，甚至影响身体。于是他教我们搞体育运动，提倡打乒乓球、踢足球，并带我们出去旅行，接触大自然的美景，认识祖国壮丽的河山。”

朱倩的日记，从 1917 年 10 月 25 日开始，终止于 12 月 22 日，留下了一万多字的日记。朱倩出生于 1903 年，生命终止于 1918 年农历七月二十六日。一曲悲歌陷渺茫。此恨此痛，对于父母家人，无疑是一种精神创伤，只有靠时间才能抚平。像朱希祖遭遇这样的家庭变故者，并非个案，刘文典的儿子读书用功过度病逝、胡适的女儿素素早夭。因为他们出生于学者家庭，父亲作文纪念，后人得知他们的名字。在民国乱世，战争，疾病，饥荒，几乎每个家庭都可能遇到这样痛心的不幸。

无独有偶，朱希祖刚刚平复丧女之痛，孰料，又一次丧女之痛袭来。他的三女儿朱僖患猩红热夭亡。1924 年 12 月 15 日，朱希祖致函张元济，提到不幸的变故对自己治学和家庭的影响：

> 今夏小儿辈忽染猩红热病，多入医院，亡一幼女，其他幸得治愈，而康健者皆避居他处，房屋皆消毒封闭。还家月余，而大小儿又发斯症，又二次消毒，入院治疗，动经数十日，以故扰攘三月，心颇不宁。其后南北战争，更形忧思，学校乏款，岌岌可危。

1924 年，对于中国来说，是纷扰不宁的一年，对于朱希祖来说，是疾病和战争侵扰的一年。这一年 9 月，神州赤县，有三次战争爆发。江浙战争，又称齐卢之战爆发，直系孙传芳齐燮元进攻皖系卢永祥，卢永祥大败。第二次直奉战争爆发，张作霖以自己与皖系军阀有同盟为名，出兵入关。因冯玉祥发动北京政变，迫使奉军撤退。孙中山发动第二次北伐。10 月，广州商团与陈炯明联合发动叛乱，被平息。朱希祖的故乡浙江和所居住的北京，都被军阀的战乱波及。再加上，北洋政府拖欠北大经费和教授薪水，北大的情形也“岌岌可危”。在这样的背景下，朱希祖遭遇第二次丧女之痛，自然难以安心。

民国时期，动荡不安，个人和家庭如同时代浪潮中的一叶小舟。唯有短暂的风平浪静之时，才有家庭安宁幸福时光。

海盐朱氏家族的往事，宛如江河流水，时而平缓，时而湍急。世家文脉，源远流长，最终江河入海，汇成文化的海洋。朱希祖和朱偰所经历的家事国事天下事，如同一幅徐徐展开的画卷，随着历史的演进，渐渐打开。

历劫终教志不灰

——一代史家朱希祖的才学和藏书

他是章太炎门下弟子，被戏称为“西王”；他是出席“全国读音统一会”的代表，在国语运动中起草的注音符号方案一锤定音；他是“某籍某系”的北大教授，先后担任国文系、史学系主任；他是新文化运动的支持者，倡导白话文，反对封建礼教；他任清史馆的协修，获得袁世凯颁发的四等嘉禾奖章；他是声动民国的藏书大家，保存古籍，守护中国传统文化的一脉书香……

史学大师海盐朱希祖，一生有诸多身份，史学家是其根本。建构史学教育体系，整理历史文献和档案，编修国史，考察历史遗迹，研究南明史……每一件事中都贯注了他的爱国热情和民族尊严。他做这些事情只有两个目的：一是传承和发扬中国文化，二是唤醒国人的民族士气。

生于晚清，留学日本，民国初年进入北京大学，登上历史舞台。朱希祖一生经历洪宪帝制、军阀混战、北伐战争、抗日战争等诸多重大历史事件。朱希祖历任北京大学、中山大学、中央大学教授，晚年任国民政府考试院考选委员会委员，交游广泛，可谓政学两界的津梁。1944 年，朱希祖病逝于重庆，蒋介石特颁“渊衷硕学”的挽词，葬礼“极一时之哀荣”。“藉历史以说明国家之绵延，鼓励民族之复兴”，追昔抚远，在朱希祖逝世七十年后，回望他的人生和事功，历史学家的良知和担当，令人敬仰。

北大兔子　美髯公别称逸事

1919 年任北京大学中国文学系代理主任，教授中国文学史。不久兼任史学系主任，写成《中国史学通论》一书及许多史论。朱希祖任北京大学史学系主任，这个系主任也很不一般，因为是中国历史上第一个史学系的系主任。朱希祖还发起成立了中国史学会，是现代史学的开创人。

“五四”前后的北大，“卯字号”名教授，可谓北大的台柱子。所谓“卯字号”，就是几个属兔的大师级人物，两只大兔子是陈独秀和朱希祖，生于光绪己卯年(1879)。四只小兔子是新文化运动中名声鹊起的胡适，新文化运动中与钱玄同一起唱双簧的刘半农，任清华大学国文系主任、曾当面顶撞蒋介石出名的刘文典，二十几岁就做北大教授、以行为怪异著称的林公铎。

其实，陈独秀和朱希祖是两只中兔，还有一只老兔——生于光绪丁卯年(1867)的蔡元培。“卯字号”的几只兔子，都是北大名教授。胡适不无自得地说：“北大是由于三只兔子而成名的。”这三只“兔子”指的是“蔡元培、陈独秀和胡适”。蔡是北大改革和新文化运动的领导人物，陈、胡则是其行政上和教学上的得力助手，他们三个是当时北京大学的灵魂。不过，在新文化运动中暴得大名的胡适之，并不入一些章门弟子的法眼。

有意思的是，“中兔”朱希祖似乎有点瞧不上“小兔”胡适。胡适初进北大，还是末学新进，对朱希祖很尊重，朱希祖的藏书中有很多是海内孤本、秘本，胡适就经常到朱家来看看藏书，谈谈版本，请教学问。胡适的《中国哲学史大纲》上册一出版，引来叫好一片，胡适在序言中特别感谢了朱希祖，说：“对于近人，我最感谢章太炎先生。北京大学的同事里面，钱玄同和朱逖先两位先生对于这书都曾给我许多帮助。”朱希祖似乎并不领情，说此书写得肤浅，还肯定地说，胡适既不懂佛学，也不懂宋明理学，他这本《中国哲学史大纲》是写不下去的。当然，朱希祖这番话，可能说给很亲密的朋友听。但另一位章门弟子黄侃就不同了，在中央大学的课堂上，公开讽刺胡适《中国哲学史大纲》只有上半部，没有下半部：“昔日谢灵运为秘书监，今日胡适可谓著作监矣。”学生不解，问何意？黄侃回答：“监者，太监也。太监，下部没有了。”引得学生大笑不止。

朱希祖对胡适的《中国哲学史大纲》的批评，比较中肯。后来胡适的《中国哲学史大纲》勉强出了中册，下册果然是无疾而终。这个小插曲，并不影响两人的交情。从《朱希祖先生年谱长编》中可以看到，朱希祖和胡适的学术往来比较密切：胡适向朱希祖借书，朱希祖对胡适发表的论曹寅的文章予以补充，两人常写信交流。毕竟朱希祖是一只“温和、儒雅”的兔子，而黄侃则是桀骜不驯的野马，具有名士的范儿。胡适对待自己的批评，颇有风度，一笑了之。

朱希祖是北大的兔子，也是学界的美髯公。

1914年1月1日，这一年朱希祖三十六岁，与沈钧儒相约留胡须。于是，民国学林中，多了两位美髯公。当时，《北京大学日刊》曾将朱逖先误刊为“米遇光”，北大的同人，章门弟子，都见了他呼作“米遇光”，这个绰号有开玩笑的意味。随着朱希祖茂密的连鬓大胡子初长成，“朱胡子”这个外号不胫而走。不过，北大同人包括他的弟子，更多地称他为“而翁”。毕竟当着他的面，不好意思直白地叫“朱胡子”。“而翁”这个文言的称呼，似乎有了几分敬意。

据《知堂回忆录》，1933年暑假，时任中山大学教授的朱希祖，回到了北大。在校长室现身的他，引来一片惊呼。“这时正值北大招考阅卷的日子，大家聚在校长室里，忽然开门进来一个小伙子，没有人认得他，等到他开口说话，这才知道是朱逖先，原来他的胡子刮得光光的，似乎换了一个人了。大家这才哄然大笑。”周作人的回忆很生动，试想，一位熟悉的朋友留了近二十年的胡须，多日不见，突然剃掉了胡须，出现在朋友眼前。那种惊讶之后的恍然大悟，一定伴随着爽快的笑声。

朱家客厅　座上客皆风流人物

朱希祖在北大任教时期，当年听章太炎讲学的同门弟子多在北大，交往密切；朱希祖又任清史馆协修，同逊清遗老多有交往。朱希祖交游广泛，与学界政界都保持联系。因此，朱希祖家中的座上客都是硕学通儒，可谓“谈笑有鸿儒，往来无白丁”。座中客常满，樽中酒不空。朱希祖与清史馆的同人谈前朝旧事，北洋人物；与章门弟子论学问道，谈国故和新诗。朱家客厅就是一个“文艺沙龙”。

据朱倩的日记，朱希祖与张书云来往密切。1917年11月18日，张书云（号卿五）到朱府，谈及袁世凯复辟帝制前后的事情。张书云（前清翰林）和朱希祖同被聘为清史馆协修，他们谈清史馆中人员的变化，这种变化可以看到政治的气候下个人的冷暖与选择。

1914年3月9日，袁世凯以大总统令的形式，批准设立清史馆，纂修清史。袁世凯请在青岛居住的赵尔巽来京任清史馆馆长。在清史馆供职者，多为瑞洵、缪荃孙、柯绍忞、劳乃宣、吴廷燮这样的前清官员和学者。

1915年8月14日，杨度串联孙毓筠、李燮和、胡瑛、刘师培及严复，联名发起成立“筹安会”，鼓吹帝制。其中刘师培为北大教授兼任清史馆协修。朱倩在日记中写道：“四年冬帝制议起，政府欲罗致名士，使为己用，不持异议，特于议会中设硕学通儒一格。而清史馆中延请十人，其时家君与张先生皆在其列，首倡抗辞不就之议，赵世骏、蓝钰二先生尤烈，竟辞馆职而去；而吴廷燮、秦树声、邓邦述、夏孙桐、顾瑗、金兆丰六人或为纂修或为协修，竟靦然就之。”

袁世凯复辟后，西南义师高举反袁大旗。在全国愤怒的声讨声中，焦头烂额的袁世凯宣布取消帝制。而那些拥护帝制的人处于舆论的漩涡之中，蹚了复辟帝制浑水的人想上岸，藏身清史馆。朱希祖上书清史馆馆长请辞，耻与朝秦暮楚无节操者为伍，“今若以赵孟頫、钱谦益辈任之，必颠倒是非，何足为伍，遂辞史职”。

朱偰在《我家的座上客——交游往来的人物》中，主要写到朱家做客的章门弟子。“来的最多的是钱玄同、沈尹默、沈兼士、马裕藻。”朱偰的文章，写钱玄同非常生动传神：“他的谈风很健，记忆力最强，往往一讲就是半天，讲的人听的人都觉得津津有味。他知道的掌故真多：清末在东京的同盟会和光复会；《民报》与《新世纪》；以及章太炎、陶成章、鲁迅、张溥泉（张继）、许季茀等在日本的轶事；北大、师大以来的经过……美中不足的是他讲起话来气太急，有时上气不接下气，使人替他着急。”与钱玄同相比，沈尹默是另外一种风格。沈尹默，话不多，但讲起话来最幽默，引得大家哈哈大笑。在“三沈”之中，他最工于心计，有“鬼谷子”之称。

1914年，章太炎被软禁在钱粮胡同，住宅是前清一权贵的遗产，“着实堂皇”。黄侃与章太炎同住，朱希祖常来探望。章太炎与黄侃谈论时政，岂不知章太炎宅中看门的、仆人、厨师，都是警察化装而成。他们向京师警察厅总监吴炳湘汇报，吴强制黄侃离开钱粮胡同，并守住章太炎居所的门，杜绝宾客。章太炎愤而绝食。朱希祖为之奔走劝说，请章太炎的女儿来京相劝，在亲人和弟子的多方劝说下，开始进食。

大概这这段时期，警察疏于监视时，章太炎到朱希祖家做客。朱偰在《我家的座上客》一文中回忆道：

> 章太炎先生是老前辈，在民国初年又是袁世凯注意监视的人物之一，轻易不大出来。有一次他到我家来了，门弟子前呼后拥，还带了他的两位女公子同来。章先生穿着玄色长袍马褂，端坐在客厅中间，道貌岸然。门弟子对他，都非常恭敬；但是那是纯粹出于自然的敬爱，大家还是有说有笑，空气非常融洽。因为他的女公子也来了，母亲也出来招待。那时二弟还不过四五岁，从客厅门外探头向里望，拉着母亲的衣裾，轻轻地问道：“那中间坐着的，是皇帝吧？”客人走后母亲告诉大家，惹得大家哄堂大笑。

章门弟子中黄侃最大牌，每次来都摆谱。有一次，朱希祖在家请章门弟子，酒席已经设好了，烧酒、绍兴酒斟满杯子，可是，黄侃不肯喝，偏偏指名要喝五加皮。朱希祖只好临时派人去买。事情过后，夫人张维为此数落朱希祖。

陈独秀也是朱希祖家中的客人。“父亲请他上座，谈办《新青年》的事情。母亲偷偷地去看一下，见陈独秀说话的时候，先挺一挺眉毛，眉宇之间有一股杀气。”陈独秀走了之后，张维对朱希祖说：“这人有点像绿林好汉，不是好相与的，你怎么同这些人打起交道来了？”后来，陈独秀因倡导共产主义，鼓吹社会革命，在“新世界”七楼上散发传单被捕入狱。张维对朱希祖说：“怎么样，我说得不错吧？劝你以后还是少同这些人来往吧！”朱希祖听了，笑笑，没有说话。

从朱倩的日记和朱偰的回忆中，可以看出，朱家的座上客，都是民国初年的风流人物。张作霖进入北京后，实行白色恐怖，对北大采取高压政策，北大的教授们，纷纷南下，或者改就别校教职。朱希祖家的“文艺沙龙”沉寂了。

史学大家　平生心事南明史

作为历史学家，朱希祖在担任北京大学史学系主任期间，制定了中国最早的现代大学史学课程体系，使史学成为一门独立的学科。他还是最早在中国大学开设“史学史”课程的教授。

朱希祖那一代史学家，是历史学科的开创者，把西方治史的方法引进，以科学的考证，呈现历史。他认为历史学是一种社会科学，必须用科学方法从事研究。研究历史必先通政治、经济、法律、社会等科学。考证史事须以原始史料与实物为依据，决不可轻信坊间辗转复制的次等材料。当时北大历史系的学生，在大一大二，要学基础学科，政治学、经济学、社会学、社会心理学等多种基础课。

1920年1月20日，朱希祖对北大历史系的学生讲话，后以《史学绪论》发表在《晨报》，这次谈话要点有三：一、学历史要持自动的态度，拿科学方法研究。而加以精密的考据，为吾国史学界开一新纪元。二、编国史没有什么价值，有价值者为编民史(野史)。盖以编民史没有什么忌讳，直辞去说，于社会情状、民生苦乐，无不可以极力描写。希望大家将来编纂一部有价值的民史。三、史学的目的，是注重将来的。将来之社会善恶，全根据现在。现在之善恶，也不是突然而来，是根据过去的历史的。于是，又不得不研究过去社会情状，何以波波相续，以至于现在。故现在者是过去同将来之枢纽，是占一极重要之位置。从这个谈话，可以感知到朱希祖对历史学的基本观点，“治史以搜集材料、考订事实为基础，以探索历史哲学、指挥人事为归宿”。

历史学家的学术研究，显然有着深刻的社会背景。1931 年，日本军人发动沈阳事变，东北沦陷，朱希祖深痛国难严重，重新研究南明史乘，以发扬民族精神。

1934 年朱希祖开始执教中央大学。此时，日寇步步紧逼，华北局势危急。从 1935 年朱希祖的日记中，可以了解到当时知识分子对中日局势的关注，也可以看到一些历史事件对学者的影响。1935 年 6 月 28 日，在日军指使下，石友三旧部白坚武武装叛乱，炮击北平，是为“丰台兵变”。当天，朱希祖的日记记录了这件事情：“是夜北平石友三旧部白坚武率众百余人叛逆，劫铁甲车于丰台，驶至北平永定门，开炮十余响，弹及二龙坑，幸未炸。发言欲组织‘华北国’，自称‘正义军’，旋为北平守军平定。”华北上空，战争的阴云密布。身在南京，朱希祖自然“心颇忧虑”。

是年 8 月 13 日，朱希祖看报纸得知，日本陆军省军务局长永田铁山在陆军省被刺死，他在日记中写道：“永田为稳健派中心人物，激进派恨之入骨，故有是难。日本军人不服从命令，不守法纪，亦为中日将来之大祸，而吾国华北风云恐又将为彼激进派所掀动矣。”后来局势的发展，正如朱希祖日记中的预料。

大敌当前，而国内割据军阀势力各怀己见，不能拧成一股绳共御外侮，也令朱希祖无法安心读书治学。10 月 20 日日记“国家将亡，尚阅墙不已……忧心如焚，不能阅书者竟日”。

“一二・九运动”爆发后，中央大学的学生亦有罢课游行、抗日请愿种种举动。面对学潮，朱希祖置身其中调解。12 月 26 日，“夜又至中央大学开主任会议，因本日下午学生约二百人集于礼堂前仍欲游行，其余七百余人未曾参加，宪兵力欲解散学生，因教职员两方劝阻，学生乃排队归宿舍”。

正是在中日战争的阴云下，朱希祖朱偰父子，开始对南京六朝陵墓进行调查。为何要调查六朝古墓，“杜外人之觊觎，扬先哲之耿光”。承载着中国文化的六朝遗迹、石刻等，却湮没在荒草之中，无人问津。“爱国之情”加上“亡国之痛”，促使朱希祖朱偰父子挑起调查六朝古墓的大梁。

朱氏父子、腾固等人联手调查六朝陵墓，足迹所到，西至安徽太平，东至丹阳经山，南至江宁秣陵，东南至句容淳化，北至长江。举凡史乘记载，野老传闻，无不按图索骥，遍加访问。他们是对南京地面文物最早用现代考古方法进行调查的，发现了齐宣帝永安陵、齐高帝泰安陵、齐武帝景安陵等十三处六朝古墓。他们共实地调查十四次，直到第五次中央古物保管委员会才加入。

抗日战争既起，朱希祖尝论“藉历史以说明国家之绵延，鼓励民族之复兴”，他深知“亡史之罪，甚于亡国”，主张政府当开馆修史。1940 年 2 月国民政府接受朱希祖关于筹办档案管理总库和国史馆的提议，于重庆歌乐山设立国史馆筹备委员会，并聘请朱希祖为总干事。

1944 年，朱希祖在重庆病逝。政界学界要人纷纷撰写挽联，其中多人将朱希祖与南明史联系起来。顾颉刚挽诗其一云：“入粤为寻绍武来，金陵旧院拔蒿莱。平生心事南明史，历劫终教志不灰。”吴稚晖挽联：“人间遽失先生，从此南明无史；天上为言疑古，仍未统一读音。”朱希祖治南明史，实在是民国的痛史，他生活的时代使然。有论者指出，清末民初的南明史研究虽曾随时风起落，但朱希祖的研究却是心怀“千秋之绝业”，故能持之终身。

藏书纪事　书坊谁不颂朱胡

朱希祖是民国著名的史学家，也是大藏书家。对于学者来说，爱书，读书，购书，藏书，著书，是其生命中非常重要的生活内容，甚至可以说是生活的全部。“不与人物接，不为山海游。终生伏几案，天地一书囚。”这首带有自嘲意味的自题，可谓朱希祖为书而奔走一生的自画像。

朱希祖开始藏书，大约开始于留学日本时期。当时章太炎鼓吹革命，倡导反清，热衷于收集并翻印明末抗清志士的文集。朱希祖受其影响，“始留意于晚明史籍”，并以南明史为研究方向。朱希祖在这时开始购书，几十年日积月累，涓涓细流汇聚成书的海洋。

朱希祖到北京执教后，更是南北奔走，东西驱驰，节衣缩食，以求善本。藏者，欲也、癖也。癖者，病也。鲁迅有诗云：有病不求药，无聊才读书。乃藏书人的一种境界。在鲁迅的日记中，可以看到两人一起逛琉璃厂买书。

朱氏在北京时留有长须，绰号“朱胡子”。周作人在《知堂回想录》中说：“尤其是在旧书业的人们中间，提起‘朱胡子’（朱希祖的绰号）来，几乎无人不知，而且有点敬远的神气。因为朱君多收藏古书，对于此道很是精明，听见人说珍本旧钞，便揎袖攘臂，连说‘吾要’，连书业专门的人也有时弄不过他，所以朋友们有时也叫他作‘吾要’，这是浙西方言，里边也含有幽默的意思。”

伦明（字哲如）在《辛亥以来藏书纪事诗》中这样描述他：“书坊谁不颂朱胡，轶简孤编出毁馀。勿吝千金名马至，从知求士例求书。”伦明在这首诗下作文解释：“海盐朱逖先希祖，购书力最豪，遇当意者不吝值，尝岁晚携巨金周历书店，左右采掇，悉付以现。又尝预以值付书店，俟取偿于书。故君所得多佳本，自大图书馆以至私家，无能与君争者。”从周作人和伦明的描写中，可以看到朱希祖嗜书如命的形象。如今的爱书人读到，心有同感，会心一笑。

1921年7月13日，吴虞和马裕藻访朱希祖，看朱希祖的藏书。吴虞看到的朱希祖所藏抄本刻本，殊不易得，自然价值不菲，“据云《士礼居丛书》原本，文奎堂以八百元购之”。看过藏书（其中有高士奇校顺治三年刻本《清律》），参观朱希祖的住宅，日记中写道：“逖先所居宅，前年始买，去银二千二百元，有房二十余间，皆极好。”吴虞的日记，透露出民国初年北大教授的经济状况。在北洋政府屡次拖欠教授薪水的情况下，还经常为战乱中的灾民捐款，朱希祖买房子，着力收藏古籍书籍，由此可见当时教授的生活状况。

不过，朱希祖孙子朱元曙补充说：“先生一教授耳，哪来巨金，又何能‘悉付以现’？我手头有一份希祖先生附在日记里的账单：1929年2月4日，本日先生连薪金加稿费共收入458.8元，支付三十一家书店欠债527.25元。2月9日日记写道：‘（今日）阴历除夕，上午8时起，各书店前来索书债，约二十余家，一一付给。’在他日记里也常有‘书价太巨，未购’的记载。”

大凡藏书家都有自己的书房或藏书楼。朱希祖的书房名为“郦亭”。为何叫这样一个名字，有一段学林掌故。1924年，朱希祖购得一部明抄本郦道元《水经注》，此书后经王国维鉴定，认为系自宋本抄出，而宋本现存已残缺不全，故王氏“不得不推此本为第一（水经注诸版本）矣”。章太炎、王国维二先生先后为此书作跋，许寿裳、汪东二先生为此书题签，后来胡适之先生也为此书写了考证文章。朱希祖视此书为自己藏书中的珍品，以“郦亭”二字名其书房，章太炎为其题写“郦亭”。朱希祖的诗集出版时名为《郦亭诗稿》。

频繁出入书肆（隆福寺、报国寺、琉璃厂旧书肆云集），不断搜寻冷摊（东安市场和西单商场书摊众多），如此“吾要”之下，至1937年，朱希祖的个人藏书已达到惊人的二十五万余册，相当于一个小型图书馆了，而其中抄本、稿本和古本方志、笔记、杂著等珍本善本多达七百余种。其中不乏善本，如《山书》、《鸭江行部志》、宋版《周礼》、明钞宋本《水经注》等，均为海内孤本。在朱希祖的藏书中，南明史是一个重要的类别，这是朱希祖治史的研究方向。收集的有关海盐的史志、方志、诗集，也是朱希祖藏书中一个重要类别，浙江海盐，这是他的故乡，生命向着学海扬帆出发的地方。据《郦亭藏书目录》统计，朱希祖的藏书分经、史、子、集和海盐地方史志五个部分，史部书籍最多，约两千余种，并多有藏书题跋，朱希祖素有“读书藏书家”之称。

1934 年 2 月，朱希祖应中央大学校长罗家伦之聘，来南京就任史学系主任，“郦亭”的七百六十包善本，辗转运到南京的住宅。在内忧外患的年代，战争的阴影，始终笼罩在朱希祖那一代学人的头上。藏书的命运和人的命运一样，几经颠沛流离，在飘摇的旅途不知何处可安身。自从 1935 年开始，朱希祖为他的藏书免遭兵燹而忧心奔走，寻觅安稳的、理想的藏书之所。

1937 年，朱希祖因战事日迫，匆忙中只来得及装运六十大箱善本和方志图书，由十辆卡车运送到安徽宣城，暂存车站库房。从朱元曙《郦亭藏书的艰辛与悲凉》一文可知，朱希祖为藏书东奔西走的情形：“9 月 16 日开始运书至徽州，暂存徽州师范学校。19 日，先生返回南京处理事务，途中遭遇轰炸。20 日，连夜抵宣城，督运书籍。10 月 2 日，运书完毕，先生返回徽州。时上海战事日趋危急，敌机四处轰炸，先生恐徽州亦被波及，乃决计迁屯溪，并由水路运书前往，存三门呈洪宅。后，先生又觉不妥，乃于 18 日至隆阜，与学生戴伯瑚商议，最后决定将书藏于戴震藏书楼，托戴伯瑚保管。”戴伯瑚系清代思想家戴震（东原）的后人。至此，朱希祖和夫人张维看着最后一包书籍安放在戴震藏书楼，悬着的心终于安静下来。从朱元曙的记录来看，我们仿佛看到朱希祖先生冒着敌寇的飞机轰炸，风尘仆仆地穿行于皖南山区，忧心如焚地看护在路上的书籍，多次转移，直到认为绝对安全为止。朱希祖的奔波和操劳，无疑是为国家保存了一脉书香，使得藏书免遭书厄。

值得一提的是，朱希祖留在北平的藏书，托给亲戚看管，也非常幸运地躲过了日军的抢劫。从纪维周《民国藏书大家朱希祖》一文可知：朱希祖在北平的老宅和藏书差点被日军强行没收。留守的张太太情急之下，找到周作人，恳请他看在老朋友的面上，务必设法保护朱希祖的房产和珍贵藏书。在周作人的关照下，朱希祖的房产和珍贵藏书，也有惊无险地得以妥善保存。

在战乱频仍的年代，购书容易，藏书不易，每位学者都是视藏书为自己的学术生命。陈寅恪先生的藏书虽然在战乱中运送出一部分，却在长沙大火中灰飞烟灭，还有一些随身携带的藏书，在从越南到云南的旅途中被人偷走。抗战期间，朱希祖的藏书分散南北，书人分离。然而，朱希祖的藏书得以保全，可谓万幸。

遽归道山 及身未见中原定

1939年12月21日，身在重庆大后方的朱希祖作长诗《天都烈士歌》，悼念章门弟子吴承仕(字检斋)。这首诗歌背后，还有一个令人荡气回肠的故事。

据朱元曙《章门“五王”轶事》一文可知：1937年北平沦陷后十日，在地下党的安排下，吴承仕化名汪少白，化装转移到天津，秘密从事抗日救亡运动，与家人绝音问二年余。1939年8月，天津水灾，吴先生染患伤寒而不自知，仅以一般感冒治之。后来病情严重，天津无法医治，只好秘密潜回北平。不敢直接回家，悄悄住在一个亲戚家中。9月11日身体不支，经友人帮助入协和医院治疗。由于在天津延误时日过久，又并发支气管炎，终以肠穿孔抢救无效，于9月21日逝世。

吴承仕病逝前(1939年7月)致电重庆的同门汪东：“始遭名捕，继复利诱。夙承师训，义不如身，两年以来，日撰抗敌文告及秘密撰稿，不下三十万言。诚恐津局一变，音问将绝，故略陈近况。”

吴承仕一死，全国误传其为日寇杀害，11月重庆报载其为敌人肢解以死，举国震动。延安也开了追悼会，毛泽东挽联曰：“老成凋谢。”周恩来挽联曰：“孤悬敌区，舍身成仁，不愧青年训导；重整国学，努力启蒙，足资后学楷模。”中共“七大”将吴承仕列入烈士名单。

“卢沟战起名捕始，黄金白刃均无视，文檄纷披万国桥，网罗密触天津市。誓死不辱气吞胡，拚将粉碎千金躯。请看志士四支解，足抵扬州十日屠！……烈士精神不灭磨，大名永与天都俪。”朱希祖在这首长诗中，叙述吴承仕的生平与学术，表达了对吴承仕的敬意，充满了同门师兄弟的情谊。吴承仕病死误传为被日寇肢解杀害，尽管如此，但朱希祖创作这首诗歌，对于激发军民士气，同仇敌忾，一致抗日，起到了“诗战”的作用。

朱希祖先生长子朱偰，在重庆创作了抗日军歌四首《闸北八百孤军死战歌》《山东范筑先殉节歌》《还我河山歌》《出征歌》，激励官兵保家卫国，收复失地。“巍巍长城，峨峨太行！开疆辟界，追怀汉唐！只今中原沦陷，倭寇猖狂；同胞涂炭，流离伤亡！”“神鹰东征倭，铁甲夜渡辽；收回山海关，直到傀儡巢！不收复失地，誓不见同胞！”这些歌词慷慨激昂，朗朗上口，配曲传唱，如同喷射的枪炮，回旋在历史的天空里。

朱希祖与朱偰父子二人联手创作的《万里长城歌》，同样是慷慨激越：君不见，长城万里气吞胡，秦皇汉武逞雄图，但使长城名不灭，大汉天声终不绝……这首歌写于 1936 年，那是朱氏父子都已经料到中日必然爆发战争，为学校和军队歌唱而作。这些歌曲蕴含着强烈的爱国主义情怀，朱偰的儿女们至今还记得人们含着热泪众声合唱的动人场景……

抗战爆发，避地巴山，客居重庆，这是朱希祖生命中的最后时光。日寇对重庆实施了野蛮的轰炸，严重危及学者的身体健康和生命安全。1940 年 5 月 28 日，朱希祖日记：“上午八时至国使馆筹备会办公，九时半回考选委员会，半途有空袭警报，十时半放紧急警报。敌机九十八架，分三次来袭，北碚、池溪口轰炸最烈，复旦大学在北碚，其教务长孙寒冰死焉，平民死伤二百余人。二时四十分解除警报……夜签注奖学考试议案……是日，两路口一带被炸，财政部秘书处炸破，大儿（朱偰）幸无恙，所集财政史料半佚。”这样的日子，是抗战时期客居重庆的知识分子的生活缩影。

晚年朱希祖

年迈的朱希祖也经常为避空袭而喘息不安，加上重庆多雾，冬多阴雨，夏多蚊蚋，饮水不洁，时常生病。进入 1944 年，朱希祖的身体时好时坏，几度住院。7 月 5 日，朱希祖病逝于上海医学院附属医院，享年六十有六。一代史家朱希祖遽归道山，“及身未见中原定”，他没有支撑到山河重光、抗战胜利的那一天。

朱希祖的丧事“极一时之哀荣”。在中央图书馆举行了隆重的公祭仪式，由戴季陶主祭，蒋介石特颁“渊衷硕学”的挽词。各界赠送挽联三百余幅，学界名流及官员出席者三百余人，这在抗战时期的重庆，实属罕见。国民政府颁发《褒扬朱逖先先生令》，“生平专研历史，旁搜远绍，考证精勤。著述流传，成就甚伟”。考试院的祭文说：“鲁殿灵光，兰陵祭酒。学究天人，望隆山斗。”

叔皮有子述先人，又产曹昭笔有神，得月楼高钟秀甚，九原应喜看传薪。这是顾颉刚挽诗中的一首。

得月楼是朱希祖出生的地方，从钟灵毓秀的海盐走出的史学家朱希祖，虽然驾鹤西去，朱家后继有人。顾颉刚将朱希祖比作史学家班彪（字叔皮），把朱偰比作班固，把朱倓比作班昭（曹昭）。海盐朱氏的家乘翻开了新的一页，朱偰的传奇人生和悲怆命运，即将在陵谷变迁的时代上演。

潮打空城寂寞回

——朱偰的人生路和石头城

“我没有罪。你们这样迫害我，将来历史会证明你们是错误的。”这是财经专家、文物保护专家朱偰的临终遗言。

石头城就是朱偰的命运。金陵古城经历千年的风雨，在时代的狂飙突进中，朱偰以一介书生柔弱之躯，保护了南京古城墙和石头城。尽管古城不可避免地被拆除了一部分，但幸存下来的南京古城墙，就是朱偰的墓志铭。

朱偰一生有《南京的名胜古迹》《江浙海塘建筑史》《金陵古迹图考》等四十余部著作。1957 年，为了保护南京的明城墙被打成“右派”。“文革”中，朱偰被抄家，瓷器被砸，藏书被烧，家具被抢。在隔离审查中，朱偰因屡次书写回忆录，被殴打，不堪受辱，上吊自杀，捍卫最后的尊严。

在时间的长河中，追溯朱偰的人生路程，要从他的故乡浙江海盐说起。

朱偰出生地

负笈北大　晚年回忆教授逸事

1907年4月15日(阴历三月初三上巳节,俗称花朝),朱偰出生在浙江海盐县小虹桥外祖父家。此时,他的父亲朱希祖在日本留学。“海滨孤城,人烟寥落,小楼一角,兀峙河畔”,这就是朱偰的诞生之处也。“儿时印象,已觉模糊,但忆庭院深广,门楣高大而已。”

后来,朱希祖日本留学归来,先后在杭州、嘉兴教书,朱偰跟随父母居住。在嘉兴,朱偰开始有了童年的记忆,住嘉兴南门外,“地近烟雨楼,饶园林之胜。”在他的记忆中,流水一湾,缓缓流淌在童年的梦中。后园有菜畦数亩,下临河水,江南的气息,时常在他的记忆中浮现。

1913年,朱希祖担任北京大学预科教授,接家眷北上。朱偰告别江南,定居京城。然而,一个人的美学和精神趣味,大抵受到童年生活环境的影响。“西子湖之云影波光,钱塘江之橹声帆影,长融化于余个性之中,所谓仁者乐山,智者乐水,良有以也。”

朱偰曾专门撰文回忆他的父亲如何教育他。“余幼受庭训,未入小学,先君于课馆之暇,常躬自授读,谆谆教诲,期望良殷……余年十一,始受读《楚辞》《文选》;先君更于课余灯下,亲为讲解《史记》,至《伯夷传》,尝问余姊弟曰:‘贾子谓贪夫殉财,烈士殉名,夸者死权,众庶冯生。太史公则云君子疾殁世而名不称焉。尔等试各言其志。’余侃侃陈辞:殉财殉名,皆非所好,争权夺利,更所鄙弃;窃慕君子疾殁世而名不称,愿以德行学问自勉。”朱偰的回答得到父亲的赞赏,他也颇受鼓励,“自此更立志自奋,《史记》读毕,即遵先君之命自修《资治通鉴》《续通鉴长编》《明通鉴》,下及《东华录》《东华续录》……”

新文化运动期间,朱偰近水楼台先得月,如饥似渴地阅读《新青年》和《新潮》杂志。此时,朱希祖躬逢其盛,为白话文学摇旗呐喊,反对封建礼教,发表有《白话文的价值》《敬告新的青年》等文章。1919年8月,朱偰考入京师公立第四中学,学习德文,为后来留学德国打下基础。

因朱希祖为北大教授,彼时教授薪水可观,生活比较优渥。据朱偰的回忆:“(1919年)十月,先君置产德胜门内草厂大坑21号,自后安居其中,凡十余年。余家藏书,以此时为最盛,有书二十余万册,四壁插架,琳琅满目。”后来,朱希祖又置办了第二套房产:“先君又置别业于积水潭北,前临清潭,却负长垣,门前高柳数株,遥对西山叠翠。”这黄金地段的别墅,环境优美，“北国风霜，独积水潭、什刹海一带，颇饶水乡风味。余每晨辄散步其间，以呼吸新鲜空气焉”。

1923年朱偰进入北大时，新文化运动尚未落潮，他们所承受和赖以成长的思想营养，仍是科学与民主时代的日月光华。当时的北大，在学术上实行“兼容并包”的方针，自由讲学，自由研究，学术空气极为浓厚。正是在这种氛围下，预科完成后，朱偰转入政治学系。从周鲠生先生学国际公法及外交史，从高一涵先生学习政治思想史，从马寅初先生学经济学，还选修了一些史学系的课程。

朱偰在清华园

在朱偰晚年的回忆中，写到当时北大教授的一些逸闻趣事，读来令人忍俊不禁。

其一是政治系的陶孟和教授，英国留学归来，讲授社会学。一上讲台，就高坐在椅子上，道貌岸然，从来不露一丝笑容；可是他讲的实在乏味，一般都是老生常谈，听的人往往觉得单调，有的就告别陶公，打起瞌睡“梦见周公”。这位教授坐在椅子上，时常扭来扭去，结果，年久失修的椅子发出吱吱的叫声。有一次，忽然发出一声巨响，打瞌睡的猛然惊醒，大家抬头看，大教授不见了，原来椅子完全垮了，把大教授不客气地摔在地上。接着看见他一声不响地爬起来，还是板着面孔，不动声色地讲下去。大家心中暗笑，可是不敢出声。一直到下课铃响，大教授走出课堂，被压抑住的笑声喷发出来，变成哄堂大笑。“大教授塌台了”的故事，传遍北大三院。

其二是北大预科教“国故概要”的沈士远，他讲周秦诸子，有“沈天下”之称。《庄子·天下篇》是一篇提纲挈领的综合性论文。沈士远自开学那天起，从秋到冬，到散馆之日止，今日天下，明日天下，讲了半年，还是没有把庄子的天下打下来。“沈天下”之得名，便由于此。

其三，马叙伦讲老庄哲学的班上，有一位新潮社的诗人康白情，自命不凡。诗人每次上课，照例迟到，马先生视为常例，不大注意。有一次，马先生正讲得得意，诗人又推门而进，全班视线不约而同去看究竟来者是谁？马叙伦这次忍不住了，放下《庄子》问他何故来迟。答住得太远，短时不能赶到。马先生火了，说：“你不是住在翠花胡同吗？仅隔一条马路，距此不过三五分钟即可走到，何得谓远？”诗人亦拿出辩证法，答：“先生不是讲庄子吗？彼亦一是非，此亦一是非，先生不以为远，而我以为远也。”这时，马先生正讲“白马非马”，高谈玄理，而诗人即以此诡辩，并报以讽刺。只气得马先生吹胡子瞪眼，张口不能置一词，对于这位新诗人，竟是无可奈何。

朱偰所记录的北大教授逸事，一则见教授个性、性情，二则见北大兼容并包的学风。三则见彼时北大师生关系。

五四运动过后，北大学子有了罢课的先例，连大学征收讲义费，都要罢课，更何况北洋政府下的政治诉求呢？似乎只有罢课，才能表达对国事的观点。朱偰在北大求学期间，适逢学潮。1925 年 10 月，关税特别会议召开前一日，在“打倒帝国主义”“废除不平等条约”的抗议风潮中，北大学生举行示威游行，要求关税自主，收回海关主权。队伍游行到西长安街，清华学生加入进来，朱偰高举北大校旗，领队前行。朱家骅看见，觉得很威风，要求自己高举大旗。朱家骅高举大旗，神气十足，高呼口号，意气风发。但是，当看到师大队伍被林立的军警拦住，气象森严，朱家骅见势不妙，连忙将大旗还给朱偰。后，学生与军警发生冲突，游行学生以碎石作为武器，向宪兵投掷。警笛忽鸣，骑兵猛冲。学生撤退，朱偰担心北大教授的安危，回顾寻觅，只见路边警亭中隐约藏有一人，朱偰上前一看，只见此人面色灰白，犹有余悸，浑身颤抖，不敢外出，原来是朱家骅教授。

留学德国　文学之士云集柏林

1928 年 8 月 24 日，随着法国邮船“阿托斯第二号”的汽笛鸣响，缓缓离开上海港口。在船上的朱偰挥挥手，告别送行的亲友，告别故国家园。海风吹起他的头发和衣袂，意气风发的朱偰，开始了留学德国的漫漫长旅。这预示着朱偰的生命进入一个海阔天空的阶段。

在北京大学，朱偰学的是政治学，到了德国，入柏林大学。德国的政治学经济学，并称为国家科学，而经济财政之学，德国尤其发达。朱偰生于文化世家，受父亲朱希祖的熏陶，爱好文艺，饱读中国历代古诗以及西洋文学名著，对于德国文学，非常热爱。但他没有选择文艺，而是以财政学为专业。在留学时，游览欧洲各国，寻访名胜古迹，沉浸于美术馆、博物院，文艺素养自然与日俱增。

德国的文艺沙龙，朱偰拍摄的照片

上世纪三十年代，大批中国留学生在德国留学。他们组织了一个文艺沙龙，几乎每个人都兼具诗人与学者的双重身份，志趣相投。1930 年 10 月 1 日，朱偰游览完莱茵回到柏林，他晚年回忆说："余迁回森林区，所寓遂成文艺沙龙，上下古今，纵横六合，无所不谈；而尤爱好文艺，中西文学之思潮流变，文艺之形式内容，中国诗歌今后之趋向等，无所不谈。"文艺沙龙的核心人物是朱偰、冯至、滕固、徐梵澄、蒋复璁，他们经常诗酒相聚，谈文论艺。后，清华大学国文系主任朱自清度年假，游学欧洲，到德国后，加入他们的沙龙。

1932 年 6 月 14 日，朱偰的日记中记录了一次他们的聚会：

赴君培(冯至)处，朱自清、慰堂、季海、若渠、中寰等先后至，共坐花园茶点。日影迷离，风光如许，摄影两张以留念。在座中除陈忠寰以外皆系诗人，因戏拟谢灵运《拟邺中诗》，短序如下：

陈忠寰　谦谦君子以行，有邹鲁遗风

徐季海　少秉生民之秀，翩翩有城北徐公之姿

蒋复璁　道德高尚之士，可为后昆作范

冯君培　燕赵多慷慨悲歌之士，君则文质彬彬焉

朱自清　孤云野鹤，有清泉在山之概

同一天，朱自清在日记中写道："参加冯先生的茶会。他住处那一带的房子都是新式样的。我很喜欢他室内的陈设和花园。我们在花园里用茶。他家附近有片树林，我们在其中漫步两个小时。"

在德国留学学图书馆学的蒋复璁，晚年在台湾回忆说，"朱偰是朱希祖的儿子，文笔极佳，写了不少文章，为才子型人物，但因见识不明，没有来台湾"。

朱偰日记中提到的陈忠寰，即陈康，字奔疾，江苏扬州人。在国内时在东南大学(中央大学)师从汤用彤、方东美等名师学习哲学，时在柏林大学治哲学。可以想见，不同专业的学者，都爱好文艺，思想的碰撞，灵感的激发，辩论的机锋，诗酒的风流，都在文艺沙龙中发酵，成为一杯醉人的美酒，散发着友情的香醇。

后来，他们回国后，在南京，在昆明，在重庆，几经播迁、离乱之后，在抗战的大时代如同激流中的浮萍，朱偰与滕固、与徐梵澄，徐梵澄与冯至，他们的每一次相遇，都是劫后重逢。1940 年滕固自昆明回到重庆，滕固、徐梵澄访问朱偰。朱偰在化龙桥寓所宴请两位好友，回忆当年在柏林时同游的时光，恍若隔世，不胜唏嘘。当年留学德国学习音律的王光祈，1936 年客死异国他乡。朱偰拿出 1932 年 6 月 14 日拍摄的照片，滕固有感题诗二首：

大陆龙蛇异地同，昔游昔梦两成空。
桃花人面春颜色，幻作弥天劫火红。

樽酒论文岂偶然，诸君肝胆照当筵。
画图人物俱无恙，回首清游已十年。

这是后话。

1932 年 6 月 14 日冯至住处的这一次文艺沙龙的茶会，已是他们的文艺沙龙的尾声了。这年夏天，朱偰、徐梵澄回国，三年后，冯至回国。德国留学时的交游，成为各自生命中一段难忘的记忆。

1932 年 7 月初，朱偰在威尼斯圣马可广场散步时，邂逅朱自清。这次意外的重逢，两人倍感亲切。朱自清在北大求学时期，是朱希祖的学生。两人同乘坐意大利邮船回国，正好结伴而行。船在地中海航行，海水作澄碧色，经阳光一照，简直如同透明的绿玉一般。远望海天一碧，远山近水，都如在琉璃世界之中。面对如此美景，两人谈文艺复兴，西洋文学，以及故乡的风光。

漫漫长旅，何以消遣。联句解闷，朱偰才思敏捷，胜朱自清一筹。1932 年 7 月 10 日，朱自清在日记中写道："与朱偰君一同赋诗，朱得句敏于我，诗成，皆出彼手。"当然，这是一首两人联手作的长诗《归航即景》。如同两位钢琴家的四手联弹，配合默契，文采斐然。可谓文坛一段佳话。

文物考察　金陵古迹编撰入书

1932 年，朱偰获哲学博士学位后回国，任国立中央大学经济系教授，兼国立编译馆编审，年仅二十六岁，讲授财政学、世界经济、经济名著选读等课。次年任系主任，增聘武育干、厉德寅、余精一、雍家源、刘南溟任教，皆一时之选。朱偰对当时国内的财政热点问题——废银元实行纸币制、反洋货倾销、关税自主——做专题讲座，在各大报刊发表论文，从此声名鹊起，并使中央大学经济系以联系实际而著称，大负时誉。

朱偰在南京中央大学

财政学是朱偰的专业，在文学艺术和文物考察方面，他拥有广阔的舞台，如艾煊所写，"朱偰是一位学术界的奇人……天资聪慧，博学多闻，精力旺盛，一双脚跨进了好几个学科的殿堂"。

在文学创作方面，朱偰先后有几部游记作品出版。《行云流水》（南京中山书局1933年）、《匡庐纪游》（上海商务印书馆1935年）、《汗漫集》（南京正中书局1937年）、《入蜀记》（长沙商务印书馆1938年），这四部游记作品，写山川名胜，展人文底蕴，记南北行旅，发思古幽情，被誉为“新徐霞客游记”。朱偰从小发愿遍游祖国各省，这与他幼时所读的书籍分不开的。朱元曙在《明月不随江水去，山光依旧照人来》文中写道：“他从小爱读《史记》，爱读《水经注》，爱读《徐霞客游记》，前贤笔底那波光云影，山岚奇峰，一直在他心头鼓荡；那吞吐千古的精神，那以性灵游、以躯命游的豪兴，一直在他心头腾跃。他想像李白那样‘一生好入名山游’；他想像徐霞客那样涉三江五湖，游名山大川，孤筇双履，穷河沙，上昆仑，探星宿海，历西域，题名绝国。”

旅游，游记，摄影，这是朱偰的业余爱好，但都已经达到专业的水平。这些爱好可见朱偰的性情，而教书之余进行的文物考察工作，可见他的忧思和历史使命感。

自从在南京中央大学执教开始，他与这个古城紧密相连，以至于将自己的生命镶嵌进这座古城。金陵乃六朝古都，历代诗人有诸多吟咏的诗篇。谢朓《入朝曲》诗云：“江南佳丽地，金陵帝王州。逶迤带绿水，迢递起朱楼。”李白的“三山半落青天外，二水中分白鹭洲”正是描写金陵风光的神来之笔。朱偰对南京的评价深刻而饱含热忱，在比较中国长安、洛阳、金陵、北京四大古都之后，他说：“此四都之中，文学之昌盛，人物之俊彦，山川之灵秀，气象之宏伟，以及与民族患难相共，休戚相关之密切，尤以金陵为最。”

正是出于这样的认识，自1932年至1935年，朱偰开始考察金陵古迹，南京的陵寝坟墓、玄观梵刹、祠宇桥梁，城郭宫阙和南京城墙等，都是他视野所遍及的范围，并经摄影、测绘，编撰出版了《金陵古迹图考》。又在两千余张照片中，精选三百一十七张，编成《金陵古迹名胜影集》一书，一图一考，文图相辅。朱偰认为，六朝以前的建筑，毁弃殆尽，唯陵墓石兽、华表、碑刻，硕果仅存。这不仅是我国，也是世界文化艺术史上的瑰宝。在考察时，朱偰在造型生动、神态威猛、富于动感的石兽面前，常常驻足，寂然凝虑，思接千载，久久不能离去。朱偰涌动着一腔对金陵古物的热爱，“岂可任其风雨飘零，霜雪剥蚀，而同归于淹没耶？”于是，又以六朝陵墓摄影百张，编成《建康兰陵六朝陵墓图考》。

1935年6月，朱偰听闻北京的形势危急，出于强烈的爱国热忱，开始对北京的城市规划、宫殿苑囿、寺庙陵寝进行研究，并于当年夏天返回北京，实地测量摄影，摄影五百余幅，完成了《元大都宫殿图考》《明清两代宫苑建置沿革图考》《北京宫阙图说》三部专著，为后人留下珍贵的资料。他在《北京宫阙图说》的序言中说："夫士既不能执干戈而捍卫疆土，又不能奔走而谋恢复故国，亦当尽其一技之长，以谋保存故都文物文献于万一，使大汉之天声，长共此文物而长存。"

朱偰的金陵三书和京华三书出版，诚如单士元所说："在当日著书发表，实能启迪读者热爱祖国之心，非仅为考古之作也。"

一系列文物考察的书籍出版后，朱偰声名远播。不仅在大江南北广为传播，还迅速传播到了延安。在红星照耀的地方，不乏朱偰著作的读者。1951 年 9 月 22 日，南京市人民委员会派人约请在南京大学任教的朱偰，说是刘伯承和陈毅将军想见一见先生。第二天，当朱偰践约前往时，刘伯承将军抑制不住内心的喜悦对他说："昔日在延安读你书（指朱偰著《金陵古迹图考》）时，很想与作者一见。可那时我在解放区，先生在国民党统治区。今日书与作者俱在面前，可谓如愿以偿。"之后，刘、陈二将军又约请朱偰赴清凉山观石头城，前往凤凰台吊瓦官寺遗址及阮籍衣冠冢，后又一同参观了南唐二陵。当年朱偰做文物考察，想不到后来的荣辱，历史的前因后果，有时隔着千山万水，有时隔着三十年的河东河西。

朱偰的文物考察与著述，让他留名青史，而他从事的财政学专业的事功，似乎被淡忘了。显然，文化的力量更有穿透力。文化的传承，就像源远流长的江河水，绵绵不绝。几多民国往事，不禁江水流。朱偰一生的荣辱浮沉都与石头城联系在一起了。石头城下水千痕，似乎已经看惯了江山几度易主，兴废如梦。朱偰为保全国家文物的种种努力，在那个时代难能可贵。他最担心的事情，还是不可避免地到来了。狼烟四起，山河破碎。抗战军兴，朱偰从南京到了重庆。

漂泊西南　诗记战事知交零落

在抗战大时代，朱偰写了大量的诗文，以诗记录中日之间的战事。有的是杜鹃泣血一般的"哀江南"，有的是砥砺斗志的战云纪事。诗云心志，亦记录了惨烈的战事，惨绝人寰的轰炸。这些诗歌，今天读之，可谓以诗写成的历史。

1938 年 8 月 6 日作《日来江上战事激烈在匡庐彭泽间》，其中有句云

“匡庐山水苍凉尽，彭蠡风云战伐多”。1939年5月28日作《日来襄樊战事激烈思在江汉之间（二首）》，其中有句云“征衣经岁久，杀虏志弥坚”。1939年8月，朱偰作诗《二十八年夏敌机每乘月夜袭渝一夕数惊》，记录了日寇轰炸重庆的情景：

风起微闻警笛声，娟娟新月照山城。
浮云欲出星芒大，太白高悬杀气清。
天半轰雷惊绝壑，夜深劫火遍神京。
国仇九世终须报，怅望江东血泪盈。

这首诗证之朱偰《回忆录》中记录的1940年的大轰炸，可见当年抗战之艰难，日寇罪行令人发指：“敌机轰炸最厉害的一次，是1940年8月20日，那一天敌机一百七十架，狂炸重庆，到处投下烧夷弹，以致全城大火，市区精华，燃烧殆尽。报上记载那一天轰炸惨状，写道：‘敌机一百七十架，又于昨日上午十一时侵渝，向商业区及平民住宅区以多量烧夷弹狂炸，顷刻间全城各处大火……沿途灾民扶老携幼，荷囊携箱，于弥漫烟火中挣扎逃避。其凄凉之情况，目不忍睹……被毁房屋为数至大，一时无从估计，全市精华，悉付一炬，死难同胞约数百人，无家可归者约万人……’”

在重庆的朱偰，战火毁掉了他精心准备的《中国货币问题初稿》，但他无暇悲伤。他所做的，用手中的笔，为时代而写。报刊上不断出现他抨击日寇侵略、研究战时经济的文章。随着抗战进入僵持阶段，通货膨胀，物价飞涨，大学教授，所得薪水连养家糊口都成了问题。朱偰为了另谋出路，转而从政，1939年10月，入国民政府政府财政部，任“简任秘书”。三年后，出任财政部专卖司司长。教授从政，在官场不肯同流合污，“环顾大小官僚，无不结党营私”，虚于周旋，自然感到精神苦闷。何以解忧，唯有游历和诗文。

漂泊西南天地间，朱偰的行旅多了一份家国之思。“北望中原谁是主，飘零书剑两悠悠。”文采斐然的游记诗文中，多了一份沉郁，有苍凉慷慨之风致。朱偰游览成都名胜古迹，杜甫草堂和武侯祠，最能引发他内心的感触，所作的诗歌，有杜甫诗歌的韵味。大概同样是处于避寇的战乱年代。1940年11月，朱偰游览工部草堂，“读诗三十载，始上先生堂，瞻仰遗风，低徊无已；缅怀天宝末事，不禁感慨系之”。于是，作诗一首，其中诗句：

大雅何寥寂，正声久微茫。
中原方板荡，戎马正仓皇。
亦如天宝末，胡骑恣猖狂。
感怀抚往事，遗迹半沦亡。
唯余诗卷在，千古有光芒。

也许杜甫的生平和诗歌引发了朱偰诗思和感触，他曾作一文《杜少陵在蜀之流寓》。朱偰的游历，不可与战前同日而语，此时，更多的是带有公务性质。

连天峰火走征程。为国家驱驰效劳，在川康湘黔滇到处奔波。朱偰任行政院康昌考察团员在四川西康考察旅途中过大渡河，写有吊翼王石达开的诗：

横江欲渡水汤汤，酾酒临风吊翼王。
千古涛声悲异域，百年遗事话蛮荒。
弯弓欲射胡天月，跃马心存汉代疆。
我亦未酬鸿鹄志，云山东望倍凄凉。

生活在抗日战争的时代，即使一介文人，也有陆游那样的梦想和抱负，“学剑四十年”，“上马能击贼”。吊石达开的这首诗，可见一代学者的心曲，虽不是枕戈待旦、上马击贼的将士，但在考察大渡河畔古战场山川形势时，遥想石达开面临穷途末路，和西楚霸王项羽一样，可谓具有悲剧色彩的英雄。心神如湍急的江流激荡，恨不能“弯弓欲射胡天月”。

抗战时代，个人如同风中的蓬草，为时代吹得起伏不定。三五朋友，星聚又萍散，与留学时代好友滕固和徐梵澄的交往，在战乱的岁月，友情弥足珍贵，生命弥足珍贵。朱偰经历了好友滕固死于非命的哀伤。

1938 年，国立北平艺专与国立杭州艺专合并成立昆明国立艺术专科学校，滕固出任校长(1938—1940)，但掌校两年后，便因故离职而去，任行政院参事，居重庆，后患脑膜炎。半年后，在出院途中因家庭纠纷死于非命。

朱偰悼念亡友，作诗两首，其一云：

一别遽千古，才难可奈何。

文章惊老健，岁月共蹉跎。
沧海归魂寂，巴山客泪多。
空余遗挂在，涕泗日滂沱。

死者已逝，生者珍惜。1945年3月20日，徐梵澄访朱偰。朱偰带他看父亲朱希祖在重庆的藏书。此时，徐梵澄等待着去印度，从事中印文化交流。他看到朱希祖的藏书中有自己感兴趣的书(《四书五经》《先秦经籍考》《说文通训定声》)，提出向朱偰借书，以赴印度准备之用。朱偰很大气地说："宝剑配英雄，何言借耶？送你便是。"徐梵澄大为感动。这一天晚上，朱偰请徐梵澄饮酒，伴随着窗外绵绵春雨，两人论时局，谈文艺，忆往事，叙情谊。徐梵澄作诗《夜宿沙坪坝夜雨》，诗句云："纸窗桦烛潇潇雨，生死人天罥梦魂。"两位朋友，诗酒唱和，抵足而眠。这样的夜晚，一个人是孤独的，让人想到杜工部的诗："清夜沉沉动春酌，灯前细雨檐花落。但觉高歌有鬼神，焉知饿死填沟壑？"两个朋友在一起，让人想起韦庄的诗《与东吴生相遇》："十年身事各如萍，白首相逢泪满缨。老去不知花有态，乱来唯觉酒多情。贫疑陋巷春偏少，贵想豪家月最明。且对一尊开口笑，未衰应见泰阶平。"

春夜的笑与泪，诗与酒，都是那样的富有韵味。韦庄"未衰应见泰阶平"之句，很契合朱偰与徐梵澄彼时的心境，古人认为泰阶星现，预兆风调雨顺，民康国泰。果然，战争很快结束了，朱偰亲身参与了一件重大历史事件。

第二次世界大战结束后，云南实力派人物卢汉，奉国民政府之命，率部赴越南受降。这是中国唯一一支出国接受日军投降的部队。1945年9月21日，朱偰以财政部代表身份，从重庆飞河内，赴越处理日军受降相关事务。徐梵澄赋诗《送朱偰之越南受降》：

杨仆楼船徇海外，三军玉麈独登坛。
百年宗社余墟壤，今日威仪见汉官。
蛟乡罔象鲸鲵杂，麟阁丝纶黼扆丹。
跕跕飞鸢纵愁绝，南溟从此定波澜。

作为事件的当事人，朱偰代表中华民国财政部前往参加受降仪式，处理越南财政交接事宜，将亲身经历逐日记录下来，写成了《越南受降日记》

及回忆文章。这是一份非常有价值的史料。记录了接受越南日军向卢汉投降的历史场景,国军与法国军队的海防之役(可与镇南关战役媲美),国币与法币的战争。当然,朱偰的日记,也披露了国民党军队在越南的一些鲜为人知的历史秘辛。

"自国军入越,调防频繁,散兵游勇,纪律欠佳。下午七时,(海防市)街市常有抢劫,故商店未晚即先闭门,甚至白昼行人,亦颇冷落。"南越将领抱怨:卢汉部队来越受降,"军纪很坏,奸淫掳掠"。参与受降之国军老兵回忆,军纪差曾"引起越民党组织暗杀团"。

当然,朱偰的记录,集中在财政方面。朱氏披露,当时"军队向黑市收进五百元票,强法方兑换",引起市场混乱,1946 年 1 月 3 日,国军代表与法方代表曾就该问题开会谈判。

重庆临时国民政府于 1946 年 5 月 5 日还都南京。朱偰与南京城的故事,在随后的时代演进中上演。

捐献藏书　保护城墙错划右派

在故乡海盐或者杭州西湖之畔建一个藏书楼或者私人图书馆,是朱氏家族几代人的梦。这个美丽的梦想,流淌在文化世家的血脉之中。1945 年 8 月 15 日,日本正式投降。战争结束了,每个人的心中对未来都有美好的蓝图。朱偰在这一天,沉浸在抗战胜利的巨大喜悦之中。他想起了去世的父亲朱希祖,他的藏书分散各地。为了完成父亲的遗愿,朱偰在这样一个值得纪念的日子,做了一个梦:"我想建个图书馆来纪念我的父亲。这所图书馆,应该叫'郦亭图书馆'。我打算设在杭州西湖边上,集北京、南京、重庆、屯溪藏书于一处,拟请政府补助若干,自筹经费若干,自己做图书馆长。在西湖风景最胜的地方,坐拥书城,'虽南面王不易也'。"

1948 年 4 月 4 日,朱偰在《中央周刊》发表天风海涛楼代序,文中写道:"天风海涛楼者,空中楼阁也,余理想中亦自有其境也。"这个理想中建立的楼位于钱塘江口,永安湖畔。"三面环山,一面临海,既擅湖山之盛,复饶江海之美。"原来朱希祖在世时,非常喜欢永安湖风景,梦想着在此起一座小楼,定居藏书两相宜。但是,朱希祖没有等到抗战胜利那一天,"胡尘未靖,赍志竟殁"。山河重光,朱偰继承了父亲未竟的梦,"尝发愿建天风海涛楼于云岫峰上,倾听天风海涛,坐对云帆沙鸟,并聚集南北藏书七十万卷,辟为图书馆,以竟先人未成之遗志。是则楼名之缘起也"。

随着内战的爆发，这个梦想遥不可及。这篇文章发表的两年后，已经是改天换地，私人图书馆或者藏书楼的梦想在新时代似乎不合时宜了。但朱希祖的藏书，也有了新的归宿。

据朱元曙《郦亭藏书的艰辛与悲凉》一文可知，1950 年 10 月 21 日，由柳亚子出面，与朱偰商议，希望将朱希祖先生所藏南明史料捐给国家。于是，朱希祖所藏南明史料最珍贵的部分捐给北京图书馆。这是朱偰将朱希祖藏书捐献给国家的一个前奏。1954 年 4 月，北京图书馆成立海内著名作家手稿部，与朱偰商量，将朱希祖先生遗稿捐献。朱偰最初“未忍割爱”，后“毅然应征”，将全部手稿捐出，“仅保存日记数十册，及郦亭诗稿原稿数十页，以作家人纪念”。1956 年，由文化部副部长郑振铎和国家文物局局长王冶秋出面，要求朱偰将家中所藏明钞宋本《水经注》《鸭江行部志》、宋版《周礼》等海内孤本，捐献给国家。

二十世纪六十年代，北京图书馆又与朱偰联系，动员其将所有的郦亭藏书捐献。江苏方面闻听此事，南京图书馆亦介入，最终这批藏书捐给了南京图书馆。至此，涵养了朱氏家族文脉的藏书，经历了岁月动荡，战争硝烟，如江汉朝宗于海，化私有为公藏。如今，人们在北京图书馆和南京图书馆，在藏书上看到朱希祖的印章，会追寻这些藏书的经历和命运吗？

朱希祖的藏书，有了一个归宿，而朱偰的命运又怎样呢？

1952 年，全国高校院系调整，南京大学经济系停办，半年多后，朱偰和高一涵等人被调往江苏省人民政府参事室。这是一个高级赋闲的地方，无事可参。可以想见，朱偰此时的心情压抑而寂寥，为了排解，他写了大量的各地风物和文物考证的文章，直到 1955 年 3 月，被任命为江苏省文化局副局长，主管文物保护和考古工作。二十年前，朱偰的专业是经济财政学，业余进行文物古迹的考察与著述。二十年后，文物保护成为朱偰的主业。二十年来，翻天覆地的变化，世情滔滔的反复，注定了朱偰的命运。

1956 年夏，南京掀起了一股拆城之风。6 月，准备将南京沿玄武湖的一段城墙拆除，其时正在召开“江苏省文化工作者代表会议”，6 月 20 日，正在主持会议的朱偰，被南京市建委请去。当天朱偰在日记中记录：

> 赴人民剧场开会，本日余为执行主席，上午发言者凡有十四人。十时协商人派车来接，赴太平门西覆舟山后及鸡鸣寺后察勘城墙，据市建委意见欲加以拆除。余表示玄武湖风景所系，必须郑重加以处理……晤彭冲市长，对拆除玄武湖城墙一事表示反对。

至今，玄武湖畔那道巍然的城墙依然挺立，恐怕于此不无关系。

但是，拆城之风还在蔓延。1956 年 8 月，朱偰接到紧急报告，许多人在城南拆毁明代的古城墙。朱偰心急如焚，立刻赶到毁城现场。高高耸立的古城墙，成为一堆瓦砾废墟，已经拆到了中华门城堡附近。著名的石头城遗址被拆一部分，幸好最有代表性的地段鬼脸城还未拆除。

原来拆毁城墙是经过当时的南京市副市长召开会议决定的："在市委城建部门领导下成立拆城小组，要求有多少力量拆多少砖，由拆城小组统一领导，分工拆除。"在崭新的时代，在革命的主旋律之下，仿佛封建社会遗留下来的古城墙，也成为革命的对象，拆除古城墙，古为今用，拆下一块城砖，可以卖一毛钱，把古城墙城砖作为救灾赈济款的来源。于是，古城墙朝夕之间，遭遇灭顶之灾。

令朱偰感到痛心疾首的是，把古石头城上拆下的条石，敲成小石子用来铺路。东吴和南朝的遗迹，南京最古老的一段城墙，顿时灰飞烟灭。

于是，焦急万分的朱偰，赶到南京市政府提出了严厉的批评，坚持要保护鬼脸城。他四处奔走，联合社会各界共同呼吁，并电告文化部。

1956 年 9 月 23 日，朱偰如鲠骨在喉，不吐不快，在《新华日报》上发表《南京市城建部门不应该任意拆除城墙》一文，文中说："南京城墙建于明朝初年(开始建于公元 1367 年，即洪武前一年)，长达六十三华里余，气魄雄伟，雉堞坚固，是世界上现存在保存的最大的一座城池……但由于南京市建设部门领导人对保护国家文物的重要意义认识不足，既未能遵照上级政府批示办事，又未经与当地文化行政部门联系，亦未经征询人民群众意见，竟擅自拆除上级指定应该保护部分城墙……石头城历史更早，建于东汉末年孙权之手(公元 212 年)，到现在已有一千七百多年的历史，当年雄踞江上，为南京有名古迹之一。石头城的范围，从清凉门起，到草场门止，大部分建在石头之上，形势十分雄固，南京人民都知道加以爱护。现在竟遭市政建设部门局部破坏，实在是不可原谅的一种粗暴行为。希望南京市人民委员会立即查明责任，加以处理，并设法制止任意利用城砖拆除古城。有关负责部门应该立即作出检讨，并作为教训，以避免今后再有此类事件发生，致使国家文物造成不可弥补的损失。"

这篇文章被《光明日报》转载，产生了巨大的影响。朱偰为了保护南京城墙，对南京方面的批评，成为他被打为"右派"的祸根。

1957 年春天"大鸣大放"的风向，瞬息转变，转入"反右"。一夜之间，朱偰保护南京古城墙的远见卓识之举，变成了反党反社会主义"罪行"。7

月 9 日，在江苏省文化局的反"右派"斗争大会上，有人拿钱谦益来比喻朱偰，朱感到莫大耻辱，一时晕了过去，这更是成了以装死来负隅顽抗的"罪证"。"右派"的帽子，无情地扣在朱偰的头上，辩解不得。而此后，拆城墙又成了最时髦、最实惠、最安全的革命行动。与中华门同等规模的通济门城堡被拆得块砖不存；水西门、太平门、草场门、水陆两座金川门也毁于一旦。

同样做过抗争保护北京古城墙的梁思成，他的种种努力，阻挡不住拆除城墙的时代风潮。头顶着"右派"帽子的朱偰，眼睁睁地看着部分南京古城墙消逝，亦无能为力，内心满是苍凉和悲哀。如今残留的，也是唯一仅存的完整的瓮型城堡——中华门城堡，现在位于南京城的西南角。这个城堡孤独地存在，仿佛就是为了提醒世人，不要忘记，拆城运动与"反右"斗争中的朱偰。艾煊发表《帽子与城墙》一文提议，在这里应该为朱偰竖立一个雕像，他是南京古城墙的保护神。

撤销一切职务，行政降两级。1959 年，被打入另册的朱偰派到出版社当编辑，时常被发配到农场，进行割麦子、拉板车、垒猪圈等重体力劳动。在生命的低谷之中，他精神是高扬的，以历史人物为素材，写了一些作品。1956 年 10 月 16 日日记中说："余家有艰苦奋斗之传统精神。"正是这种传统精神，使司马迁、玄奘、李白、郑和等历史人物，在那个特定的时代，成为他精神的力量。

抄家批斗　不堪受辱以死抗争

1961 年，朱偰被摘掉"右派"的帽子，分配到南京图书馆。这是朱偰生命中一段难得的平静时光。与书相伴，与世无争。在弥漫的书香之中，沉静下来，个人荣辱皆忘。

然而，好景不长。在朱偰女儿朱元春的记忆里，1965 年的冬天，家中小花园里，一棵长了十几年的梅花树，突然枯萎而死。在此之前，每年飞雪时节，都会开出一树灿烂的梅花，预示着春天的来临。这种不测的变故，难道预示着一场灾难的来临？

"文革"风暴在来年的夏天骤然而起。红卫兵批斗抄家，朱偰被无情地卷入这次风暴之中。1966 年 8 月 26 日，造反派和红卫兵，闯入清溪村 1 号，翻箱倒柜，清查古旧书籍。他们不顾朱偰的苦苦哀求，再三阻止，点燃了堆在院中的书籍。一时间火光冲天，这些已经捐给国家的郦亭藏书

(1965年捐给南京图书馆,"文革"前还没完全搬走)。后来,南图领导派人阻止,才避免更大的损失。

8月30日,红卫兵半夜闯进家中搜查。9月24日,南京中专学校红卫兵总部又闯来,撬开地板,挖地三尺,声称要查找枪支弹药、金银财宝,可找了整整一天半,他们只抄走了一百多轴古画、古董。

抄家之后是无休止的批斗。朱元春面对这一段痛史,2007年,她在接受《现代快报》记者采访时不堪回首。"那时,我们几个孩子的年龄还小,每次偷偷躲在人群中看到台上被批斗的父亲时,心里非常痛。批斗会上的罪名繁多,父亲不屑也无法一一辩白。但是对于保护城墙的罪名,他永远不会低头认罪,'关于拆城墙,我向政府提出批评,完全是从爱护文物出发,请允许我保留意见'。"

没有人知道朱偰内心是多么的强大,来面对一波又一波的冲击:旷日持久的劳改、批斗、游街、写检查书、认罪书。

朱偰度日如年,挨过了两年的时光。1968年初夏开始,朱偰被怀疑是"国民党特务",隔离审查,要求写交代材料。造反派发现他写的却是回忆录,立即没收了;第二次他仍然写回忆录,又被没收;第三次他写的还是回忆录……回忆录每一次被没收之后,都伴随着一次毒打。

7月15日,这是一个炎热的夏日,而朱偰内心完全绝望,一片冰凉。

朱偰晚年,回忆年少的读书时光说:"那时我佩服鲁仲连,功成不居;我爱好乐毅,君子绝交不出恶声;我喜欢荆轲、聂政,支持正义,剪除强暴。那时我立志要做一个大丈夫,干一番伟大的事业。"生于文化世家,文化的印记已经渗透到骨子里。中国传统的文人,身躯柔弱,但精神上是浩然正气的大丈夫。

第四次写回忆录被没收之后,在生命中最后一个夜晚,朱偰选择一根草绳来结束自己的生命。

第二天早晨,南京图书馆工作人员纪维周上班,在南京图书馆沿街围墙上见到了大字写成的标语:"朱偰畏罪自杀,死有余辜!"当他走进图书馆大门,"只见朱偰在水泥地上仰面躺着,脖颈中系着一条毛巾,两手弯曲,掌上还有泥土,面容憔悴,嘴上有些歪斜,仿佛要说什么似的,他神情显得非常痛苦。"

终年六十一岁的朱偰,以沉重的身躯写了一纸遗言:"我不是特务,你们这样对待一个知识分子,一定会受到人民的惩罚!"这是他最后的反驳:"我没有罪,你们这样迫害我,将来历史会证明你们是错误的。"

朱偰去世十年后，获得平反。南京图书馆为他举行了隆重的骨灰安放仪式。终生至交刘海粟送来挽联：“真理长存，铁骨丹心昭百世；是非论定，文章经济耀千秋。”

2007 年，朱偰诞辰百年，他的故乡海盐有关单位编了《孤云汗漫——朱偰纪念文集》出版。朱偰这一生好似一朵孤独的云漫步，他是有风骨的孤云，不为狂风所动，不为时潮吹散。当一个时代疯狂奔跑之时，他却以守护的姿态保护了南京古城墙。

朱偰之子朱元曙在《人世几回伤往事，山形依旧枕寒流》一文中说：“父亲把南京的文物古迹融入自己的生命，也把自己的生命融入南京的文物古迹，他用自己的生命完成了吞吐千古的伟业。只要南京的文物古迹还在，只要南京的城墙还在，父亲的生命就还在，即使这一切都毁弃了，只要父亲的书还在，父亲的生命也一样存在。”

如今人们看到南京的古城墙，就会想到朱偰。生为文人死为士，朱偰把自己的生命镶嵌到南京的古城墙。南京，古称为石头城，历经朝代更迭。台城柳，秦淮河，长江潮，钟山月，仿佛是永恒的，巨大的历史沧桑之中，世间已经过了无数个轮回。如今，大大小小的城池，兴起了拆迁和建设热潮，无数的历史记忆和遗迹，永远地消逝。

当一轮明月照耀着南京城犹存的城墙，潮打空城寂寞回。朱偰的悲剧，带着无尽的历史沧桑，萦绕于怀，逝去的再也不会来……

八、走出绩溪：胡适家族往事

■ 胡适家族部分成员简介

胡传(1841—1895)，胡适之父。字铁花，号钝夫。原名守珊，故一字守三。清代地理学者，基层官员，文官兼武职，整顿营务，巩固海防。

安徽绩溪上庄人，出生于一个徽州茶商的家庭（其父胡奎熙在今上海川沙做茶叶生意）。1858 年，通过上海县试；次年，通过松江府试。晚清列强环伺，边疆危急，毅然投效东北边荒，从东北到海南，后到台湾。在台任职三年六个月，甲午战败，台湾割日，奉命内渡。1895 年 8 月 22 日，死于厦门。

著有诗文集四卷，钝夫年谱四卷，日记若干卷，禀启存稿若干卷。《台湾日记与禀启》，极具有史料价值。

胡传婚配和子女情况如下：

1860 年，二十岁，与元配冯氏结婚。1863 年，冯氏死于太平军战乱。没有子女。

1865 年，娶曹氏。生有三子三女。长子嗣稼，抽鸦片，赌钱，活了四十四岁，死得挺惨。次子嗣秬，活了四十二岁。三子嗣秠，活了二十七岁。胡传和曹氏所生的子女乃至孙辈，大多没出息，不长寿。孙辈中，有的得怪病，有的残疾，有的暴死。

1889 年，娶冯顺弟。育有四子嗣穈，即胡适。

冯顺弟(1873—1918)，胡适之母。冯顺弟培养出胡适，可谓教子有方，深明大义。胡适从小就对读书有兴趣，冯顺弟对他也格外照顾。别的小孩学费只有两元，冯顺弟希望他多读书，故学费额外多交，第一年就送六元，以后每一年递增，最后一年加到十二元。为资助胡适读书，她甚至不惜变卖自己的首饰。

二十三岁成了寡妇。对幼子胡适，冯顺弟严厉又慈爱，理性又柔情。

对胡氏大家族，勤劳节俭持家而又小心谨慎。对家族成员，大事讲原则而又处处隐忍委曲求全。冯顺弟的性格深深地影响了胡适。胡适说："如果我学得了一丝一毫的好脾气，如果我学得了一点点待人接物的和气，如果我能宽恕人，体谅人——我都得感谢我的慈母。"

1917年7月，他从美国学成回国被北京大学校长蔡元培聘为教授。然而第二年的11月，胡适劳碌一生母亲在家乡不幸病逝。悲痛欲绝胡适与刚完婚不到一年的妻子江冬秀回家奔丧，写下《先母行述》："生未能养、病未能侍，毕世勤劳未能丝毫分任、生死永诀乃亦未能一面。平生惨痛、何以如此！"

胡适(1891—1962)，原名嗣穈，学名洪骍胡适，字希疆，后改名胡适，字适之，笔名天风、藏晖等，因提倡文学革命而成为新文化运动的领袖之一，曾担任国立北京大学校长、中央研究院院长、中华民国驻美大使等职。胡适兴趣广泛，著述丰富，在文学、哲学、史学、考据学、教育学、伦理学、红学等诸多领域都有深入的研究。1939年还获得诺贝尔文学奖的提名。

江冬秀(1890—1975)，胡适之妻。胡适大名垂宇宙，夫人小脚亦随之。胡适与江冬秀的婚恋，可谓民国的一段佳话。江冬秀会做拿手而地道的徽菜，慢慢地会写质朴而原味的白话文家书，尽管错别字连篇，但唐德刚非常欣赏。江冬秀最大的爱好是打麻将，从北平打到纽约，又打到台北。关于胡适与江冬秀的婚恋和家庭生活，详见拙著《红尘往事：民国时期的文人婚恋传奇》。

胡祖望(1919—2005)，胡适长子。胡祖望出生时，距胡适母丧仅四个月，胡适为长子取名"祖望"，取"祖母望孙"之意。

早年就读于西南联大，后入美国康乃尔大学主修机械工程。毕业后服务于美国斯都德贝克汽车厂，后担任中国航空公司的工程师、台湾驻美国机构"经济参事"等职。1980年胡祖望退休。

胡素斐(1920—1925)，胡适之女。早夭。她死后一年半，胡适"在三万里外哭她一场"。

胡思杜(1921—1957)，胡适次子。1948年从美国留学归来，在北大图书馆工作。选择留在大陆。北平解放后，到华北革命大学(中国人民大学的前身)政治部学习。后分配至唐山铁道学院"马列部"教历史。1957年"反右"期间，被定为"右派"分子，不甘受辱，自杀身亡。

绩溪老树发新枝

——胡适和他的父亲胡传

胡适

1958年4月8日，在海外漂泊了多年的胡适，终于回台湾定居了。胡适自称是半个台湾人，台湾是他读书识字启蒙之始，也是他晚年定居、魂归埋骨之所。

胡适与台湾的历史渊源，要从他的父亲胡传说起。追寻胡传的归路和胡适的来路，不仅仅跨越台湾海峡，还得穿越百余年的历史烟云，重温中国近代史上重大历史事件。胡传胡适父子二人的历史命运，浓缩着家国沧桑和历史巨变。

绩溪胡氏　经商为家读书报国

我们不妨先留意一下胡适的爸爸胡传的容貌。胡适这样描写他的父亲："面容紫黑，有点短须，两眼有威光，令人不敢看他。""在万里长城外住了几年，把脸晒得像包龙图一样。"黑，铁汉，治朴学，一生忧患，为官近严酷，性乐易能刻苦，徽骆驼考察边疆，保卫台湾死于抵抗，这就是胡传的一幅画像。

胡传，原名守珊，字守三，又字铁花，号钝夫。1841年胡传出生在黄山脚下绩溪县的上庄。出生于第一次鸦片战争期间，死于甲午战争结束后的1895年。战争的阴影笼罩着胡传的一生，命耶？运耶？生活在内忧外患、风云激荡的晚清，这是胡传作为大清地方小官员的人生舞台。时也！势也！

上庄是绩溪最大的村庄之一，聚族而居，有七百多年的历史。上庄风景秀丽，"竹竿峰前，山萦水居，杨林桥畔，棋布星罗"，这是清人刘汝骥的赞誉。上庄的地理环境，也可借用南宋诗人杨万里的《桂源铺》一诗来描述："万山不许一溪奔，拦得溪声日夜喧；到得前头山脚尽，堂堂溪水出前村。"1946年，胡适手书此诗赠给族人胡文郁。

胡传生于徽州，他的生命中流传着徽州的文化基因。"无徽不成镇！"

四处经商成为徽州人世代相传的生存秘笈。徽商像流动的江水一样，遍布江南各地。徽商的生意是全国性的，几乎垄断了食盐贸易。大小城市里，开当铺的，多为徽商。做小生意的，多开设茶叶铺、贩卖日用品。胡适家族世代做小本生意，经营茶叶。“祖先中的一支，曾在上海附近一个叫作川沙的小镇经营一家小茶叶店。”后来，在上海华界（城区）又开了另一个分店。胡传的父亲胡奎熙继祖上在上海开设几处小店铺，其中有酒馆、栈房等。除上海外，在汉口也开辟生意，在家乡又置了田产。

徽州人的日子并不太平。1861 年，太平军入徽境，胡传参加民团与太平军作战。他一人抓过三个太平军。胡传对 1860 年至 1864 年间的皖南，有详细的记录，这四年的焚掠、屠杀、饥荒等灾难，都被胡传收录笔端。

胡传幼年习枪箭刀矛，有武功，喜读书，嗜诗文。1865 年进学为秀才，已经二十四岁了，但此后屡试不售。洪杨太平军战乱结束后，胡传到上海求学，1868 年至 1871 年在龙门书院追随扬州著名经师刘熙载研学经史。此时的书院，相当于日后诞生的大学堂、高等学府。学生每天在印好的课业上，完成为学“日程”和学习“日记”，记录学者的疑虑和思考、省悟和发现。印刷品的卷端印有红色的语录，是宋儒朱熹和张载等人的治学格言。“为学要不疑处有疑，才是进步！”后来，胡适看到父亲的卷端印有张载的治学格言，他对这句话，非常认同，加以发挥：“做学问要在不疑处有疑，待人要在有疑处不疑。”

胡传在龙门书院求学期间，结识了同学张焕纶。因列强环伺，同学之间，互相激励，研讨边疆地理和域外地学，蔚然成风。后来，胡传足迹遍布东北以及海南岛，予以实地考察。其研究边疆地理的兴趣始于龙门书院。龙门书院的教学，已经不是关起门来做学问了，师生开眼看世界，关心与国计民生有关的经世之学，胡传、张焕纶对地理学、军事学都有深入研究。这三年的知识储备和学术训练，为十年后胡传要走出徽州，远游东北打下了坚实的基础。

六年幕僚　铁花绽放巡边苦旅

在科举时代，大凡读书人，总有一个家国梦：修身齐家治国平天下。像胡传这样的读书人，在绩溪的身份是乡绅，是秀才。要想做官，就得一步一个台阶地往上爬。“五次入场，皆不中试。”中举人就像天边遥不可及的梦。经过科举考试这个管道，已经走不通了。要想获得认可的机会或者发挥才能的舞台，大多是从做幕僚开始。

胡传走出家乡之前，已经成家。先看一下胡传的婚姻状况。

1860年，胡传受父母之命返回故乡与原配冯氏结婚。这新婚的日子不太平，战火烤焦了他的蜜月。洪秀全的太平军攻占了绩溪县城，并几次占据了他的家园，一家人在战乱、瘟疫、饥饿的煎熬中过日子，一度带领家人到邻县休宁避难，饱受颠沛流离之苦。战乱总有无辜的百姓死去，不幸的是，胡传的妻子冯氏，在1863年夏天太平军第二次进犯时遇难，是他们家族二十几口里唯一的死难者，没有生下任何儿女。大约在1865年，胡传继配曹氏（曹玉环），绩溪县旺川人，距离上庄十里。曹氏为胡传生了三儿三女。“由于生育过多而体弱，其中，有一对双胞胎（即胡适的二哥和三哥，1877年生），死于1878年”。曹氏死于肺结核。

胡传在离乡出去闯荡之前，经过齐家的历练，他的才干得到锻炼。1865年至1876年，胡传为了盖祠堂、修族谱，筹钱出力勤奋地忙碌着。在《胡适口述自传》里，可以了解到修建上庄胡氏祠堂，是一项耗资巨大的工程。胡适这样评价他的父亲在工程中扮演的角色：“他不但是该项工程粗工细活主要的规划者和执行人，他有时还要说服和克制族中守旧分子的反对。”

1881年，胡传已经到了不惑之年。他向族伯胡嘉言借钱，以一百银元作为盘缠，准备外出游历。一股清流出上庄。胡传，一介寒士，一腔报国热血，他会遇到赏识他的人吗？在东北边界考察，又会面临怎样的生死考验？

胡传一路北上，先到了北京。然而，北京不是他的旅行终点，他拿到两封介绍信，到吉林的宁古塔去找钦差吴大澂，当了他的幕僚。宁古塔，时为重刑犯人发配之地。胡传为何选择宁古塔作为远游的目的地呢？《胡铁花先生家传》中给出了答案：“苦东北图志阙如，遂慨然欲游历东三省，考其形势，以备非常。”唐德刚在《胡适口述自传》中感叹：“胡传以一个四十岁落第的江南士子，亲老家贫，妻亡子幼，竟然离乡撇井，负债投边，出塞四十日，去充当一名三品小官吴大澂的幕僚。”这真是一个非常人能做出的决断。从胡传的选择和行动来看，他是一个体格和精神都足够强健的人。

光绪八年（1882）三月，胡传接受吴大澂的委派远赴宁古塔与珲春交界的原始大山，顶风冒雪实地勘查十三道嘎牙河流域的地势水情及其山中常住人口的数量。在这次田野森林调查中，胡传通过实践发现林海雪原中捉盗贼的门道——道在树上——盗贼以斧斫树之痕为标记藏匿森林。在调查报告中，胡传非常有建设性地提出了“洼塘”可以改造成良田。排水垦荒围田，一百多年后，抱着人定胜天开垦北大荒的右派和知青，会想到胡传吗？

光绪九年(1883)正月，胡传又奉命由瑚布图河入山，经老岭去珲春，会同俄人勘界。这次胡传一行，在莽莽林海雪原中迷路了，三日不得出。干粮已尽，无计可施，他们陷入绝望之中。胡传经过一番冷静的思考，显示出过人的智慧，他叫随从循着山涧而下，终于脱险。

胡传出入深山老林，巡边疆，勘地界，可不是如今驴友的野外宿营这样简单。不仅需要丰富的地理学知识，野外生存能力和技巧，还需要强大的意志、坚韧的性格。出生入死的经历，在胡传的笔下，变得云淡风轻，他轻描淡写作词《大江东去》：“只当竹杖芒鞋，寻常游览，吟弄风和月。”“任凭我踏遍云山千叠。”有过万水千山踏遍，一览众山小的阅历，才会气定神闲，把风雷变成风月。六年幕僚生涯，经历风吹雨打，走过冰雪霜冻，胡传深得吴大澂的赏识。

琼州考察　身染瘴病困于陵水

1887年，吴大澂转任广州巡抚。到任后，吴想起回到安徽绩溪奔母丧的胡传，修书请他去琼州视察。胡传这次去琼州，承担着“勘琼州黎峒”的任务。因琼州“生黎顽悍”“黎心瘴恶”，相识好友劝阻，以为一去“无生还者”，这次的出行有生离死别之慨，面对流泪送行的友人，胡传一时无语。

胡传奉命渡海至琼州，察看黎峒地势。到达儋州后，登山考察，“直穿黎心，以达崖州”。入得琼州的深山老林，热带雨林的奇异景象，与黑龙江边陲的林海雪原迥异。“既入山，生黎欢迎，跪献食，谓汉官自明海中介外未有至者。”在琼州，胡传连日奔波劳累，再加上不适应琼州的自然环境，身染瘴病困于陵水，元气大伤。“铁汉子”病愈后，仍然像不知疲倦的骆驼一样，长途跋涉，但是身体健康从此大不如以前。胡传写了一份调查报告，大意是：“生黎驯，不必剿；树木小，不足采；黎峒窄，不值郡县。”胡传的调查报告，以今日的眼光视之，无疑是一份实事求是的答卷，不仅符合安抚少数民族的政策，还符合科学发展观。自然以实际的考察回击了讨黎伐木设郡县的扯淡提议。

在吴大澂抚广东期间，胡传维护领土的完整。这是他人生中不应被忽视的一件事功。澳门葡萄牙人跨过界，侵占香山县（今中山县）。胡传又随吴大澂率领兵舰五艘前往，周历各村各岛，明告当地总督：划清租借，收回占地。

1888年，黄河在郑州一带决口，吴大澂任河道总督，设署于郑州，监督堤坝工。胡传随吴大澂办理黄河堵口，异常出力。有的河工腐化且迷信，胡传在其日记中，记录了目睹种种怪现状。并作诗批判崇奉水蛇、虾蟆为“河神”的迷信之举。胡传是一位无神论者，在胡适看来，父亲“笃信宋儒”，“受程朱理学的影响也很大”。由于襄赞治河的劳绩，胡传终于熬出头了。吴大澂向朝廷大力保举，结果胡传以直隶州候补知州分发各省候缺任用。

如果说，经张佩纶的介绍，做吴大澂的幕僚，是胡传人生的一次转折点。那么，胡传娶妻冯顺弟生下小儿子胡适，是他人生中的得意之作！

春风得意　胡传三娶胡适诞生

胡传两次鼓盆而歌，家中没有妻子，生活有诸多不便。于是，动了再娶一个妻子的念头。

距离上庄十里，有一个名叫中屯的村子，这村子里生活着一个叫冯金灶的裁缝，曾经参加过太平军，事败逃回家乡，老屋残破，生活困顿。他育有三女一子。长女冯顺弟，贤惠，勤劳，善于持家。胡传于1889年2月16日从上海返回家乡。在友人的带领下，到中屯村看对象。据石原皋《闲话胡适》可知：“恰巧顺弟牵着一头黄牛，在村边放牧。胡父看她，她也看到了他。她有觉，而处之泰然。”冯顺弟时年十六岁，胡传比冯顺弟大三十二岁。

媒人提亲，冯金灶问女儿，对这门亲事的态度。冯顺弟说：“不怕年纪大，只要寿年高。”然而，事与愿违，一语成谶，胡传病亡时，可怜的小寡妇才二十三岁。李敖在《胡适评传》中，说胡传有“克妻”的命，两个老婆都先他而去；“三娶冯氏，总算最后的胜利是属于太太的——他先死了。”如胡适所忆述：“我母亲二十三岁做了寡妇，又是当家的后母。这种生活的痛苦，我的笨笔一万分之一二也写不出。家中财政不宽裕，全靠二哥在上海经营调度。大哥从小就是败家子。”

胡传和冯顺弟结缡之时，谁又能预料到人生的变数呢。胡传在家乡完婚后，携眷属返郑州继续治河。次年，胡适到北京等候签派新职。也许是看在多年埋头苦干的份上，上天照顾他，抽得一个江苏省候补的签。在江苏省会苏州住了不到两年，后派到上海担任税务官员——“淞沪厘卡总巡”。胡氏家族的生意在上海，胡传做上海的地方官员，这次重返上海滩，那感觉自然不一般。在江苏和上海的这段岁月，胡传仕途顺利，可谓春风得意，日子过得风平浪静，有滋有味。

1891年12月17日，一只辛卯年的小兔子诞生了。胡适出生，胡传老来得子，深感快慰。胡传给儿子起名字，大有讲究。老大嗣稼，字洪骏；老二嗣秬，字洪骓；老三嗣秠，字洪駓；老四嗣穈，字洪骍。“嗣”指继承父辈，诗书传家。名取自《诗经·大雅·生民》：“诞降嘉种，维秬维秠，维穈维芑。”胡传希望自家地里长的都是好苗子。字都从“马”，寄寓了胡传望子成龙的厚望。

任职台湾　出生入死魂归厦门

1892年3月17日，胡传在上海上了船。一段宁静的生活被打乱，他又一次踏上飘摇的征途。这一次，他真的是满怀的不舍，娇妻离不开他，他亦离不开尚在襁褓中的小儿子洪骍。舍不得离开，不得不离开。朝廷的调令来了，新上任的台湾巡抚邵友濂点名要他，“襄赞省政”。胡传只好将娇妻幼子安顿在沪东川沙厅，只身赴台。

胡传虽然有一肚子怨气，但在去台湾的船上，都被天风海涛化解了。他一踏上台湾的土地，稍作休整，就开始了全岛巡行，考察军队的训练，“并代巡抚邵友濂亲往澎湖列岛视察军务”。此时的台湾，经历了中法战争后，南洋海军全毁，全岛实际上没有防御可言。而日本虎视眈眈，窥视台湾。在这样的情形下，胡传花费了半年的时间，马不停蹄在路上，西至澎湖东到苏澳，对军队的训练、防务、武器等，均向邵友濂汇报。这种如实的报告，害得一些官员受到处分。胡传建议，“训练一支小型的海军，以为全岛防务之用”。

胡传这次全岛的巡行视察，带来一股务实的“徽的风”，但是，在身体方面，抗不住热风炎蒸瘴侵，他的三个随从都染病疫，无一生还！而这位铁汉子也患痢疾，卧病甚久。李敖在《胡适评传》中写道：“他自己也得了风湿——二十二个月以后，他竟然死在这个病上！”

像牛马一样奔走的人，卧床休养，病好了，被委以重任——台南盐务总局提调。他曾在江苏办厘捐，这次是盐务。在别人眼中，这可是肥差，不少官员就是在这样的任上变成贪官，但对于胡传来说，这是要命的差事，“苛索民财”。尽管不乐意当这个官，但他在半年的时间里，对台湾盐政贡献良多。

1893 年 10 月 31 日，唐景崧接任台湾巡抚。时来运转，胡传被唐景崧委任代理台东直隶州知州，兼统镇海后军各营屯，文职兼做武职。

《胡适口述自传》中说：“在父亲统军期间，他发现全军有百分之八十至九十的官兵吸食鸦片。因为那时台湾疟疾流行，军中官兵误信鸦片可以防疟疾，所及几乎全军吸毒。”胡传对此情况，“忧心如焚，夜不能寐”。下定决心予以整顿，“极力使全军戒毒”。

胡传是一名“能吏”，在台东两年，治绩为人叹服，军民面貌大为改观。

就在台南任职的这段时间，胡适随生母和两位兄长自上海抵达台南。从台南到台东，胡传和家人团聚。尽管公务繁忙，但一看到牙牙学语的儿子，心中顿时变得柔软、丰润，一身的疲惫不翼而飞。胡适就在这段时光，在父亲的教导下，开始识字。

人生忧患识字始。胡适的启蒙在台湾。“以天真的小手握住笔管，慢慢地练习的数百字奠定了基础”。当胡适背诵《千字文》“天地玄黄宇宙洪荒”时，他的父亲怜爱地看着他，一向威严的汉子，眼睛里满盈着爱的光芒。

然而，这样的好时光，不多了。“乾坤将裂遭奇运”的日子到底来了！甲午战争，把台湾卷入历史的激流之中。

甲午战败，光绪皇帝流着沉痛的眼泪，批准了《马关条约》，把台湾割让给日本，这一条，更是让他心如刀绞。面对惊天巨变，胡传到了生死抉择的十字路口。清廷下令文武官员返回大陆，胡传立下遗嘱，留给妻儿，他决定留在台湾，投身抗日运动。1895 年 2 月，胡传将妻子和幼子胡适送到台南，从这里乘船回大陆。他在遗嘱中指明“穈儿天资颇聪明，应该令其读书”。又嘱咐胡适“努力读书上进”。这生离死别的嘱咐，影响了胡适一生，激励了胡适一生。当胡适与父亲挥手告别，和母亲缓缓地登上开往大陆的渡船，他不会想到，这是和父亲永远的告别。自此以后，他再也没有见到他的父亲。而胡传目送渡船消逝于海天深处，他也不会料到，这是和妻儿最后的道别。他没有机会看到他的“穈儿”成长为胡适，没有机会看到他的“穈儿”成为名满天下的胡博士。

台湾居民和士绅反对割让日本，这声浪如惊涛拍岸，响彻全岛。1895 年 5 月，“台湾民主国”成立，选唐景崧为“大总统”。台湾士绅发电报给清廷，表明独立的意图："伏查台湾为朝廷弃地，百姓无依，惟有死守，据为岛国，遥戴皇灵，为南洋屏蔽。"在发表的"台民布告"中，有这样表述："台民欲尽弃其田裡，则内渡后无家可依；欲隐忍偷生，实无颜以对天下。因此槌胸泣血，万众一心，誓同死守。"然而，当日军登陆台北，唐景崧便携款内渡，颇受时论指责。此后回桂林闲居，不再出仕。同年6月下旬，"民主国"余众又在台南拥立大将军刘永福为"民主国"第二任总统。同年10月19日，刘永福兵败内渡。两日后，台南陷落，"台湾民主国"灭亡，存在时间仅一百五十天。刘永福率领台湾军民，坚持四个多月的浴血奋战。这是胡传在台湾最艰难的日子，也是他生命中最后的斗争，生命落幕的重大历史背景。

就在日本兵登陆台湾这天，这位台东县长，"自请开缺回籍治疗"。毕竟，在这次惊天巨变之中，他不是挽大厦于将倾的顶天柱，他只是一个基层官员，老家绩溪有他魂牵梦绕的妻子幼子。更何况，他的身体健康此时糟透了。就在清朝政府电令台湾文武官员内渡时，没有人注意到这个小小地方官的内心挣扎，他的请求，在动荡不安的时代，没有上级给他明确的答复。台湾这首巨轮，在甲午战后即将倾覆，他并没有栖栖遑遑加入到弃船而逃的队伍。"不动声色，照常防守，暂顾眼前。"

当日军攻陷宜兰的前一天，他写了遗嘱，交给仍然留在台湾的二儿子洪骓：遗嘱写道："吾死，尔归吾骨；不幸则父子同死，勿令全家俱殉也！"

胡传终于等到让他离开台东的命令了，可是，他的双脚肿胀，脚气病令他不良于行。兵荒马乱的途中，遇到两次劫匪，好歹脱险。见到刘永福时，刘永福请求这位病人留下来帮忙。"兵穷食尽故城在，空始将军唤奈何！"胡传在台继续服务，直到病情加重，无法行动。刘永福一看胡传的身体已经垮了，才允许他离开台湾，返回大陆。

胡传一行于1895年8月18日到厦门。此时的胡传，已经油尽灯枯，四天后，五十四岁的胡传病逝于厦门旅寓。他的生命微弱之光，熄灭于风起云涌的台湾抗日运动中，陷入无尽的黑暗。

胡传自弱冠之后，身历九死而存一生。太平军侵扰绩溪，胡传经历了刀兵、疾病和饥饿，三者交迫，几度危难，而不死；在婺源所乘的渡船倾覆于鹅掌滩，也逃过一劫；在东北宁古塔，遇到马贼攻城，城中人逃散，胡传等十三人拼死抵御，幸而胜利不死；在海南岛考察，染病困于陵水，亦不死；在台湾检阅驻军随从得病全死光，而胡传独存；日本军队登陆台湾，交通断绝，补给源断，陷于绝境，差点死掉。虽九死其尤未悔，这一次，全身而退到厦门，然而，没有战胜死神。

胡传这一辈子，生逢乱世，注定了他始终是个努力的人，是个拼命的人。胡适非常服膺一句名言："明天就死又何妨；只要拼命做工，就像你永远不会死一样。"这句话，用来形容胡传的一生，非常契合。胡适称其父为"'台湾民主国'的殉难者之一"，可谓恰如其分。然而，这位殉难者，并没有得到安宁。

胡传病逝后，由胡绍之扶柩运到故里。时乡人知道胡传在台抗日，便认为其不是死于日军的枪炮之下，而是因违抗军令为清政府所杀。上庄的百姓私下议论纷纷，认为胡传是无头下葬的，棺木中所殓的是一颗木头；也有人说，不是木头而是铜头、金头。

今我来思　追怀父辈种树纪行

1952年月11月19日，胡适应邀回台湾讲学，受到各届人士的热烈欢迎，蒋经国代表蒋介石前往机场迎接。胡适在繁忙的日程中，专门到台南寻访幼年的记忆。

12月26日上午6时，胡适在老友杨亮功（安徽人，北大毕业，五四运动的见证者）、教厅视察杨日旭陪同下由台北乘车来到台南，台南各界人士及各校学生四百余人在车站欢迎；9时30分，胡适在市长的陪同下，赴民族英雄郑成功祠献花；10时到永福国校参观其幼年住所。

从当时报纸刊发的报道可知，胡适这次寻访的一些细节：

> 胡先生来了，汽车停处，胡先生下车，后面跟着一大堆人，永福国校的林校长扶着一位优雅的小女朋友向他献花，照相的人多半蹲着身子拍照，小朋友们鼓掌欢呼，其他的人则趋前欢迎……这场面很使胡先生感动，他频频向孩子们摆手，连声谢谢。今天真可说是孩子们的世界，孩子们的声音欢悦地响着，其实此时此地与孩子们的声音相呼应的胡先生，在六十年前在这同一地方也是个孩子，而且是更小的孩子，他那时是个孤独的盐务提调的少爷，是缺少同伴听不到这样欢悦的声音的……
>
> 走过操场，胡先生被导引到一个朴陋的老楼房里去。这是前清台湾道署遗留至今未毁的一栋仅存的房子，它在这个学校里，本来因为位置最偏、光线最坏，所以一向就被当做仓库。……不管它是不是

胡先生的旧居,总算是道署旧物,应该与他有关系。于是清理打扫,挂起“胡适纪念馆”的招牌来……参观以后,就是照相的节目,接着又植树,种了一棵榕树。

胡适在台湾,南港中央研究院留影

在这里,种树是一种意味深长的举动。《诗经·采薇》:“昔我往矣,杨柳依依。今我来思,雨雪霏霏。”当年是牙牙学语的孩童,“今我来思”,已是双鬓斑白的老者,这其中隔着风雨沧桑六十年。《世说新语》:桓温北征,经金城,见年轻时所种之柳皆已十围,慨然曰:“树犹如此,人何以堪!”攀枝执条,泫然流泪。种榕树的时候,也许胡适会想到这个典故,想到父亲胡传在台南的点点滴滴。百年家国巨变,依稀梦里家山。回首前尘往事,这里曾经有胡适一个家。一晃又是一个六十年,胡适种下这棵榕树,想来已经垂下万千根须。当年欢迎胡适到台南的小学生,亦成为须发皆白的老人。

1952 年 12 月 16 日,胡适在故居还题写了两幅字:“维桑与梓,必恭敬止。六十年前曾随先人寓居此地。今日重游,蒙诸老兄弟姐妹欢迎,敬纪谢意。”并深情地题下“游子归来”四个字。桑梓旧地,乡谊如酒。此时的胡适,真的把台湾作为了第二故乡,并深情地说“我是半个台湾人”。毕竟这块土地,有他父亲的血与泪,劳绩与政绩;有胡适混沌初开的启蒙记忆,有他识字读书的最初印象。

台南之后是台东,继续追寻时光深处的童年。1952 年 12 月 27 日中午,胡适又来到台东,重温儿时的旧梦。台东县政府为了纪念胡适莅临,还把火车站前的光复路改为铁花路,因为胡适的父亲胡传字铁花。

寻梦。只是旧梦难寻。少时住所已变成小荒丘,附近已成河道,而他父亲当年的朋友已去世数月,使胡氏不能获悉当年状况而感到遗憾!令胡适感到欣慰的是,胡适目睹胡传当年的官服。胡传卸任台东直隶州知州时,曾把官服一袭送给名海丹的山胞。台东文献会征求海丹的女儿同意，官服交给该会保存。衣服仍然完整如新，胡适睹物思人，不胜感慨。临离开台东时，胡适又栽种了两棵树，捐出了七千二百元，作为奖励台东籍的大专学生的奖学金。

1953年1月6日，在台湾省文献委员会欢迎会上演讲时，胡适说："幼年时我曾在台湾住过一年又十个月。这次我到台南、台东等地，种了一株榕树，两株樟树，据说这两种树都有很长的寿命，将来长大了，也许有一个小小掌故的地位，也可以说替将来的台湾文献捏造一些掌故。"

绩溪胡氏像一株老树，生生不息，在台湾又发新枝。胡适家族与台湾，就像一株大榕树，已经深深地扎根宝岛。看得见的根须是血脉相连，看不见的根基是文化相通。

1953年1月17日，胡适飞离台湾。又在美国漂泊了五年。1958年胡适归来，就任"中央研究院院长"。这一次来了，不走了。一生颠沛流离的胡适，在被海浪涌动的台湾，像他的父亲胡传一样，度过了最后的生命时光。

1962年2月24日下午6时30分，胡适因心脏病猝发辞世。他的遗体被安葬于台北南港"中央研究院"大门对面的山坡上，墓园后来被定名为"胡适公园"。

回望胡传胡适父子，新旧两代人，有着迥异的人生。胡传是晚清变局中的秀才、危局中的地方小官吏。他重视东北边疆的防务，"重视俄国侵略"，他从徽州、上海走出来，将自己的足迹留在了东北边疆、海南岛和台湾。中俄交涉，中葡交涉，黄河河工，甲午中日战争，他都是参与者、见证者。他虽死在厦门，生命元气耗尽在台湾，因为小儿子胡适的缘故，父以子贵，在他死后六十年，台东出现了胡铁花先生纪念碑。胡传还是一位诗人，爱写日记。这些遗传给了胡适。归根结底，胡传是科举时代的士人，身体力行地报效国家。胡适是新文化运动的旗手，一位现代意义上的公共知识分子，一位爱惜自己羽毛的"铮臣"，为了保持独立性，没有加入任何党派。

胡适是个播种者，一生都在努力耕耘，身体力行、振臂高呼自由和民主，台湾的民主政治里有他当年的梦想，一切都步入他曾经设想的轨道。胡适，的确是二十世纪中国伟大的民主先驱。他长眠于宝岛台湾，海峡这一端的大陆，希望在二十一世纪，他魂兮归来！

胡适的儿女们

——胡适家事中的时代风云

我们来看一看胡适的家人状况。妻子江冬秀，卒于1975年8月；长子祖望，1919年出生，2005年3月病逝于美国；女儿素斐，生于1920年，1925年早夭；次子思杜，生于1921年，1957年反右中自缢身亡；孙胡复，生于1955年，1978年毕业于康奈尔大学。

中国人给子女起名，一向将自己的感情、理想寄寓在名字里，具有浓厚乡土情节的胡适，也不例外。胡适有三子。长子祖望，出生在1919年3月16日，距胡适母丧仅四个月，取名“祖望”有望祖的意思；次女素斐，素斐即Sophia，即“莎菲”，正是陈衡哲的英文名和笔名，胡适希望自己的女儿能像陈衡哲一样，也可能隐藏着胡适对陈衡哲的爱慕；幼子思杜，出生在1921年12月17日，这天正好也是胡适的生日（他的美国女友韦莲司的生日是4月17日，赵元任曾给胡适的书信中说，十七是许多人最喜欢的一个数字，胡适就是许多人中的一个），取名“思杜”是为了表示对恩师美国哲学家杜威的感激之情。

胡祖望

胡适处于新与旧剧烈碰撞的时代，他们那一代人的思想观念在家庭琐屑的小事上也能折射出来。

1919年11月1日，鲁迅于《新青年》（6卷6号）发表《我们现在怎样做父亲》，著此文的目的“是想研究怎样改革家庭”。“因为中国亲权重，父权更重，所以尤想对于从来认为神圣不可侵犯的父子问题，发表一点意见。总而言之：只是革命要革到老子身上罢了。”胡适怎样做父亲？是个很有意思、值得探讨的话题，我们不妨看看新文化运动的领袖胡适怎样教子，怎样对待孩子。

1924年1月4日，胡适致韦莲司的信中说：“我看着长子读《儿童周刊》和《小朋友》（给小孩看的故事书），我不能不感到一种快慰。毕竟我们用口语来代替文言文死文字的努力没有白费；我们至少已经成功地使千千万万下一代的孩子能获轻松一些。（我的孩子到3月就五岁了，他现在已经能看故事书而没有太大的困难。）”胡祖望读白话文故事书，在胡适看来，这是新文化运动的重要成果，以白话文的方式编写教科书，使这成果更加普及。在教育内容和形式上，白话文取代文言文，是剧烈而重大的变革，是中国教育的一个转折点。

胡适在五四前后的新派人物中，一向温和包容，但在1930年6月29日写给长子祖望的信中，我们却看到了少有的严厉：

祖望：

今天接到学校报告你的成绩，说你“成绩欠佳”，要你在暑期学校补课。

你的成绩有八个“4”，这是最坏的成绩。你不觉得可耻吗？你自己看看这表。

你在学校里干的什么事？你这样的功课还不要补课吗？

我那一天赶到学堂里来警告你，叫你用功做功课。你记得吗？

你这样不用功，这样不肯听话，不必去外国丢我的脸了。

今天请你拿这信和报告单去给倪先生看，叫他准你退出旅行团，退回已缴各费，即日搬回家来，七月二日再去进暑期学校补课。

这不是我改变宗旨，只是你自己不争气，怪不得我们。

爸爸。

十九，六，廿九

这真是一封声色俱厉的信。这个时候，胡祖望才十一岁，正是贪玩的年龄，胡适责令祖望退出旅行团去暑期学校补课，这样的举动，在我们今天看来，和望子成龙的父母们让孩子上这补习班上那特长课，没有什么区别。胡适信中的话说得很重，如此严厉，胡祖望内心的沮丧可想而知。在这封信中，我们看不出对儿子的温和与尊重，有的是责备和训诫。

在另一通给祖望的信中，胡适训勉儿子要“操练独立的生活”“操练合群的生活”，要“感觉用功的必要”。在第一条之下，他指出：

最要紧的是做事要自己负责任。你功课做的好，是你自己的光荣；你做错了事，学堂记你的过，惩罚你，是你自己的羞耻。做的好，是你自己负责任；做的不好，也是你自己负责任。……

写给孩子的信如此乏味，如此严肃，看不出像是在美国喝过洋墨水的胡博士之手，和封建家长训子仿佛。有人读了胡适训子的两封信后，发出这样的议论：

> 一个新文化运动的领袖，一个主张“全盘西化”的自由主义者，一个受过完整美国高等教育的现代中国知识分子，在父子的关系上，却是彻彻底底的中国本位主义者，不但是“中学为体”，而且“中学为用”。

而江冬秀受文化水平限制，教育子女失之简单、粗暴。我们来看她给祖望的信：“祖望，你还不写信来给我。快写信来！你好好的读书，不听话我回来要打你呢。我出来带好东西给你。妈妈四日。”

与胡适严厉的书信相比，胡祖望写给胡适的两封家书，传递出更多丰富的信息，也更富有情味。

1937年10月6日，身在武汉的胡祖望，此时正在武汉大学借读，做旁听生。黄子坚来信要他去长沙临时大学，胡祖望未定下来是否去长沙，写信和父亲胡适探讨。在家书中，并向胡适通报其母江冬秀由北平南下事宜。在这封信的末尾，家书中透露了国事：

> 日本飞机近来轰炸各大都市，南京、广州、太原、南昌等地方最利（厉）害，武汉也曾来过几架，死伤有八百余人，因为炸弹正落入贫民区中。
>
> 武大的目标很为显要，同时南胡有军官学校分校和飞机场也离此不远，所以有很多人很害怕，但我却不怕。

1938年5月30日，此时，胡祖望已经转入西南联合大学，在给胡适的信说：“我来到昆明已将一个月了，学校也上了两个礼拜的课了，学校搬来昆明后，诸事较前振作，功课虽然是在刚开学的几天，已很显出忙来了。尤其我们工学院的，今年每星期竟有三十五小时的课。”

胡祖望在这封信中将昆明和北平两地比较：“昆明很有好多地方像北平，街上有很多牌楼，有一座西山，也有一个昆明湖，并且气候也有点像北平，有相当的干燥。昆明的云很好看，尤其是黄昏的时候。”

西南联合大学在艰苦的条件下办学，师生在简陋的教室上课，胡祖望在信中写得很明白：“我们在学校中住在一个师范学校中，教室是在农业学校，两下竟距离大约有十五分钟的路程。这里还没有电灯，我们用的是植物油灯，但因为不够亮的关系，所以在念书时还要用洋蜡。我们用的桌子是用汽油木箱和木板搭成的。柜子也是汽油箱。注册组的柜台，会计室的柜子，都是由汽油箱改造的。汽油箱的功用，在联大正显出了伟大。”

在这封信的末尾，胡祖望说：“舅舅（江泽涵，西南联大教授）舅妈在此都好，老二也好，他们都很挂念你。”

1939 年胡祖望赴美到胡适母校康乃尔大学就读。同年 9 月 21 日，胡适写给江冬秀的一封信，检讨夫妻两人与孩子的关系：

> 冬秀，你对儿子总是责怪，这是错的。我现在老了，稍稍明白了，所以劝你以后不要总是骂他。你想想看，谁爱读这种责怪的信？……你和我两个人都对不住两个儿子。现在回想，真想补报，只怕来不及了。以后我和你都得改变态度，都应该把儿子看作朋友。他们都大了，不是骂得好的了。你想想看，我这话对不对？
>
> 高梦旦先生待他的儿女真像朋友一样。我现在想起来，真觉得惭愧。我真有点不配做老子。平时不同他们亲热，只晓得责怪他们工（功）课不好，习气不好。

胡适人到中年，才意识到自己与儿子的问题，并反省和检讨，也是需要勇气的。中国传统的家庭伦理鼓励父亲不为孩子所累，立功立言，胡适的思想观点西化，接受了西方的文明，但在如何做父亲上，完全是旧式的。“五四时期，许多新派的知识分子，在这一点上，却又是相当传统的。”

胡适和江冬秀在教育子女方面，的确存在不足，这可以和他的朋友们的家庭做对比。胡适意识到他和上海商务印书馆出版部部长高梦旦对待子女的差距。赵元任和杨步伟的女儿都获得美国著名学府的金钥匙奖，而胡适教子真是恨铁不成钢。

胡适家书中关于子女的信件，晚年比早期平和，而且更富有情味。经过了大风大浪和岁月沧桑的胡适，在台湾和美国时，和祖望一家交流，亲情味十足，他非常珍惜和祖望一家在一起吃饭、团聚的时光，有儿孙在膝下，晚年的胡适，享受着人生难得的安宁与美好。

1959 年身在台湾的胡适给远在美国的夫人江冬秀写信：

> 冬秀：
>
> 许多时没有写信给你，真对不住你！

过生日你忙了多少日子,我也忙了几天。

因为我今回的生日又是北京大学六十周年,所以我不能避寿。那天上下午我总见了五百多客人,中午有演说,晚饭后又有演说。

十二月廿五日是基督教徒的圣诞节,但是我却从廿三到廿五,忙了三天,开了三天会,做了一天主席。过新年也忙了两三天。

小仔仔右脚好得多了,还是很顽皮,能说几句国语了。

我到台北一两个月有零了。居然没有伤风,没有生病。这几天很冷,屋子里客厅生了一个小煤油炉,书房里有一个小电炉。有个外国客人,名叫马拉尔,是从普林斯敦来的,在我这里住了几天。今天早上走了。

赵元任夫妇带了孙女儿,十二日到台北。他们要在台北住三个月。他们都完全好了。赵先生嘴唇上还有一个小疤。

我明天出门去游览五天,由梦麟,月涵同行,一路上有伴,又不烦我演讲,真是难得!我二十日下午回来。祝你们都好!

适之

四八,一月十四夜

在这封信中,胡适对孙子小仔仔(胡复)的关切之情溢于言表。并在信中说了赵元任和杨步伟夫妇访问台湾一事。胡适和蒋梦麟、梅贻琦一起陪伴赵元任和杨步伟游览,多年天南地北分散的朋友聚在一起,非常开心。在这封信中,我们可以感受到胡适的悠闲与快乐。

1958、1959两年,胡适在台的一段时间,恰巧祖望一家也在台北。我们从书信和日记中看到了难得一见的父子情和祖孙情。3月15日日记中说:"明天(March16)是祖望四十岁生日,我邀他一家来午餐。光阴过得真快!我的哲学史上卷出版在祖望出生之前一个多月,今天我想到这事,不胜感叹老之将至!"

第二天,胡适又特地到祖望家中,为他祝寿。这时的胡适和他早年(一九一九)"我实在不要儿子,儿子自己来了"的心情,当然是不同的。而今感到"老之将至",对儿孙多了几份慈爱,但也不免透露了些许落寞和哀伤。这样的情绪在胡适的文字中是少有的。

1959年5月15日,胡适写完了《注汉书的薛瓒》一文,在文末,特别加了一个小记,最可以看出胡适对孙子的关爱:

四十八年五月十五日早晨两点半，写完，今天是我的孙子仔仔的四岁生日，我把这篇论文献给《清华学报》，祝贺梅月涵先生七十岁生日，我盼望我的孙子也能像我老朋友一样的长寿。

随后，胡适在给江冬秀的家书中，细语绵绵，掩饰不住对儿孙和儿媳的关心和照顾。这封家书中的胡适，完全是一位长者，关心的是家庭的开支和经济的问题。不妨将此信抄录如下：

冬秀：

我现在完全好了，伤口已结疤。还用小块纱巾包扎，保护着新肉。

仔仔的生日（五月十五），由祖望的几个同学和他们的太太做主人，给淑昭和仔仔送行，同时也给仔仔做生日。连我一桌人，饭后那几位太太要我把身上带的二百元台币拿出来“发饷”，要我打四圈牌。我打了四圈，居然一文不输，也一文不赢。过了一天，小报上登出来，说胡适之打牌，手气好，和了一副“双龙抱珠”。我就不知道什么是“双龙抱珠”，问起来才知道是你们叫做“大七对”！其实那晚上我并没有那么一回事。我先输了，最末一个庄，我连了三个庄，最后我自摸“五门齐”，把输了的钱全收回了。台北地方小，我成了新闻了。

十五日那天下午，我叫祖望到南港来谈谈。我问他：“淑昭带仔仔出去医院，你们预备了多少钱？”他说，“因为公务人员家眷出国医病，可以请点外汇，所以请到了四百元，一共不到一千元。”

我说，“你们的积蓄大概不多，大概全在这里了吧？”祖望说不出话来。

我说，“我在纽约银行的存款，最近还了台大前年寄给我的讲学费三千元。现在要还政府去年寄给我的两笔外汇的余数二千六百九十七元（其中一笔是妈妈回国的旅费，今年六月需报销的），我的存款不够写支票了，所以我五月初写信请叶良才先生把我的储蓄存款提出两千元，存入活期存款，使我可以开支票还给政府。”我把银行报告给他看了，我写给叶先生的原信的抄本也给他看了。

我对他说，“我是没有钱可以供给淑昭和仔仔在国外久住的。妈妈也没有钱。”祖望说，他们只准备住四个月。

那天我开了一张四百元的支票给他：一半给仔仔，一半给淑昭。

我说，“这可以给他们做西岸到东岸的飞机票。我现在不能多开支票了，叶先生的回信还没有到。将来我总要多帮你们一点钱，但不会多的。”他说，“飞机票用不了多少，我也知道你没有钱。”

到了六点，我们就同到他家给仔仔做生日了。

仔仔同淑昭坐的复兴公司的“复兴”船，大概五月底可以开船。据说，六月二十几可以到美国的西岸的西雅图，或博特兰(Seattle or Portland)。大概六月底之前，你可以看见他们了。

详细日期，我让他们自己写信。

看这情形，我七月底回纽约，得另找住处了。这件事，我可以托叶先生替我想想。我们那个小孙子被一家人惯坏了，闹得很，顽皮得很，谁也管不了。我怕闹。

听说，淑昭对别人说，“老太太喜欢孙子，我可以把孩子交给老太太，我可以玩玩去。”

我七月三日起飞，七月四日到檀香山。大概回到纽约要在七月底了。

祝你好。

适之

四八，五，廿一

打牌的那一段是胡适生活中极少见的轻松场面，这麻将牌是为了孙子过生日而打的。事实上，胡适对打麻将反感，他曾写过一篇题为“麻将”的文章。据他考证，麻将是由明代一种叫“马吊”的纸牌演变而来的，马吊在当日风行一时，士大夫整日整夜地打马吊，把正事都荒废了。胡适在文章中提到，麻将牌忽然行到海外，成为出口货的一宗。有一个时期，麻将竟成了西洋社会里最时髦的一种游戏。胡适是反对打麻将的，把麻将和鸦片、八股、小脚列为四害，麻将只是我们这些好闲爱荡，不爱惜光阴的“精神文明”的中华民族的专利品。胡适在家书中，一向反对太太江冬秀打麻将；朋友聚会时，胡适为不扫朋友的兴致，偶尔打一圈，有时作壁上观。

胡适晚年为了给孙子过生日，打四圈麻将，这在他的日记中是比较少见的。

从这封信中，我们还可以看出胡适晚年经济拮据，信中详述自己的存款，表明协助孙子赴美疗疾，真是心有余而力不足。晚年的胡适曾经对唐德刚说过，人怕老来穷，年轻时应积攒一些储蓄，以免人到老境，朝不保夕。

在这封给江冬秀的家书中，这一通比较长，胡适向夫人江冬秀徐徐说着家中琐屑的事，关于家事的絮语，让人感觉胡适的遗憾和无奈，也让人觉得胡适老矣，他开始留恋与家人团聚的时光了？

1962年2月24日，胡适在“中研院”酒会之后不幸突然昏倒……随后，胡适阖然长逝。胡适的灵柩于10月15日安葬在南港“中央研究院”大门对面的山坡上，数以千计的人，络绎不绝地涌进胡适先生的灵堂，向胡适先生行三鞠躬礼，很多人黯然神伤，默默无言。望着悲伤的祖望、淑昭夫妇和哭泣的仔仔，江冬秀指着一眼望不到边际的前来悼念与送行的人，劝慰儿子祖望，你爸爸做人做到这个份上，很了不起，也值了……

2005年3月12日，胡适长子胡祖望于华盛顿因老年痴呆症及肺炎、中风等并发症病逝，享年八十六岁。在台北“中央研究院”附近的胡适公园里，有一块胡祖望为其弟胡思杜而置的约四平方尺的小石碑，上刻：“亡弟胡思杜纪念碑。胞兄祖望泐石。”胡祖望生前曾表示，愿死后葬在父母的墓旁，并与弟弟相伴。

胡祖望病逝后，据台湾媒体的报道，可知胡祖望一生从事过什么工作：胡祖望早年就读于西南联大，后入美国康乃尔大学主修机械工程。毕业后服务于美国斯都德贝克汽车厂，后担任中国航空公司的工程师、台湾驻美国机构“经济参事”等职。1980年胡祖望退休。

值得一提的是，胡适、胡祖望、胡复祖孙三代均毕业于美国康乃尔大学。此亦为一桩佳话。

附记：

上世纪三十年代，胡适在北平的家是什么样子？对于今天的读者来说很难想象。1931年2月，徐志摩给陆小曼写了一封信，在这封信中，他报告了在北平的行踪，客居胡适家的徐志摩，透露出胡适的家居状况和物质生活细节：“我已安到北平。适之父子和丽琳来车站接我。胡家一切都替我预备好，被窝等等一应俱全。我的两件丝棉袍子一破一烧，胡太太都已替我缝好。我的房间在楼上，一大间，后面是祖望的房，再过去是澡室，房间里有汽炉，舒适得很。”

胡素斐

女儿胡素斐是胡适心中永远的隐痛。胡素斐可能是胡适的三个孩子中最聪明的。可是，她的生命停止在1925年——夭折了。

关于胡素斐的名字，研究胡适的学者有争议。争来争去，别忘记胡适本人关于其女得名的来历。胡适在日记中说得很明白：

> 得冬秀一信，知叔永、莎菲新得一女，因重到鸡鸣寺，作一诗祝贺他们。（去年八月中，他们宣布婚约的一夜，我和他们在鸡鸣寺吃饭，"三个朋友"诗中第二段即指豁蒙楼上所见。）诗如下：
>
> 重上湖楼看晚霞，
> 湖山依旧正繁华；
> 去年湖上人都健，
> 添得新枝姊妹花。
> （三个朋友一年之中添两女，吾女名素菲，即用莎菲之名）

唐德纲由"素菲"之名，大做文章，得出结论——胡适暗恋陈衡哲，不能算作新发现，是借题发挥。应该把陈衡哲看作胡适另一种生活可能的参照。

唐德刚认为胡太太江冬秀是同时代"千万个苦难少女中，一个最幸运、最不寻常的例外，这话说得很对。唐德刚还认为胡适自己也是"'三从四德'的婚姻制度中最后的一位'福人'"，夏志清教授并不认同。夏志清说："胡适如能同陈衡哲这样的女子结婚，当然生活要美满得多。且不说（五十年代）住在纽约那几年，胡适定不下心来做研究，即在二三十年代，胡适自己太忙，太太没有现代医学常识，也不知如何管教子女，弄得爱女夭折，二儿子胡思杜从小身体虚弱，教不成器——一个家庭里产生这两大悲剧，总不能算是圆满的。"

1920年9月14日，胡适的日记写道："下午小睡，今日是女儿素菲阴历满月之期，江、吕诸家亲眷都送礼来，故下午请他们来做一种非常客气的汤饼会。"下午5点左右，胡适邀请高一涵、叔永、沙菲在公园吃饭，有庆祝女儿"满月"之意。饭后，晚6点左右，惟恐家中给女儿素菲庆满月的女客人未散，又去打了一盘球。

胡素斐死于1925年7月底。任鸿隽当年7月23日的信中说："听说你的女儿病得垂危了，我们都非常痛惜。"为了安慰胡适，他说："莎菲说，有聪明而无健全的身体，是最痛苦的事。所以她的病若终于不好，你倒可不必格外痛悼，因她从早离此世界，正是减少人间痛苦的唯一方法。"

胡素斐去世的那一年，是胡适与夫人江冬秀关系紧张的一年，当然是因为胡适与曹诚英的婚外恋情。女儿胡素斐的去世，对胡适是一个沉重的打击，他意志消沉，寄寓诗酒，和当年在上海中国公学酗酒那一段时光类似。心理学家告诉我们，人生遇到痛苦和失意的时候，总要寻求排解的方式，尽管时光匆匆而过，好像那痛苦经过岁月的平息，忘记了，消失了，无影无踪了。可是，那心灵的隐痛并未彻底消失，而是隐藏了起来，以某种方式提醒人们曾经的伤痛。

1927年2月5日，胡适在纽约旅途中，往事以另一种方式呈现——午睡的时候梦见素斐，胡适致江冬秀的信中说："醒来时，我很难过，眼泪流了一枕头，起来写了一首诗，一面写，一面哭。忍了一年半，今天才得哭她一场，真想不到。"梦里依稀真面容，觉后空空一场梦，胡适不愿在梦中醒来。悲痛之中，写了纪念女儿的诗《素斐》。我们不妨读一下胡适之先生的这首诗：

素斐

梦见你的面，
一忽儿就惊觉了。
觉来终不忍开眼，——
明知梦境不会重到了。

睁开眼睛来，
双泪迸堕，
一半想你，
一半怪我，
想你可怜，
想我罪过。

"留着这只鸡，等爸爸来，

爸爸今天要上山来了。……”
那天晚上我赶到时，
你已经死去两三回了。

病房里，那天晚上，
我刚说出“大夫”两个字，
你那一声怪叫，
至今还在我耳朵边直刺。

今天梦里的病容，
那晚上的一声怪叫，
素斐，不要让我忘了，
永永留作人间苦痛的记号！

令人痛惜，小小的素斐已经非常懂事了，知道为爸爸留下一只鸡，共同分享。诗中，胡适想自己的“罪过”是什么呢？工作太忙没有时间陪伴她玩？还是和曹诚英的婚外恋情心怀愧疚？

《胡适杂忆》的附录里有一篇周策纵谈胡适诗歌的长信，说这首诗写得太做作、太轻浮，唐德刚在正文中则说，其实素斐是陈衡哲女士的英文名字，这样就可以理解其中那并不像是对女儿的怀念了。笔者认为，胡适这首诗是写给女儿的，这其中的丧女之痛，也只有胡适有深切的情感体验。素斐的确是留给胡适在人间“苦痛的记号”。

胡适行文一向讲究翔实与正确，1927 年 2 月 5 日，按一个时光倒退键，倒回一年半，大约是 1925 年七八月间。江冬秀的大姐江润生的来信，可以让我们确切地说，素斐的死期是在 7 月底，死时还不满五岁。江润生在 1925 年 8 月 2 日致胡适的信中说：“前天接到涵弟（江泽涵）信是说素斐甥女病死了，真令我心碎。”

有研究者认为，虽然素斐可能是胡适孩子里最聪明的，但她也是胡适的孩子里最不受人重视的。她究竟是什么时候死的，胡适没在他的日记或书信里提起。查胡适 1925 年 1 月底写的 1924 年的自撰年谱，有几句简单的话说素斐的病情。“女儿素斐在医院住了半年多，两次绝望了，幸而生存：初病肺炎，转成肺痨与脊骨炎。至今还不能定生死。”让胡适苦痛的还有“两个侄子（胡思永和胡思聪）死在一年之内，皆可痛惜。胡适认为胡思永有文学天才，胡思聪有美术天才。

夏志清教授如何看待《素斐》(《梦见亡女》)这首诗呢？他写道：假如在这首诗里，胡适真的如唐德刚所说，“一石双鸟，悼亡、怀旧”，那么胡适写这首诗心底的隐秘和感触就是——假如胡太太是莎菲，素斐也不至于夭折了。

胡思杜

1928年年初，江冬秀带着胡思杜回到安徽绩溪老家，花了三个月的时间，监造胡适祖父母和父母的坟，祖坟造好之后，为了纪念江冬秀的功劳，胡适在碑文上加了两行小注：“两世先茔，于今始就。谁成此工，吾妇冬秀。”此时的胡思杜是个六七岁的孩子，正是顽皮、淘气的时候，童年的天性适合在风景如画的乡村玩耍，他一定获得很多快乐，对在故乡绩溪这一段的生活印象深刻。

胡思杜少年时候患有肺病，时读时辍，所以胡适专门请家教辅导两兄弟，其中有一个家庭教师，就是胡适的弟子，后来成为著名历史学家的罗尔纲。

罗尔纲当过小学教师，对付小孩子有一手，把两兄弟管教得服服帖帖的，其他老师教不了多久就要走人，罗尔纲一直教了五年，所以他对胡家也比较了解。在罗尔纲晚年著的《胡适琐记》中，有一章提到了胡思杜，说他从小就有进步思想，比较爱国，在院子里玩耍时，可能受学生运动的影响，高喊打倒帝国主义。胡思杜家中来了客人，胡思杜不爱搭理客人，惟独鲁迅来访，他热情地接过鲁迅的大衣，帮他挂在衣架上。罗尔纲的这篇文章，可能有意替胡思杜澄冤，有对胡思杜拔高的倾向。当时的胡思杜只是小孩子，不可能有这么丰富的想法，他的举动应该归因于他生性比较活泼。

胡思杜的堂兄胡恒立回忆思杜少年时，说他脸圆圆的，异常的活泼搞怪，常常妙语如珠，是大家的开心果。但是胡思杜不怎么好读书，“善交朋友，好玩乐。”

抗战初期，胡思杜随母亲避难上海，胡适委托竹垚生(竹淼生之弟)照看他。1938年5月5日，胡适正式出任驻美大使前夕远隔重洋修书，规劝妻子不要多打牌，照看好胡思杜。他苦口婆心地说：“我盼望你不要多打牌。第一，因为打牌最伤神，你的身体并不是那么结实，不要打牌太多。

第二，我盼望你能有多一点的时候在家照管儿子；小儿子有一些坏习气，我颇不放心，所以要你多在家照管照管儿子。第三，这个时间究竟不是整天打牌的时候，虽然不能做什么事，也应该买点书看看，写写字，多做点修养的事。”

1939 年 11 月 7 日，在上海的胡思杜致胡适的信中提到不少事情。在信中，胡思杜和其父胡适谈到《藏晖室札记》的出版情况：“藏晖室杂记早已看过，铜版和校对都很好，只是近来昆明的包裹不通，对销路有很大影响。”《藏晖室札记》，这书是胡适的留学日记和杂记的合集，1939 年由上海亚东图书馆出版。受战争的影响，发行渠道不通畅。胡思杜特意告诉胡适这书早已看过，是不是为出国留学做准备呢？此时，他的哥哥胡祖望已到美国读书。

在这封信中，胡思杜还向胡适汇报了中国国立联合大学招生的国文题目，胡思杜觉得奇怪，抄录了下来：

> 权利不能倾也，群众不能移也，天下不能荡也。生乎由是，死乎由是，夫是之谓德操。德操然后能定。能定然后能应。能定能应，夫是谓之成人。

胡思杜在信中说：“我好像在荀子上看过的（好像是第一篇）。”胡思杜记得很准确，这段话出自《荀子·劝学》。

这封信写好之后，又在末尾告诉胡适一个不幸的消息：“马相伯先生大前天死了，震旦复旦二校明天放假追悼他。他死在谅山。”

1940 年 11 月 9 日，竹垚生写信给远在美国的胡适：“小三（按：即思杜）在此读书，无甚进境，且恐沾染上海青年恶习，请兄要赶快注意。”我们不知道思杜究竟染上了什么恶习，江冬秀在 1941 年 4 月 4 日致胡适的信中也说：“还有一件事和你商量，请你不要生气，就是我的小三不学好。完全不是早一年的样子，不肯读书。全是（谎）语，也不大（太）小了，请你给他的泉（钱）买书，实在一句话，要那（拿）着泉（钱）不知弄什么去呢。他不想读书，要去内地做事去。现在家中请两个先生，还是不好好读书，实在要把我气死。”

胡适为国事操劳的同时，也为家事烦心。胡思杜不思进取，让胡适想起自己在上海求学时堕落的一段经历，他在美国留学时赠朱经农的诗中写道：“那时我更不长进，往往喝酒不顾命。有时镇日醉不醒，明朝醒来害酒病。一日大醉几乎死，醒来忽然怪自己：父母生我该有用，似此真不成事体。”胡适怕幼子蹈他覆辙，他决定让胡思杜到美国留学。

1941 年 4 月，胡祖望在美尚有一年半才能完成学业，胡思杜又将赴美求学，再加上江冬秀在国内开支颇大，胡适甚感经济紧张。所以他除了让胡思杜到消费较低的美国中部的大学就读，以节省费用外，自己也“设法子去卖文章或卖演讲，替儿子筹备一点美金”，并且说“我从现在起，要替他储蓄一笔学费。凡我在外面讲演或卖文字收入的钱，都存在这个储蓄户头，作为小儿子求学的费用”。1941 年 5 月，胡适安排思杜赴美，进教会学校海勿浮学院就读。

胡思杜在美国一直待到 1948 年夏，他回国的原因据罗尔纲说是在美国染上了吃喝的恶习，被学校驱逐。胡适当时对这个儿子有一点恼火，所以胡思杜回国后，胡适的许多朋友替他介绍工作，都被胡适以不可胜任为理由而拒绝。后来胡适安排他到北大图书馆工作，里面也含有要他多读书长学问的用意。

1948 年底，中共在内战中逐渐取得优势的时候，国共两党在人才资源上也展开了一场没有硝烟的争夺战。当时，毛泽东曾表示：“只要胡适不走，可以让他做北大校长兼北京图书馆馆长！”但胡适对此不以为然，他说：“不要相信共产党的那一套。”12 月 15 日，北平南宛机场，蒋介石派专机把胡适运出被共产党军队重重包围的北平城。随后，中共中央宣布胡适是“战犯”。

当时国民党开展“抢救运动”，用飞机抢运出还在北京的专家学者。胡适排在被“抢救”的第一批。如果胡思杜愿意随父母南行，肯定有机会的。不知道什么原因，胡思杜不愿意随父母南下，表示留在亲戚家，他说：“我又没有做什么有害共产党的事，他们不会把我怎么样。”胡适夫妇没法，留下一箱细软，乘飞机飞南京，后赴美国，1958 年定居台湾。直至老死，没能再见上幼子一面。

北京解放后，胡思杜到华北革命大学（中国人民大学的前身）政治部学习。胡适当时被称为“资产阶级唯心论的代表”“国民党的忠实走狗”，作为胡适的儿子，胡思杜背负着与生俱来的原罪。但他急切地想要融入新的社会，于是他主动上交了胡适留下的一箱财物，并顺应要求，努力“改造”自己的思想，表现十分积极。他写了一份思想报告《对我的父亲——胡适的批叛》，表示与胡适划清界线，这一举动得到了上层的赞赏，使他得以在毕业后能够到唐山铁道学院“马列部”教历史。

1950年9月22日，胡思杜的这篇文章在香港《大公报》上发表，引起了大陆，台湾，美国三方面学人的关注。胡适认为思杜是迫不得已的，“我们早知道，在共产主义国家里，没有言论的自由；现在我们更知道，连沉默的自由，那里也没有。”

这种不合作的态度使当局坚定了大批判的决心。于是胡思杜的那篇文章被公开发表，其中有些文字在他的笔下格外尖利，不知他内心真相，是违心之言，还是真情实感？

“今天，我受了革命的教育，我再也不怕那座历史上的‘大山’，敢于认识它，也敢于推倒它，也敢于以历史唯物主义的天秤来衡量他对人民的作用。从阶级分析上，我明确了他是反动阶级的忠臣，人民的敌人。在政治上他是没有什么进步性的。一九三零年做北大文学院长以后，更积极地参加巩固加强匪帮的行动，成为反动政权的忠实走狗。这次出走，并在美国进行第三党活动，替美国国务院掌管维持中国留学生的款项（企图培养大批民主个人主义者，忠实于美帝的信徒）。这一系列的反人民的罪恶和他的有限的（动机在于在中国开辟资本主义道路的）反封建的进步作用相比，后者是卑微不足道的。”

政治运动进入到学术和思想领域，那时，曾经留学欧美、带有自由主义色彩的知识分子开始思想检讨、划清界限。是什么力量让人和自己的亲人割裂血脉亲情？是什么力量让人妻离子散、骨肉相残？只是，他们当时置身于思想改造运动的中心，无法像后人这样反思与叩问。新中国刚刚成立，国家的独立，民族的富强，是知识分子的终极理想。他们出于对祖国的热爱，真诚地检讨自己，批判自己的出身。

1951年11月胡思杜的文章在《中国青年》等刊物上转载，以此为契机，大陆方面兴起了第一轮胡适批判高潮。

这场批判从1951年11月到1952年1月底，因为“三反运动”而搁置，其间许多旧社会过来的知识分子如汤用彤、金岳霖、朱光潜、梁思成等等，都写了思想反省，表明立场。胡思杜的思想报告和这些自由主义知识分子的自我检讨一样，既有拥抱新中国、渴望脱胎换骨建设国家的真诚，也有隐隐约约无法言说的困惑，但为了过关，反省表态，不得不和旧我告别。

1952年2月，毛泽东在接见政协的知识分子代表时说了一段对胡适盖棺定论的话：“胡适这个人也真顽固，我们找人带信给他，劝他回来，也不知他到底贪恋什么？批判嘛，总没有什么好话，说实话，新文化运动他是有功劳的，不能一笔抹杀，应该恢复名誉吧。”

1952年11月30日，北京大学教授、胡夫人的嫡堂弟江泽涵写信给胡适说："我们开始觉得你们如果在北京，必定不会感觉不舒服的……我们的生活是很快乐的……"尽管当时在纽约的胡适正处于非常苦闷之中，但他还是在日记中批道："这大概是有意说'反话'"。

胡思杜以为与胡适画清界线，就可以摆脱父亲的阴影，无所羁绊地投入新社会去了。他显然低估了胡适影响力。他是有原罪的，这个罪至死方休。

1954年，两个"小人物"批判红学权威俞平伯，因为俞平伯是胡适的弟子。到11月份风潮又向胡适卷来，这场批判风潮持续了十个月，范围广力度大，彻底地把胡适批透了。在这场批判中，胡适被扣上了许多骂名，如"异族胡适""文化汉奸""胡适这个妖怪""套着美国项圈的走狗""出卖祖国的最无耻的卖国贼"。胡适毕竟是血脉相连的父亲，胡思杜作为"汉奸""走狗""卖国贼"的儿子，内心承受着巨大的压力。隔着六十年的时光，我们不难猜想，胡思杜生活中的巨大阴影，无法逃脱，无法躲避，其心灵深处的恐惧、不安和困惑，会将孤独的他淹没。每当夜深人静时，他也许会后悔，后悔当初没有跟随父亲走。可是，此时已经没有任何道路可以选择，愈是痛苦不堪，愈要坚定地向新社会靠拢。

1957年春，新加坡《南洋商报》记者曹聚仁给胡适写了一封信，劝胡适回大陆看看。与以前其他人写的信不同，曹聚仁此信采用了激将法。他在信中说："今日在海外的文化人，就缺少一种到北京去看看中共的政治措施的勇气……"胡适知道曹聚仁的信是中共对他的统战。他在曹信的信封上批了"不作复"三个字。

有一篇文章说：胡思杜生命最后几年唯一的亲人是他远房堂兄胡思孟，其他亲戚如堂兄胡恒立，舅父江泽涵等，身份都是党员干部。胡思杜怕连累他们，不常往来，而胡思孟是个工人，目不识丁，没什么好牵连的，可是，就是这样一个人，他在文革中被打为"黑帮分子"。

因为成分不好，胡思杜一直没有女朋友，三十多岁了，仍然单身度日。他一直努力工作，尽量乐观，以为会得到新社会的容纳，但一直是二等公民。他一直想入党，1957年春天，号召"百花齐放，百家争鸣"，他认为做贡献的机会来了，就积极地给他所在的院部领导提了关于教学改革的建议。没想到风向陡变，他被打成了"右派"。这一次，连一丝光明也看不见了，他陷入黑暗之中，彻底绝望，他承受不了"右派"这顶帽子之重。1957年9月21日上吊自杀了。胡思杜留下一封遗书给胡思孟，一张轻飘飘的纸，托住了整个人生的悲剧：

> 现在我没有亲人了，也只有你了。你来了我一定不在了，找我的一个同事，他会告诉你我的一些情况。你是我最亲的人了，现在我已经死了，你不要难过。你能吃苦，耐劳。我留下的六百多元钱，公债券二百多元，你的孩子若能上学的话，供给他们上大学。一个手表也给你，留个纪念。希望你们努力工作，你的孩子们好好学习，为社会主义立点功。（引胡思孟口述）

人之将死，其言也善。胡思杜的确是热爱社会主义新中国的，可是，那时，那境遇，却没有他的容身之处。

胡适一直不知道他的幼子已先他而去。胡思杜自杀的消息传递到胡适耳朵中时，他以为是谣传，根本不相信。胡适记挂着留在大陆的儿子胡思杜。

胡适在1957年6月4日立遗嘱，把妻子列为第一财产继承人，两个儿子立为第二继承人，一直未改。

胡适隐隐觉察到儿子不幸，是在1961年4月30日，钱思亮夫妇来访。他们谈到留在大陆的冯友兰等人日子不太好过，也谈起胡思杜。“思杜1958年上半年之后就没有信来过，恐怕是免不了。”

1961年5月14日晚饭时，胡适又和胡颂平谈到胡思杜。有一小段的回忆，忆起1946年6月8日，父亲节，在回国途中，给二儿子胡思杜打电报。父亲节，儿子没有打电报给父亲，是父亲打给儿子。胡适还提到，这个儿子在美读书，不好好上课，把汇给他的钱全部跑马跑光了，还欠了一身债。为了支票当票，被警察找去，还是胡适的朋友把他救出来。“后来他回来了，我也没有责备他。”

1962年1月9日，胡适谈到身高，说：“祖望比我低两寸，思杜比我高两寸，我的父亲是很高大的，肩膀阔，背厚，思杜有点像祖父。”胡适还说，傅斯年的肩膀也阔，所以傅斯年就特别喜欢思杜。

晚年胡适尤重亲情和乡情，多次和助手胡颂平谈及徽州的风物和乡土人情。谈及胡思杜的话，并不是非常多。但对儿子的挂念和思念，埋藏在心底深处。胡适说胡思杜身高这话，淡淡的絮语，却有着对儿子浓浓的思念。

1962年，胡适心脏病发猝死台湾。不知这对父子泉下相逢，会如何说起，说些什么。

后　记

2011年4月17日，我去南京第二历史档案馆查阅档案。在此期间，到南京大学听学者黄克武的讲座《胡适与蒋介石》。然后去民国时期重要的学术机构中央研究院旧址寻访。短短的时间，日程安排得很满，收获颇多。《东方文化周刊》的舒草女士见到我，约请我写江南的文化世家，当时她负责"望族"栏目。五年的时间，发生了很多变化，断断续续，我一直在写百年中国的文化世家，于是就有了这样一本书。书缘起于南京，最终在南京出版。

也许是写文化世家人物的缘故，每写完一个家族人物，我总会想起，自己的童年经历，父母的故事，以及家族的变迁。关于故园风物和家庭往事，如果有可能，我想，也会以一本书来呈现。但在这本书的书后，有一些话，和读者诸君交流。

本书所选的家族人物，主要集中在长江下游，这是富饶美丽的江南，也是中国近代历史上得风气之先的地方。可以看作我关注的晚清民国知识分子的自然延伸，有的家族人物，和我多年研究和书写的西南联大知识分子有关联。

这本书稿杀青之后，由于种种原因，我迟迟没有动笔写后记。直到父亲病重，才意识到这部书，是我生命中非常重要的一部作品，因为它见证了我生活的变故，让我洞彻生死，珍惜生命的所有。2014年12月5日，我的父亲病逝。书里书外，不同的人，在不同时代的生死，总能引发内心的感触与思考。我希望借着这部书，回望历史，省察历史。

感谢《名人传记》的陈思女士，由于她的信任和约稿，在某种程度上成就了这本书。书稿的部分章节发表后，迅速为国内文摘类报刊转载。其中，《一代史学家朱希祖的痛和梦》一文，在《名人传记》发表后，被2014年第18期《新华文摘》转载。不少读者朋友看到后，通过各种方式通知我。

社会对文化世家的关注，读者对家国变迁的关注，由此可见一斑。

2014年我成为青岛市文联首批签约作家，感谢青岛市文联的支持；我的这部作品入选为山东省作协2014年重点扶持作品，感谢山东省作协的帮助。感谢我的妻子和女儿，在我生命中最艰难的时候，给予我全方位的支持。特别感谢江苏文艺出版社汪修荣先生，2015年10月，他在邮件中看了书稿样章后，当即决定出版此书，并建议补写义宁陈寅恪家族往事。

本书在写作过程中参考了一些学者的研究成果，除了在行文中注明的，主要参考资料一一列出，附录在书后。在写作的过程中，得到部分名家后人的支持，有的给提供老照片，有的给提供书籍、未刊行的日记等资料。在此一并致谢。特别鸣谢李开军先生，在百忙之中，审阅陈三立一文，并提出宝贵的修改建议。

最后，需要和读者交代几句。我的“百年中国”三部曲，已经全部出版。2009年4月由东方出版中心出版了《红尘往事：民国时期的文人婚恋传奇》，2010年9月由华文出版社出版了《浪淘尽：百年中国的名师高徒》。分别从婚恋、师承、家世三个视角，观察百年中国的社会变迁。接下来，我着手增补西南联大系列，争取西南联大三部曲早日和读者见面。

一本书出版后，就进入了社会公共领域。如有文史方面的瑕疵，希望得到专家的斧正，也期待着和读者交流。我的电子信箱 bdlyq618@163.com，欢迎您的来信。

刘宜庆

2016年3月9日时结香花微开

主要参考资料

《陈三立年谱长编》(上中下)　李开军　撰　中华书局 2014 年 3 月

《散原精舍诗文集》(上下)　李开军　校　上海古籍出版社 2003 年 6 月

《散原精舍诗文集補编》　潘益民　李开军　辑注　江西人民出版社 2007 年 1 月

《现代性视野中的陈三立》　杨剑锋　著　中国社会科学出版社 2011 年 3 月

《陈寅恪先生年谱长编》(初稿)　卞僧慧　纂　中华书局 2010 年 4 月

《陈寅恪先生编年事辑》　蒋天枢　撰　上海古籍出版社 1997 年 6 月

《陈寅恪集》(限量典藏版)　陈寅恪　著　三联书店 2013 年 11 月

《也同欢乐也同愁》　陈流求　陈小彭　陈美延　著　三联书店 2010 年 4 月

《图说义宁陈氏》　陈小从　著　山东画报出版社 2004 年 2 月

《吴宓与陈寅恪》(增订本)　吴学昭　著　三联书店 2014 年 9 月

《清末四公子》　高阳　著　华夏出版社 2004 年 3 月

《陈寅恪的家族史》　张求会　著　广东教育出版社 2007 年 6 月

《陈寅恪丛考》　张求会　著　浙江大学出版社 2012 年 11 月

《陈寅恪家族稀见史料探微》　刘经富　著　中华书局 2013 年 1 月

《陈寅恪诗笺释》(上下)　胡文辉　著　广东人民出版社 2008 年 6 月

《陈寅恪晚年诗文释证》　余英时　著　东大图书公司 2011 年 2 月

《陈寅恪的最后 20 年:1949—1969 年》　陆键东　著　三联书店 2013 年 6 月

《史家陈寅恪传》　汪荣祖　著　北京大学出版社 2005 年 3 月

《独立与自由:陈寅恪论学》　王震邦　著　上海人民出版社 2011 年 10 月

《学人魂:陈寅恪传》　吴定宇　著　上海文艺出版社 1996 年 8 月

《仰望陈寅恪》　蔡鸿生　著　中华书局 2004 年 1 月

《陈寅恪研究:反思与展望》　余英时　等著　九州出版社 2013 年 10 月

《同照阁诗集》　陈隆恪　著　中华书局 2007 年 4 月

《中国绘画史》　陈师曾　著　中华书局 2010 年 8 月

《陈衡恪诗文集》　陈衡恪　著　刘经富　辑注　江西人民出版社 2009 年 11 月

《陈师曾漫画集》　郭长海　郭君兮　编著　黄山书社 2009 年 12 月

《陈方恪年谱》　潘益民　潘蕤　著　江西人民出版社 2007 年 1 月

《陈方恪诗词集》　陈方恪　著　潘益民　辑注　江西人民出版社 2007 年 1 月

《花木丛中人常在》 章品镇　著　三联出店 1997 年 3 月

《陈寅恪家世》 叶绍荣　著　中国文史出版社 2009 年 1 月

《吴宓日记》(十卷)吴宓　著　吴学昭　整理　三联书店 1999 年 5 月

《吴宓日记·续编》(十卷) 吴宓　著　吴学昭　整理　三联书店 2006 年 4 月

《鲁迅日记》(三卷) 鲁迅　著　人民文学出版社 2005 年 11 月

《陈三立、陈寅恪父子与北京旧居》 朱小平　文 《海内与海外》 2009 年第 7 期

《陈三立:中国最后一个古典诗人》 平瑶　文 《南方教育时报》2016 年 1 月 22 日

《中外文化名人与庐山别墅》 贺伟　文 《党史文苑》2006 年第 1 期

《陈寅恪的后世有缘人》 陈祖芬　文 《中国文化报》2013 年 8 月 14 日

《八十年来》(附《延安归来》) 黄炎培　著　文史资料出版社 1982 年 8 月

《中国民国史资料丛稿增刊第五辑:黄炎培日记摘录》 中国社会科学院近代史研究所中华民国史研究室　编　中华书局 1979 年 1 月

《黄炎培日记》(第 6 卷 1938.8—1940.8) 黄炎培　著　华文出版社 2008 年 9 月

《黄炎培年谱》 许汉三　编　文史资料出版社 1985 年 8 月

《黄炎培》 尚丁　著　群言出版社 2012 年 10 月

《黄炎培与国民参政会》 王凤青　著　社会科学文献出版社 2011 年 9 月

《黄万里文集》 未刊　PDF 版

《长河孤旅:黄万里九十年人生沧桑》 赵诚　著　陕西人民出版社 2012 年 2 月

《傲尽风霜两鬓丝——我的八十年》 黄大能　著　中国建材工业出版社 2003 年 9 月

《黄炎培与毛泽东周期率对话——忆父文集》 黄方毅　著　人民出版社 2012 年 11 月

《永远怀念父亲黄竞武》 黄孟复　文 《中国统一战线》1999 年第 11 期

《我与黄竞武烈士的三次谈话》 黄大能　文 《纵横》2003 年第 6 期

《内史第,走出黄、宋、胡三家名人的黄炎培故居》 黄方毅　文 《纵横》2013 年第 4 期

《子扮父样黄炎培脱险　恼羞成怒黄竞武被杀》 胤凌　文 《文史月刊》2011 年 02 期

《川沙人民的好儿子——黄竞武烈士》 《上海教育(小学版)》1994 年 Z1 期

《黄竞武传略》 谷鸣　文　上海民建网

《黄炎培的 "浦东特区"梦　和"浦东大学"梦》 唐国良　文

《小脚与西服:张幼仪与徐志摩的家变》 张邦梅　著　谭家瑜　译　黄山书社 2011 年 9 月

《徐志摩画传》 韩石山　著　广东教育出版社 2005 年 11 月

《徐志摩书信集》 韩石山　编　天津人民出版社 2006 年 6 月

《一本没有颜色的书:徐志摩与陆小曼爱情纪念册》 徐志摩　著　陆小曼　编　上海远东出版社 2005 年 5 月

《科学与人生观》 张君劢　等著　中国致公出版社 2009 年 6 月

《张君劢传》 郑大华　著　中华书局 1997 年 12 月

《张君劢评传》 刘义林　罗庆丰　著　百花洲文艺出版社 1996 年 12 月

《张公权先生年谱初稿》(上下两册) 姚崧龄　编著　社会科学文献出版社 2014 年 7 月

《战后东北接收交涉纪实——以张嘉璈日记为中心》 【日】伊原泽周　编注　中国人民大学出版社 2012 年 3 月

《张嘉璈　民国银行之父》 余世存　文

《民国金融巨头张嘉璈的沉浮史》 李子旸 文 《金融经济》 2010年第17期
《民国“宪法之父”张君劢:学术与政治之间》 袁贺 文 《人物》2008年7月
《泰戈尔与上海——纪念泰戈尔诞辰150周年》 邢建榕 文
《天空无痕 鸟儿飞过——泰戈尔争议中的上海之行》 章云华 文 《新民晚报》2007年7月29日
《费孝通文集》 费孝通 著 群言出版社1999年10月
《费孝通传》 张冠生 著 群言出版社2000年5月
《费孝通传》【美】戴维·阿古什 著 时事出版社1985年11月
《乡土先知费孝通》 张冠生 著 北京大学出版社2006年2月第1版
《费孝通诗存》 张荣华 费宗惠 编 群言出版社1999年10月
《父亲费青与叔叔费孝通》 费平成 文 http://img.memopool.cn/news/2012/01/13/5d670af734cbf3840134d7b9f5a902ba.html
《费孝通和他的三位兄长》 余广彤 文 《炎黄春秋》2000年第6期
《中老胡同三十二号:老北大宿舍纪事(1946—1952)》 江丕栋 陈莹 闻立欣等 编著 北京大学出版社2011年7月
《钱玄同文集》(全六卷) 钱玄同 著 中国人民大学出版社1999年4月
《钱玄同日记》(影印本1—12卷) 钱玄同 著 福建教育出版社2002年5月
《钱玄同年谱》 曹述敬 著 齐鲁书社1986年8月
《扫雪斋主人——钱玄同传》 周维强 著 浙江人民出版社2003年11月
《吴兴钱家:近代学术文化家族的断裂与传承》 邱巍 著 浙江大学出版社2009年10月
《钱三强年谱》 葛能全 编著 山东友谊出版社2002年5月
《钱三强》 葛能全 著 河北教育出版社2010年6月
《鲁迅与钱玄同的化友为敌》 张耀杰 文 《温故》(十六) 刘瑞琳 主编 广西师范大学出版社2009年10月
《也谈钱玄同的晚节》 陈福康 文 《读书》2015年第4期
《我所知道的钱稻孙》 文洁若 文 《读书》1991年第1期
《钱稻孙译事小考》 曾维德 文 《东方早报·随笔》2013年1月27日
《汉译日本古歌名家:钱稻孙传奇》 杨联陞遗作 赵赓飏校订 http://blog.sina.com.cn/s/blog_85450f9701019u6p.html
《鲁迅日记(全三册)》 鲁迅 著 人民文学出版社2006年12月
《周作人传》 钱理群 著 华文出版社2013年1月
《周作人传》 止庵 著 山东画报出版社2009年1月
《邓石如》 穆孝天 许佳琼 编著 安徽教育出版社1983年8月
《邓以蛰全集》 邓以蛰 著 安徽教育出版社1998年4月
《邓稼先传》 许鹿希 葛康同 邓志典 邓志平 著 安徽人民出版社1998年6月
《邓稼先图片传略》 许鹿希 著 安徽教育出版社2003年12月
《钱三强》 葛能全 著 河北教育出版社2011年3月
《英雄大爱——邓稼先与许鹿希相互托付的一生》 胡银芳 著 华夏出版社2010年1月
《金岳霖回忆录》 金岳霖 著 刘培育 整理 北京大学出版社2011年7月

《曙光集》 杨振宁 著 翁帆 编译 生活·读书·新知三联书店 2008 年 1 月

《邓稼先》 杨振宁 文 《人民日报》1993 年 8 月 21 日

《朱希祖日记》(全三册) 朱希祖 著 中华书局 2012 年 8 月

《朱希祖书信集 郦亭诗稿》 朱希祖 著 朱元曙 整理 中华书局 2012 年 8 月

《朱希祖先生年谱长编》 朱元曙、朱乐川 撰 中华书局 2013 年 11

《金陵古迹名胜影集》 朱偰 著 中华书局 2006 年 8 月

《建康兰陵六朝陵墓图考》 朱偰 著 中华书局 2006 年 8 月

《昔日京华》 朱偰 著 百花文艺出版社 2005 年 5 月

《天风海涛楼札记》 朱偰 著 中华书局 2009 年 6 月

《漂泊西南天地间》 朱偰 著 江苏凤凰出版社 2008 年 2 月

《朱偰与南京》 杨新华 主编 南京出版社 2007 年 4 月

《孤云汗漫:朱偰纪念文集》 海盐县文史委 编 学林出版社 2007 年 2 月

《朱希祖朱偰父子与故乡海盐》 朱元春 朱元智 朱元曙 编 西泠印社 2013 年 9 月

《淡淡而又遥远的书香——记朱希祖的北京藏书》 朱元春 文 《鲁迅研究月刊》2009 年第 11 期

《国语运动中的朱希祖及章门弟子》 朱元曙 文 《鲁迅研究月刊》2005 年第 4 期

《1934 年至 1937 年张元济朱希祖论学书札》 朱元曙 整理

《赤子其心——谈张元济先生其人其事》 朱元曙 文 《中华读书报》2007 年 11 月 9 日

《朱希祖与他的老师章太炎》 朱元曙 文 《万象》2006 年第 4 期

《天风海涛祭英灵——记朱偰先生》 高怀珠 文 《温故》(二十) 刘瑞琳 主编 广西师范大学出版社 2011 年 1 月

《蒋复璁口述回忆录》 黄克武 整理 台湾“中央研究院近代史研究所”2000 年 5 月

《朱偰未刊日记》 朱元曙 提供

《辛亥以来藏书纪事诗》(外二种) 伦明 等撰 杨琥 点校 北京燕山出版社 1999 年 12 月

《胡适文集》(12 卷) 胡适 著 欧阳哲生 编 北京大学出版社 1998 年 11 月

《胡适日记全编》(8 卷) 曹伯言 整理 安徽教育出版社 2001 年 10 月

《胡适之先生晚年谈话录》 胡颂平 编著 新星出版社 2006 年 10 月

《北京大学图书馆藏胡适未刊书信日记》 北京大学图书馆 编 清华大学出版社 2003 年 7 月

《胡适自传》 胡适 著 江苏文艺出版社 1995 年 9 月

《胡适年谱》 耿云志 著 中华书局(香港) 1986 年 6 月

《胡适口述自传》 胡适 口述 唐德刚 译注 广西师范大学出版社 2005 年 8 月

《胡适杂忆》 唐德刚 著 广西师范大学出版社 2005 年 8 月

《胡适研究》 李敖 著 中国友谊出版公司 2006 年 8 月

《闲话胡适》 石原皋 著 安徽人民出版社 985 年 6 月

《胡适传》 易竹贤 著 湖北人民出版社 2005 年 4 月

《舍我其谁:胡适(第一部 璞玉成璧,1891—1917)》 【美】江勇振 著 新星出版社 2011 年 4 月

《舍我其谁:胡适(第二部　日正当中,1917—1927)》【美】江勇振　著　浙江人民出版社 2013 年 8 月

《胡适和他的朋友们 1904—1948》 耿云志　编　中华书局 2011 年 11 月

《胡适晚年身影》 杨翠华　庞桂芬　编　南京大学出版社 2014 年 3 月